T0389429

BESTSELLER

Charlaine Harris (Misisipi, 1951), licenciada en Filología Inglesa, se especializó como novelista en historias de fantasía y misterio. Es la aclamada autora de *Muerto hasta el anochecer*, primer título de la famosa saga vampírica protagonizada por Sookie Stackhouse, que fue adaptada por HBO en la serie de televisión *True Blood*. Desde entonces, Harris ha sido publicada en más de veinte países, donde ha vendido varios millones de ejemplares, y ha sido galardonada con numerosos premios, confirmando su éxito como una de las autoras de misterio y fantasía preferidas en todo el mundo.

Para más información, visite la página web de la autora: charlaineharris.com

Biblioteca

CHARLAINE HARRIS

El día del Juicio Mortal

Traducción de

Omar El-Khasef

DEBOLS!LLO

Papel certificado por el Forest Stewardship Council®

Título original: *Dead Reckoning*

Primera edición en Debolsillo: mayo de 2024

Printed in Spain – Impreso en España

ISBN: 978-84-663-7104-9
Depósito legal: B-4.509-2024

Impreso en Liberdúplex, S.L.U.
Sant Llorenç d'Hortons (Barcelona)

P 3 7 1 0 4 9

He de dedicar este libro a la memoria de mi madre.

No le habría parecido extraño que le dedicaran
una novela de fantasía urbana.
Era mi mayor fan y más fiel lectora.
Tenía tantas cosas dignas de mi admiración.
La echo de menos cada día que pasa.

Agradecimientos

Me temo que esta vez me dejaré a alguien, ya que soy lo bastante afortunada como para contar con un montón de ayuda mientras trabajo en estos libros. Permitid que dé las gracias a mi asistente y mejor amiga, Paula Woldan, primero y ante todo por aportarme la paz mental necesaria para trabajar sin preocupaciones; a mis amigas las lectoras Toni L. P. Kelner y Dana Cameron, que me ayudan a centrarme en los aspectos importantes de la obra de turno; a Victoria Koski, que intenta mantener el orden del enorme mundo de Sookie; y a mi agente, Joshua Bilmes, y a mi editora, Ginjer Buchanan, que tanto se esfuerzan por mantener encarrilado mi tren profesional. Para este libro, conté con el inapreciable consejo de Ellen Dugan, escritora, madre y bruja.

Capítulo 1

El desván había permanecido cerrado hasta el día siguiente de la muerte de mi abuela. Había encontrado la llave y lo abrí aquel día aciago en busca de su vestido de novia, convencida con la loca idea de que debería ser enterrada con él. Había dado un paso al interior, me había vuelto y salido de allí, dejando la puerta abierta tras de mí.

Ahora, dos años después, volví a abrirla. Los goznes chirriaron ominosamente, como si fuese la medianoche de Halloween, en vez de un soleado miércoles de finales de mayo. Los anchos tablones del suelo protestaron bajo mis pies en cuanto atravesé el umbral. Estaba rodeada de siluetas negras y un ligero olor a moho; el aroma de las viejas cosas olvidadas.

Cuando se añadió la segunda planta a la casa Stackhouse original, décadas atrás, aquélla se había dividido en dormitorios, aunque puede que un tercio hubiera sido relegado a espacio de almacenaje cuando la generación más numerosa de la familia empezó a menguar. Como Jason y yo nos habíamos mudado con nuestros abuelos cuando murieron nuestros padres, la puerta del desván siempre se había mantenido cerrada. La abuela no quería tener que correr detrás de nosotros para limpiar en caso de que decidiéramos que el desván era un buen patio de juegos.

Ahora, la casa me pertenecía y llevaba la llave colgada de una cinta al cuello. Sólo quedábamos tres descendientes en la familia: Jason, yo y el hijo de mi fallecida prima Hadley, un muchachito llamado Hunter.

Palpé la oscuridad con la mano en busca de la cadena, la agarré y tiré de ella. La bombilla del techo se encendió y derramó su luz sobre décadas de desechos familiares.

El primo Claude y el tío abuelo Dermot entraron detrás de mí. Dermot exhaló con tanta fuerza que casi pareció un estornudo. Claude parecía triste. Estaba segura de que lamentaba su oferta de ayudarme a limpiar el desván. Pero no iba a dejar a mi primo en la estacada, no cuando había otro hombre dispuesto a echar una mano. Por ahora, Dermot iba allí donde iba Claude, así que contaba con dos al precio de uno. No había manera de predecir cuánto duraría la situación. Esa mañana, me di cuenta de repente de que pronto empezaría a hacer demasiado calor como para pasar el tiempo en el piso de arriba. La ventana que mi amiga Amelia había instalado en uno de los dormitorios mantenía los espacios habitables a una temperatura tolerable, pero nunca nos habíamos tomado la molestia de cambiar la del desván.

—¿Cómo vamos a hacer esto? —preguntó Dermot. Él era rubio y Claude moreno; parecían dos sujetalibros estupendos. Una vez le pregunté a Claude cuántos años tenía, para descubrir que apenas tenía una remota idea. Las hadas no cuentan el tiempo como nosotros, pero sabía que Claude me sacaba al menos un siglo. Era un crío en comparación con Dermot; mi tío abuelo calculaba que me sacaba setecientos años. Ni una arruga, ni una cana, ni el menor rastro de declive físico, en ninguno de los dos.

Dado que la naturaleza feérica era mucho más poderosa en ellos que en mí (yo sólo lo era en una octava parte), todos parecíamos más o menos de la misma edad, bien entrada la veintena. Pero eso cambiaría al cabo de pocos años. Yo parecería mayor que mis venerables familiares. Si bien Dermot se parecía mucho a mi hermano Jason, el día anterior me había dado cuenta de que éste tenía ya patas de gallo. Probablemente Dermot jamás desarrollara ese síntoma de la edad.

Devolviéndome al aquí y al ahora, dije:

—Sugiero que llevemos las cosas al salón. Allí hay mucha más luz y nos será fácil ver qué conservamos y qué tiramos. Cuando despejemos el desván, me pondré a limpiarlo después de que os vayáis a trabajar. —Claude era propietario de un club de *striptease* en Monroe y conducía hasta allí todos los días. Dermot seguía a Claude allí donde fuese. Como siempre...

—Tenemos tres horas —dijo Claude.

—Manos a la obra —contesté con una amplia sonrisa. Es mi expresión de seguridad.

Una hora más tarde, estaba un poco arrepentida, pero ya era demasiado tarde para echarse atrás (contemplar a Claude y a Dermot sin camiseta hizo el trabajo más interesante). Mi familia ha vivido en esta casa desde que los Stackhouse llegaron al condado de Renard, y de eso hace sus buenos ciento cincuenta años. Nos ha dado tiempo a acumular cosas.

El salón se llenó rápidamente. Había cajas de libros, baúles llenos de ropa, muebles, jarrones. La familia Stackhouse nunca había sido rica, y al parecer siempre habíamos creído que los trastos nos servirían, por muy viejos o rotos que estuviesen, si los conservábamos el tiempo suficiente. Hasta los dos hadas quisieron hacer una pausa después de desplazar trabajosamente un pesado escritorio de madera por las estrechas escaleras. Nos acomodamos en el porche delantero. Los muchachos se sentaron en la barandilla y yo ocupé el balancín.

—Podríamos amontonarlo todo en el jardín y quemarlo —sugirió Claude. No bromeaba. Su sentido del humor era extraño en el mejor de los casos, diminuto el resto de las veces.

—¡No! —protesté con toda la irritación que sentía—. Sé que estas cosas no son valiosas, pero si otros Stackhouse pensaron que merecía la pena guardarlas, al menos les debemos la cortesía de repasarlas.

—Queridísima sobrina nieta —dijo Dermot—, me temo que Claude lleva razón. Decir que estos desechos «no son valiosos» es hacerles demasiado favor. —Cuando oyes hablar a Dermot, te das cuenta enseguida de que su similitud con Jason se queda en la superficie.

Miré a los hadas masculinos con furia.

—Claro, se me había olvidado que para vosotros dos la mayor parte de este mundo es basura, pero para los humanos puede haber cosas de valor —declaré—. Podría llamar al teatro de Shreveport para ver si necesitan ropa o muebles.

Claude se encogió de hombros.

—Así nos deshacemos de una parte —dijo—. Pero la mayoría de las prendas no valen ni para trapos. —Habíamos empezado a poner cajas en el porche cuando el salón se hizo intransitable y le dio unos golpecitos con el pie a una de ellas. La etiqueta indicaba que el contenido eran cortinas, pero apenas era capaz de imaginar cuál sería su aspecto original.

—Tienes razón —admití. Tomé un poco de impulso con los pies y me balanceé durante un minuto. Dermot entró en la casa y salió con un vaso de té de melocotón con un montón de hielo. Me lo tendió en silencio. Se lo agradecí y contemplé tristemente las cosas que alguien atesoró alguna vez—. Está bien, haremos una hoguera —concluí, cediendo al sentido común—. ¿Lo hacemos donde suelo quemar las hojas?

Dermot y Claude me atravesaron con la mirada.

—Está bien, lo haremos aquí, sobre la grava —dije. La última vez que renové la grava del camino privado, incluí la zona de aparcamiento, rodeada de maderos decorativos—. Tampoco recibo tantas visitas.

Cuando Dermot y Claude lo dejaron para ducharse y cambiarse para ir al trabajo, la zona de aparcamiento contenía un sustancioso montón de objetos inútiles a la espera de una antorcha. Las mujeres de la familia habían almacenado innumerables juegos de sábanas y colchas, y la mayoría se encontraban en la misma condición deplorable que las cortinas. Para mi profundo pesar, muchos de los libros estaban enmohecidos y habían sido víctimas de los roedores. Los añadí a la pila con un suspiro, a pesar de que la mera idea de quemar libros me ponía enferma. Pero el mobiliario roto, los paraguas carcomidos, las alfombrillas sucias, una vieja maleta de cuero con agujeros..., nadie volvería a necesitar esos objetos.

Las fotografías que habíamos rescatado, enmarcadas, en álbumes o sueltas, quedaron depositadas en una caja, en el salón. Metimos los documentos en otra caja. También encontré algunas muñecas viejas. Por la televisión, sabía que algunas personas coleccionaban ese tipo de muñecas, así que quizá ésas valieran algo. También había algunas armas antiguas y una espada. ¿Dónde está *Antiques Roadshow** cuando se lo necesita?

Esa tarde, en el Merlotte's, le conté a mi jefe, Sam, el día que había tenido. Sam, un hombre compacto, pero en realidad muy fuerte, estaba desempolvando las botellas tras la barra. Esa noche no había mucha clientela. De hecho, el negocio había flaqueado durante las últimas semanas. No sabía si el bajón se debía a la planta de procesamiento de pollos que había cerrado o al hecho de que Sam fuese un cambiante (los cambiantes habían intentado emular la provechosa transición de los vampiros, pero no les había ido tan bien). También había un bar nuevo, el Redneck Roadhouse de Vic, a unos diez kilómetros al oeste por la interestatal. Había oído que allí se celebraban todo tipo de concursos de camisetas mojadas, competiciones de bebida de cerveza y un evento llamado «Noche de traerse a Bubba». Mierda como ésa.

Mierda que gustaba a la gente. Mierda que animaba a consumir.

---

* Programa de televisión que se dedica a viajar por todo el país para tasar antigüedades de particulares. *(N. del T.)*

Fuesen cuales fuesen las razones, Sam y yo tuvimos mucho tiempo para hablar de desvanes y antigüedades.

—Hay en Shreveport una tienda llamada Splendide —dijo Sam—. Los dos dueños son coleccionistas. Podrías llamarlos.

—¿De qué los conoces? —Vale, quizá no había ido con todo el tacto aconsejable.

—Bueno, sé más cosas, aparte de atender un bar —me respondió Sam, mirándome de soslayo.

Rellené una jarra de cerveza para una de mis mesas. Al volver, continué:

—Ya sé que sabes de muchas cosas. Sólo me preguntaba cómo has ido a dar con las antigüedades.

—En realidad no he dado con ellas. Pero Jannalynn sí. Splendide es su tienda favorita.

Parpadeé procurando no parecer tan desconcertada como me sentía. Jannalynn Hopper, que llevaba semanas saliendo con Sam, tan feroz que había sido nombrada lugarteniente de la manada del Colmillo Largo, a pesar de sus veintiún años y no medir más que una colegiala. Resultaba complicado imaginar a Jannalynn restaurando una antigua foto o intentando encajar un antiguo aparador colonial en su casa de Shreveport. Pensándolo bien, no tenía ni idea de dónde vivía. ¿Viviría en una casa como todo el mundo?

—Jamás lo habría imaginado —dije, forzando la sonrisa. Personalmente opinaba que Jannalynn no era digna de Sam.

Por supuesto, me reservé mi opinión. Invernaderos, piedras, ya se sabe. Yo salía con un vampiro cuya lista negra superaba a buen seguro la de Jannalynn, ya que Eric superaba los mil años. En uno de esos terribles momentos que sobrevienen de vez en cuando, me di cuenta de que todos los hombres con los que había salido, si bien escasos en número, eran unos asesinos.

Yo también lo era.

Tuve que sacudirme esos pensamientos o acabaría presa de la melancolía toda la tarde.

—¿Me puedes dar un nombre y el número de la tienda? —Ojalá aceptasen desplazarse a Bon Temps. Me veía alquilando una furgoneta para llevar todo el contenido de mi desván a Shreveport.

—Sí, lo tengo en el despacho —dijo Sam—. Hace poco hablé con Brenda, la dueña de la mitad del negocio, sobre comprar algo especial por el cumpleaños de Jannalynn. Está al caer. Se llama Brenda, Brenda Hesterman. Me llamó esta mañana para decirme que tiene algunas cosas para que les eche un vistazo.

—¿Crees que podríamos ir mañana? —sugerí—. Tengo el salón desbordado de cosas y algunas cajas las he tenido que sacar al porche. No hará buen tiempo siempre.

—¿Crees que Jason se quedará con algo? —preguntó Sam comedidamente—. Vamos, entiendo que son cosas familiares.

—El mes pasado se quedó con una mesa camilla —dije—. Pero supongo que debería preguntarle. —Medité al respecto. La casa y sus contenidos eran míos, ya que la abuela me había legado la propiedad. Hmmm. Bueno, lo primero es lo primero—. Veamos si la señora Hesterman quiere echar un vistazo. Si hay algo de valor, puede que lo piense.

—Vale —dijo Sam—. Suena bien. ¿Paso a recogerte a las diez?

Era un poco temprano para estar lista, ya que hoy me tocaba el turno de noche, pero accedí.

Sam parecía satisfecho.

—Puedes darme tu opinión sobre lo que me enseñe Brenda. Me vendrá bien contar con una opinión femenina. —Se pasó los dedos por el pelo que, como de costumbre, era un desastre. Hace meses, se lo cortó mucho y ahora estaba en una extraña etapa de crecimiento y vuelta a su ser. Tiene un color bonito, una especie de rubio con toques de fresa, pero como es rizado parecía costarle adoptar una dirección concreta. Reprimí la tentación de sacar un peine y arreglar ese desastre. Son cosas que una empleada no puede hacer con la cabeza de su jefe.

Kennedy Keyes y Danny Prideaux, que trabajaban para Sam a media jornada como sustituta en la barra y portero respectivamente, entraron y se sentaron en sendos taburetes vacíos. Kennedy es preciosa. Acabó finalista en el concurso de Miss Luisiana hace algunos años y no ha perdido su atractivo de reina de la belleza. Su pelo es castaño, denso y brillante, con unas puntas que nunca se abren. Se maquilla meticulosamente. Se hace la manicura y la pedicura regularmente. No se compraría la ropa en el Wal-Mart aunque su vida dependiese de ello.

Años atrás, su futuro, que debería haber incluido un matrimonio en un club de campo del condado de al lado y una cuantiosa herencia, se descarriló cuando cumplió una condena por homicidio involuntario.

Al igual que casi todos mis conocidos, opinaba que el novio se lo merecía, especialmente después de ver las fotos de medio cuerpo de ella, con los cardenales negros y azules surcándole toda la cara. Si bien confesó haberle disparado cuando llamó al 911, la familia de Kennedy gozaba de cierta influencia y le ahorró la condena a muerte. Consiguió una condena leve y una reducción por buen comportamiento tras pasar una temporada enseñando modales y buenas costumbres de aseo a sus compañeras de reclusión. Poco a poco, Kennedy cumplió la condena. Al salir libre, alquiló un pequeño apartamento en Bon Temps, donde vivía su tía, Marcia Albanese. Sam le ofreció el puesto al poco de conocerla y ella lo aceptó en el acto.

—Hola, tío —dijo Danny a Sam—. ¿Nos pones dos mojitos?

Sam sacó la menta de la nevera y se puso a preparar la bebida. Le pasé unas rodajas de lima cuando las copas estuvieron casi listas.

—¿Qué plan tenéis esta noche? —les pregunté—. Kennedy, estás preciosa.

—¡He conseguido perder cinco kilos! —dijo. Cuando Sam les sirvió las bebidas, escenificó un brindis hacia Danny—. ¡Por mi antigua figura! ¡Ojalá que pronto la recupere!

Danny sacudió la cabeza y exclamó:

—¡Eh! No te hace falta hacer nada para estar preciosa. —Tuve que dejarlos solos para no ponerme sentimental. Danny era un tipo duro que no podía haber nacido en un entorno más diferente que el de Kennedy (la única experiencia que habían tenido en común era la cárcel), pero vaya, estaba coladito por ella. Percibía su amor desde donde estaba. No hacía falta ser telépata para notar la devoción de Danny.

Todavía no habíamos corrido las cortinas de la ventana delantera, y cuando me di cuenta de que había oscurecido, me dispuse a ello. A pesar de observar el oscuro aparcamiento desde el luminoso bar, había algunas luces en el exterior y noté que algo se movía, y era muy rápido. Venía hacia el bar. Apenas tuve un segundo para extrañarme y entonces atisbé una llama.

—¡Al suelo! —grité, pero la palabra no había terminado de salir de mi boca cuando una botella incendiaria rompió el cristal y se estrelló sobre una mesa vacía, rompiendo el servilletero y arrojando el salero y el pimentero. Las servilletas empezaron a arder en el punto de impacto y volaron hacia el suelo, las sillas y las personas. La propia mesa se convirtió en una bola de fuego casi instantáneamente.

Danny reaccionó más rápido de lo que jamás había visto a un ser humano. Arrancó a Kennedy del taburete, levantó la portezuela de la barra y la cobijó debajo. Se produjo un efímero atasco cuando Sam, que se movía aún más rápido, se hizo con el extintor de la pared e intentó saltar la barra para rociar el foco del incendio.

Sentí que el corazón se me desbocaba y comprobé que una de las servilletas había prendido mi delantal. Me avergüenza admitir que empecé a chillar. Sam se giró para rociarme con el extintor y volvió a centrarse en las llamas. Los clientes también gritaban, esquivando llamas, corriendo hacia el pasillo que conducía a los aseos y el despacho de Sam, hasta la salida trasera que daba al aparcamiento. Una de nuestras clientas fijas, Jane Bodehouse, sangraba profusamente, la mano apretada contra el cráneo magullado. Había estado cerca de la ventana, que no era su lugar habitual en el bar, así que imaginé que se había cortado con los cristales rotos. Jane trastabilló y se habría caído si no la hubiese cogido del brazo.

—Ve por ahí —le grité al oído y la empujé en la dirección correcta. Sam estaba luchando por extinguir el foco más intenso, apuntando con el extintor a su base como mandan los cánones, pero las servilletas que habían salido volando estaban provocando más focos secundarios. Cogí las jarras de agua y de té de la barra y empecé a rociar metódicamente las llamas del suelo. Las jarras estaban llenas y conseguí vaciarlas con gran eficiencia.

Una de las cortinas estaba ardiendo. Avancé tres pasos, apunté con cuidado y arrojé el té que me quedaba. La llama no pareció verse muy afectada. Cogí un vaso de agua de una de las mesas y me acerqué al fuego más de lo que me hubiera gustado. Sin dejar de dar respingos, vertí el líquido por la cortina en llamas. Noté calor a mi espalda y un olor repugnante. Una poderosa ráfaga química me provocó una extraña sensación en la espalda. Me giré para averiguar de qué se trataba y vi a Sam dando vueltas con el extintor.

Me encontré mirando la cocina desde el pasaplatos. Antoine, el cocinero, estaba apagando todos los aparatos. Chico listo. Podía oír el camión de bomberos en la distancia, pero estaba demasiado ocupada lidiando con las llamas que iban aflorando como para sentirme aliviada. Mis ojos, anegados de lágrimas por el humo y los productos químicos, miraban frenéticamente en todas direcciones en busca de conatos de incendio mientras la tos se apoderaba de mis pulmones. Sam había corrido a su despacho en busca del segundo extintor y ya estaba de vuelta con el artilugio preparado. Intercambiamos posiciones, listos para saltar a la acción a la mínima llama.

Ninguno de los dos vio nada.

Sam lanzó otra descarga a la botella que había originado el incendio y luego dejó el extintor en el suelo. Se inclinó, apoyando las manos en los muslos con la respiración entrecortada. Él también empezó a toser. Al cabo de un segundo, se acuclilló sobre la botella.

—No la toques —le dije precipitadamente y su mano se paralizó en el aire.

—Claro que no —contestó, burlándose de sí mismo, y se incorporó—. ¿Pudiste ver quién la lanzó?

—No —admití. Éramos los únicos que quedábamos en el bar. El camión de bomberos cada vez estaba más cerca, así que sabía que apenas nos quedaba un minuto para hablar a solas—. Puede que hayan sido los mismos que se manifestaron en el aparcamiento, aunque no sabía que los de la congregación se divertían con bombas incendiarias.
—No todo el mundo en la zona estaba contento con la confirmación de la existencia de criaturas como los hombres lobo y demás cambiantes después de la Gran Revelación, y la Inmaculada Palabra del Tabernáculo de Clarice había enviado a algunos de sus miembros para manifestarse delante del Merlotte's de vez en cuando.

—Sookie —dijo Sam—. Lamento lo de tu pelo.

—¿Qué le pasa? —pregunté, llevándome la mano a la cabeza. La conmoción empezaba a coger cuerpo.

—Se te ha chamuscado la punta de la coleta —dijo y se sentó de repente. No parecía mala idea.

—Así que eso era lo que olía tan mal —señalé, derrumbándome en el suelo, junto a él. Teníamos la espalda apoyada en la base de la barra, ya que los taburetes habían quedado esparcidos por todas partes en el frenesí previo. Se me había quemado el pelo. Noté cómo las lágrimas surcaban mis mejillas. Sabía que era una estupidez, pero no podía evitarlo.

Sam me cogió con fuerza de la mano, y aún estábamos así cuando los bomberos irrumpieron en el local. A pesar de que el Merlotte's está fuera de los límites de la ciudad, recibimos servicio de los bomberos de la misma, aunque no de los voluntarios.

—No creo que vayáis a necesitar la manguera —explicó Sam—. Creo que está apagado. —Estaba ansioso por evitarle más daños al bar.

Truman La Salle, el jefe del destacamento, dijo:

—¿Necesitáis asistencia médica? —Pero su mirada decía otra cosa y sus palabras sonaban vacías.

—Estoy bien —contesté, tras mirar a Sam—, pero Jane está ahí fuera con un corte en la cabeza. ¿Sam?

—Creo que me he quemado un poco la mano derecha —indicó, apretando la boca como si acabara de percatarse del dolor. Me soltó para frotarse la mano y su respingo fue de lo más revelador.

—Tienes que curarte eso —aconsejé—. Las quemaduras duelen como el demonio.

—Sí, ya lo veo —dijo, cerrando los ojos con fuerza.

Bud Dearborn entró tan pronto como Truman gritó su visto bueno. El sheriff debía de estar acostado, porque su aspecto rezumaba improvisación y le faltaba el sombrero, una parte indispensable de su vestuario. El sheriff ya rondaría los cincuenta largos, y aparentaba cada minuto de todos ellos. Siempre me pareció un pekinés. Ahora parecía un pekinés gris. Se pasó varios minutos recorriendo el bar, cuidando donde pisaba, casi husmeando el desaguisado. Finalmente pareció satisfecho y se puso ante mí.

—¿En qué os habéis metido ahora? —preguntó.

—Alguien ha lanzado una botella incendiaria por la ventana —dije—. Nada que ver conmigo. —Estaba demasiado conmocionada para mostrar enfado.

—¿Iban a por ti, Sam? —inquirió el sheriff. Se alejó sin esperar una respuesta.

Sam se levantó trabajosamente y se volvió para tenderme su mano izquierda. La agarré y él tiró. Dado que Sam es más fuerte de lo que parece, me incorporé en un suspiro.

El tiempo se detuvo durante unos minutos. Tenía que pensar que quizá estuviese un poco conmocionada.

Cuando el sheriff Dearborn completó su lento pero minucioso registro del bar, volvió con nosotros.

Para entonces, ya teníamos otro sheriff con el que lidiar.

Eric Northman, mi novio y sheriff vampiro de la Zona Cinco, que comprendía Bon Temps, atravesó la puerta tan deprisa que, para cuando Bud y Truman se dieron cuenta de su presencia, saltaron del susto y pensé que Bud desenfundaría su arma. Eric me agarró de los hombros y se inclinó para mirarme fijamente a la cara.

—¿Estás herida? —exigió saber.

Sentí que su preocupación me permitía prescindir de mi máscara de entereza. Noté una lágrima deslizarse por mi mejilla. Sólo una.

—Se me ha prendido el delantal, pero creo que mis piernas están bien —dije, esforzándome al máximo para sonar tranquila—. Sólo he perdido un poco de pelo. No me ha ido tan mal. Bud, Truman, no recuerdo si conocéis a mi novio, Eric Northman, de Shreveport. —Había varios hechos dudosos en esa afirmación.

—¿Cómo supo que había un problema aquí, señor Northman? —preguntó Truman.

—Sookie me llamó con su móvil —respondió Eric. Era mentira, pero no tenía ganas de explicar mi vínculo de sangre a un sheriff y a un jefe de bomberos, y Eric jamás revelaría esa información a unos humanos.

Una de las cosas más maravillosas y espantosas de que Eric me amase era que le importaba una mierda el resto del mundo. Le daban igual los desperfectos del bar, las quemaduras de Sam y la presencia de los bomberos y la policía (que no lo perdían de vista en ningún momento) que inspeccionaban el edificio.

Eric me rodeó para evaluar la situación. Al cabo de un largo instante, dijo:

—Voy a mirarte las piernas. Después encontraremos a un médico y a una esteticista. —Su voz era absolutamente fría y controlada, pero yo sabía que su ira era un volcán contenido. Lo noté gracias a nuestro vínculo, igual que él había sabido de mi peligro por mi miedo y malestar.

—Cielo, tenemos otras cosas en las que pensar —indiqué, forzándome a sonreír y a sonar tranquila. Un rincón de mi mente visualizó una ambulancia rosa frenando bruscamente en el exterior para descargar un contingente de esteticistas con sus maletines de tijeras, peines y laca para el pelo—. Arreglar un poco de pelo quemado puede esperar hasta mañana. Es mucho más importante descubrir quién ha hecho esto y por qué.

Eric lanzó una dura mirada a Sam, como si fuese responsable del ataque.

—Sí, su bar es mucho más importante que tu seguridad y bienestar —dijo. Sam se quedó pasmado ante tal increpación y un conato de enfado empezó a prender en su rostro.

—Si Sam no hubiese actuado tan rápidamente con el extintor, todos habríamos acabado bastante mal —expliqué sin perder la calma y la sonrisa—. De hecho, tanto el bar como sus ocupantes habrían acabado muy mal. —Me estaba quedando sin falsa serenidad y, por supuesto, Eric se percató.

—Te voy a llevar a casa —decretó.

—No hasta que yo termine de hablar con ella. —Bud demostró un valor considerable. Eric ya era lo bastante temible cuando se encontraba de «buen» humor, nada que ver cuando sacaba los colmillos, como en ese preciso momento. Es lo que tienen las emociones fuertes en un vampiro.

—Cielo —dije, conteniéndome con gran esfuerzo. Cogí a Eric por la cintura y volví a intentarlo—. Cielo, Bud y Truman son los que mandan aquí y tienen sus propias normas. Estoy bien. —A pesar de mis temblores, que, por supuesto, él podía sentir.

—Estabas asustada —afirmó Eric. Estaba furioso porque me hubiese pasado algo que no había podido impedir.

Contuve el suspiro que me causó tener que ejercer de niñera de las emociones de Eric cuando lo que deseaba era tener mi propia crisis nerviosa. Los vampiros son de los seres más posesivos cuando reclaman la propiedad de alguien, pero también se obsesionan con fundirse con la población humana y no causar problemas innecesarios. Aquélla era una reacción excesiva.

Eric estaba furioso, sin duda, pero también solía ser tranquilo y pragmático. Sabía que no había sufrido heridas serias. Alcé la mirada hacia sus ojos, desconcertada. Hacía un par de semanas que mi vikingo no era él mismo. Algo, aparte de la muerte de su creador, lo importunaba, pero no había reunido valor suficiente para preguntárselo. Había preferido dejarlo estar. Sólo quería disfrutar de la paz que habíamos compartido durante varias semanas.

Puede que hubiese sido un error. Algo importante lo acuciaba, y toda esa ira era un efecto.

—¿Cómo has llegado tan rápido? —preguntó Bud a Eric.

—Vine volando —dijo Eric con naturalidad, y Bud y Truman intercambiaron miradas de desconcierto. Hacía mil años que Eric gozaba de esa habilidad, así que pasó por alto las reacciones de asombro. Estaba centrado en mí, los colmillos aún desplegados.

No había manera de que supieran que Eric había sentido mi pavor desde el momento que vi la figura en movimiento. No había tenido necesidad de llamarlo cuando terminó el incidente.

—Cuanto antes solucionemos esto —sugerí dejando al descubierto una lamentable sonrisa hacia él—, antes podremos irnos. —Intentaba, sin demasiada sutileza, enviarle un mensaje a Eric. Al fin se calmó un poco para coger mis indirectas.

—Por supuesto, querida —respondió—. Tienes toda la razón. —Pero su mano agarró la mía con excesiva fuerza y sus ojos adquirieron tal luminosidad que parecían dos linternas azules.

Bud y Truman quedaron sumamente aliviados. La tensión descendió varios grados. Vampiros igual a drama.

Mientras curaban la mano de Sam y Truman tomaba unas fotos de los restos de la botella incendiaria, Bud me preguntó lo que había visto.

—Vi fugazmente una figura en el aparcamiento que corría hacia el edificio y luego una botella atravesó la ventana —expliqué—. No sé quién la lanzó. Tras romperse la ventana, el fuego se extendió gracias a las servilletas que ardían. No me di cuenta de nada más que de la gente corriendo para salir y Sam intentando apagarlo.

Bud me preguntó lo mismo varias veces de varias maneras distintas, pero no pude ayudarlo más de lo que ya lo había hecho.

—¿Por qué crees que alguien le haría esto al Merlotte's y a Sam? —preguntó Bud.

—No lo comprendo —dije—. Bueno, hubo algunos manifestantes de la iglesia en el aparcamiento hace varias semanas. Sólo han vuelto una vez desde entonces. No puedo imaginarme a ninguno de ellos haciendo..., ¿era eso un cóctel molotov?

—¿Cómo sabes de esas cosas, Sookie?

—Bueno, primero porque leo libros. Segundo, porque Terry no habla mucho sobre la guerra, pero de vez en cuando comenta algo sobre las armas. —Terry Bellefleur, el primo del detective Andy Bellefleur, era un veterano de Vietnam condecorado y traumatizado. Solía encargarse de la limpieza del bar cuando todo el mundo se había marchado y, de vez en cuando, sustituía a Sam. A veces se quedaba allí observando el ir y venir de las personas. Su vida social no era muy dilatada.

Tan pronto como Bud se declaró satisfecho, Eric y yo nos dirigimos hacia mi coche. Cogió las llaves de mi mano temblorosa. Ocupé el asiento del copiloto. Él tenía razón. No debía conducir hasta que me recuperase del *shock*.

Eric había estado hablando por el móvil mientras Bud me interrogaba, y lo cierto es que no me sorprendió demasiado ver un coche aparcado enfrente de mi casa. Era el de Pam, y venía con un acompañante.

Eric fue hasta la parte de atrás, donde suelo aparcar, y me deslicé fuera del coche para apresurarme a abrir la puerta delantera. Eric me siguió con paso tranquilo. No habíamos intercambiado una sola palabra en el corto viaje. Estaba preocupado y aún lidiaba con su propio temperamento. Yo estaba conmocionada a causa del incidente. Ya me sentía un poco yo misma de nuevo mientras me asomaba al porche y decía:

—¡Adelante!

Pam y su acompañante salieron del vehículo. Iba con un joven que quizá tuviera los veintiuno, delgado hasta el borde de la demacración. Su pelo estaba teñido de azul y lucía un corte extremadamente geométrico, como si se hubiese puesto una caja en la cabeza, la hubiese ladeado y hubiese cortado el pelo que sobresalía. Todo lo que no entraba en el límite había quedado rapado.

Digamos que era llamativo.

Pam sonrió ante mi expresión, que rápidamente intenté convertir en acogedora. Pam era vampira desde que la reina Victoria ocupaba el trono de Inglaterra y era la mano derecha de Eric desde que la reclamara para sí en sus correrías en Estados Unidos. Él era su creador.

—Hola —saludé al joven que entraba por mi puerta. Estaba muy nervioso. Me miró fugazmente, apartó la mirada, se centró en Eric y luego barrió la estancia como si intentase impregnarse de ella. Un fugaz destello de desprecio surcó su rostro lampiño tras repasar el desorden del salón, que nunca era gran cosa, ni siquiera cuando estaba ordenado.

Pam le dio una colleja.

—¡Responde cuando te hablan, Immanuel! —restalló. Estaba un poco detrás de él, así que no hubo manera de que la viese cuando me guiñó un ojo.

—Hola, señorita —me saludó, dando un paso al frente. Arrugó la nariz.

—Apestas, Sookie —me dijo Pam.

—Es por el incendio —expliqué.

—Podrás contármelo luego —respondió, arqueando sus pálidas cejas—. Sookie, te presento a Immanuel Earnest —continuó—. Es peluquero en el Estilo de Muerte, de Shreveport. Es el hermano de mi amante, Miriam. —Aquello era mucha información en un par de frases. Me esforcé por asimilarla.

Eric contemplaba el peinado de Immanuel con fascinado desprecio.

—¿Esto es lo que me traes para arreglarle el pelo a Sookie? —dijo a Pam. Tenía los labios apretados en una finísima línea. Sentía su escepticismo palpitar por el vínculo que nos unía.

—Miriam dice que es el mejor —señaló Pam, encogiéndose de hombros—. Hace ciento cincuenta años que no me corto el pelo. ¿Cómo voy a saberlo?

—¡Míralo!

Empezaba a preocuparme. Incluso en aquellas circunstancias, el mal humor de Eric era excesivo.

—A mí me gustan sus tatuajes —dije—. Los colores son muy bonitos.

Aparte de su corte de pelo extremo, Immanuel estaba cubierto por unos tatuajes muy sofisticados. Nada de «AMOR DE MADRE» o «BETTY SUE», ni mujeres desnudas, sino unos diseños muy elaborados y coloridos que se extendían desde las muñecas hasta los hombros. Parecería que iba vestido aunque estuviese desnudo. El peluquero llevaba un estuche plano de cuero que se sacó de debajo del escuálido brazo.

—¿Así que me vas a cortar las puntas chamuscadas? —pregunté, alegre.

—De tu pelo —indicó cuidadosamente. No estaba segura de necesitar esa puntualización. Me atravesó con la mirada y luego la bajó a sus pies—. ¿Tienes una banqueta alta?

—Sí, en la cocina —contesté. Cuando reconstruí mi cocina incendiada, por costumbre había comprado una banqueta alta, como la que mi abuela había usado para sentarse mientras hablaba por teléfono. El nuevo teléfono era inalámbrico, y no necesitaba quedarme en la cocina cuando lo usaba, pero la encimera no parecía completa sin una banqueta al lado.

Mis tres invitados me siguieron y yo arrastré la banqueta hasta el centro de la estancia. Apenas quedó espacio para todos cuando Eric y Pam se sentaron al otro extremo de la mesa. Eric atravesaba a Immanuel con mirada ominosa, mientras que Pam simplemente aguardaba para entretenerse con nuestra agitación emocional.

Me subí a la banqueta y me obligué a sentarme con la espalda recta. Las piernas me escocían, los ojos me lloraban y la garganta me dolía. Pero me obligué a sonreír a mi peluquero. Immanuel estaba muy nervioso. No es lo más aconsejable en alguien que va a manejar unas tijeras afiladas cerca de tu cara.

Me quitó la goma que me sujetaba la coleta. Se produjo un profundo silencio mientras evaluaba los daños. No emitía pensamientos positivos. Mi vanidad se adueñó de mis palabras.

—¿Tan mal está? —pregunté, intentando que la voz no me temblara. Ahora que me sentía a salvo en casa, mi cuerpo empezaba a reaccionar.

—Voy a tener que quitarte por lo menos tres dedos —dijo en voz baja, como si me estuviese contando que un familiar estuviera gravemente enfermo.

Para mi vergüenza, reaccioné como si estuviera viendo las noticias. Sentía las lágrimas agolpándose en mis ojos y los labios me temblaban. «¡Es ridículo!», pensé. Mis ojos se deslizaron a la izquierda, cuando Immanuel puso su estuche de cuero sobre la mesa de la cocina. Abrió la cremallera y sacó un cepillo. Había varias tijeras dispuestas en bucles espirales y una plancha eléctrica con el cable pulcramente enrollado. Cuidado completo del pelo a domicilio.

Pam escribía un mensaje en el móvil a una increíble velocidad. Sonreía, como si el mensaje fuese condenadamente divertido. Eric me miraba fijamente. Su mente destilaba muchos pensamientos oscuros. No podía leerlos, pero sabía que estaba profundamente descontento.

Dejé escapar un suspiro y miré al frente. Amaba a Eric, pero en ese momento sólo deseaba que se llevase sus preocupaciones a otra parte. Sentí el contacto de Immanuel en mi pelo cuando empezó a cepillármelo. La sensación era muy extraña cuando llegaba a las puntas. Un leve tirón y un llamativo sonido me indicaron que parte del pelo quemado se había desprendido.

—No tiene arreglo —murmuró Immanuel—. Voy a cortarlo. Luego te lo lavarás y volveré a cortar.

—Tienes que buscarte otro trabajo —dijo Eric abruptamente, y el cepillo de Immanuel se detuvo en seco hasta que se dio cuenta de que Eric me hablaba a mí.

Quería enfadarme con mi novio. Quería darle una bofetada en su preciosa y testaruda cara.

—Ya hablaremos luego —dije, sin mirarlo.

—¿Qué será lo siguiente? ¡Eres demasiado vulnerable!

—Hablaremos luego.

Por el rabillo del ojo vi a Pam apartando la cabeza para que Eric no viese su sonrisa traviesa.

—¿No deberías taparla con algo? —gruñó Eric a Immanuel—. ¿No deberías taparle la ropa?

—Eric —intervine—, dado que apesto a humo y a extintor, no creo que sea demasiado importante proteger mi ropa del pelo quemado.

Eric no bufó, pero estuvo cerca. No obstante, pareció darse cuenta de mi doloroso estado emocional y se contuvo.

El alivio fue tremendo.

Immanuel, cuyas manos eran sorprendentemente estables para alguien metido en una diminuta cocina con dos vampiros (uno de ellos extremadamente susceptible) y una camarera chamuscada, me cepilló hasta dejar el pelo lo más suave posible. Luego cogió las tijeras. Notaba que el peluquero se concentraba absolutamente en su tarea. Descubrí que Immanuel era un portento de la concentración, ya que su mente era una ventana abierta para mí.

No llevó mucho tiempo. Los mechones quemados cayeron al suelo como copos de nieve.

—Necesito que te duches y vuelvas con el pelo limpio y mojado —dijo Immanuel—. Después, te lo igualaré un poco. ¿Dónde tienes la escoba y el recogedor?

Le indiqué dónde estaban antes de ir a mi cuarto de baño, atravesando el dormitorio. Me pregunté si Eric me acompañaría, ya que sabía, por anteriores experiencias, que le gustaba mi ducha. Tal como me sentía, estaría mucho mejor si se quedaba en la cocina.

Me quité la ropa apestosa y abrí el grifo para que fluyera el agua más caliente que mi cuerpo pudiera soportar. Fue un alivio entrar en la ducha y notar que la humedad y el calor cubrían todo mi cuerpo. Cuando el agua llegó a mis piernas, me escoció mucho. Por un instante no supe ver el lado positivo de nada. Sólo recordé el miedo que había pasado. Pero, una vez lidiado con ello, algo afloró en mi mente.

La figura que había atisbado corriendo hacia el bar, botella en mano..., no podía estar completamente segura, pero sospechaba que no era humana.

Capítulo 2

Metí mis prendas mugrientas y apestosas en la cesta de la ropa sucia del baño. Tendría que remojarlas previamente en agua con quitamanchas antes de intentar siquiera lavarlas, y tampoco podía tirarlas antes de que estuviesen limpias y poder ver lo dañadas que estaban. No me sentía muy optimista acerca de los pantalones negros. No me di cuenta de que estaban un poco chamuscados hasta que los tendí sobre mis tiernos muslos y descubrí que habían adquirido un tono rosa. Sólo entonces recordé cuando bajé la mirada y descubrí que mi delantal estaba ardiendo.

Me examiné las piernas y vi que podría haber sido mucho peor. Las chispas habían prendido en el delantal, no en los pantalones, y Sam se había dado mucha prisa con el extintor. Agradecí que comprobara su buen estado cada año; agradecí que siempre fuese a la estación de bomberos para rellenarlos; agradecí las alarmas de incendios. Tuve un destello de lo que podría haber pasado.

«Respira profundamente —me dije mientras me secaba las piernas con cuidado—. «Respira profundamente.

Piensa en lo bien que te sientes ahora que estás limpia». Era maravilloso poder desembarazarse del olor, enjabonarse el pelo y devolverle un olor normal.

No podía dejar de preocuparme por lo que había visto cuando miré por la ventana del Merlotte's: una figura baja corriendo hacia el edificio, sosteniendo algo en una mano. No sabría decir si se trataba de un hombre o una mujer, pero estaba segura de una cosa: el individuo era sobrenatural, y sospechaba que era cambiante. La sospecha ganó enteros cuando sumé su velocidad y agilidad y la precisión del lanzamiento; había arrojado el cóctel más fuerte de lo que habría podido hacerlo cualquier humano, hasta el punto de romper el cristal de la ventana.

No podía estar segura al cien por cien. Pero a los vampiros no les gusta jugar con fuego. Hay algo en su condición que los convierte en seres especialmente inflamables. Habría que ser un vampiro extraordinariamente confiado o inconsciente para usar un cóctel molotov como arma.

Sólo por esa razón, apostaría mi dinero a la opción del cambiante o el licántropo. Por supuesto, existían otras criaturas sobrenaturales, como los elfos, las hadas y los trasgos, y todos ellos eran más veloces que los humanos. Para mi pesar, todo había ocurrido demasiado rápido como para poder captar la proyección mental del atacante. Habría sido una prueba decisiva, ya que los vampiros son un gran vacío para mí, un agujero en el éter. Tampoco puedo leer a las hadas, si bien sus señales son diferentes. Puedo leer a algunos cambiantes con cierta precisión, a otros no, pero noto la actividad de sus cerebros.

No suelo considerarme una persona indecisa. Pero mientras me secaba y me cepillaba el pelo mojado (notando lo extraño que resultaba terminar el recorrido tan pronto), me preocupó la idea de compartir mis sospechas con Eric. Cuando un vampiro te ama, aunque sólo sienta que eres de su propiedad, su noción de la protección puede ser un poco drástica. Eric adoraba meterse en refriegas; a menudo tenía que luchar para equilibrar el trasfondo político de una maniobra con la tentación de saltar con una espada desenfundada. Si bien no creía que fuese a cargar contra la comunidad de los cambiantes, dado el humor que tenía, creí que sería más inteligente guardarme mis ideas hasta contar con alguna prueba en una dirección u otra.

Me puse el pantalón del pijama y una camiseta de las Lady Falcons. Observé mi cama con anhelo antes de salir para reunirme de nuevo con el extraño grupo de mi cocina. Eric y Pam bebían sendas botellas de sangre sintética que guardaba en la nevera, mientras que Immanuel sorbía tímidamente una Coca-Cola. Me sentí afligida por no haberles ofrecido nada de beber, pero Pam me interceptó la mirada con expresión ecuánime. Ya se había encargado ella. Hice un gesto de agradecimiento con la cabeza a Immanuel y le dije:

—Ya estoy lista. —Despegó su cuerpo huesudo de la silla y me hizo un gesto hacia la banqueta.

Esta vez, mi nuevo peluquero desplegó un fino capote de plástico para los hombros que me ató al cuello. Empezó a cepillarme el pelo analizándolo concienzudamente. Traté de sonreír a Eric para demostrarle que no estaba tan mal, pero mi corazón estaba en otra parte. Pam miró con ceño fruncido su móvil. El mensaje entrante no le había gustado.

Al parecer, Immanuel había pasado el tiempo cuidando el pelo de Pam. Su pálida melena rubia, lisa y fina, estaba pulcramente apartada de su cara por una cinta azul. No podía parecerse más a Alicia. No llevaba un vestido azul de cuerpo completo ni un mandil blanco, pero sí el azul pálido: vestido de tubo, puede que de los sesenta, y charoles con tacón de siete centímetros. Y perlas.

—¿Qué pasa, Pam? —pregunté, simplemente porque el silencio en la cocina se hacía cada vez más opresivo—. ¿Alguien te manda mensajes desagradables?

—No pasa nada —rezongó. Intenté no sobresaltarme—. No pasa absolutamente nada. Victor sigue siendo nuestro líder. Nuestra posición no mejora. Nuestras solicitudes caen en el olvido. ¿Dónde está Felipe? Lo necesitamos.

Eric la atravesó con la mirada. Vaya, problemas en el paraíso. Nunca los había visto pelearse en serio.

Pam era la única «vampira convertida» de Eric que conocía. Ahora iba por libre, después de compartir con él sus primeros años como vampira. No le había ido mal, pero me confesó que se alegró de volver con Eric cuando la llamó para que le ayudase en la Zona Cinco, cuando la anterior reina lo designó como sheriff.

La tensa atmósfera empezaba a afectar a Immanuel, que se mostraba errático en su concentración, que consistía en cortarme el pelo.

—Calmaos, chicos —les dije sin rodeos.

—¿Y qué pasa con toda esa mierda amontonada en tu camino privado? —preguntó Pam, dejando escapar su original acento británico—. Por no decir nada de tu salón y el porche. ¿Vas a montar un mercadillo de baratijas? —Saltaba a la vista lo orgullosa que estaba de haber empleado la terminología correcta.

—Casi he terminado —murmuró Immanuel, sus tijeras atacando el pelo con frenesí en respuesta a la creciente tensión.

—Pam, todo eso ha salido de mi desván —expliqué, feliz de poder hablar de algo tan mundano y tranquilizador (o al menos eso esperaba)—. Claude y Dermot me están ayudando a limpiar. Iré a ver a una vendedora de antigüedades con Sam por la mañana... Bueno, pensábamos ir. Ahora no sé si Sam podrá.

—¡Lo ves! —le dijo Pam a Eric—. Vive con otros hombres. Se va de compras con otros hombres. ¿Qué clase de marido eres?

Eric se lanzó sobre la mesa, aferrando el cuello de Pam entre las manos.

Un segundo después, los dos rodaban por el suelo en un serio intento de hacerse daño. No estaba segura de que Pam pudiera hacer movimientos que pudiesen inquietar a Eric, dado que era su vampira convertida, pero lo cierto era que se defendía vigorosamente; ahí se dibuja una fina línea.

No pude zafarme de la banqueta lo bastante rápido como para evitar daños colaterales. Era inevitable que acabasen chocando contra la banqueta, y por supuesto eso hicieron. También caí al suelo, golpeándome el hombro con la encimera de paso. Immanuel tuvo el acierto de dar un salto hacia atrás sin soltar las tijeras, una bendición para todos. Uno de los vampiros podría haberlas cogido para usarlas como arma, o, peor aún, podrían haber acabado clavadas en alguna parte de mi cuerpo.

La mano de Immanuel me agarró del brazo con sorprendente fuerza y tiró de mí. Nos arrastramos como pudimos fuera de la cocina, hacia el salón. Permanecimos en medio de la estancia atestada, jadeando, observando atentamente el pasillo por si la pelea nos seguía.

Se oían golpes y choques, así como un persistente zumbido que identifiqué con gruñidos.

—Buena la han cogido los pit bull —señaló Immanuel. Afrontaba la situación con gran calma. Me alegraba de contar con compañía humana.

—No sé qué les pasa —dije—. Jamás los había visto actuar así.

—Pam está frustrada —confesó Immanuel con una familiaridad sorprendente—. Ella quiere crear a su propio vampiro neonato, pero existe alguna razón vampírica que se lo impide.

No pude disimular mi sorpresa.

—¿Cómo sabes todo eso? Siento sonar un poco grosera, pero conozco a Pam y a Eric desde hace bastante tiempo y nunca les oí hablar del tema.

—Pam está saliendo con mi hermana. —Immanuel no parecía ofendido por mi franqueza, a Dios gracias—. Mi hermana Miriam. Mi madre es religiosa —explicó—. Y un poco loca. El caso es que mi hermana está enferma y va empeorando, y Pam quiere convertirla antes de que se ponga peor. Nunca dejará de ser un saco de huesos y pellejo si Pam no se da prisa.

No sabía qué decir.

—¿Cuál es la enfermedad de tu hermana? —pregunté.

—Tiene leucemia —explicó Immanuel. Si bien mantenía su fachada tranquila, pude sentir el dolor que subyacía, así como el temor y la preocupación.

—Entonces por eso te conoce Pam.

—Sí. Pero tenía razón. Aparte de todo, soy el mejor estilista de Shreveport.

—Te creo —señalé—. Y lamento lo de tu hermana. Supongo que no te habrán dicho por qué Pam no puede convertirla.

—No, pero no creo que el obstáculo sea Eric.

—Seguro que no. —Sonó un grito seguido de un fuerte golpe en la cocina—. Me pregunto si debería intervenir.

—Yo, en tu lugar, los dejaría terminar.

—Espero que paguen los desperfectos de la cocina —dije, haciendo todo lo posible para sonar enfadada en vez de asustada.

—Sabes que podría ordenarle que se estuviese quieta y ella tendría que obedecer. —Era como si Immanuel hablase del tiempo.

Tenía toda la razón. Como vampira convertida de Eric, Pam estaba obligada a obedecer las órdenes directas. Pero, por alguna razón, Eric se resistía a emplear la palabra mágica. Mientras tanto, mi cocina estaba siendo arrasada. Cuando me di cuenta del todo de que Eric podía terminar con todo aquello cuando le viniese en gana, fui yo quien perdió los estribos.

Aunque Inmanuel trató de agarrarme el brazo, salí con los pies descalzos hacia el cuarto de baño del pasillo, cogí el jarro que usaba Claude para limpiar el aseo, lo llené con agua helada y me fui a la cocina (me tambaleaba un poco al andar debido a la caída, pero me las arreglé). Eric estaba encima de Pam, lanzándole puñetazos. Su propia cara estaba ensangrentada. Pam lo agarraba de los hombros, impidiendo que se acercase más. Quizá temía que fuese a morderla.

Tomé posición y calculé la trayectoria. Cuando estuve segura de las estimaciones, derramé el agua fría sobre los vampiros.

Esta vez me tocaba apagar otro tipo de incendio.

Pam chilló como una tetera cuando el agua fría le salpicó la cara y Eric dijo algo que sonaba vil en un idioma desconocido. Por un segundo, pensé que ambos se lanzarían sobre mí. Afianzada mi posición con los pies descalzos, jarro vacío en mano, los miré con dureza de uno en uno. Entonces me volví y salí de la cocina.

Immanuel se sorprendió de verme volver de una pieza. Agitó la cabeza. Obviamente, no sabía si admirarme o pensar que era idiota.

—Estás loca, mujer —dijo—, pero al menos he conseguido que tu pelo luzca bonito. Deberías venir a que te ponga unos reflejos. Te haré un precio rebajado. Cobro más que nadie en Shreveport —añadió como si fuese lo más natural del mundo.

—Oh. Gracias. Me lo pensaré. —Exhausta por el largo día y mi repentino estallido de rabia (rabia y miedo son agotadores), me senté en la esquina libre del sofá e indiqué a Immanuel que se acomodase en la butaca, el único otro asiento del salón que no estaba ocupado por la limpieza de mi desván.

Permanecimos en silencio, escuchando la renovada pelea en la cocina. Para mi alivio, el ruido no fue tan fuerte. Al cabo de unos segundos, Immanuel dijo con aire de disculpa:

—Me iría a casa si no me hubiese traído Pam. —Se estaba disculpando.

—No pasa nada —respondí reprimiendo un bostezo—. Sólo lamento no poder entrar en la cocina. Podría ofrecerte otra bebida o algo de comer si saliesen de ahí.

Meneó la cabeza.

—La Coca-Cola ha sido suficiente, gracias. No soy de comer mucho. ¿Qué crees que estarán haciendo? ¿Follar?

Ojalá mi aspecto no denotase mi desconcierto. Era verdad que Eric y Pam habían sido amantes justo después de que él la convirtiera. De hecho, ella me contó lo que había disfrutado con esa fase de su relación, si bien a lo largo de las décadas había descubierto que le gustaban las mujeres. Así que estaba eso, y además ahora Eric y yo estábamos casados, una especie de matrimonio vampírico no vinculante, y estaba convencida de que hasta ese tipo de uniones descartaban las relaciones sexuales extramatrimoniales en la cocina de una, ¿no?

Por otra parte...

—Pam prefiere a las mujeres —dije, procurando parecer más segura de lo que realmente me sentía. Cuando pensaba que Eric podía estar con otra persona, me entraban ganas de arrancarle su preciosa cabellera rubia. De raíz. A puñados.

—Ella es como omnisexual —comentó Immanuel—. Mi hermana y Pam se han acostado juntas con otros hombres.

—Ah, vale. —Levanté una mano en señal de «alto». Hay cosas que no deseo ni imaginar.

—Eres un poco mojigata para ser alguien que sale con un vampiro —observó Immanuel.

—Sí. Es verdad. —Jamás me había aplicado ese adjetivo, pero, en comparación con Immanuel (y Pam), podía considerarme bastante convencional.

Prefería pensar en ello como un sentido de la intimidad evolucionado.

Finalmente, Pam y Eric salieron al salón. Immanuel y yo nos sentamos al borde de nuestros respectivos asientos, sin saber qué esperar. Si bien ambos vampiros se mostraban inexpresivos, el lenguaje defensivo de sus cuerpos indicaba que se avergonzaban de la pérdida del autocontrol.

Ya se estaban curando, noté con cierta envidia. El pelo de Eric estaba desgreñado y una de las mangas de la camiseta estaba arrancada. El vestido de Pam estaba raído y llevaba los zapatos en la mano porque se le había roto uno de los tacones.

Eric abrió la boca para decir algo, pero me adelanté.

—No sé de qué va todo esto —dije—, pero estoy demasiado cansada para que me importe. Vosotros dos sois responsables de todo lo que hayáis roto y quiero que salgáis de esta casa ahora mismo. Rescindiré mi invitación si es necesario.

Eric parecía disconforme. Al parecer, había planeado pasar la noche conmigo. Tendría que ser en otra ocasión.

Vi luces de coche por el camino privado. Seguro que eran Claude y Dermot. No podía permitirme tener hadas y vampiros a la vez bajo el mismo techo. Ambas razas eran fuertes y feroces, pero los vampiros encontraban a las hadas literalmente irresistibles, como los gatos con la hierba para gatos. No me quedaban fuerzas para soportar otra pelea.

—Largaos por la puerta delantera —ordené—. ¡Vamos! —añadí al ver que no obedecían inmediatamente—. Gracias por el corte, Immanuel. Eric, te agradezco que pensaras en las necesidades estéticas de mi pelo. —Podría haber empleado más sarcasmo en esa frase—. Habría sido muy generoso por tu parte pensártelo dos veces antes de arrasar mi cocina.

Sin más resistencia, Pam hizo un gesto a Immanuel y los dos salieron juntos por la puerta. El peluquero proyectaba un aire divertido por toda la situación. Pam me dedicó una prolongada mirada mientras pasaba a mi lado. Sabía que quería insinuarme algo, pero por mi vida que no alcanzaba a comprenderlo.

—Te abrazaría mientras duermes —dijo Eric—. ¿Te ha dolido? Lo siento. —Parecía extrañamente desconcertado.

En otras circunstancias habría aceptado sus heterodoxas disculpas, pero esa noche no era el mejor momento.

—Tienes que irte a casa, Eric. Hablaremos cuando puedas controlar tus impulsos.

Eso era toda una reprimenda para un vampiro. La espalda se le puso tiesa. Por un momento pensé que tendría que lidiar con otra pelea. Pero, finalmente, Eric se detuvo en la puerta delantera. Una vez en el porche, dijo:

—Te llamaré pronto, esposa mía. —Me encogí de hombros. Pues vale. Estaba demasiado cansada y me sentía demasiado agraviada como para invocar cualquier tipo de expresión romántica.

Creo que Eric se metió en el coche con Pam y el peluquero para regresar a Shreveport. Probablemente estuviera demasiado magullado para volar. ¿Qué demonios pasaba entre Pam y Eric?

Intenté convencerme de que no era problema mío, pero tenía la desagradable sensación de que sí lo era, y que esto iba para largo.

Claude y Dermot entraron por detrás un segundo más tarde, husmeando el aire ostentosamente.

—Huele a humo y a vampiros —anunció Claude, poniendo los ojos en blanco exageradamente—. Y tu cocina tiene el aspecto de que haya entrado un oso en busca de miel.

—No sé cómo lo soportas —señaló Dermot—. Huelen agridulce. No sé si me gusta o lo odio. —Sostuvo su mano sobre la nariz dramáticamente—. ¿Noto un rastro de pelo quemado?

—Chicos, calmaos —pedí, agotada. Les relaté una versión resumida del ataque al Merlotte's y la pelea en la cocina—. Así que limitaos a darme un abrazo y dejad que me vaya a la cama sin más comentarios sobre vampiros —añadí.

—¿Quieres que durmamos contigo, sobrina? —preguntó Dermot con esa forma tan florida y típica de las viejas hadas, las que no pasan tanto tiempo con humanos. La cercanía entre hadas es tranquilizadora a la par que curativa. Incluso con la poca sangre feérica que corría por mis venas, la proximidad de Claude y Dermot se me antojaba reconfortante. No me había dado cuenta de ello la vez que conocí a Claude y su hermana Claudine, pero cuanto más los conocía y más contacto físico tenía con ellos, mejor me sentía en su proximidad. Cuando mi bisabuelo Niall me abrazaba, sentía amor en estado puro. Al margen de lo que hiciera o por muy dudosas que fuesen sus decisiones, volvía a sentir esa oleada de amor cada vez que estaba cerca. Lamenté fugazmente que quizá no volvería a verlo, pero tampoco me quedaban energías emocionales en la reserva.

—Gracias, Dermot, pero creo que dormiré sola esta noche. Que durmáis bien.

—Igualmente, Sookie —me dijo Claude. La cordialidad de Dermot se estaba contagiando a mi primo cascarrabias.

Una llamada a la puerta me despertó a la mañana siguiente. Legañosa y con el pelo hecho un desastre, atravesé el salón y miré por la mirilla. Era Sam.

Abrí la puerta y lo recibí con un bostezo.

—Sam, ¿en qué puedo ayudarte? Adelante, pasa.

No pudo evitar dejar escapar una mirada al desorden del salón y vi que no conseguía contener una sonrisa.

—¿No habíamos quedado para ir a Shreveport? —preguntó.

—¡Ay, Dios mío! —De repente me sentía mucho más despejada—. Lo último que pensé anoche, antes de acostarme, era que no podrías ir por lo del incendio. ¿Puedes? ¿De verdad te apetece?

—Sí. El jefe de bomberos ha hablado con mi aseguradora y ya han empezado con el papeleo. Mientras, Danny y yo hemos sacado la mesa y las sillas quemadas; Terry ha estado ocupándose del suelo y Antoine ha comprobado que la cocina esté bien. Ya me he asegurado de comprar más extintores. —Por un largo instante, su sonrisa flaqueó—. Si es que me queda algún cliente al que servir.

No creo que mucha gente tenga ganas de venir al Merlotte's si piensa que puede correr el riesgo de que la incineren.

No podía culpar a nadie por pensar así. El incidente de la noche anterior no había sido tampoco el detonante del bajón, en absoluto. Podría acelerar el declive del negocio de Sam, eso sí.

—Pues tendrán que atrapar al responsable, sea quien sea —dije. Intentaba sonar positiva—. Así, la gente sabrá que vuelve a ser seguro y volverás a tener a tus parroquianos.

En ese momento bajó Claude por la escalera con aire hosco.

—Cuánto ruido hay aquí abajo —murmuró mientras pasaba hacia el cuarto de baño del pasillo. Incluso andando con los hombros caídos con unos vaqueros viejos, Claude destilaba una gracia que llamaba la atención sobre su belleza. Sam dejó escapar un suspiro inconsciente y agitó la cabeza levemente mientras su mirada seguía a Claude, que se deslizaba por el pasillo como si tuviese unos cojinetes en las articulaciones de la cadera.

—Eh —dije tras oír que cerraba la puerta—. ¡Sam! No tiene nada que tú no tengas.

—Algunos tíos... —empezó, azorado, pero se detuvo—. Ah, olvídalo.

No podía, por supuesto, no cuando sabía directamente por las proyecciones de su mente que se sentía, no exactamente celoso, sino más bien pesaroso por la atracción física de Claude, a pesar de saber muy bien que mi primo era un coñazo.

Llevo leyendo la mente de los hombres desde hace años y se parecen más a las mujeres de lo que cabría esperar, en serio, a menos que salga el tema de los coches ranchera. Iba a decirle que era muy atractivo, que las mujeres del bar cuchicheaban sobre él más de lo que se imaginaba; pero al final mantuve la boca cerrada. Debía dejarle en la intimidad de sus propios pensamientos. Debido a su naturaleza cambiante, la mayor parte de las cosas que había en la cabeza de Sam se quedaban en la cabeza de Sam... más o menos. Yo podía captar un pensamiento vago, un sentir general, pero rara vez nada específico.

—Ven, prepararé un poco de café —dije, y al entrar en la cocina, seguida de cerca por Sam, frené en seco. Había olvidado la pelea de anoche.

—¿Qué ha pasado? —preguntó Sam—. ¿Esto es cosa de Claude? —dijo, mirando a su alrededor, consternado.

—No, fueron Eric y Pam —contesté—. Oh, estos zombis. —Sam me miró extrañado y yo me reí y empecé a recoger cosas. Estaba abreviando una de las maldiciones de Pam, porque no estaba tan asustada.

No podía evitar pensar que habría sido realmente agradable por parte de Claude y Dermot que hubiesen ordenado un poco la estancia antes de aparecer la noche anterior, sólo como detalle.

Pero, claro, tampoco era su cocina.

Puse una silla sobre sus patas y Sam colocó la mesa en su sitio. Me hice con la escoba y el recogedor y barrí la sal, la pimienta y el azúcar que se habían derramado en el suelo, anotando mentalmente que debía pasarme por el supermercado para comprar otra tostadora si Eric no me enviaba una hoy. El servilletero también estaba roto, y eso que había sobrevivido al incendio de hacía año y medio. Suspiré por partida doble.

—Al menos la mesa está bien —dije.

—Y sólo una de las sillas tiene una pata rota —informó Sam—. ¿Crees que Eric se encargará de arreglar o reemplazar esto?

—Eso espero —repliqué, hallando la cafetera intacta, al igual que las tazas que colgaban junto a ella; no, un momento, una estaba rota. Bueno, me quedaban cinco intactas. No me podía quejar.

Preparé un poco de café. Mientras Sam sacaba la bolsa de la basura, fui a mi habitación para prepararme. Me duché la noche anterior, así que sólo necesitaba cepillarme el pelo y los dientes y enfundarme unos vaqueros y una camiseta de «*Fight Like a Girl*[*]». No me pasé con el maquillaje. Sam me había visto bajo todo tipo de circunstancias.

—¿Qué tal el pelo? —me preguntó cuando volví con él. Dermot también estaba en la cocina. Al parecer, había hecho una incursión rápida en la ciudad, ya que ambos estaban disfrutando de unas rosquillas frescas. A tenor del sonido del agua, Claude se estaba duchando.

Miré la caja de la panadería con anhelo, pero era demasiado consciente de que los vaqueros me estaban muy ajustados. Me sentí como una mártir mientras me servía un cuenco de Special K con algo de edulcorante y leche desnatada. Al ver que Sam iba a hacer un comentario, lo miré con los ojos entrecerrados. Me sonrió, masticando profusamente una porción de rosquilla rellena de gelatina.

---

[*] Pelea como una chica. *(N. del T.)*

—Dermot, en unos minutos nos iremos a Shreveport. Si necesitas mi cuarto de baño... —ofrecí, ya que Claude era terrible acaparando el del pasillo. Lavé el cuenco en la pila.

—Gracias, sobrina —dijo Dermot, besándome la mano—. Tienes el pelo maravilloso, a pesar de estar más corto, por cierto. Creo que Eric hizo bien en traer a alguien para que te lo acondicionara anoche.

Sam agitó la cabeza mientras nos dirigíamos hacia su ranchera.

—Sook, ese tío te trata como a una reina.

—¿A quién te refieres, a Eric o a Dermot?

—A Eric no —dijo, sacando lo mejor de su neutralidad—. Dermot.

—¡Sí, es una pena que seamos familia! Además, se parece demasiado a Jason.

—Eso no es un obstáculo para un hada —indicó Sam seriamente.

—Tienes que estar bromeando. —De repente, me puse seria. Por la expresión de Sam, él tampoco estaba bromeando en absoluto—. Escucha, Sam, Dermot jamás me ha mirado siquiera como una mujer y Claude es gay. Somos estrictamente familiares. —Habíamos dormido muchas veces en la misma cama, pero eso sólo nos había aportado el alivio de la presencia, aunque debía admitir que la primera vez me sentí algo extraña. Estaba segura de que sólo se debía a mi parte humana. Por culpa de las palabras de Sam, ahora no paraba de darle vueltas a lo que creía un hecho consumado, preguntándome si no estaría equivocándome de perspectiva. A fin de cuentas, Claude disfrutaba paseando desnudo, y sabía por su propia boca que había tenido relaciones sexuales con una mujer anteriormente (honestamente, estaba convencida de que habría otro hombre en la ecuación).

—Y yo insisto en que las cosas raras no son tan raras en las familias de las hadas —replicó Sam, echándome una mirada.

—No quiero parecer grosera, pero ¿cómo puedes saber eso? —Si Sam había pasado mucho tiempo con hadas, se lo había guardado muy en secreto.

—He leído mucho al respecto después de conocer a tu bisabuelo.

—¿Leer? ¿Dónde? —Me encantaría aprender más cosas sobre mi parte feérica. Tras decidir vivir alejados de los de su propia especie (me preguntaba lo voluntaria que había sido esa decisión), Claude y Dermot no decían nunca nada sobre las creencias y costumbres de su especie. Aparte de lanzar algún comentario despectivo de vez en cuando acerca de trolls y duendes, no soltaban prenda de las hadas..., al menos delante de mí.

—Eh, es que los cambiantes tenemos una biblioteca. Tenemos registros de nuestra historia y de las observaciones que hemos realizado de otros seres sobrenaturales. Mantenerlos nos ha permitido sobrevivir. Siempre había un lugar al que ir en cada continente para estudiar y leer sobre otras especies. Ahora todo es electrónico. He jurado no enseñársela a nadie. Si pudiera, te dejaría leerlo todo.

—Entonces ¿no puedo leer los registros, pero está bien que me cuentes que existen? —No intentaba hacerme la graciosa, sino que sentía verdadera curiosidad.

—Dentro de ciertos límites —se sonrojó Sam.

No quería presionarlo. Era consciente de que Sam ya había rebasado esos límites por mí.

Durante el resto del trayecto, cada cual se encerró en sus propias preocupaciones. Mientras Eric pasaba por su particular muerte diurna, yo me sentía sola, y solía disfrutar de esa sensación. No es que estar vinculada a Eric hiciera que me sintiese poseída, ni nada por el estilo. Era más bien que, durante las horas nocturnas, podía sentir su vida discurrir paralela a la mía; sabía cuándo estaba trabajando, discutiendo, satisfecho o absorto en una tarea. Se parecía más a una cosquilla en la conciencia que un conocimiento firme.

—Bueno, sobre el que tiró la bomba ayer... —soltó Sam abruptamente.

—Sí —dije—. Creo que puede ser un cambiante de algún tipo, ¿vale?

Asintió sin mirarme.

—No creo que sea un atentado impulsado por el odio —añadí, intentando que las palabras me saliesen con naturalidad.

—No es un crimen humano de odio —apuntó Sam—, pero está claro que algo de animadversión tiene que haber.

—¿Económico?

—No se me ocurre ninguna razón económica —dijo—. Estoy asegurado, pero no soy el único beneficiario si el bar se incendia. Está claro que no podría trabajar durante un tiempo, y estoy convencido de que los demás bares de la zona aprovecharían el momento, pero no creo que sea motivación suficiente. No demasiado —matizó—. El Merlotte's siempre ha sido una bar familiar, no un sitio para hacer cualquier cosa. No es como el Redneck Roadhouse de Vic —añadió con una pizca de amargura.

Tenía razón.

—A lo mejor es que no le caes bien a alguien, Sam —propuse, aunque las palabras me salieron más duras que lo que había pretendido—. Quiero decir —añadí rápidamente— que a lo mejor alguien te quiere hacer daño a través de tu negocio. No como cambiante, sino como persona.

—No recuerdo tener problemas tan personales con nadie —respondió, genuinamente desconcertado.

—Eh, ¿sabes si Jannalynn tiene algún ex vengativo?

Sam quedó pasmado ante la idea.

—No sé de nadie que me haya cogido manía por salir con ella —dijo—. Y Jannalynn es más que capaz de decir lo que piensa. No es de las que se dejan presionar para salir con alguien.

Me costó reprimir la carcajada.

—Sólo intento pensar en todas las posibilidades.

—Está bien —contestó, y se encogió de hombros—. Lo importante es que no recuerdo haber enfadado a nadie hasta ese punto.

Yo tampoco podía recordar ningún incidente reseñable, y hacía años que conocía a Sam.

No tardamos en llegar a la tienda de antigüedades, que estaba situada en una antigua tienda de pinturas en una de las calles del casco viejo de Shreveport.

Los amplios escaparates frontales estaban impolutos y las piezas que exhibían eran preciosas. La más grande era un aparador de los que le gustaban a mi abuela. Era pesado, estaba ornamentado y me llegaba hasta el pecho.

En el otro escaparate había una colección de jardineras, o jarrones, no estaba muy segura de cómo llamarlos. El del centro, situado para demostrar que era el mejor del conjunto, era verde marino y azul, y tenía unos querubines dibujados. Pensé que era horrible, pero no dejaba de tener su estilo.

Sam y yo contemplamos el conjunto durante un instante en pensativo silencio antes de entrar. Una campana (una campana de verdad, no una imitación electrónica) sonó al abrir la puerta. Una mujer, sentada en una banqueta, a la derecha, detrás del mostrador, levantó la cabeza. Se empujó las gafas sobre la nariz.

—Un placer volver a verte, señor Merlotte —dijo, sonriendo con la intensidad justa. «Me acuerdo de ti, me alegra que hayas vuelto, pero no me interesas como hombre». Lo tenía claro.

—Gracias, señora Hesterman —contestó Sam—. Te presento a mi amiga, Sookie Stackhouse.

—Bienvenida a Splendide —saludó la señora Hesterman—. Llámame Brenda, por favor. ¿En qué puedo serviros?

—Tenemos dos recados —dijo Sam—. Yo he venido por las piezas que me comentaste...

—Y yo acabo de despejar mi desván y tengo varias cosas a las que me gustaría que echases un vistazo —añadí—. Tengo que deshacerme de algunos de los objetos que me he encontrado. No quiero volver a acumularlos. —Sonreí para demostrar mi buena predisposición.

—¿Así que hace mucho que tienes una casa familiar? —preguntó, animándome a que le diera una pista sobre qué tipo de posesiones había acumulado mi familia.

—Hemos vivido en la misma casa durante unos ciento setenta años —le dije, y sonrió—. Pero es una vieja granja, no una mansión. Aun así, puede que haya cosas que puedan interesarte.

—Me encantaría echar un vistazo —respondió, aunque eso de que le «encantaría» era un poco exagerado—. Podemos fijar una cita en cuanto ayude a Sam a escoger algo para Jannalynn. Con lo moderna que es, ¿quién se habría imaginado que le interesaban las antigüedades? ¡Es tan mona!

Me costó un mundo evitar que se me cayera la mandíbula al suelo. ¿Estábamos hablando de la misma Jannalynn Hopper?

Sam me pinchó con el dedo en las costillas cuando Brenda se volvió para coger un manojo de llaves. Puso una expresión reveladora, yo relajé la mía y le dediqué una batería de parpadeos. Apartó la mirada, pero no antes de que pudiera verle una sonrisa reacia.

—Sam, he reunido algunas cosas que pueden gustar a Jannalynn —dijo Brenda conduciéndonos hacia un expositor, con las tintineantes llaves en su mano. El expositor estaba lleno de pequeños objetos, objetos bonitos. Era incapaz de identificar la mayoría. Me incliné sobre el cristal que los protegía para verlos mejor.

—¿Qué son? —consulté señalando unos objetos afilados de aspecto letal y puntas ornamentadas. Me preguntaba si se podía matar a un vampiro con uno de ésos.

—Son alfileres de sombrero y de corbata, que también sirven para pañuelos de cuello.

También había pendientes, anillos y broches, además de cajas esmaltadas, adornadas con cuentas y pintadas.

Todos los contenedores estaban cuidadosamente dispuestos. ¿Acaso eran tabaqueras? Atisbé una etiqueta de precio que asomaba discretamente de debajo de un caparazón de tortuga y una caja ovalada de plata, y tuve que contener el aliento mientras un calambre me recorría los miembros.

Mientras aún me preguntaba sobre los objetos que estaba viendo, Brenda y Sam comparaban los méritos de los pendientes de perlas art déco frente a un guardapelo victoriano de cristal prensado con tapa de bronce esmaltado. Lo que demonios fuera eso.

—¿Qué opinas, Sookie? —me preguntó Sam, pasando la mirada de un objeto a otro.

Examiné los pendientes de art déco, un conjunto en forma de rosa del que colgaban cuentas de perla. El guardapelo también era bonito, aunque no alcanzaba a imaginar un uso práctico para él, ni para qué podría utilizarlo Jannalynn. ¿Aún eran necesarias esas cosas?

—Seguro que le gusta más exhibir los pendientes —aconsejé—. Es más difícil presumir con un guardapelo. —Brenda me lanzó una mirada velada y, por sus pensamientos, comprendí que me consideraba como una filistea. Así sea.

—El guardapelo es más antiguo —dijo Sam, vacilante.

—Pero menos personal, a menos que seas victoriana.

Mientras Sam comparaba los dos pequeños objetos con los atractivos de una placa policial de New Bedford de setenta años, paseé por la tienda echando un vistazo a los muebles. Descubrí que no apreciaba demasiado las antigüedades. Un defecto más de mi carácter mundano, decidí. ¿O se debía a que me pasaba el día rodeada de antiguallas? No había nada nuevo en mi casa, salvo la cocina, y eso únicamente porque había sido destruida en un incendio. Seguiría utilizando el viejo frigorífico de la abuela si no hubiese sido pasto de las llamas (una antigüedad que no echaba de menos, eso seguro).

Abrí un largo y estrecho cajón que la etiqueta definía como «cofre de mapas». Había una hoja de papel dentro.

—Mira eso —dijo la voz de Brenda Hesterman a mi espalda—. Creía que lo había limpiado todo. Que sea una lección, señorita Stackhouse. Antes de que echemos un vistazo a tus cosas, asegúrate de quitar todos los papeles y demás objetos contenidos. No querrás vender algo de lo que no tuvieras previsto deshacerte.

Me volví y vi que Sam llevaba un paquete envuelto. Mientras me perdía en mi exploración, él había hecho su compra (los pendientes, para mi alivio; el guardapelo había vuelto a su sitio).

—Le encantarán los pendientes. Estará preciosa —aseguré honestamente, y por un instante los pensamientos de Sam se enredaron; eran casi púrpura. Extraño que me diera por pensar en clave de colores. ¿Algún efecto remanente de la droga de chamán que tomé con los licántropos? Demonios, esperaba que no—. Me aseguraré de comprobarlo todo a fondo, Brenda —dije a la vendedora de antigüedades.

Nos citamos dos días después. Me aseguró que encontraría mi aislada casa con su GPS y yo le advertí del largo camino privado a través del bosque, que había hecho creer a no pocos visitantes que se habían perdido.

—No sé si iré yo personalmente o lo hará mi socio, Donald —advirtió Brenda—. Quizá vayamos los dos.

—Será un placer veros —dije—. Si surge alguna cosa o necesitáis cambiar la fecha, hacédmelo saber, por favor.

—¿Crees que le gustarán? —preguntó Sam cuando ya estábamos en su ranchera, los cinturones puestos. Habíamos vuelto al tema de Jannalynn.

—Por supuesto —exclamé, sorprendida—. ¿Por qué no iban a gustarle?

—No puedo evitar pensar que voy en el rumbo equivocado con ella —admitió Sam—. ¿Quieres que paremos a comer algo en el Ruby Tuesday's de Youree?

—Claro —accedí—. Sam, ¿por qué piensas eso?

—Le gusto —respondió—. Quiero decir que lo sé. Pero siempre está pensando en la manada.

—¿Crees que le importa más Alcide que tú?

Eso era lo que captaba de la mente de Sam. A lo mejor estaba siendo demasiado directa. Sam se sonrojó.

—Sí, puede ser —admitió.

—Es una gran lugarteniente y está muy emocionada por haber conseguido el puesto —dije. Me preguntaba si me habría salido lo bastante neutral.

—Es verdad —contestó Sam.

—Se ve que te gustan las mujeres fuertes.

Sonrió.

—Es verdad que me gustan las mujeres fuertes, pero no temo a las que son diferentes. Sin embargo la gente corriente y moliente no me estimula.

Le devolví la sonrisa.

—Ya veo, ya. No sé qué decirte de Jannalynn, Sam. Sería una tonta si no supiera apreciarte. ¿Soltero, trabajador, apuesto? Si ni siquiera usas palillos para la boca en la mesa. ¿Qué más se puede pedir? —Cogí una bocanada de aire porque iba a cambiar de tema y no quería ofender al jefe—. Oye, Sam, sobre lo de esa página web que visitas, ¿crees que podrías averiguar por qué me siento más hada desde que paso más tiempo con mis familiares feéricos? O sea, no crees que esté transformándome en algo más parecido a un hada que a una humana, ¿no?

—Veré lo que puedo averiguar —dijo Sam después de un segundo de tensión—. Pero deberíamos preguntarles a tus compañeros de litera. Deberían facilitarte cualquier información que te sea de ayuda. O quizá yo pueda sacársela.

Lo decía en serio.

—Me lo dirán. —Mis palabras eran más seguras que mis sentimientos.

—¿Dónde están ahora? —preguntó.

—A estas horas, se habrán ido al club —supuse después de mirar el reloj—. Van pronto para tenerlo todo listo antes de la apertura.

—En ese caso, allí iremos —decretó Sam—. Kennedy abre hoy por mí, y tú no entras hasta esta noche, ¿verdad?

—Sí —dije, descartando mis planes para esa tarde, que no eran nada urgentes, la verdad. Si nos parábamos a almorzar, no llegaríamos a Monroe hasta la una y media, pero podría llegar a casa a tiempo para cambiarme e ir a trabajar. Tras pedir, me excusé. En el servicio de mujeres sonó mi teléfono móvil. No suelo coger llamadas mientras estoy en el baño. No sería agradable estar hablando con alguien y que se oyera tirar de la cadena, ¿no? Como el restaurante era muy ruidoso, salí al exterior para responder a la llamada tras indicárselo a Sam con un gesto. El número me resultaba vagamente familiar.

—Hola, Sookie —dijo Remy Savoy—. ¿Cómo te va?

—Bien. ¿Cómo está mi chico favorito? —Remy había estado casado con mi prima Hadley y habían tenido un hijo, Hunter, que empezaría a acudir al jardín de infancia en otoño. Tras el *Katrina*, Remy y Hunter se habían mudado a un pueblo llamado Red Ditch, donde Remy había encontrado trabajo en un depósito de madera gracias al enchufe de un primo.

—Está bien. Se esfuerza por seguir tus normas. Me preguntaba si podría pedirte un favor.

—Cuéntame —dije.

—Estoy saliendo con una chica de aquí, se llama Erin. Estábamos pensando en ir al torneo de pesca de lubinas, a las afueras de Baton Rouge, este fin de semana. Eh, ¿crees que podrías cuidar de Hunter? Se aburre si me quedo pescando más de una hora.

Hmmm. Remy iba muy rápido. Su relación con Kristen aún estaba reciente y ya le había encontrado sustituta. Era comprensible. Remy era de buen ver, era un experimentado carpintero y sólo tenía un hijo. Además, la madre de Hunter estaba muerta, así que quedaban despejados los problemas de custodia. No eran malas expectativas en un lugar como Red Ditch.

—Remy, ahora mismo estoy en carretera —le contesté—. Deja que te llame más tarde. Tengo que comprobar mi cuadrante de horarios.

—Genial. Muchas gracias, Sookie. Luego hablamos.

Volví a entrar y vi que ya nos habían servido la comida.

—Era el padre de Hunter —le conté a mi jefe cuando se fue el camarero—. Remy se ha echado una nueva novia y quería saber si podría cuidar de Hunter este fin de semana.

Tenía la impresión de que Sam pensaba que Remy se aprovechaba de mí; pero también era consciente de que no podía decirme lo que tenía que hacer.

—Si mal no recuerdo los horarios, te toca la noche del sábado —señaló.

Y el sábado por la noche era cuando más propinas sacaba.

Asentí, tanto a Sam como a mí misma. Mientras comíamos, charlamos sobre las negociaciones de Terry con un criador de catahoulas, en Ruston. Su *Annie* se había pasado de camada la última vez. Esta vez, Terry tenía pensado un cruce más planificado, y las negociaciones entre los dos casi habían llegado a un punto prenupcial. Se me ocurrió una pregunta que no supe muy bien como verbalizar. Mi curiosidad se llevaba lo mejor de mí misma.

—¿Te acuerdas del gato Bob? —pregunté.

—Claro. ¿El tipo que Amelia convirtió en gato por accidente? Su amiga Octavia lo devolvió a su ser, ¿no?

—Sí. Bueno, el caso es que, mientras era gato, era blanco y negro. Era un gato muy rico. Pero Amelia encontró una gata en el bosque, entre la basura, con varios gatitos blancos y negros, así que... Vale, ya sé que esto es raro. Así que se enfadó con Bob porque pensó que él, ya sabes, era el padre de los gatitos. Algo así.

—¿Quieres preguntarme si es algo habitual? —Sam parecía asqueado—. Ni hablar, Sookie. Ni podemos, ni queremos hacer tal cosa. Ningún cambiante. Y, aunque hubiese unión sexual, la procreación sería imposible. Creo que Amelia acusó a Bob erróneamente. Por otra parte, no es, no era realmente un cambiante. Fue transformado completamente por la magia. —Se encogió de hombros. Parecía muy avergonzado.

—Lo siento —dije, sintiéndome mortificada—. Ha sido una insensatez por mi parte.

—Es normal hacerse esas preguntas, supongo —contestó Sam, indeciso—, pero cuando estoy en mi otra piel, no estoy por la labor de tener cachorros.

Ahora sí que me sentía fatal.

—Por favor, acepta mis disculpas —pedí.

Al ver lo incómoda que me sentía, se relajó. Me dio una palmada en el hombro.

—No te preocupes. —Luego me preguntó qué planes tenía para el desván, ahora que lo había vaciado, y tocamos varios asuntos triviales hasta que volvimos a encontrarnos cómodos el uno con el otro.

Ya en la interestatal, volví a llamar a Remy.

—Remy, me temo que este fin de semana no podré. ¡Lo siento! —le expliqué que tenía que trabajar.

—No pasa nada —dijo Remy. Parecía tranquilo a pesar de mi negativa—. Sólo era una idea. Escucha una cosa. Odio pedirte otro favor, pero Hunter tiene que visitar el jardín de infancia la semana que viene, una formalidad que celebra la escuela todos los años para que los niños se familiaricen con el lugar que frecuentarán en otoño. Les enseñan las aulas, les presentan a los profesores y también les muestran el comedor y los baños. Hunter me ha preguntado si nos acompañarías.

Me quedé boquiabierta. Menos mal que Remy no podía verme.

—Doy por sentado que es durante el día —dije—. ¿Cuándo sería?

—El martes que viene, a las dos.

No tenía inconveniente, a menos que me tocase el turno del almuerzo.

—Deja que vuelva a comprobar mi horario, pero no creo que haya problema —señalé—. Te llamaré esta noche. —Cerré el móvil y comenté a Sam la segunda petición de Remy.

—Parece que ha esperado a pedirte la cosa más importante en segundo lugar para que tengas menos inconvenientes en ir —comentó Sam.

Me reí.

—No se me ha ocurrido hasta que lo has dicho. Mi mente va en línea más recta. Pero, ahora que lo pienso, me parece bastante improbable —contesté, encogiéndome de hombros—. No es que no esté de acuerdo. Deseo que Hunter sea feliz. Y he pasado tiempo con él, aunque no todo el que hubiera deseado. —Hunter y yo éramos iguales desde un punto de vista oculto; los dos éramos telépatas. Pero era un secreto, ya que temía que, si su habilidad salía a la luz, Hunter pudiera correr algún peligro. Lo que estaba claro era que a mí no me había hecho la vida más fácil.

—¿Estás preocupada? Tienes todo el aspecto de estarlo —dijo Sam.

—Es que... te vas a reír. La gente de Red Ditch se pensará que Remy y yo somos novios. Que soy casi la madre de Hunter. Y Remy me acaba de decir que está saliendo con una mujer que se llama Erin, y es posible que a ella no le guste eso. —Me quedé sin fuerza en la voz. Esa visita se me antojaba una mala idea. Pero si hacía feliz a Hunter, supuse que debía acceder.

—¿Tú sientes lo mismo? —dijo Sam con una sonrisa enconada. Definitivamente, ése era el día de hablar de las cosas raras.

—Sí —admití—. Así es. Cuando me impliqué en la vida de Hunter, jamás imaginé que llegaría a depender de mí en nada. Supongo que no he tenido mucho trato con niños. Remy tiene unos tíos abuelos en Red Ditch. Por eso se mudó allí después del *Katrina*. Tenían una casa de alquiler vacía. Pero los tíos abuelos son demasiado mayores como para querer cuidar de un niño de la edad de Hunter durante más de un par de horas, y su única prima está demasiado ocupada para echarle una mano.

—¿Hunter se porta bien?

—Sí, eso creo —sonreí—. ¿Sabes qué es lo más raro? La vez que Hunter se ha quedado en mi casa, Claude y él se han llevado de maravilla. Fue toda una sorpresa.

Sam me echó una mirada.

—Pero no quieres dejarlo con Claude demasiadas horas, ¿verdad?

Tras un momento de meditación, dije:

—No.

Sam asintió, como si le hubiese confirmado algo que ya estuviese en su mente.

—Porque, a fin de cuentas, Claude es un hada —pronunció su afirmación con un deje interrogativo para que supiese que me lo estaba preguntando realmente.

Las palabras sonaban muy desagradables dichas en voz alta. Pero eran la verdad.

—Sí, porque Claude es un hada. Pero no porque sea de una raza diferente. —Pugné por encontrar las palabras adecuadas para lo que quería decir—. Las hadas adoran a los niños. Pero no tienen el mismo marco de referencias que los humanos. Las hadas harán lo que crean que haga feliz al crío, o lo que le beneficie, en vez de lo que haría un adulto cristiano.

Admitir esos pensamientos me hizo sentir pequeña y provinciana, pero era lo que realmente sentía. Sentí ganas de matizar lo dicho. «No digo que sea una gran cristiana, ni mucho menos; no es que los que no son cristianos sean peores personas; no es que crea que Claude vaya a causarle algún daño a Hunter». Pero Sam y yo nos conocíamos desde hacía mucho tiempo y estaba segura de que me entendería.

—Me alegra que estemos en la misma onda —dijo para mi alivio. Pero no me sentía especialmente cómoda. Puede que estuviésemos en la misma onda, pero no me satisfacía nada emitirla.

La primavera estaba dando paso al verano y el día era precioso. Intenté disfrutarlo al máximo de camino a Monroe, pero mi éxito fue limitado.

Mi primo Claude era el dueño del Hooligans, un club de *striptease* junto a la interestatal, a las afueras de Monroe. Durante cinco noches a la semana, exhibía los típicos números de ese tipo de establecimientos. Cerraban los lunes. Pero los jueves por la noche estaban reservados a las mujeres, y era cuando el propio Claude actuaba. Por supuesto, no era el único *stripper* que salía al escenario.

Solían acompañarlo al menos otros tres que se rotaban bastante regularmente, y solían contar también con un artista invitado. Existía todo un circuito de *strippers* masculinos, según me dijo mi primo.

—¿Has venido alguna vez a verlo? —preguntó Sam mientras aparcaba en la puerta trasera.

No era la primera persona que me lo preguntaba. Empezaba a pensar que me pasaba algo malo por no sentir la urgencia de salir corriendo a Monroe para ver a un puñado de tíos desnudos.

—No. He visto a Claude desnudo, pero nunca vengo a verlo profesionalmente. He oído decir que es bueno.

—¿Desnudo? ¿En tu casa?

—La modestia no es una de las cualidades de Claude —señalé.

Sam parecía tan molesto como desconcertado, a pesar de su anterior advertencia de que las hadas no consideraban a los familiares fuera de los límites del apetito sexual.

—¿Y Dermot? —preguntó.

—¿Dermot? No creo que haga *striptease* —dije, confusa.

—Quiero decir que si va por casa en cueros.

—No —respondí—. Eso parece más cosa de Claude. Tampoco pasaría nada si Dermot lo hiciese; se parece mucho a Jason.

—Eso no está bien —murmuró Sam—. Claude tiene que aprender a mantenerse con los pantalones puestos.

—Ya me he encargado de ello. —El tono de mi voz pretendía recordar a Sam que no era un problema del que él tuviera que preocuparse.

Era un día laborable, así que el local no abriría hasta las cuatro de la tarde. Era la primera vez que estaba en el Hooligans, pero se parecía a cualquier otro club pequeño, situado junto a un aparcamiento de buenas dimensiones, paredes azul eléctrico y llamativo cartel rosa. Los lugares donde se vende alcohol o carne siempre parecen un poco más tristes de día, ¿no? El único otro negocio cerca del Hooligans, ahora que miraba, era una tienda de licores.

Claude me dijo lo que debía hacer en caso de ir. La señal secreta era llamar cuatro veces, a intervalos regulares. Una vez hecho, perdí la mirada en la lejanía. El sol golpeaba el aparcamiento con apenas una pista del calor que estaba por venir. Sam se removía incómodamente de un pie a otro. Tras unos segundos, la puerta se abrió.

Sonreí y saludé automáticamente antes de poner un pie en el vestíbulo. Fue toda una conmoción comprobar que el portero no era humano. Me quedé petrificada.

Di por sentado que Claude y Dermot eran las únicas hadas que habían permanecido en la América moderna después de que mi bisabuelo se llevara a todos los suyos a su propia dimensión, o mundo, o comoquiera que lo llamasen, y cerrase la puerta. Aunque también sabía que Niall y Claude se comunicaban ocasionalmente, ya que había recibido una carta de mi bisabuelo de la mano de Claude. Pero me había refrenado deliberadamente de formular muchas preguntas. Mis experiencias con mi familia feérica, con todas las hadas, habían sido tanto maravillosas como horribles... pero, hacia el final, esas experiencias se habían decantado hacia el lado horrible de la balanza.

El portero estaba tan desconcertado al verme como yo a él. No era un hada, pero sí que pertenecía a la familia feérica. Había conocido hadas que se habían afilado los dientes para adoptar el aspecto habitual de esas criaturas: un par de centímetros, puntiagudos y ligeramente curvados hacia el interior. Las orejas del portero no eran puntiagudas, pero no creía que fuesen más cortas y redondas que las de un humano a causa de la cirugía. El efecto alienígena quedaba matizado por la densa mata de fino pelo, que era de un rico castaño rojizo y suave, de unos cinco centímetros de largo y que le cubría toda la cabeza. El efecto era más el del pelaje de un animal que un estilo de cabello.

—¿Qué eres? —nos preguntamos simultáneamente.

Habría sido gracioso en otro universo.

—¿Qué está pasando? —me dijo Sam por detrás, y di un respingo. Acabé de entrar en el club con Sam pisándome los talones y la pesada puerta de metal se cerró detrás de nosotros. Tras la luz casi cegadora del sol, los alargados tubos fluorescentes que iluminaban el vestíbulo se me hacían tristemente tenues.

—Me llamo Sookie —me presenté para romper el incómodo silencio.

—¿Qué eres? —volvió a preguntar la criatura. Estábamos tontamente en medio de ese estrecho pasillo.

Dermot asomó por una puerta.

—Hola, Sookie —saludó—. Veo que has conocido a Bellenos. —Salió al pasillo y reparó en mi expresión—. ¿Nunca habías visto un elfo antes?

—Pues yo no, gracias por preguntar —murmuró Sam. Como él estaba más familiarizado con el mundo sobrenatural que yo, supuse que los elfos eran una especie muy escasa.

Tenía muchas preguntas que hacer sobre la presencia de Bellenos, pero no estaba segura de tener derecho a formularlas, especialmente después de la metedura de pata con Sam.

—Lo siento, Bellenos. Una vez conocí a un semielfo con los dientes como los tuyos. Más bien conozco hadas que se afilan los dientes para que se parezcan a los tuyos. Un placer —dije con tremendo esfuerzo—. Éste es mi amigo Sam.

Sam estrechó la mano de Bellenos. Los dos eran de la misma complexión y altura, pero me di cuenta de que los alargados ojos de Bellenos eran marrón oscuro, a juego con las pecas de mi piel blanquecina. Esos ojos estaban curiosamente distantes entre sí, o quizá era que su rostro se ensanchaba a la altura de los pómulos más de lo normal. El elfo sonrió a Sam y pude atisbar de nuevo sus dientes. Sentí un escalofrío y aparté la mirada.

Vi un amplio vestuario a través de una puerta abierta. Había un mostrador alargado que discurría a lo largo de toda una pared, paralelamente a un gran espejo iluminado. El mostrador estaba atestado de cosméticos, brochas de maquillaje, secadores, rizadores y planchas para el pelo, piezas de disfraz, hojas de afeitar, un par de revistas, pelucas, teléfonos móviles..., los variados residuos de gente cuyo trabajo depende de la apariencia personal. Había algunos taburetes altos dispuestos sin demasiado orden por toda la sala, así como bolsas de mano y zapatos por todas partes.

—Venid a mi despacho —llamó Dermot desde el fondo del pasillo.

Cruzamos el pasillo y entramos en una estancia pequeña. Para mi relativa decepción, el exótico y atractivo Claude tenía un despacho de lo más prosaico: estrecho, atestado y sin ventanas. Claude tenía una secretaria, una mujer vestida con un traje de JCPenny. No podía haber escogido un atuendo menos congruente con un club de *striptease*. Dermot, que evidentemente hoy era el maestro de ceremonias, dijo:

—Nella Jean, te presento a nuestra prima, Sookie.

Nella Jean era de piel oscura y oronda, y sus ojos del color del chocolate amargo eran casi idénticos a los de Bellenos, si bien sus dientes eran tranquilizadoramente normales. Su madriguera estaba justo al lado del despacho de Claude. De hecho, supuse que para ello habían reconvertido un armario o pequeño almacén. Tras pasear la mirada entre Sam y yo, Nella Jean se mostró más que dispuesta a retirarse a su pequeño espacio. Cerró la puerta tras de sí con un aire de irrevocabilidad, como si supiera que íbamos a hacer algo inmoral y no quisiera tener nada que ver con nosotros.

Bellenos cerró la puerta del despacho de Claude también, dejándonos en un espacio que parecía atestado con sólo dos personas, así que ni que pensar con cinco. Se oía música proveniente de la zona pública del club y me pregunté qué estaría pasando ahí fuera. ¿Los *strippers* ensayaban los números? ¿Qué hacían con Bellenos?

—¿A qué se debe la visita sorpresa? —preguntó Claude—. No es que no me encante verte.

No estaba encantado, ni mucho menos, a pesar de haberme invitado al Hooligans en más de una ocasión. Su boca torcida denotaba claramente que jamás había creído que aceptaría alguna de sus invitaciones, a menos que estuviese sobre el escenario. «Por supuesto, Claude está convencido de que todo el mundo desea ver cómo se quita la ropa», pensé. ¿No le gustaban las visitas o había algo que no deseaba que supiera?

—Queremos que nos digas por qué Sookie se siente cada vez más hada —irrumpió Sam.

Los hadas se volvieron para mirar a Sam simultáneamente.

—¿Por qué tengo que decirle eso? —preguntó Claude—. ¿Y quién te ha dado vela en los asuntos de nuestra familia?

—Porque Sookie quiere saberlo y es mi amiga —dijo Sam. Su expresión se había endurecido y su voz no titubeaba—. Deberías aleccionarla sobre su mestizaje en vez de vivir en su casa y aprovecharte de ella.

Yo no sabía dónde mirar. No sabía que a Sam le disgustara que mi primo y mi tío abuelo viviesen conmigo, y lo cierto era que no tenía por qué dar su opinión. Y Claude y Dermot no se estaban aprovechando de mí; también hacían la compra y se limpiaban lo suyo, con sumo cuidado. A veces, era verdad que la factura de la luz daba un estirón (y ya había hablado de ello con Claude), pero ninguna otra cosa había supuesto un gasto extraordinario para mí.

—De hecho —continuó Sam mientras los otros lo miraban con extrema dureza desde el silencio—, vivís con ella para aseguraros de que sea cada vez más hada, ¿verdad? Estáis reforzando esa parte suya. No sé cómo lo estáis haciendo, pero sé que es así. Mi pregunta es:

¿lo estáis haciendo por la calidez, la camaradería, o acaso tenéis un plan para Sookie? ¿Es alguna conspiración feérica secreta?

La última frase surgió más como un ominoso gruñido que como la voz de Sam.

—Claude es mi primo y Dermot es mi tío abuelo —dije como un resorte—. Ellos no intentarían... —Pero la frase se fue apagando en mi boca. Si había aprendido una cosa a lo largo de los últimos cinco años, era que nunca debía albergar presuposiciones estúpidas. La idea de que la familia no quiere hacerte daño es una presuposición estúpida de primera magnitud.

—Venid a ver el resto de club —sugirió Claude de repente. Antes de poder siquiera pensarlo, nos sacó del despacho de nuevo al pasillo. Abrió la puerta que daba a la zona pública y Sam y yo entramos.

Supongo que todos los clubs y los bares tienen el mismo aspecto: mesas, sillas, un intento de tema decorativo, una barra, un escenario con barras para *strippers* y una especie de cabina de sonido. En ese aspecto, el Hooligans no difería mucho de otros.

Pero todas las criaturas que se volvieron hacia la puerta cuando entramos..., todas eran hadas. Me di cuenta lenta pero inexorablemente a medida que las miraba a la cara. Por muy humanas que pareciesen (y todos podrían pasar por una), cada una presentaba un rasgo de una u otra línea de sangre feérica. Una preciosa mujer de pelo rojo como el fuego tenía trazos de elfo. Se había afilado los dientes. Un hombre alto y delgado era algo que nunca había visto antes.

—Bienvenida, hermana —dijo una rubia bajita que era algo. Ni siquiera estaba segura de su género—. ¿Has venido a unirte a nosotros?

No sabía qué decir.

—No lo había planeado —respondí. Di un paso atrás, de vuelta al pasillo, y dejé que la puerta volviese a cerrarse. Aferré el brazo de Claude—. ¿Qué demonios está pasando aquí? —Como no respondía, me volví a mi tío abuelo—. ¿Dermot?

—Sookie, queridísima nuestra —empezó a decir Dermot al cabo de un instante de silencio—. Esta noche, cuando volvamos a casa, te contaremos todo lo que quieras saber.

—¿Y qué hay de él? —inquirí, señalando a Bellenos con la cabeza.

—Él no vendrá con nosotros —dijo Claude—. Bellenos duerme aquí, es nuestro vigilante nocturno.

Sólo se tiene un vigilante nocturno cuando se teme una intrusión.

Más problemas.

Apenas era capaz de soportar la mera expectativa.

Capítulo 3

Vale. He cometido estupideces en el pasado. No estupideces consistentes, sino ocasionales. Y he cometido errores, podéis apostar por ello.

Pero durante el viaje de regreso a Bon Temps, con mi mejor amigo al volante, dándome el silencio que necesitaba, medité concienzudamente. Noté un cosquilleo en la parte posterior de los ojos. Aparté la mirada y me froté la cara con un pañuelo del bolso. No quería que Sam me ofreciera sus simpatías.

Tras recomponerme, dije:

—He sido estúpida.

Para mérito suyo, se sorprendió.

—¿En qué estás pensando? —preguntó. Pudo haber dicho: «¿Cuál de todas las veces?».

—¿Crees que las personas pueden cambiar de verdad, Sam?

Se tomó un momento para ordenar sus pensamientos.

—Es una pregunta muy amplia, Sookie. La gente puede cambiar hasta cierto punto, claro que sí. Los adictos pueden ser lo bastante fuertes para dejar de consumir droga. La gente puede ir a terapia y aprender a controlar un comportamiento extremo. Pero eso es un sistema externo. Una técnica de gestión del orden impuesta sobre el equilibrio natural de las cosas, sobre lo que realmente es la persona: un adicto. ¿Tiene sentido?

Asentí.

—Así que, en general —prosiguió—, debería decir que no, que la gente no cambia, sino que puede aprender a comportarse de otra manera. Me gustaría creer lo contrario. Si tienes un argumento que me desdiga, estaría encantado de escucharlo. —Giramos por el camino privado, adentrándonos en el bosque.

—Los niños cambian a medida que crecen y se adaptan a la sociedad y a sus propias circunstancias —expliqué—. A veces de forma positiva, a veces de forma negativa. Y creo que si amas a alguien, te esfuerzas por suprimir las costumbres que puedan molestarle, ¿no? Pero esas costumbres o inclinaciones siguen estando ahí. Sam, tienes razón. Son otros casos de personas que imponen una reacción aprendida sobre la original.

Me miró con preocupación mientras aparcaba detrás de la casa.

—¿Qué te pasa, Sookie?

Meneé la cabeza.

—Soy idiota —le dije. Era incapaz de mirarlo fijamente a la cara. Me arrastré fuera de la ranchera—. ¿Te vas a tomar lo que queda de día libre o te veré en el bar más tarde?

—Me tomaré el día. Escucha, ¿necesitas que me quede por aquí? No sé exactamente qué es lo que te preocupa, pero sabes que podemos hablar de ello. No tengo ni idea de lo que está pasando en el Hooligans, pero hasta que las hadas tengan ganas de contárnoslo..., estaré por aquí si me necesitas.

Era una oferta sincera, pero también sabía que quería irse a casa, llamar a Jannalynn, hacer planes para esa noche y darle el regalo que tanto se había molestado en comprarle.

—No es necesario —le respondí para tranquilizarlo, sonrisa incluida—. Tengo un millón de cosas que hacer antes de ir a trabajar, y mucho en lo que pensar. —Por decirlo suavemente.

—Gracias por acompañarme hasta Shreveport, Sookie —expresó Sam—. Pero creo que me equivoqué al intentar que tu familia te contase las cosas. Llámame si no aparecen esta noche. —Lo despedí con la mano mientras se metía de nuevo en la ranchera para volver por Hummingbird Road a su casa, detrás del Merlotte's. Sam nunca se ausentaba del todo del trabajo, pero, por otra parte, era un trayecto muy corto el que tenía que hacer.

Ya estaba haciendo planes mientras abría la puerta trasera.

Tenía ganas de darme una ducha..., no, un baño. Era realmente maravilloso estar sola, que Claude y Dermot no estuviesen en casa. Estaba repleta de nuevas sospechas, pero ésa era una sensación ya demasiado familiar. Pensé en llamar a Amelia, mi amiga bruja que había vuelto a Nueva Orleans, a su casa reconstruida y trabajo restablecido, para pedirle consejo acerca de varios asuntos. Al final, no descolgué el teléfono. Tendría demasiadas cosas que explicar. La perspectiva ya me cansaba, y ésa no era la mejor manera de iniciar una conversación. Quizá un correo electrónico sería lo mejor. Podría meditar mejor las cosas.

Llené la bañera con aceites de baño y me metí en el agua caliente con mucho cuidado, apretando los dientes a medida que me iba sumergiendo. Los muslos aún me escocían un poco. Me depilé las piernas y las axilas. Acicalarme siempre me ayuda a sentirme mejor. Una vez fuera, y después de que los aceites me dejaran noqueada como un luchador de lucha libre, me pinté las uñas de los pies y me cepillé el pelo, aún maravillada por lo corto que se me había quedado. Pero al menos aún me pasaba de los omóplatos, me tranquilicé a mí misma.

Lustrosa y limpia, me puse la ropa de trabajo del Merlotte's, lamentando cubrir mis recién pintadas uñas con calcetines y zapatillas. Intentaba no pensar, y lo cierto es que estaba haciendo un buen trabajo.

Me quedaba media hora hasta tener que salir al trabajo, así que encendí el televisor y pulsé el botón de mi grabadora de vídeo para ver el número del día anterior de *Jeopardy!*[*]. Habíamos empezado a ponerlo en el bar todos los días, ya que los clientes se entretenían bastante intentando averiguar las respuestas. Jane Bodehouse, nuestra alcohólica más veterana, resultó ser toda una experta en cine, y Terry Bellefleur demostró ser un gran conocedor del mundo de los deportes. Yo solía acertar la mayor parte de las preguntas sobre escritores, ya que leo mucho, y Sam tenía buen ojo para la Historia estadounidense pos-

[*] Popular concurso televisivo de Estados Unidos. *(N. del T.)*

terior a 1900. Yo no siempre me encontraba en el bar cuando daban el concurso, así que decidí grabar los programas cada día. Me encantaba el mundo feliz de *Jeopardy!*, sobre todo cuando daban sesión doble, como tocaba hoy. Cuando terminó el concurso, ya era hora de marcharse.

Disfrutaba conducir hasta el trabajo para el turno de noche cuando aún había luz. Encendí la radio y me puse a cantar *Crazy* con los Gnarls Barkley. Me identificaba con esa canción.

Me crucé con Jason, que iba en dirección opuesta, quizá de camino a casa de su novia. Michele Schubert aún estaba con él. Como Jason al fin estaba madurando, quizá lo suyo fuese algo permanente... si ella quería. El punto más fuerte de Michele era que no se dejaba cautivar por los aparentemente fuertes encantos de Jason en la cama. Si estaba loca por él o celosa de su atención, lo disimulaba perfectamente. Me quitaba el sombrero ante ella. Saludé a mi hermano y él me correspondió con una sonrisa. Parecía feliz, sin problemas. Lo envidiaba desde lo más hondo de mi corazón. Había muchas ventajas en cómo afrontaba Jason la vida.

La concurrencia en el Merlotte's volvía a ser escasa. Nada sorprendente; una bomba incendiaria es bastante mala publicidad. ¿Y si el negocio no se recuperaba? ¿Y si el Redneck Roadhouse de Vic seguía captando clientes? A la gente le gustaba el Merlotte's porque era relativamente tranquilo, relajado, porque la comida era buena (aunque limitada en su variedad) y la bebida generosa. Sam siempre había sido un tipo popular hasta que los cambiantes anunciaron su existencia. La misma gente que había recibido a los vampiros con una cauta aceptación parecía considerarlos como la gota que colma el vaso, por así decirlo.

Fui al almacén en busca de un delantal limpio y luego al despacho de Sam para guardar el bolso en el profundo cajón de su escritorio. No estaría de más contar con una pequeña taquilla. Podría guardar mi bolso y cambiarme de ropa en las noches de los pequeños desastres, como cuando se vierte la cerveza o se derrama la mostaza.

Me tocaba relevar a Holly, que se iba a casar con Hoyt, el mejor amigo de Jason, en octubre. Sería la segunda boda de Holly y la primera de Hoyt. Habían decidido hacerlo a lo grande, con una gran ceremonia en la iglesia y una recepción posterior en el mismo recinto. Sabía más del asunto de lo que me gustaría. Si bien aún faltaban meses para la boda, Holly ya se había empezado a obsesionar con los pequeños detalles. Dado que su primera boda la había oficiado un juez de paz, en teoría ésta era su última oportunidad de vivir su sueño. Podía imaginar la opinión de mi abuela acerca del vestido de novia blanco, ya que Holly tenía un hijo pequeño en la escuela. Pero, vaya, si eso le hacía feliz. El blanco suele simbolizar la virginal pureza de la novia. Hoy, eso sólo significaba que se había comprado un vestido caro que no podría utilizar más y dejaría colgado en un armario después del gran día.

Hice una señal a Holly para llamar su atención. Estaba hablando con el hermano Carson, el nuevo sacerdote de la iglesia baptista de Calgary. Se pasaba por allí de vez en cuando, pero nunca pedía alcohol. Holly terminó la conversación y vino hacia mí para contarme el estado de las mesas, que no era demasiado complicado. Me entró un escalofrío cuando vi el rastro quemado en medio del suelo. Una mesa menos que servir.

—Eh, Sookie —dijo Holly, haciendo una pausa de camino a la parte de atrás para recuperar su bolso—, vendrás a la boda, ¿verdad?

—Claro, no pienso perdérmela.

—¿Te importaría servir el ponche?

Eso era un honor; no tanto como ser la dama de honor, pero aun así importante. No me lo esperaba.

—Me encantaría —expresé con una sonrisa—. Ya lo hablaremos a medida que se acerque la fecha.

Holly estaba satisfecha.

—Perfecto. Bueno, esperemos que el negocio remonte para poder seguir trabajando en septiembre.

—Todo irá bien —anuncié, aunque no estaba nada convencida de ello.

Estuve esperando media hora a Claude y Dermot en casa esa noche, pero no aparecieron y no me sentía con ganas de llamar. Habían prometido que hablarían conmigo; la charla que supuestamente debía ilustrarme acerca de mi herencia feérica. Al parecer, no sería esa noche. Si bien deseaba obtener algunas respuestas, me di cuenta de que tampoco me molestaba. Había sido una jornada muy atareada. Concluí que estaba enfadada. Intenté permanecer despierta para oírlos llegar, pero no aguanté más de cinco minutos.

Cuando desperté a la mañana siguiente, poco después de las nueve, no percibí ninguna de las habituales señales que delataban la presencia de mis huéspedes. El cuarto de baño del pasillo presentaba exactamente el mismo aspecto que la noche anterior, no había platos sucios en la pila de la cocina y nadie se había dejado ninguna luz encendida. Salí por el porche cubierto de la parte trasera. Nada, ningún coche.

A lo mejor estaban demasiado cansados para conducir el camino de vuelta a Bon Temps, o quizá les había sonreído la suerte. Cuando Claude se mudó conmigo, me dijo que si hacía alguna conquista, se quedaría en su casa de Monroe con el afortunado. Di por sentado que Dermot haría lo mismo, aunque, pensándolo bien, nunca lo había visto con nadie, fuese hombre o mujer. También había dado por hecho que le gustaban más las mujeres que los hombres por la sencilla razón de que se parecía a Jason, que adoraba a las mujeres. Ideas preconcebidas. Idiota.

Me preparé unos huevos con tostadas y algo de fruta y leí un libro de la biblioteca de Nora Roberts mientras desayunaba. Hacía semanas que no me sentía tan yo misma. Exceptuando la visita al Hooligans, la jornada anterior había sido agradable y no tenía a nadie quejándose en la cocina por la falta de pan de maíz entero o agua caliente (Claude) o haciendo chistes floridos cuando lo único que deseaba era leer (Dermot). Era agradable descubrir que aún podía disfrutar de la soledad.

Canté en la ducha y me maquillé. Era hora de volver al trabajo para el primer turno. Miré el salón, cansada de verlo como un vertedero. Me recordé a mí misma que mañana vendrían los de la tienda de antigüedades.

Había más clientela en el bar que anoche, lo cual no hizo sino ponerme más contenta. Me sorprendió un poco ver a Kennedy tras la barra. Tenía el aspecto impecable de la reina de la belleza que fue una vez, a pesar de llevar unos vaqueros ajustados y una camiseta de tirantes a rayas blancas y grises. Hoy tocaba el día de las mujeres bien acicaladas.

—¿Dónde está Sam? —pregunté—. Pensé que vendría a trabajar.

—Me llamó esta mañana para decirme que seguía en Shreveport —me dijo Kennedy, mirándome de reojo—. Imagino que el cumpleaños de Jannalynn fue mejor de lo esperado. Necesito echar todas las horas posibles, así que me alegró tener que sacar el trasero de la cama para traerlo hasta aquí.

—¿Qué tal están tus padres? —pregunté—. ¿Han venido a verte últimamente?

Kennedy esbozó una sonrisa amarga.

—Sólo de paso, Sookie. Siguen deseando que volviese a ser la reina de la belleza del desfile y enseñase en las clases dominicales, pero me mandaron un cheque cuando salí de prisión. Tengo suerte de tenerlos.

Sus manos se quedaron quietas en un vaso a medio secar.

—He estado pensando —dijo, e hizo una pausa. Esperé a que siguiera. Sabía lo que venía a continuación—. Me preguntaba si quien incendió el bar no sería un familiar de Casey —añadió con mucha cautela—. Cuando le disparé, no hacía más que salvar mi propia vida. No me paré a pensar en su familia, ni en la mía, ni en nada más que seguir viva.

Kennedy nunca había hablado de eso antes, cosa que comprendía perfectamente.

—¿Y quién no pensaría sólo en eso, Kennedy? —dije en voz baja, pero intensa. Deseaba que sintiera mi absoluta sinceridad—. Nadie en su sano juicio hubiera hecho otra cosa. No creo que Dios deseara que te dejases matar. —Aunque tampoco tenía nada claro lo que sí quería Dios. Lo que quería decir era que habría sido de auténtico imbécil dejarse matar.

—No habría reaccionado tan a la ligera si esas mujeres no se hubiesen adelantado —admitió Kennedy—. Su familia supongo que sabe que pegaba a las mujeres..., pero me pregunto si seguirán culpándome sus familiares; si no sabrían que estaba en el bar e intentaron matarme aquí.

—¿Alguien de su familia es cambiante? —pregunté.

Kennedy parecía desconcertada.

—¡Oh, por Dios, no! ¡Son baptistas!

Intenté reprimir la sonrisa, pero me fue imposible. Un segundo después, Kennedy se echó a reír.

—En serio —insistió—, no lo creo. ¿Crees que el que lanzó la bomba era un licántropo?

—U otro tipo de cambiante. Sí, eso creo, pero no se lo digas a nadie. Sam ya está padeciendo bastantes consecuencias.

Kennedy asintió en completa aquiescencia. Un cliente me llamó para que le llevara una botella de salsa picante y tenía pedidos pendientes.

La camarera que debía relevarme llamó para decir que se le había pinchado una rueda y me quedé en el Merlotte's dos horas más. Kennedy, que estaría hasta el cierre, me mareó la cabeza sobre lo indispensable que era, hasta que la espanté con una toalla. Se animó bastante cuando Danny apareció por la puerta. Saltaba a la vista que había hecho una parada en casa después del trabajo para ducharse y volver a afeitarse. Se subió a un taburete de la barra mientras contemplaba a Kennedy como si el mundo volviese a estar al completo.

—Ponme una cerveza, y que sea rápido, mujer.

—¿Quieres que te la tire a la cabeza, Danny?

—Me da igual cómo me la sirvas. —Y se intercambiaron unas sonrisas.

Poco después de anochecer, mi móvil se puso a vibrar en mi bolso abierto. Acudí al despacho de Sam en cuanto me fue posible. Era un mensaje de texto de Eric. «Luego te veo», decía. Y eso era todo. Pero una genuina sonrisa pobló mi boca el resto de la noche, y al llegar a casa redoblé mi alegría al ver a Eric sentado en mi porche delantero, por mucho que me hubiese destrozado la cocina. Y llevaba consigo una tostadora nueva, con un lazo rojo pegado a la caja.

—¿A qué debo este honor? —pregunté con aspereza fingida. No quería que Eric supiera que anhelaba su visita, aunque lo más probable era que ya se hiciese una idea merced a nuestro vínculo de sangre.

—Últimamente no nos lo hemos pasado muy bien —dijo, y me tendió la tostadora.

—¿Te refieres a tener que apagar un incendio y ver cómo Pam y tú os matabais? Vale, creo que no te puedo quitar la razón. Gracias por la tostadora nueva, aunque no me atrevería a clasificarla como diversión. ¿Qué tienes en mente?

—Un polvo espectacular, pero más tarde, por supuesto —dijo, levantándose y acercándose a mí—. Se me ha ocurrido una postura que todavía no hemos probado.

No soy tan flexible como Eric, y la última vez que intentamos algo realmente novedoso me dolió la cadera durante días. Pero estaba dispuesta a experimentar.

—¿Y qué quieres que hagamos antes de ese polvo espectacular? —pregunté.

—Tenemos que ir a un club de baile nuevo —me explicó, pero noté una sombra de preocupación en su voz—. Así lo llaman para atraer a la gente joven y atractiva, como tú.

—¿Y dónde está ese club? —Llevaba horas de pie y no era el plan que más me cautivaba. Pero también había pasado mucho tiempo desde que salimos a divertirnos como pareja... en público.

—Está entre aquí y Shreveport —dijo Eric antes de titubear—. Victor acaba de abrirlo.

—Oh. ¿Crees que es aconsejable que vayas? —pregunté, desalentada. El programa de Eric se había reducido a cero en la escala de atractivo.

Victor y Eric estaban enzarzados en una pugna silenciosa. Victor Madden era el apoderado en Luisiana de Felipe, rey de Nevada, Arkansas y Luisiana. Felipe vivía en Las Vegas y Eric, Pam y yo nos preguntábamos si le había dado este gran hueso a Victor sencillamente para deshacerse de un tipo tan desmedidamente ambicioso de sus territorios más ricos. En lo más hondo, deseaba la muerte de Victor. Había mandado a sus dos secuaces más fieles, Bruno y Corinna, a matarnos a Pam y a mí, simplemente para debilitar a Eric, a quien Felipe había conservado como sheriff más eficiente del Estado.

Pam y yo habíamos vuelto las tornas. Bruno y Corinna no eran más que montones de cenizas junto a la interestatal y nadie sería capaz de demostrar que nosotras acabamos con ellos.

Victor hizo saber que ofrecía una sabrosa recompensa para cualquiera que le facilitase información sobre el paradero de sus secuaces, pero nadie había picado aún. Los únicos que sabíamos lo que había pasado éramos Pam, Eric y yo. Victor no lo tendría fácil para acusarnos directamente, ya que eso equivaldría a admitir que había mandado a esos dos para matarnos. Se parecía a un culebrón mexicano.

La próxima vez, Victor podría enviar a alguien más cauto y cuidadoso Bruno y Corinna habían pecado de confiados.

—No sería muy inteligente ir a ese club, pero no tenemos otro remedio —indicó Eric—. Victor me ha ordenado que me presente con mi esposa. Pensará que le tengo miedo si no aparezco contigo.

Pensé en ello mientras buscaba en mi armario, intentando dar con algo que fuese adecuado con un club de moda. Eric estaba tumbado en mi cama, las manos detrás de la cabeza.

—Tengo algo en el coche, se me había olvidado —dijo de repente, y antes de darme cuenta había salido por la puerta. Volvió a los segundos, portando una prenda cubierta con una funda de plástico en una percha.

—¿Qué? —pregunté—. Pero si no es mi cumpleaños.

—¿Es que un vampiro no puede hacerle un regalo a su amante?

Tuve que sonreír.

—Pues claro —asentí. Adoro los regalos. La tostadora no había sido más que un anticipo. Ésta era la sorpresa.

Retiré la funda de plástico cuidadosamente. La prenda era un vestido. Probablemente.

—Esto, ¿esto es todo? —pregunté, sosteniéndolo en alto. Era apenas una tirilla para el cuello en forma de U; una amplia U, tanto por delante como por detrás, y el resto era un brillante tejido plisado y broncíneo, como si fuesen muchas cintas de bronce cosidas juntas. Bueno, en realidad no tantas. La vendedora había dejado la etiqueta del precio. Intenté no mirarla, no lo conseguí y no pude evitar dejar caer la mandíbula una vez asimilada la cifra. Por ese precio, podía comprar diez prendas en Wal-Mart, o tres en Dillard's.

—Estarás preciosa —afirmó Eric con una significante sonrisa de pillo—. Todos me envidiarán.

¿Quién no se sentiría bien vistiendo eso?

Salí del cuarto de baño y descubrí que mi nuevo amigo Immanuel había vuelto. Había desplegado todo un centro de peinado y maquillaje sobre mi tocador. Me sentí muy extraña en la compañía de dos hombres en mi habitación. Esa noche, Immanuel parecía de mucho mejor humor. Incluso su atrevido corte de pelo lucía más interesante. Mientras Eric observaba tan atentamente como si sospechase que Immanuel fuese un asesino, el delgaducho peluquero me repeinó, me onduló y me maquilló. No me lo había pasado tan bien delante de un espejo desde que Tara y yo éramos pequeñas. Cuando Immanuel terminó, mi aspecto era... brillante y confiado.

—Gracias —atiné a decir, preguntándome dónde se había escondido la auténtica Sookie.

—Un placer —repuso Immanuel seriamente—. Tienes una piel estupenda. Me encanta trabajar contigo.

Nadie me había dicho nunca nada parecido, y lo único que se me ocurrió por respuesta fue:

—Déjame una tarjeta, por favor.

Se sacó una y la apoyó contra una muñeca de porcelana que mi abuela adoraba. La yuxtaposición me hizo sentir un poco triste. Habían pasado muchas cosas desde su muerte.

—¿Qué tal está tu hermana? —pregunté, ya que estaba pensando en cosas tristes.

—Hoy ha tenido un día genial —dijo Immanuel—. Gracias por preguntar.

Si bien no miró a Eric mientras lo comentaba, vi que aquél apartaba la mirada, la mandíbula tensa. Estaba irritado.

Immanuel se marchó después de recoger su parafernalia. Encontré un sujetador sin tirantes y un tanga (prenda que odiaba, pero ¿quién querría ponerse ropa interior normal debajo de un vestido como ése?), y empecé a prepararme. Afortunadamente, tenía unos zapatos negros de tacón alto. Sabía que unas sandalias de tira irían mejor con el vestido, pero tendría que conformarme con los tacones.

Eric no se perdió detalle mientras me vestía.

—Qué suave —dijo, pasando su mano por mi pierna.

—Eh, si sigues haciendo eso no iremos a ningún club y toda esta preparación habrá sido en balde. —Llamadme patética, pero la verdad es que deseaba que alguien, aparte de Eric, contemplase el efecto total de mi nuevo vestido, el nuevo maquillaje y el nuevo peinado.

—Yo no diría eso —replicó, pero optó por ponerse su propia ropa para la fiesta. Le recogí la melena en una coleta con una cinta negra para que tuviese aspecto acicalado. Parecía un bucanero en horas libres.

Deberíamos estar contentos, emocionados por nuestra cita, ansiando bailar juntos en el club. Era incapaz de saber lo que estaba pensando Eric mientras nos dirigíamos hacia el coche, pero sabía que no estaba contento con el lugar adonde íbamos y lo que teníamos que hacer.

Ya éramos dos.

Decidí aligerar la atmósfera con un poco de conversación ligera.

—¿Cómo vas con los nuevos vampiros? —pregunté.

—Vienen cuando deben y pasan el tiempo que tienen que pasar en el bar —dijo Eric sin entusiasmo. Tres de los vampiros que habían acabado en la Zona de Eric tras el *Katrina* le habían pedido permiso para quedarse, aunque deseaban anidar en Minden, no en la propia Shreveport.

—¿Qué pasa con ellos? —dije—. No pareces muy emocionado con las nuevas incorporaciones a tus filas. —Me deslicé en el asiento. Eric rodeó el coche.

—Palomino es buena —admitió a regañadientes tomando el asiento del conductor—. Pero Rubio es estúpido y Parker es débil.

No conocía a los tres lo suficiente como para debatirlo. Palomino, de quien sólo se conocía ese nombre, era una joven y atractiva vampiresa con un aspecto poco convencional; su piel era morena, pero el pelo era rubio platino. Rubio Hermosa era guapo, pero Eric tenía razón; era un tipo oscuro con muy poca conversación. Parker era el mismo bicho raro en la muerte que había sido en vida, y a pesar de haber mejorado las instalaciones informáticas del Fangtasia, se pasaba la vida asustado por su propia sombra.

—¿Quieres contarme lo de tu discusión con Pam? —le pregunté tras abrocharme el cinturón. En vez de su Corvette, Eric había traído el Lincoln del club. Era increíblemente cómodo, y dada su forma de conducir con el Corvette, siempre me resultaba agradable salir con el Lincoln.

—No —zanjó Eric. De repente estaba muy pensativo y emanaba preocupación.

Esperé a que ordenara sus pensamientos.

Esperé un poco más.

—Vale —dije, esforzándome por recuperar mi sentido del placer en una cita con un hombre extremadamente atractivo—. Muy bien. Lo haremos a tu manera. Pero me temo que el sexo será un poco menos espectacular si sigo preocupada por ti y por Pam.

Esa concesión a la ligereza me granjeó una oscura mirada por su parte.

—Sé que Pam quiere crear otro vampiro —señalé—. Sé que hay un elemento de tiempo implicado.

—Immanuel no debería haber hablado —contestó Eric.

—Fue agradable que alguien compartiese información conmigo; información directamente relacionada con gente que me importa. —¿Es que tenía que hacerle un croquis?

—Sookie, Victor me ha ordenado que no dé permiso a Pam para tomar un vampiro neonato. —La mandíbula de Eric se selló como una trampa de acero.

Oh.

—Intuyo que los reyes controlan la procreación —dije con cautela.

—Sí. Absolutamente. Pero entenderás que Pam me está volviendo loco con esto, al igual que Victor.

—Pero Victor no es el rey, ¿verdad? ¿Y si se lo consultas directamente a Felipe?

—Cada vez que me salto a Victor, encuentra una forma de castigarme.

De nada servía seguir hablando del tema. Dos fuerzas opuestas tiraban de Eric al mismo tiempo.

Así, de camino al club de Victor, que, según Eric, se llamaba El Beso del Vampiro, hablamos de la visita de los de la tienda de antigüedades al día siguiente. Me habría encantado hablar de infinidad de cosas, pero a la vista de la abrumadora dificultad que afrontaba Eric, no quise esgrimir mis propios problemas. Además, tenía la sensación de que no conocía todos los particulares de la situación de Eric.

—Oye —dije, consciente de que mi voz surgió muy abruptamente y con demasiada intensidad—. No me lo cuentas todo sobre tus negocios, ¿me equivoco?

—No te equivocas —respondió claramente—. Pero se debe a muchas razones, Sookie. Las más importantes son que no podrías hacer más que preocuparte y te pondrían en peligro. El conocimiento no siempre es poder. —Apreté los labios y rehusé mirarlo. Infantil, lo sé, pero no acababa de creerle.

Tras un momento de silencio, añadió:

—También está el que no estoy acostumbrado a compartir mis preocupaciones diarias con ningún humano, y hay costumbres difíciles de cambiar después de miles de años.

Vale. Y uno de esos secretos me implicaba a mí. Vale. Evidentemente, Eric interpretó mi introspección y aceptación de mala gana, porque decidió que se había acabado la tensión del momento.

—Pero tú me lo cuentas todo, mi amor, ¿verdad? —me pinchó.

Lo miré intensamente, negándome a responder.

No era lo que se esperaba.

—¿No? —preguntó, y no pude alcanzar todas las connotaciones que mostraba su tono. Decepción, preocupación, un toque de enfado y una pizca de excitación. Era mucho para una sola palabra, pero juro que estaba todo ahí—. Esto es un giro inesperado —murmuró—. Y aun así decimos que nos amamos.

—Eso decimos —comulgué—. Y yo te amo, pero empiezo a ver que estar enamorados no implica compartir todo lo que pensaba.

No tuvo nada que decir al respecto.

Pasamos por el Road Redneck de Vic de camino al nuevo club, e incluso desde la interestatal pude ver que el aparcamiento estaba atestado.

—Mierda —exclamé—. Ahí está toda la clientela del Merlotte's. ¿Qué tienen ellos que no tengamos nosotros?

—Entretenimiento. Lo llamativo de ser el sitio nuevo. Camareras con pantalones mínimos y camisetas que más parecen una excusa —enunció Eric.

—Oh, ya vale —contesté, asqueada—. ¿Qué pasa con el problema de que Sam sea un cambiante y todo lo demás? No sé cuánto aguantará el Merlotte's.

Sentí una oleada de placer procedente de Eric.

—En ese caso, tendrías un trabajo —dijo con falsa simpatía—. Podrías trabajar para mí en el Fangtasia.

—No, gracias —respondí inmediatamente—. Acabaría hasta las narices de ver fanáticos de los vampiros todas las noches, deseando siempre lo que no deberían tener nunca. Es triste y está mal.

Eric me miró de reojo, no muy satisfecho con mi veloz respuesta.

—Así es como me gano la vida, Sookie; gracias a los sueños pervertidos y las fantasías de los humanos. La mayoría son turistas que vienen al Fangtasia una o dos veces y luego se vuelven a Minden o Emerson y cuentan a sus vecinos cómo fue caminar por el lado salvaje. O son de la base de las Fuerzas Aéreas que disfrutan demostrando lo duros que son al tomarse unas copas en un bar de vampiros.

—Lo comprendo. Y sé que si los fanáticos no pueden ir al Fangtasia, acudirán a cualquier otra parte donde puedan estar cerca de los vampiros. Pero creo que no me gustaría estar en un ambiente así todos los días. —Me sentía orgullosa de poder trabajar en un entorno agradable.

—¿Qué harías entonces, si cierran el Merlotte's?

Buena pregunta, y una cuya respuesta tendría que meditar tranquilamente.

—Me buscaría otro trabajo de camarera —respondí—, puede que en el Crawdad Diner. Las propinas no serían tan generosas, pero sería menos fastidioso. A lo mejor intentaría hacer algún curso por Internet y sacarme algún título. No estaría mal aumentar mi formación.

Hubo un momento de silencio.

—No has mencionado contactar con tu bisabuelo —comentó Eric—. Él podría asegurarse de que nunca te faltase nada.

—Seguro que podría —dije, sorprendida—. Contactar con él, quiero decir. Supongo que Claude sabría cómo. De hecho, estoy segura de que sí. Pero Niall dejó muy claro que mantener el contacto no le parecía una buena idea. —Era mi turno de pensar en silencio—. Eric, ¿crees que Claude tiene un motivo oculto para haberse mudado conmigo?

—Por supuesto; y Dermot también —contestó Eric sin titubeos—. Sólo me extraña que lo preguntes.

No era la primera vez que se me hacía cuesta arriba hacer frente a los avatares de mi vida. Tuve que afrontar una oleada de autocompasión, de amargura, mientras me forzaba a analizar las palabras de Eric. Era algo que ciertamente sospechaba, y por eso le había preguntado a Sam si creía que la gente cambia de verdad. Claude siempre había sido un gurú del egoísmo, un aristócrata del interés en sí mismo. ¿Por qué iba a cambiar? Oh, claro, echaba de menos estar cerca de otras hadas, especialmente ahora que sus hermanas habían muerto. Pero ¿por qué se vendría a vivir con alguien con tan poca sangre feérica como yo (especialmente tras haber sido responsable indirecta de la muerte de Claudine), a menos que tuviese otros planes en mente?

La motivación de Dermot se me antojaba igual de opaca. Lo fácil habría sido asumir que tenía un carácter similar al de Jason por su gran parecido con él, pero había aprendido (gracias a las experiencias más duras) lo que pasaba cuando iba con ideas preconcebidas. Dermot había estado sujeto a un hechizo durante mucho tiempo, un conjuro que lo había puesto al borde de la locura, pero a pesar del influjo que ejercía sobre su mente, Dermot siempre había intentado hacer lo correcto. Al menos eso era lo que me había dicho, y tenía una mínima prueba de que eso era cierto.

Aún cavilaba sobre mi ingenuidad cuando tomamos una salida en medio de la nada. Se veían los destellos de las luces del Beso del Vampiro, que era de lo que se trataba.

—¿No temes que todos los que frecuenten el Fangtasia dejen de ir en cuanto descubran este club? —pregunté.

—Sí.

Mi pregunta había sido estúpida, así que no tuve en cuenta lo escueto de su respuesta. Eric debía de haber dado muchas vueltas al vuelco económico que supondría aquello desde que Victor compró el edificio. Pero no pensaba conceder a Eric más licencias. Éramos una pareja y, o compartía toda su vida conmigo, o me dejaba tranquila con mis preocupaciones. Estar con Eric no era nada fácil. Lo miré, consciente de lo estúpido que sonaría todo aquello para uno de los fanáticos que iban al Fangtasia. Eric era sin duda uno de los hombres más guapos que había conocido. Era fuerte, inteligente y fantástico en la cama.

Ahora mismo, había un muro de gélido silencio entre ese hombre fuerte, inteligente y atractivo y yo. Y duró hasta que terminó de aparcar. No fue fácil encontrar un hueco, lo que ahondó en su enfado. Tampoco es que lo disimulase demasiado.

Dado que había sido convocado, no habría estado de más dejarle un hueco reservado frente a la puerta, o permitirle que accediera libremente por la puerta trasera. Además, dejar que comprobara lo difícil que era aparcar implicaba una clara señal de lo concurrido que era el Beso del Vampiro.

Ay.

Me esforcé por apartar mis preocupaciones. Tenía que concentrarme en los problemas que estábamos a punto de afrontar. A Victor no le gustaba Eric ni confiaba en él, y el sentimiento era mutuo. Desde que Victor fue designado al mando de Luisiana, la posición de Eric como única reminiscencia de la época de Sophie-Anne se había vuelto muy precaria. Estaba convencida de que me habían permitido seguir con mi vida tranquilamente porque Eric me había arrastrado al matrimonio a ojos de los vampiros.

Eric, los labios apretados en una fina línea, rodeó el coche para abrirme la puerta. Sabía que empleaba esa maniobra para estudiar el aparcamiento en busca de amenazas. Se puso de tal manera que estuviera entre el club y yo. Cuando saqué las piernas del coche, me preguntó:

—¿Quién está en el aparcamiento, mi amor?

Me levanté cuidadosa y lentamente, los ojos centrados para concentrarme. En la tibia noche, con una suave brisa meciéndome el pelo, proyecté mi sexto sentido.

—Hay una pareja haciendo el amor en un coche a dos filas de aquí —susurré—. Un hombre vomitando detrás de la camioneta negra, al otro lado del aparcamiento. Dos parejas acaban de entrar en un Escalade. Un vampiro junto a la puerta del club. Otro acercándose, muy deprisa.

Cuando un vampiro entra en alerta, no hay malentendido posible. Los colmillos de Eric se desplegaron, todos sus músculos se tensaron y se giró a toda velocidad para afrontar el peligro.

—Mi señor —dijo Pam. Asomó de las sombras de un deportivo. Eric se relajó y yo lo imité gradualmente. Cualquiera que fuese la razón que les había hecho pelearse en mi casa, había quedado apartada por esa noche—. Me adelanté, tal como me pediste —murmuró, dejando que el viento nocturno se llevase sus palabras. Su rostro tenía un aspecto extrañamente oscuro.

—Pam, sal a la luz —dije.

Lo hizo, aunque no estaba obligada a obedecerme.

La oscuridad que aquejaba la piel de Pam era el resultado de la pelea. Los vampiros no sufren moretones exactamente como nosotros y se curan rápidamente, pero sufren un serio castigo físico, el rastro tarda algo más en desaparecer.

—¿Qué te ha pasado? —le preguntó Eric. Su voz destilaba vacío, lo que sabía que no traería nada bueno.

—Les dije a los guardias de la puerta que tenía que entrar para asegurarme de que Victor supiera que estabas de camino. Una excusa para comprobar la seguridad del interior.

—Te lo impidieron.

—Sí.

Se levantó un poco más de brisa, agitando el aire por todo el aparcamiento y revolviéndome el pelo. Eric tenía el suyo recogido por la nuca, pero Pam tuvo que agarrarse el suyo. Hacía meses que Eric deseaba la muerte de Victor y, a mi pesar, yo podía decir lo mismo. No estaba canalizando únicamente la rabia y la preocupación de Eric, sino que yo misma comprendía lo mejor que sería la vida si Victor desapareciera.

Había cambiado mucho. En momentos así, me sentía triste y aliviada de poder pensar en la muerte de Victor, ya no sólo sin remordimiento, sino con ansia positiva. Mi determinación por sobrevivir y asegurar el bienestar de mis seres queridos era más fuerte que la religión que tanto había atesorado desde siempre.

—Tenemos que entrar, o mandarán a alguien a buscarnos —ordenó finalmente Eric y enfilamos la puerta principal en silencio. Sólo nos faltaba una canción de tipos duros sonando de fondo: algo ominoso y guay, con mucha percusión para indicar: «Los vampiros visitantes y su secuaz humana se adentran en la trampa». Sin embargo, la música del club no iba en consonancia con el drama. *Hips Don't Lie* no es precisamente música de tipos duros.

Nos cruzamos con un hombre barbudo que estaba regando la gravilla junto a la puerta. Aún se notaban algunas manchas de sangre fresca.

—No es la mía —bufó Pam.

La vampira de guardia en la entrada era una recia morena que lucía un collar de cuero tachonado y un corsé a juego con un tutú (lo juro por Dios) y notas de motorista. La falda llena de volantes era lo único que desentonaba.

—Sheriff Eric —dijo con un marcado acento británico—. Soy Ana Lyudmila. Bienvenido al Beso del Vampiro. —Ni siquiera se dignó a mirar a Pam, mucho menos a mí. Era de esperar que ni me mirase, pero su desplante a Pam era todo un insulto, puesto que ya había tenido un encuentro con el personal del club. Ese comportamiento era la típica espoleta que podía llevar a Pam a rebasar los límites, y se me ocurrió que ése podía ser el plan. Si Pam se ponía agresiva, los nuevos vampiros tendrían una razón legítima para matarla. La diana a la espalda de Eric adquiriría unas proporciones desmesuradas.

Naturalmente, yo ni siquiera era un factor en su plan, ya que no eran capaces de imaginarse lo que podría hacer una humana frente a la fuerza y la velocidad de los vampiros. Y como no era Superwoman, probablemente tuvieran razón. No estaba segura de cuántos vampiros sabían que no era del todo humana, o cuánto les importaría siquiera saber que tenía una parte de hada. No solía exhibir ninguna cualidad feérica. Mi valor estriba en mis capacidades telepáticas y mi vínculo con Niall. Y como Niall había abandonado este mundo para quedarse en el de las hadas, pensaba que ese valor había perdido muchos enteros. Pero Niall podía regresar al mundo humano en cualquier momento, y era la esposa de Eric según el rito vampírico. Eso quería decir que Niall se pondría del lado de Eric en un conflicto declarado. Al menos ésa era mi mejor baza. Con las hadas, ¿quién sabe? Había llegado el momento de reafirmarme.

Puse la mano en el hombro de Pam y le di una palmada. Era como dar una palmada a una roca. Sonreí a Ana Lyudmila.

—Hola —dije como una animadora colocada—. Soy Sookie. Estoy casada con Eric. Supongo que no lo sabías. Y ésta es Pam, la vampira convertida de Eric y su brazo derecho. Supongo que eso tampoco lo sabías. Porque, de lo contrario, no dirigirte a nosotros de la forma adecuada debería entenderse como una falta de respeto intencionada —concluí, clavándole la mirada.

Como si la estuviese obligando a tragarse una rana viva, Ana Lyudmila dijo:

—Bienvenidas, mujer humana de Eric y respetada luchadora Pam. Mis disculpas por no dispensaros la bienvenida adecuada.

Pam contemplaba a Ana Lyudmila como si se preguntase cuánto le llevaría arrancarle las pestañas de una en una. Le di un golpecito en el hombro con mi puño. Amiga, amiga.

—No pasa nada, Ana Lyudmila —respondí—. Ningún problema.

Me tocó a mí ser objeto de la mirada de Pam e hice todo lo que pude para no dar un respingo. Para añadir enteros a la tensión, Eric ejercía su mejor imitación de una imponente roca blanca. Le lancé una mirada cargada de intención.

Ana Lyudmila no hubiese podido con Pam. Le faltaban las agallas. Además, parecía buena chica, y estaba segura de que si a un vampiro se le ocurría ponerle la mano encima, acabaría notando los efectos colaterales.

Un segundo después, Eric dijo:

—Creo que tu señor nos está esperando. —Su tono era de moderada reprimenda. Se aseguró de que su enorme autocontrol resultara evidente.

Si Ana Lyudmila hubiese sido capaz de sonrojarse, creo que así habría sido.

—Sí, por supuesto —dijo—. ¡Luis! ¡Antonio! —Dos jóvenes, uno moreno y otro castaño, surgieron del gentío. Vestían shorts y botas de cuero. Dejémoslo ahí. Vale, los trabajadores del Beso del Vampiro tenían su propio *look*. Había supuesto que Ana Lyudmila seguía sus propios criterios estilísticos, pero al parecer todos los trabajadores vampiros debían llevar atuendos en plan esclavo sexual de las cavernas. Al menos ésa era la idea que me daban.

Luis, el más alto de los dos, nos dijo con un fuerte acento inglés:

—Sígannos, por favor.

Sus pezones estaban perforados, cosa que no había visto nunca antes, y, como es natural, me vi en el anhelo de querer echarles un vistazo más de cerca. Pero en mi manual de estilo es de mal gusto mirar fijamente los atributos ajenos, por muy exhibidos que estuviesen.

Antonio no podía ocultar el hecho de que Pam lo había impresionado, pero eso no lo detendría si Victor ordenase matarnos a todos. Seguimos a la parejita del *bondage* por la atestada pista de baile. Esos shorts de cuero eran toda una aventura vistos por detrás, os diré. Y las fotos de Elvis decorando todas las paredes eran toda una vista igualmente. Una no siempre pone el pie en un club vampírico con toques de burdel decorado con temática de Elvis y matices *bondage*.

Pam también estaba admirando la decoración, pero no con su habitual humor sardónico. Parecían estar pasando muchas cosas por su cabeza.

—¿Cómo están vuestros tres amigos? —le preguntó a Antonio—. Los que intentaron impedirme entrar.

El otro esbozó una sonrisa apretada, y me dio la sensación de que los vampiros heridos no eran precisamente sus amigos.

—Están tomando sangre de unos donantes en la parte de atrás —dijo—. Creo que el brazo de Pearl se ha curado.

Mientras nos precedía por el ruidoso local, Eric evaluaba las instalaciones con una serie de miradas casuales. Era importante que pareciese relajado, como si estuviese seguro de que su jefe no pretendía hacerle daño. Lo sabía por nuestro vínculo de sangre. Como nadie parecía tenerme en cuenta, me sentía libre de mirar donde quisiera... aunque esperaba hacerlo con la actitud descuidada más adecuada.

Había al menos veinte chupasangres en el Beso del Vampiro, más de los que jamás hubo en el Fangtasia a la vez. También había muchos humanos. Desconocía la capacidad del edificio, pero tenía la seguridad de que la habían excedido. Eric tendió la mano hacia atrás para agarrarme con su frío tacto. Tiró de mí hacia delante, me rodeó los hombros con el brazo izquierdo y Pam se nos arrimó por detrás. Estábamos en DEFCON Cuatro, Alerta Naranja o como quiera que se llame antes de una detonación nuclear. La tensión vibraba a través del cuerpo de Eric como la cuerda de una guitarra eléctrica enchufada.

Y entonces vimos la fuente de tanta tensión.

Victor estaba sentado en la parte de atrás, en una especie de apartado VIP. El recinto estaba rodeado por una bancada cuadrada roja de terciopelo, ante la cual se centraba la típica mesa baja de centro. Estaba atestada de pequeños bolsos de noche, copas a medio beber y billetes de dólar. Victor ocupaba el centro del grupo, abarcando con los brazos a la chica y el chico que lo flanqueaban. Aquello era una estampa de lo que los humanos conservadores más temían: el vampiro depravado seduciendo a la juventud de Estados Unidos, induciéndola a participar en orgías, a la bisexualidad y al consumo de sangre. Miré a los dos humanos. Si bien uno era chico y la otra chica, a la vista parecían lo mismo. Adentrándome en sus mentes, me di cuenta rápidamente de que ambos estaban drogados, ambos tenían veintiún años y ambos eran sexualmente experimentados. Sentí un poco de pena por ellos, pero sabía que no podía sentirme responsable. Aunque aún les quedaba darse cuenta, no eran más que las mascotas de Victor. Su posición se correspondía con su vanidad.

Había otra humana en el apartado, una joven que se sentaba sola. Llevaba un vestido blanco de falda larga y sus ojos marrones se fijaron en Pam con desesperación. Estaba claramente aterrada por la compañía. Un instante antes habría apostado a que Pam no podría ahondar más en su rabia y su desdicha, pero me había equivocado.

—Miriam —susurró Pam.

Oh, por Jesucristo Pastos de Judea. Ésa era la mujer que Pam quería convertir, la misma que quería convertirse en su vampira neonata. Debía de ser la mujer más enferma que había visto fuera de un hospital. Pero su pelo marrón claro estaba peinado para la fiesta, la habían maquillado, si bien los cosméticos resaltaban tanto en su rostro profundamente pálido que los labios parecían blancos.

Eric no mostró expresión alguna, pero sabía que se estremecía por dentro, pugnando por mantener la cara de póquer y los pensamientos claros.

Victor se había ganado muchos puntos con esa emboscada.

Luis y Antonio se situaron en la entrada del apartado VIP tras facilitarnos el paso. No estaba muy segura de si estaban allí para impedir que entrase nadie o que saliésemos nosotros. También nos custodiaban figuras de Elvis a tamaño real. No me impresionaron. Había conocido al Elvis auténtico.

Victor nos dio la bienvenida con una maravillosa sonrisa, blanca y llena de dientes, tan brillante como la del presentador de un concurso.

—¡Eric, cómo me agrada verte en mi nuevo proyecto empresarial! ¿Te gusta la decoración? —Abarcó el atestado club con mano ligera. Si bien no era un hombre muy alto, quedaba muy claro que era el rey en su castillo, y estaba saboreando cada minuto. Se inclinó hacia delante para coger su copa de la mesa.

Hasta el cristal de la copa era dramático: oscuro, ahumado, acanalado. Encajaba con esa «decoración» de la que tanto se enorgullecía. Si tuviera la ocasión de describírselo a alguien, cosa que me parecía muy poco probable en ese momento, la habría definido como «burdelesco» temprano: mucha madera oscura, exceso de papel en la pared, cuero y terciopelo rojo. Se me hacía pesado y muy colorido, aunque probablemente hablasen mis prejuicios por mí. La gente que no paraba de dar vueltas en la pista de baile parecía estar pasándolo bien independientemente de la decoración. La banda que tocaba estaba compuesta por vampiros, así que tocaba genial. Tocaban canciones del momento salpicadas con temas más blues y rock. Dado que la banda podría haber tocado con Robert Johnson y Memphis Minnie, contaban a sus espaldas con varias décadas de práctica.

—Estoy asombrado —dijo Eric con una voz absolutamente neutra.

—¡Perdonad mis modales! Sentaos, por favor —invitó Victor—. Os presento a... ¿cómo te llamabas, cariño? —preguntó a la chica.

—Soy Mindy Simpson —dijo con una sonrisa coqueta—. Éste es mi marido, Mark Simpson.

Eric devolvió el saludo con un parpadeo de ojos. Pam y yo aún no habíamos entrado en el juego de la conversación, así que no nos vimos en la necesidad de responder.

Victor no nos presentó a la mujer pálida. Era evidente que se guardaba lo mejor para el final.

—Veo que has traído a tu querida esposa —indicó Victor cuando como recién llegados tomamos asiento a su derecha, en la larga bancada. No era tan cómoda como hubiese esperado, y la profundidad del asiento no compaginaba muy bien con la longitud de mis piernas. La talla de Elvis a tamaño real a mi derecha estaba ataviada con su famoso mono de paracaidista. Qué estilo.

—Sí, estoy aquí —respondí, desalentada.

—Y tu famosa lugarteniente, Pam Ravenscroft —prosiguió Victor, como si nos estuviese identificando a un micrófono oculto.

Apreté la mano de Eric. No podía leerme la mente, que (al menos en ese momento) me parecía una lástima. Estaban pasando allí muchas cosas que no conocíamos. A ojos de un vampiro, como esposa humana de Eric, aparecía como primera concubina designada. El título de «esposa» me proporcionaba estatus y protección, volviéndome teóricamente intocable para otros vampiros y sus siervos. No me alegraba precisamente de ser una ciudadana de segunda clase, pero cuando comprendí por qué Eric me había engañado para acabar así, fui reconciliándome poco a poco con mi título. Ahora era el momento de demostrarle un poco de apoyo a cambio.

—¿Desde cuándo está abierto el Beso del Vampiro? —Sonreí al aborrecible Victor. Tenía años de experiencia a la espalda de parecer feliz cuando no lo estaba y era la reina de la charla casual.

—¿No has visto toda la publicidad previa? Sólo tres semanas, pero ha sido todo un éxito —dijo Victor, apenas mirándome. No le interesaba en absoluto como persona. Ni siquiera se sentía atraído por mí sexualmente. Creedme, reconozco esas señales. Estaba más interesado en mí como criatura cuya muerte heriría a Eric. En otras palabras, mi ausencia sería más útil que mi existencia.

Como se estaba dignando a hablar conmigo, se me ocurrió aprovechar la ocasión.

—¿Pasas mucho tiempo aquí? Me sorprende que no te necesiten más a menudo en Nueva Orleans. —¡Toma! Esperé su respuesta con la sonrisa fija en mi cara.

—Sophie-Anne prefería una base permanente en Nueva Orleans, pero yo veo la tarea de gobierno como algo más flexible —respondió Victor ingeniosamente—. Me gusta mantener una mano firme sobre todo lo que ocurre en Luisiana, sobre todo desde que sé que soy un simple regente que cuida del Estado para Felipe, mi amado rey. —Su sonrisa se transformó en una mueca feroz.

—Felicidades por la regencia —dijo Eric, como si no existiese nada más deseable.

Había mucha falsedad en aquel lugar. Tantas indirectas que podías ahogarte en ellas. Y puede que nos ocurriese.

—Eres más que bienvenido —remarcó Victor con ferocidad—. Sí, Felipe me ha decretado como su regente. Es muy poco habitual que un rey consiga amasar tantos territorios como él, y se ha tomado su tiempo para decidir qué hacer. Y ha decidido quedarse todos los títulos para él.

—¿También serás el regente de Arkansas? —preguntó Pam. Al oír su voz, Miriam Earnest empezó a llorar. Hasta el momento, había intentado hacer el menor ruido posible, pero no hay sollozo que pase desapercibido. Pam no la miró.

—No —contestó Victor a regañadientes—. Rita la Roja ha recibido ese honor.

No sabía quién podía ser Rita la Roja, pero tanto Eric como Pam parecían impresionados.

—Es una gran luchadora —me dijo Eric—. Una vampira poderosa. Es una gran elección para reconstruir Arkansas.

Genial, a lo mejor podríamos irnos a vivir allí.

Si bien no puedo leer la mente de los vampiros, esa vez no me fue necesario. Bastaba con observar el rostro de Victor y comprender que había deseado, anhelado, el título de rey y deseado gobernar los nuevos territorios de Felipe. Su decepción se había mudado en ira, y canalizaba esa ira hacia Eric, el objetivo más claro a su alcance. Provocarlo y entrometerse en su territorio ya no era suficiente para Victor.

Y ésa era la razón por la que Miriam estaba en el club esa noche. Intenté adentrarme en su mente. Tras palpar cuidadosamente sus lindes, me topé con una neblina blanca. Estaba drogada, aunque no sabía con qué ni si lo había tomado por voluntad propia o coaccionada.

—Sí, por supuesto —dijo Victor, devolviéndome al momento repentinamente. Mientras exploraba la mente de Miriam, los vampiros habían seguido hablando de Rita la Roja—. Mientras ella se pone manos a la obra aquí al lado, pensé que sería apropiado desarrollar la zona de Luisiana que linda con su territorio. He abierto un club humano aparte de éste. —Victor casi ronroneaba.

—Eres el dueño del Redneck Roadhouse de Vic —señalé ateridamente. ¡Claro! Debí haberlo imaginado. ¿Es que Victor se dedicaba a coleccionar razones para que quisiera verlo muerto? Naturalmente, la economía no tenía nada que ver con la vida y la muerte, pero sus caminos se cruzaban demasiado a menudo.

—Sí —confirmó Victor con una sonrisa. Estaba tan encantado como un Santa Claus de centro comercial—. ¿Has estado allí? —Volvió a dejar su vaso en la mesa.

—No, he estado demasiado ocupada —dije.

—Pero si me habían comentado que el negocio ha bajado mucho en el Merlotte's —comentó Victor, intentando mostrar una falsa preocupación que descartó a continuación—. Sookie, si necesitas trabajo, te recomendaré a mi encargado del Redneck Roadhouse..., a menos que prefieras trabajar aquí. ¡Eso sí que sería divertido!

Tuve que coger aire. Se produjo un largo momento de silencio. Durante ese instante, todo permaneció en un delicado equilibrio.

Con asombrosa capacidad de control, Eric emparedó su rabia, al menos temporalmente.

—Sookie está bien donde trabaja ahora, Victor —dijo—. De lo contrario, se vendría a vivir conmigo o quizá a trabajar en el Fangtasia. Es una estadounidense moderna, acostumbrada a mantenerse a sí misma. —Lo contestó como si se enorgulleciera de mi independencia, aunque sabía que no era el caso. No comprendía por qué me obcecaba en mantener mi trabajo—. Y hablando de mis asociadas femeninas, Pam me ha comentado que la has metido en cintura. No es muy habitual reprender a la mano derecha de un sheriff. Es una tarea que debería estar reservada a su superior directo. —Eric se permitió dejar que se notara cierta amenaza en su voz.

—No estabas aquí —protestó Victor con suavidad—. Además, se mostró muy irrespetuosa con mis porteros al insistir en entrar para comprobar la seguridad antes de tu llegada, como si hubiese algo en este club capaz de amenazar a nuestro sheriff más poderoso.

—¿Querías hablar de algo? —zanjó Eric—. No es que no me encante ver lo que has hecho aquí. Aun así... —Dejó que su voz se apagara, como si fuese demasiado educado para decir que tenía mejores cosas que hacer.

—Por supuesto, gracias por recordármelo —asintió Victor. Se echó hacia delante para recuperar el vaso gris ahumado y acanalado que un camarero había rellenado con un denso caldo rojizo oscuro—. Disculpadme, no os he ofrecido nada para beber. ¿Sangre para vosotros, Eric, Pam?

Pam había aprovechado la conversación para desviar la mirada hacia Miriam, que parecía como si se fuese a derrumbar en cualquier momento, y puede que por última vez. Pam se obligó a dejar de mirarla y centrarse en Victor. Sacudió la cabeza sin decir nada.

—Gracias por la oferta, Victor —respondió Eric—, pero...

—Sé que brindaréis conmigo. La ley me impide ofreceros un trago de Mindy o Mark, ya que no están registrados como donantes, y no hay nadie más respetuoso de la ley que yo. —Sonrió a Mindy y a Mark, quienes le correspondieron como dos idiotas—. Sookie, ¿tú qué quieres?

Eric y Pam estaban obligados a aceptar la oferta de sangre sintética, pero como yo era humana, me podía permitir insistir en que no tenía sed. Aunque me hubiese ofrecido un chuletón a la brasa con tomates verdes fritos, le habría dicho que no tenía hambre.

Luis hizo una señal a uno de los camareros y éste se esfumó para reaparecer a los segundos con unas botellas de TrueBlood. Las llevaba en una amplia bandeja, junto con otras tantas copas del llamativo fluido que bebía Victor.

—Estoy seguro de que las botellas no encajan con vuestro sentido de la estética —dijo Victor—. Me resultan ofensivas.

Al igual que los demás camareros, el hombre que nos trajo las bebidas era humano, un tipo atractivo con taparrabos de cuero (más escueto incluso que los shorts de cuero de Luis) y botas altas. Una especie de roseta impresa en el taparrabos enmarcaba su nombre escrito: «Colton». Sus ojos eran de un desconcertante gris. Cuando depositó la bandeja sobre la mesa para descargarla, estaba pensando en alguien llamado Chic o Chico. Y cuando nuestras miradas se encontraron directamente, pensó: «Lo de las copas es sangre de hada, no dejes que tus vampiros la beban».

Me lo quedé mirando durante un prolongado instante. Sabía de mis capacidades. Ahora yo sabía algo sobre él.

Había oído hablar de mi telepatía, algo habitual ya en la comunidad sobrenatural, y había creído en ella.

Colton bajó la mirada.

Eric giró el tapón para abrir la botella y la elevó para verter su contenido en una copa.

«No», pensé con todas mis fuerzas. No podíamos comunicarnos telepáticamente, pero le envié una oleada de negatividad y rogué porque se diera por aludido.

—No tengo nada contra el embotellado en este país, como tú tampoco —dijo Eric con suavidad, llevándose la botella directamente a los labios. Pam hizo lo mismo.

Un destello de irritación cruzó el rostro de Victor tan rápidamente que podría haber pensado que eran imaginaciones mías si no hubiese estado tan atenta a su reacción. El camarero de ojos grises se retiró.

—¿Has visto a tu bisabuelo últimamente, Sookie? —preguntó Victor, como si pretendiese decir «¡Te he pillado!».

Había en su voz una fracción de ignorancia fingida sobre mi ascendencia feérica.

—No en las dos últimas semanas —dije cautelosamente.

—Pero en tu casa viven dos de los tuyos.

No era ningún secreto, y estaba segura de que Heidi, la nueva incorporación de Eric, se lo había dicho a Victor. Lo cierto es que Heidi no tenía elección; desventajas de tener familia humana a la que aún se quiere.

—Sí, mi primo y mi tío abuelo se quedarán conmigo una temporada. —Me enorgullecí de sonar casi aburrida.

—Me preguntaba si podrías darme alguna información sobre el estado de la política en el mundo feérico —pidió Victor con cadencia melodiosa. Mindy Simpson, cansada de una conversación que no la incluía, se puso a hacer pucheros. Poco inteligente.

—Pues me temo que no va a poder ser. No me meto en esos asuntos —le contesté.

—¿De verdad? Incluso ¿después de tu terrible experiencia?

—Sí, a pesar de ella —dije llanamente. Claro, estaba deseando hablar de mi rapto y agresión. Maravilloso tema de conversación en una fiesta—. Es sencillamente que no soy un animal político.

—Pero sí un animal —constató Victor con el mismo tono suave.

Se produjo un momento de gélido silencio. No obstante, estaba decidida a que si Eric moría intentando matar a ese vampiro, no sería por un insulto hacia mí.

—Así soy yo —repuse, devolviéndole la sonrisa con intereses—. Viva y de sangre caliente. Hasta podría lactar. El paquete mamífero al completo.

Victor entrecerró los ojos. Quizá me había pasado.

—¿Querías hablar de algo más, regente? —inquirió Pam, adivinando acertadamente que Eric estaba demasiado enfurecido como para hablar—. No tengo inconveniente en quedarme aquí hasta que quieras o en la medida en que mis palabras te satisfagan, pero lo cierto es que esta noche tengo trabajo en el Fangtasia, y mi señor Eric tiene una reunión a la que asistir. Y, por lo que se ve, mi amiga Miriam tiene una cogorza de las buenas, así que me la llevaré a casa para que la duerma.

Victor miró a la mujer pálida como si acabase de reparar en su presencia.

—Oh, ¿acaso la conoces? —preguntó dejadamente—. Sí, ahora que lo recuerdo, alguien me lo ha mencionado. Eric, ¿es ésta la mujer que me contaste que Pam deseaba convertir? Lamento haber tenido que decir que no, ya que, según veo, no vivirá bastante.

Pam no se inmutó. Ni siquiera parpadeó.

—Podéis iros —continuó Victor, exagerando el tono improvisado—, ya que os he comunicado la noticia de mi regencia y habéis visto mi precioso club. Oh, estoy pensando en abrir un establecimiento de tatuajes y puede que una firma de abogados, aunque el hombre que tengo pensado para el puesto debería estudiar Derecho moderno. Se sacó su licenciatura en París, allá por el siglo XVIII. —Su indulgente sonrisa se evaporó al momento—. ¿Sabías que como regente tengo derecho a abrir negocios en el dominio de cualquier sheriff? Todo el dinero de los nuevos clubes vendrá directamente a mí. Espero que tus ingresos no se resientan demasiado, Eric.

—En absoluto —replicó Eric. En realidad, no creo que aquello tuviese ningún significado—. Todos formamos parte de tu dominio, mi señor. —Si su voz hubiese sido la colada, habría dado latigazos al aire de lo seca que era.

Nos levantamos, más o menos a la vez, e inclinamos la cabeza hacia Victor. Éste agitó una mano desdeñosa y se estiró para besar a Mindy Simpson. Mark se arrimó más al otro lado del vampiro para acariciarle el hombro con la nariz. Pam se dirigió hacia Miriam Earnest y la rodeó con un brazo para ayudarla a levantarse. Una vez de pie y apoyándose en Pam, Miriam se concentró para conseguir llegar hasta la puerta. Puede que su mente estuviese empañada, pero sus ojos eran como gritos.

Abandonamos el local envueltos en un torvo silencio (al menos en cuanto a nuestra conversación; por los altavoces sonaba *Never let up*), escoltados por Luis y Antonio. Los hermanos pasaron junto a la robusta Ana Lyudmila para seguirnos hasta el aparcamiento, cosa que me sorprendió.

Tras rebasar la primera fila de coches, Eric se giró para encararlos. No era casualidad que un Escalade bloquease la vista entre Ana Lyudmila y nuestro pequeño grupo.

—¿Tenéis alguna cosa que decirme, vosotros dos? —preguntó con mucha suavidad. Como si de repente comprendiese que estaba fuera del Beso del Vampiro, Miriam boqueó y se echó a llorar. Pam la cogió en brazos.

—No fue idea nuestra, sheriff —dijo Antonio, el más bajo de los dos. Sus abdominales embadurnados en aceite destellaron bajo las luces del aparcamiento.

—Somos leales a Felipe, nuestro verdadero rey —continuó Luis—, pero Victor no es una persona fácil de satisfacer. Fue un castigo para nosotros la noche que nos asignaron venir a Luisiana para servirle. Ahora que Bruno y Corinna han desaparecido, todavía no ha encontrado a nadie que los sustituya. No hay ningún lugarteniente con fuerza. No para de viajar, intentando mantener bajo vigilancia cada rincón de Luisiana —prosiguió Luis, sacudiendo la cabeza—. Abarcamos más terreno del que podemos controlar. Tiene que asentarse en Nueva Orleans, reconstruir la estructura vampírica local. No tenemos por qué ir por ahí con unos trapos de cuero que apenas nos tapan el trasero, drenando los ingresos de tu club. Reducir a la mitad los ingresos no es una política económica saludable, y los costes de inversión fueron muy altos.

—Si lo que queréis es que declare una traición abierta a mi nuevo señor, os habéis equivocado de vampiro —señaló Eric, y yo intenté impedir abrir la boca como una tonta. Pensé que había vuelto la Navidad en pleno junio cuando Luis y Antonio revelaron su descontento, pero estaba claro que no había sido lo suficientemente malpensada una vez más.

—Los shorts de cuero son atractivos comparados con la mierda sintética que yo tengo que ponerme —dijo Pam. Sostenía a Miriam, pero no la miró para referirse a ella, como si deseara que todos nos olvidásemos de que la chica estaba allí. La queja sobre su indumentaria no era injustificada, pero sí irrelevante. Pam se sentía inútil si no estaba trabajando. Antonio le lanzó una mirada de asqueada desilusión.

—Esperábamos que fueses mucho más fiera —murmuró. Miró a Eric—. Y de ti que fueses más audaz. —Él y Luis se volvieron y regresaron al club.

Después de aquello, Pam y Eric empezaron a moverse con rapidez, como si tuviésemos un plazo para abandonar la propiedad.

Pam cogió en volandas a Miriam y la llevó al coche de Eric. Éste abrió la puerta de atrás para que deslizara a su novia en el asiento y luego ocupara la plaza de al lado. Al parecer, las prisas eran la tónica de la noche, así que me subí al asiento del copiloto y me abroché el cinturón en silencio. Miré hacia atrás y vi que Miriam se había desmayado en cuanto se sintió a salvo.

Cuando abandonamos el aparcamiento, Pam empezó a reír disimuladamente mientras Eric esbozaba una amplia sonrisa. Estaba demasiado desconcertada para preguntarles qué era tan divertido.

—Es que Victor no se puede contener —dijo Pam—. Mira que montar un numerito con mi pobre Miriam.

—¡Y luego la inestimable oferta de los gemelos de los shorts de cuero!

—¿Viste la cara de Antonio? —preguntó Pam—. ¡En serio, no recuerdo habérmelo pasado tan bien desde esa vez que le enseñé los colmillos a esa vieja que se quejaba del color con el que había pintado mi casa!

—Eso les dará algo en lo que pensar. —Rió Eric. Me miró con los colmillos extendidos—. Ha sido un gran momento. No puedo creer que pensara que picaríamos con eso.

—¿Y si Antonio y Luis eran sinceros? —pregunté—. ¿Y si Victor ha tomado la sangre de Miriam o la ha convertido él mismo? —Me revolví en el asiento para mirar a Pam.

Me observaba casi con lástima, como si yo fuese una romántica desesperada.

—Eso es imposible —dijo—. Estaba en un lugar público, ella tiene muchos familiares humanos y sabe que lo mataría si lo hiciese.

—No si murieses tú antes —afirmé. Eric y Pam no parecían compartir mi respeto por las tácticas letales de Victor. Casi parecían locamente arrogantes—. ¿Y cómo estáis tan seguros de que Luis y Antonio os estaban tendiendo una trampa sólo para ver cómo reaccionabais?

—Si iban en serio con lo que decían, volveremos a saber de ellos —zanjó Eric—. Si lo han intentado con Felipe y éste los ha rechazado, no les quedará otro recurso. Y sospecho que eso es lo que ha pasado. Dime, amor mío, ¿qué pasaba con las bebidas?

—Lo que pasaba es que había rebañado el interior de los vasos con sangre de hada —expliqué—. El camarero humano, el tipo de los ojos grises, me dio la pista.

De repente, sus sonrisas desaparecieron como si alguien hubiese pulsado un interruptor. Tuve un instante de desagradable satisfacción.

La sangre pura de hada es tóxica para los vampiros. No había forma de saber qué habrían hecho Pam y Eric si hubiesen bebido de esos vasos. Y lo hubiesen hecho de un trago, ya que el olor es tan arrebatador como la propia sustancia.

En cuanto a intentos de envenenamiento, ése era de los sutiles.

—No creo que esa cantidad hubiese provocado que actuásemos de modo incontrolado —dijo Pam, pero no parecía muy confiada.

Eric arqueó sus cejas rubias.

—Fue un experimento cauteloso —comentó, pensativo—. Podríamos haber atacado a cualquiera en el club, o podríamos haberla emprendido con Sookie por su interesante aroma feérico. Podríamos haber cometido una estupidez en público, en todo caso. Nos podrían haber arrestado. Detenernos fue una jugada excelente, Sookie.

—Sirvo para algunas cosas —respondí, borrando el acceso de miedo que me provocaba la idea de que Eric y Pam se lanzasen sobre mí presas de un frenesí feérico.

—Y tú eres la mujer de Eric —observó Pam en voz baja.

Eric la atravesó con la mirada desde el espejo retrovisor.

El manto de silencio que nos envolvió en ese momento era tan denso que podría haberse cortado con un cuchillo. Esa pelea secreta entre Pam y Eric empezaba a ser molesta y frustrante, y eso por decir algo.

—¿Hay algo que deba saber? —pregunté, temiendo la respuesta. Pero cualquier cosa era mejor que la ignorancia.

—Eric ha recibido una carta... —empezó a contar Pam antes de que pudiera asimilar que Eric se había movido para darse la vuelta como un rayo, extender el brazo y agarrarla del cuello. Dado que aún estábamos en marcha y él conducía, mi horror fue mayúsculo.

—¡Mira al frente, Eric! No empecéis de nuevo con las peleas —dije—. ¡Tengo que saberlo!

Eric aún agarraba a Pam con la mano derecha; una presa que habría acabado con ella si aún fuese humana. Manejaba el volante con la izquierda y llevó el coche hasta la cuneta antes de detenerlo. No había tráfico de frente ni luz alguna a nuestras espaldas. No sabía si ese aislamiento me parecía algo bueno o malo. Eric volvió a mirar a su vampira convertida y sus ojos estaban tan encendidos que prácticamente lanzaban chispas.

—No hables, Pam. Es una orden. Sookie, déjalo estar.

Podría haber dicho muchas cosas. Como por ejemplo: «No soy tu vasalla y diré lo que me venga en gana», o «Que te jodan, quiero salir de aquí», y llamar a Jason para que me recogiese.

Pero me quedé callada.

Me avergüenza admitir que en ese momento sentí auténtico miedo de Eric, un vampiro tan desesperado como determinado a atacar a su mejor amiga porque no quería que yo supiese... algo. A través del vínculo que tenía con él recibí una amalgama de emociones negativas: miedo, ira, sombría determinación, frustración.

—Llévame a casa —dije.

En un escalofriante susurro, Miriam susurró:

—Llevadme a casa…

Tras un largo instante, Eric soltó a Pam, que se colapsó en el asiento trasero como un saco de patatas. Se fundió con Miriam en un abrazo protector. Envueltos en un gélido silencio, Eric me llevó de vuelta a casa. No hubo mayor mención del sexo que supuestamente teníamos programado después de la «diversión» de la noche. Dadas las circunstancias, habría preferido practicarlo con Luis y Antonio. O con Pam. Me despedí de ella y de Miriam, salí y me encaminé hacia mi casa sin mirar atrás.

Supongo que Eric, Pam y Miriam volvieron a casa juntos, y que en algún momento Eric permitió que Pam volviese a hablar, pero es algo que no sé.

No pude dormir después de lavarme la cara y colgar el precioso vestido. Albergué la esperanza de poder volver a ponérmelo para una ocasión futura más alegre. Estaba demasiado guapa para sentirme tan desdichada. Me preguntaba si Eric habría actuado esa noche con tanta sangre fría si hubiese sido yo a quien Victor hubiera atrapado, drogado y colocado en esa bancada para exhibirme al mundo entero.

Y había otra cosa que me quitaba el sueño. Esto es lo que le habría preguntado si a Eric no le hubiera dado por jugar a los dictadores: «¿De dónde ha sacado Victor la sangre de hada?».

Eso es lo que le habría preguntado.

Capítulo 4

Al día siguiente me levanté bastante triste en general, pero me alegré al comprobar que Claude y Dermot habían vuelto a casa la noche anterior. Las pruebas eran evidentes. La camiseta de Claude estaba tirada sobre el respaldo de una de las sillas de la cocina y los zapatos de Dermot estaban a los pies de la escalera. Además, después de mi ducha y el primer café, saliendo de mi habitación con mis shorts y mi camiseta verde, ambos me estaban esperando en el salón.

—Buenos días, chicos —saludé. Incluso a mis propios oídos mis palabras no me parecieron excesivamente alegres—. ¿Os acordabais que hoy venían los de la tienda de antigüedades? Deberían estar aquí dentro de una o dos horas.

Me situé para mantener la charla que teníamos pendiente.

—Bien, entonces esta habitación dejará de parecer una tienda de desperdicios —dijo Claude con su habitual encanto.

Me limité a asentir. Por lo visto, hoy tocaba Claude el Detestable, en vez del menos habitual Claude el Tolerable.

—Te habíamos prometido una conversación —intervino Dermot.

—Y vais y no aparecéis en casa anoche. —Apoyé la espalda en la vieja mecedora rescatada del desván. No me sentía especialmente preparada para una conversación de esa índole, pero estaba ansiosa por obtener algunas respuestas.

—Han pasado algunas cosas en el club —se excusó Claude evasivamente.

—Oh, oh, deja que lo adivine. Ha desaparecido una de las hadas.

Eso les hizo envararse en el asiento.

—¿Qué? ¿Cómo lo sabes? —Dermot fue el primero en recuperar el habla.

—Lo tiene Victor. O la tiene —añadí, y les relaté la historia de la noche anterior.

—No bastaba con tener que resolver los problemas de nuestra propia raza —se quejó Claude—, sino que ahora nos meten también en las jodidas luchas políticas de los vampiros.

—No —dije, sintiendo que la conversación se me hacía cada vez más cuesta arriba—. No os han arrastrado a esas luchas como grupo. Han raptado a uno de los vuestros para algo específico. Es un escenario completamente distinto. Dejad que os diga que el hada raptada fue sangrada, porque eso era lo que necesitaban los vampiros: su sangre. No digo que vuestro camarada desaparecido haya muerto, pero ya sabéis cómo pierden el control los vampiros cuando hay un hada cerca, y ya ni hablemos cuando sangra.

—Tiene razón —le dijo Dermot a Claude—. Cait debe de estar muerta. ¿Alguna de las hadas del club son familiares suyas? Tenemos que preguntarles si han tenido una visión de su muerte.

—Una hembra —indicó Claude. Su bello rostro parecía esculpido en piedra—. Una pérdida que no nos podemos permitir. Sí, tenemos que averiguarlo.

Durante un segundo me sentí confusa. Claude no pensaba demasiado en las mujeres en cuanto a su vida personal. Entonces recordé que el número de hadas hembra era cada vez más reducido. No sabía si era el caso del resto de seres feéricos, pero las hadas se estaban extinguiendo. No es que no me importara la desaparición de Cait (aunque pensaba que las probabilidades de que estuviese viva eran las mismas de que una bola de nieve no se derritiera en el infierno), pero tenía otras preguntas más egoístas que formular, y no pensaba dejar que me desviasen del tema. Tan pronto como Dermot llamó al Hooligans y habló con Bellenos para que reuniese a la gente y preguntase a la familia de Cait, volví a encarrilar la conversación.

—Mientras Bellenos está ocupado, tenéis algo de tiempo libre, y como los tasadores llegarán de un momento a otro, necesito que respondáis a mis preguntas rápidamente —expuse.

Dermot y Claude se miraron. Se ve que Dermot perdió la iniciativa de la conversación en el cara o cruz de la moneda, porque tomó aire y empezó.

—Ya sabes que cuando uno de vuestros caucásicos se aparea con uno de vuestros negros, a veces los hijos que resultan acaban pareciéndose más a una raza que a otra, supuestamente por azar. Esa probabilidad puede variar incluso entre los demás hijos de la misma pareja.

—Sí —admití—. Eso he oído.

—Cuando Jason era un bebé, nuestro bisabuelo Niall lo comprobó.

Me quedé boquiabierta.

—Espera. —La palabra me salió como un croar ronco—. Niall me dijo que no podía visitarnos porque su hijo mestizo humano, Fintan, se lo impedía. Ese Fintan resultó ser nuestro abuelo.

—Por eso Fintan os mantenía apartados de los seres feéricos. No quería que su padre interfiriese en vuestra vida como lo había hecho en la suya. Pero Niall tiene sus recursos y, a pesar de todo, descubrió que la chispa esencial se había saltado a Jason. Digamos que dejó de interesarse... —dijo Claude.

Aguardé.

Él prosiguió:

—Por eso se tomó tantos años para presentarse a ti. Podría haber esquivado a Fintan, pero había dado por sentado que te pasaría lo mismo que a Jason...: atractiva tanto para humanos como para seres sobrenaturales, pero, aparte de eso, esencialmente humana.

—Pero luego oyó decir que no lo eras —terció Dermot.

—¿Oyó decir? ¿De boca de quién? —Mi abuela se habría sentido orgullosa.

—De Eric. Habían tenido algunos negocios juntos, y Niall le pidió a Eric que lo mantuviese informado de los acontecimientos de tu vida. Eric le informaba de vez en cuando de las cosas que te pasaban. Llegó un momento en el que Eric consideró que necesitabas la protección de tu bisabuelo y, evidentemente, te estabas marchitando.

¿Qué?

—Así que el abuelo envió a Claudine, y cuando ella se preocupó por no ser capaz de cuidar de ti, decidió conocerte en persona. Eric también se encargó de eso. Supongo que pensaría que así se ganaría la buena voluntad de Niall como pago de su hallazgo. —Dermot se encogió de hombros—. Debe de haberle funcionado. Todos los vampiros son sobornables y egoístas.

Las palabras «sartén» y «cazo» me vinieron a la mente.

—Entonces Niall apareció en mi vida y se hizo visible mediante la intervención de Eric —dije—. Y eso precipitó la guerra de las hadas, porque las hadas del agua no querían más contactos con los humanos, y mucho menos con bastardos reales con apenas un octavo de sangre de hada. —«Gracias, chicos». Me encantaba escuchar que toda la guerra había sido culpa mía.

—Sí —afirmó Claude juiciosamente—. Es un resumen acertado. Así empezó la guerra, y tras muchas muertes, Niall decidió sellar el mundo feérico. —Lanzó un hondo suspiro—. A Dermot y a mí nos dejaron fuera.

—Y, por cierto, no me estoy marchitando —señalé, bastante molesta—. Quiero decir, ¿de verdad os lo parezco? —Sabía que me estaba desviando de lo importante, pero eso me había tocado la fibra sensible. Me estaba enfadando de verdad.

—Sólo tienes un poco de nuestra sangre —explicó Dermot con amabilidad, como si eso fuese un recordatorio funesto—. Estás envejeciendo.

Eso era innegable.

—Entonces ¿por qué cada vez me siento más como una de vosotros, si precisamente apenas tengo sangre de hada?

—Nuestra suma es más que nuestras partes —declaró Dermot—. Yo soy medio humano, pero cuanto más tiempo paso con Claude, más poderosa es mi magia. Claude, a pesar de ser un hada de pura sangre, lleva demasiado tiempo en el mundo de los humanos y eso lo ha debilitado. Ahora está más fuerte. Tú sólo cuentas con un poco de sangre feérica, pero cuanto más tiempo pases con nosotros, más sobresaldrá ese elemento en tu naturaleza.

—¿Es como los intereses de una inversión? —dije—. No acabo de pillarlo.

—Es más bien como..., como meter un vestido rojo en la lavadora junto a la blanca —explicó Dermot, triunfante, quien había hecho precisamente eso la semana pasada. Ahora, todos teníamos calcetines rosas.

—Pero ¿no significaría eso que ahora Claude es menos rojo? Quiero decir, menos hada. Si le estamos drenando.

—No —contestó Claude con cierta complacencia—. Ahora estoy más rojo que antes.

—Yo también —asintió Dermot.

—Yo no he notado gran diferencia —dije.

—¿No te sientes más fuerte que antes?

—Bueno..., algunos días, sí. —No era como ingerir sangre de vampiro, que otorgaba una fuerza superior durante un periodo indeterminado, si es que no te hacía perder los papeles. Era como notar un incremento en el vigor. De hecho, me sentía más joven. Y dado que aún estaba al principio de la veintena, no dejaba de ser inquietante.

—¿No anhelas ver de nuevo a Niall?

—A veces. —Todos los días.

—¿No te sientes más feliz cuando dormimos contigo en la cama?

—Sí, pero quiero que lo sepáis: también me parece un poco espeluznante.

—Humanos —dijo Claude a Dermot con un toque de exasperación y paternalismo en la voz. Dermot se encogió de hombros. A fin de cuentas, él era medio humano.

—Y, aun así, decides quedarte —dije.

—Cada día me pregunto si no cometí un error.

—¿Por qué te quedaste si estás tan ansioso por volver con Niall y tu vida feérica? ¿Cómo obtuviste la carta de Niall, la que me diste el mes pasado y en la que decía haber empleado toda su influencia para que el FBI me dejase en paz? —Le clavé una mirada suspicaz—. ¿Era una falsificación?

—No, era auténtica —explicó Dermot—. Y estamos aquí porque ambos amamos y tememos a nuestro príncipe.

—Vale —atajé, dispuesta a cambiar de tema, ya que no podía entrar en el debate de sus sentimientos—. ¿Qué es un portal exactamente?

—Es un punto más fino en la membrana —dijo Claude. Me lo quedé mirando como si no entendiera nada, y desarrolló su respuesta—. Existe una especie de membrana mágica entre nuestro mundo, el sobrenatural, y el vuestro. Allí donde la membrana se hace más fina, se vuelve permeable. Desde esos puntos, el mundo feérico es accesible. Al igual que las partes de tu mundo que normalmente te son invisibles.

—¿Cómo?

Claude había cogido carrerilla.

—Los portales suelen permanecer en el mismo sitio, aunque pueden variar un poco. Los usamos para ir de vuestro mundo al nuestro. En el portal que hay en tu bosque, Niall dejó una apertura. No es lo suficientemente grande como para que pase uno de nosotros erguido, pero sí se pueden transferir objetos.

Como la rendija para el correo en las puertas.

—¿Ves? ¿Tan difícil era? —me quejé—. ¿Se te ocurre alguna verdad más que compartir conmigo?

—¿Como cuál?

—Como por qué todos esos feéricos están en el Hooligans, actuando como *strippers,* porteros y a saber qué más. No todos son hadas. Ni siquiera sé lo que son. ¿Por qué han acabado con vosotros dos?

—Porque no tienen ningún sitio al que ir —dijo Dermot simplemente—. Se quedaron todos fuera. Algunos adrede, como Claude, pero otros en contra de su voluntad, como yo.

—¿Entonces Niall selló el acceso al mundo feérico y dejó a su gente atrás?

—Sí. Quería mantener dentro a todos los seres que aún deseaban matar a los humanos; tenía demasiada prisa —explicó Claude. Noté que Dermot, a quien Niall había rechazado de forma tan cruel, tenía sus dudas acerca de esa explicación.

—Tenía entendido que Niall contaba con razones de peso para aislar el mundo feérico —maticé lentamente—. Dijo que la experiencia le había enseñado que siempre hay problemas cuando las hadas y los humanos se mezclan. No quería que las hadas procrearan más con los humanos porque muchas de ellas detestan las consecuencias, o sea los mestizos. —Miré a Dermot con aire de disculpa y éste se encogió de hombros. Estaba acostumbrado—. Niall no tenía intención de volver a verme. ¿Tantas ganas tenéis vosotros dos de volver al mundo feérico y quedaros allí?

Se produjo una pausa que podríamos calificar como elocuente. Estaba claro que Claude y Dermot no iban a responder. Al menos no iban a mentir.

—Entonces, explicadme por qué habéis venido a vivir conmigo y qué es lo que queréis de mí —exigí, anhelando que sí respondieran a eso.

—Estamos viviendo contigo porque nos pareció buena idea unirnos a la familia que nos queda —explicó Claude—. Aislados de nuestro mundo, nos sentíamos débiles y no teníamos la menor idea de que tantos habían quedado a este lado. Nos sorprendió cuando los demás seres feéricos de Estados Unidos empezaron a converger en el Hooligans. Y nos hizo felices. Como te hemos dicho, cuanto más unidos estamos, más fuertes somos.

—¿Me estáis diciendo toda la verdad? —Me levanté y empecé a caminar de un lado a otro—. Podríais haberme dicho todo esto antes, pero no lo hicisteis. Puede que estéis mintiendo. —Separé los brazos del cuerpo con las palmas hacia delante, en plan: «¿Y bien?».

—¿Qué? —Claude se sintió insultado. Bueno, iba siendo hora de que probase de su propia medicina—. Las hadas nunca mienten, todo el mundo lo sabe.

Sí, claro. Todo el mundo lo sabe.

—Puede que no sea mentira, pero no sería la primera vez que decís una verdad a medias —indiqué—. Es uno de los rasgos que compartís con los vampiros. A lo mejor tenéis más de una razón para estar aquí. A lo mejor lo hacéis para ver quién pasa por el portal.

Dermot se incorporó como un resorte.

Ya estábamos los tres enfadados. La habitación estaba llena de acusaciones.

—Yo deseo volver al mundo feérico porque deseo ver de nuevo a Niall —dijo Claude, escogiendo cuidadosamente sus palabras—. Es mi abuelo. Estoy harto de recibir mensajes ocasionales. Deseo visitar nuestros enclaves sagrados, donde pueda estar cerca de los espíritus de mis hermanas. Deseo ir y venir entre los mundos, como es mi derecho. Éste es el portal más cercano. Tú eres nuestra familiar más cercana. Y esta casa tiene algo. Éste es nuestro sitio, por ahora.

Dermot se asomó por la ventana hacia la cálida mañana. Fuera había mariposas, todas las plantas estaban en flor y el sol brillaba con fuerza. Sentí una oleada de intenso anhelo por salir con las cosas que comprendía en vez de quedarme allí dentro, enzarzada en una extraña conversación con unos familiares que no comprendía o en los que no confiaba del todo. Si la lectura de su lenguaje corporal era indicador de algo, Dermot parecía compartir mis mismos pensamientos de añoranza.

—Pensaré en lo que me habéis dicho —contesté a Claude. Los hombros de Dermot parecieron relajarse una fracción—. Tengo otras cosas en la cabeza. Os conté lo del atentado contra el bar. —Dermot se giró y se apoyó en la ventana. Si bien tenía el pelo más largo que mi hermano y su expresión era más (lo siento, Jason) inteligente, su parecido resultaba escalofriante. No es que fuesen idénticos, pero podrían pasar por el otro perfectamente, al menos brevemente. Pero Dermot destilaba unos tonos más oscuros que nunca había visto en Jason.

Ambos asintieron cuando mencioné lo del Merlotte's. Parecían interesados, pero sin ánimo de involucrarse; una expresión a la que los vampiros me tenían acostumbrada. Lo cierto es que les importaba un bledo lo que pudiera ocurrirles a los humanos que no conocían. Si leyeran a John Donne, estarían en desacuerdo con su teoría de que ningún hombre es una isla. La mayoría de humanos compartía una gran isla a juicio de las hadas, y esa isla estaba a la deriva en un mar llamado Me Importa un Comino.

—La gente se suelta de la lengua en los bares, así que no me cabe duda de que en los clubs de *striptease* también. Por favor, mantenedme al tanto si averiguáis algo sobre quién lo hizo. Es importante para mí. Si pudierais pedirle al personal del Hooligans que prestase atención a las conversaciones, estaría muy agradecida.

—¿El negocio le va mal a Sam, Sookie? —preguntó Dermot.

—Sí —dije, no del todo sorprendida por el giro de la conversación—. Y el nuevo bar cerca de la autopista se está llevando a nuestra clientela. No sé si es la novedad del Redneck Roadhouse de Vic o del Beso del Vampiro lo que se está llevando a la gente, o si se van porque Sam es un cambiante, pero el Merlotte's no pasa por sus mejores momentos.

Intentaba decidirme sobre cuánto quería contarles de las maldades de Victor cuando Claude soltó repentinamente:

—Te quedarías sin trabajo. —Y cerró la boca, como si eso hubiese alumbrado una sucesión de pensamientos.

Todo el mundo parecía estar muy interesado en lo que haría si el Merlotte's cerrase.

—Sam perdería su medio de vida —puntualicé antes de volverme hacia la cocina para servirme otra taza de café—, lo cual es mucho más importante que mi trabajo. Yo puedo encontrar otro sitio.

—Él podría poner un bar en otro sitio —dijo Claude encogiéndose de hombros.

—Tendría que abandonar Bon Temps —solté con aspereza.

—Y eso no te agradaría, ¿verdad? —Claude adquirió un aire pensativo que me incomodó mucho.

—Es mi mejor amigo —señalé—. Lo sabéis. —Quizá era la primera vez que lo decía en voz alta, pero supongo que era algo que sabía desde hacía mucho tiempo—. Oh, por cierto, si queréis saber lo que le pasó a Cait, deberíais poneros en contacto con un humano de ojos grises que trabaja en el Beso del Vampiro. El letrero de su uniforme ponía que se llamaba Colton. —Conocía varios sitios que repartían alegremente etiquetas de identificación independientemente del nombre de su portador, pero al menos era un principio. Me encaminé hacia la cocina.

—Espera —dijo Dermot tan abruptamente que giré la cabeza para mirarlo—. ¿Cuándo vendrá la gente de la tienda de antigüedades para echarle un vistazo a tus desechos?

—Deberían estar aquí en un par de horas.

—El desván está más o menos vacío. ¿No planeabas limpiarlo?

—Era lo que pensaba hacer esta mañana.

—¿Quieres que te echemos una mano? —se ofreció Dermot.

Claude estaba claramente atónito. Lanzó una mirada más que significativa a Dermot.

Volvíamos así al terreno familiar y, por una vez, me sentí agradecida. Hasta que no tuviese tiempo para asimilar toda esa información nueva, no sabría cuáles eran las preguntas más adecuadas que formular.

—Gracias —dije—. Estaría muy bien que os llevaseis arriba uno de los cubos de basura grandes. Cuando barra y quite los restos más pequeños podríais tirar el contenido.
—Contar con familiares sobrehumanamente fuertes puede ser muy práctico.

Volví al porche para armarme con mis utensilios de limpieza y, subiendo por la escalera, linterna en mano, noté que la puerta de Claude estaba cerrada. Amelia, mi anterior inquilina, había acondicionado uno de los dormitorios del piso de arriba con un tocador barato, aunque mono, una cómoda y una cama. Había acondicionado el otro como su salón de estar, con dos cómodos sillones, un televisor y un amplio escritorio que ahora permanecía vacío. El día que despejamos el desván me di cuenta de que Dermot había puesto un catre en el antiguo saloncito.

Antes de poder decir «esta boca es mía», Dermot apareció en la puerta del desván con el cubo de basura en la mano. Lo dejó en el suelo y miró a su alrededor.

—Creo que estaba mejor con los recuerdos de la familia —dijo, y tuve que estar de acuerdo. A la luz del día, que se colaba por las sucias ventanas, el desván parecía un lugar triste y destartalado.

—Estará mejor cuando lo limpiemos —dije, decidida, y empecé a usar la escoba, quitando telarañas y despejando polvo y desechos de las tablas del suelo. Para mi sorpresa, Dermot cogió unos trapos viejos y limpiacristales y se puso manos a la obra con las ventanas.

Me pareció más inteligente no emitir ningún comentario. Cuando Dermot terminó con las ventanas, me ayudó con el recogedor mientras yo barría la porquería con la escoba. Finalizado el barrido y tras subir la aspiradora para rematar la faena, indicó:

—Estas paredes necesitan una mano de pintura.

Era como decir que el desierto necesita agua. Puede que alguna vez alguien las pintara, pero hacía mucho que se habían descascarillado, dejando un color indeterminado, manchado por los innumerables objetos que habían pasado años apoyados.

—Pues sí. Lija y pintura. Y el suelo también. —Di unos golpecitos en el suelo con el pie. Mis antepasados se habían vuelto locos con el encalado cuando añadieron el segundo piso a la casa.

—Sólo necesitarás parte de este espacio para almacenar cosas —soltó Dermot de la nada—. Eso si damos por sentado que los compradores de antigüedades se llevan las piezas más voluminosas y no las tenemos que volver a subir aquí.

—Es verdad. —Dermot parecía tener razón, pero no sabía muy bien adónde quería llegar—. ¿Qué quieres decir? —pregunté sin rodeos.

—Podrías hacer un tercer dormitorio aquí si usases ese extremo como almacén —explicó—. ¿Ves esa parte?

Estaba apuntando hacia un lugar donde la inclinación del tejado creaba un espacio natural de unos dos metros de profundidad y la anchura de la casa.

—No debería costar hacer una partición y poner algunas puertas —dijo mi tío abuelo.

¿Dermot sabía cómo poner puertas? Debí de parecer asombrada, porque añadió:

—He estado viendo el canal HGTV* en el televisor de Amelia.

—Oh. —Fue todo lo que pude responder mientras intentaba dar con una observación más inteligente. Aún me sentía perdida—. Bueno, podríamos hacerlo. Pero no creo que necesite otro dormitorio. Quiero decir: ¿quién querría vivir aquí arriba?

—¿No es bueno tener siempre más dormitorios? Es lo que dicen los del canal de televisión. Y a mí no me importaría mudarme aquí arriba. Claude y yo podríamos compartir el saloncito y ambos tendríamos nuestro propio espacio.

Me sentí fatal por no haber preguntado nunca a Dermot si tenía alguna objeción sobre compartir dormitorio con Claude. Estaba claro que sí. Dormir en un catre en el saloncito... Había sido un desastre de anfitriona. Miré a Dermot con más atención que nunca. Su tono había sonado esperanzado. Quizá mi nuevo inquilino tenía un empleo a tiempo parcial; me di cuenta de que, en realidad, no sabía

* Canal de televisión dedicado a la decoración. *(N. del T.)*

a qué se dedicaba Dermot en el club. Había dado por sentado que estaría con Claude cuando éste se fuese a Monroe, pero nunca había tenido la curiosidad suficiente para preguntarle lo que hacía una vez allí. ¿Y si ser medio hada era lo único que tenía en común con el egoísta de Claude?

—Si crees que tendrás el tiempo para hacer el trabajo, me encantaría comprar el material necesario —dije sin tener muy claro de dónde salían mis palabras—. De hecho, si pudieras lijar, imprimar, pintarlo todo y construir la partición, te lo agradecería en el alma. Te pagaría gustosa por el trabajo. ¿Qué te parece si vamos al almacén de madera de Clarice el próximo día que libre? ¿Podrías calcular cuánta madera y pintura necesitaríamos?

Dermot se encendió como un árbol de Navidad.

—Puedo intentarlo, y sé dónde alquilar una lijadora —dijo—. ¿Confías en mí para que lo haga?

—Sí —contesté, poco convencida de mi sinceridad. Pero, después de todo, ¿qué podría empeorar el desván? Empecé a sentir que el entusiasmo también se me contagiaba—. Estaría genial reformar este espacio. Dime cuánto debería pagarte por todo.

—Ni hablar —respondió—. Me has dado un hogar y la tranquilidad de tu presencia. Es lo mínimo que puedo hacer a cambio.

Argumentado así, no podía discutirle nada. Es lo que tiene cuando alguien se muestra tan determinado a no recibir un obsequio, y ésa era una de tales situaciones.

Había sido una mañana repleta de información y sorpresas. Mientras me lavaba la cara y las manos para deshacerme del polvo del desván, oí que un coche se acercaba por el camino privado. El logotipo de la tienda Splendide, impreso con letras góticas, llenaba el lateral de una furgoneta blanca.

Brenda Hesterman y su socio salieron del vehículo. El hombre era bajo y compacto, vestía unos pantalones sueltos con un polo azul y brillantes mocasines. Su pelo, de canas incipientes, era bastante corto.

Salí al porche a recibirlos.

—Hola, Sookie —saludó Brenda, como si fuésemos viejas amigas—. Te presento a Donald Callaway, el copropietario de la tienda.

—Señor Callaway —dije, saludando con un gesto de la cabeza—. Pasad, por favor. ¿Queréis beber algo?

Ambos declinaron la oferta mientras subían los escalones. Una vez dentro, repasaron con la mirada el atestado salón, mostrando una apreciación que mis huéspedes feéricos no habían mostrado.

—Adoro el techo de madera —dijo Brenda—. ¡Y mira los tablones de la pared!

—Una casa antigua —observó Donald Callaway—. Enhorabuena, señorita Stackhouse, por vivir en una casa tan maravillosa y llena de historia.

Intenté no parecer tan desconcertada como me sentía. No era la reacción a la que estaba acostumbrada. La mayoría de la gente me compadecía por vivir en una casa tan antigua. Las paredes no eran muy eficaces y las ventanas no eran las normales.

—Gracias —dije, dubitativa—. Bueno, todo esto es lo que había en el desván. Echad un vistazo a ver si hay algo que os guste. Llamadme si necesitáis algo.

No tenía ningún sentido quedarme por allí, y quedarme a observar lo que hacían me hacía sentir un poco violenta. Me fui a mi habitación para limpiar el polvo y ordenarla y, de paso, limpiar uno o dos cajones. En circunstancias normales, me habría puesto la radio, pero ahora prefería tener el oído listo por si necesitaban algo. Hablaban entre ellos en voz baja de vez en cuando, y me di cuenta de que sentía curiosidad por lo que estuvieran decidiendo. Cuando oí que Claude bajaba las escaleras, pensé que sería buena idea salir a despedirme de él y de Dermot antes de que se marcharan.

Brenda se quedó con la boca abierta al paso de los dos atractivos feéricos frente al salón. Los retuve lo suficiente para hacer las presentaciones y mantener un mínimo de educación. No me sorprendió nada que Donald pensase en mí con otra perspectiva tras conocer a mis «primos».

Me encontraba fregando el suelo del cuarto de baño del pasillo cuando oí a Donald soltar una exclamación. Fui corriendo al salón intentando mostrar una curiosidad casual.

Había estado echando un vistazo al escritorio de mi abuelo, una pieza muy fea y pesada que había sido objeto de muchos juramentos y sudores por parte de los hadas cuando lo llevaron hasta el salón.

El pequeño hombre se encontraba frente a él en ese momento, la cabeza cerca del espacio para las rodillas.

—Aquí hay un compartimento secreto, señorita Stackhouse —dijo, y avanzó unos centímetros de cuclillas—. Ven, te lo enseñaré.

Me arrodillé junto a él, emocionada ante el inminente descubrimiento. ¡Un compartimento secreto! ¡El tesoro de los piratas! ¡Un truco de magia! Todos ellos desencadenan una alegre anticipación infantil.

Con la ayuda de la linterna de Donald, observé que al fondo del escritorio, en la zona donde debían encajar las rodillas, había un panel suplementario. Había unas diminutas bisagras, lo suficientemente altas para que ninguna rodilla se rozara con ellas, de modo que la puerta se abriera hacia arriba.

Cómo abrirla era un misterio.

Después de permitirme que echara un buen vistazo, Donald dijo:

—Puedo intentarlo con mi navaja de bolsillo, señorita Stackhouse, si no hay objeción.

—Ninguna en absoluto —respondí.

Se sacó una navaja bastante compacta del bolsillo y sacó la hoja, deslizándola suavemente por la comisura. Como era de esperar, en medio de la comisura dio con un cierre de algún tipo. Empujó suavemente con la hoja, primero desde un lado y luego desde el otro, pero no pasó nada.

A continuación empezó a palpar la madera alrededor de todo el hueco para las rodillas. Había una franja de madera en ambos puntos donde los laterales y la parte superior del hueco se encontraban. Donald presionó y empujó, y justo cuando iba a darme por vencida, se produjo un oxidado chasquido y el panel se abrió.

—¿Qué tal si haces los honores? —propuso Donald—. Es tu escritorio.

Era un argumento razonable y cierto, así que ocupé su sitio cuando lo dejó libre. Levanté el panel y lo mantuve en alto mientras Donald apuntaba con su linterna, pero como mi cuerpo bloqueaba la luz, me llevó un rato sacar el contenido.

Agarré y tiré suavemente cuando noté al tacto el contorno de un bulto. Ya era mío. Retrocedí con movimientos de cadera intentando no pensar en qué aspecto tendría desde el punto de vista de Donald. Tan pronto salí de debajo del escritorio, fui hacia la ventana más cercana con el polvoriento bulto para examinarlo.

Había una pequeña bolsa de terciopelo atada con cuerda por la parte superior. El color había sido rojo vino, pero supuse que de eso hacía mucho tiempo. Había un sobre, antaño blanco, de unos quince por veinte, con fotos dentro. Mientras lo aplanaba, me di cuenta de que contenía el patrón de un vestido. De repente fluyó en mí un torrente de recuerdos. Recordé la caja que contenía todos los patrones, los de Vogue, los de Simplicity y los Butterick. Mi abuela disfrutó durante muchos años de la costura, hasta que un dedo roto de la mano derecha no se curó bien y cada vez se le hizo más difícil manejar los finos patrones y demás material. Por la foto, ese sobre en particular había contenido el patrón de una prenda de falda larga, ceñida por la cintura, y las tres modelos representadas mostraban elegantes hombreras encorvadas, rostros delgados y pelo corto. Una de ellas llevaba el vestido a medio cuerpo, la otra como vestido de boda y la tercera como un vestido de baile. ¡La versatilidad de los vestidos de falda!

Abrí la solapa y miré dentro, emocionada ante la expectativa de ver el frágil patrón impreso con misteriosas instrucciones en negro. Pero lo que encontré fue una carta escrita en papel amarillento. Reconocí la caligrafía.

De repente me encontré al borde del llanto. Me eché las manos a los ojos para evitar que se derramasen y salí del salón a toda prisa. No podía abrir ese sobre delante de unos extraños, así que lo deposité en la mesilla de mi habitación junto con la pequeña bolsa y regresé al salón tras secarme los ojos.

Los dos compradores de antigüedades se mostraron tan sensibles como para no hacerme preguntas. Hice un poco de café y se lo llevé en una bandeja con leche, azúcar y unas rodajas de torta. Estaba agradecida y no quería perder los modales. Como me había enseñado mi abuela, mi fallecida abuela, cuya mano había escrito la carta del sobre de los patrones.

Capítulo 5

Al final no abrí la carta hasta el día siguiente.

Brenda y Donald acabaron de repasar todo el contenido del desván una hora después de abrir el compartimento secreto. Después nos sentamos para discutir qué objetos les interesaban y cuánto iban a pagarme por ellos. Al principio estaba dispuesta a aceptar cualquier cosa, pero luego pensé que, en nombre de toda la familia, estaba en el deber de intentar conseguir tanto dinero como me fuera posible. Para mi impaciencia, la conversación pareció prolongarse durante una eternidad.

La esencia de todo se reducía a que ellos querían cuatro grandes piezas de mobiliario (incluido el escritorio), un par de maniquís, un pequeño cofre, algunas cucharas y dos tabaqueras de marfil. Algunas de las prendas de ropa interior estaban en buen estado, y Brenda dijo conocer un método de lavado que sacaría las manchas y las haría parecer como nuevas, aunque no pensaba darme mucho por ellas. Añadió a la lista una silla para amamantar (demasiado pequeña para una mujer actual) y Donald se interesó en una caja de alhajas de los años treinta y cuarenta. El edredón de mi bisabuela, con el patrón de la rueda de carro, llamaba mucho la atención de los tratantes, y nunca había sido mi favorito, así que no me importó perderlo de vista.

Lo cierto era que me alegraba que esos objetos acabasen en hogares donde serían valorados, apreciados y cuidados en vez de acabar acumulando polvo en un desván.

Donald no podía disimular su interés en la gran caja de fotos y papeles que aún aguardaba mi inspección, pero de ninguna manera se la iba a dar hasta repasar todo su contenido. Le dije eso mismo con un tono muy educado y también acordamos que, si descubrían más compartimentos secretos en los muebles que se llevaban, tendría derecho a ser la primera en comprar el contenido, si es que tenía algún valor económico.

Tras llamar a su tienda para programar la recogida y firmar un cheque, los compradores se marcharon con un par de objetos pequeños. Parecían tan satisfechos como yo después de esa jornada de trabajo.

Al cabo de una hora, apareció por el camino un camión grande de Splendide con dos fornidos hombres en la cabina. Tres cuartos de hora más tarde, los muebles estaban envueltos y cargados en la parte de atrás. Por fin podía prepararme para ir a trabajar. No sin dolor, pospuse el repaso de los objetos hallados y los dejé en el cajón de mi mesilla.

Si bien tenía que darme prisa, me tomé un momento para disfrutar de la casa para mí sola mientras me maquillaba y me ponía el uniforme. Decidí que hacía bastante calor para ponerme los shorts.

Había ido a Wal-Mart para comprarme un par nuevo la semana anterior. En honor a su estreno, me aseguré de tener las piernas extradepiladas. Mi piel ya estaba morena. Me miré al espejo, satisfecha con lo que me encontré.

Llegué al Merlotte's alrededor de las cinco. La primera persona que vi fue la nueva camarera, India. India tenía una suave piel de color chocolate, el pelo trenzado y un *piercing* en la nariz, además de ser la persona más alegre que había visto en muchos domingos. Me recibió con una enorme sonrisa, como si fuese la persona que justamente estaba esperando ver..., lo cual era literalmente cierto. Me tocaba relevarla.

—Cuidado con el tipo de la cinco —me advirtió—. No deja de beber. Debe de haberse peleado con la mujer.

Lo sabría en cuanto tuviese un momento para «escuchar» sus pensamientos.

—Gracias, India. ¿Algo más?

—Esa pareja de la once. Quieren el té sin azúcar y con mucho limón. Su comida debería estar lista dentro de nada. Verdura rebozada y una hamburguesa para cada uno. La de él con queso.

—Muy bien. Que pases buena noche.

—Eso pienso hacer. Tengo una cita.

—¿Con quién? —pregunté por pura curiosidad.

—Con Lola Rushton —dijo.

—Creo que fui al instituto con Lola —comenté sin apenas interrupciones para indicar que el hecho de salir con otra chica me parecía de lo más natural.

—Ella se acuerda de ti —contestó India y se rió.

De eso no me cabía duda, ya que había sido la chica más rara de mi instituto.

—Todo el mundo se acuerda de mí como la loca de Sookie —comenté, procurando mantener a raya el lamento de mi voz.

—Estuvo por ti durante un tiempo —aseguró.

Me sentí extrañamente complacida.

—Me halaga —dije y me puse a trabajar.

Hice un rápido repaso de mis mesas para asegurarme de que todo el mundo estaba atendido, serví las verduras rebozadas y las hamburguesas. Vi con alivio que el señor Gruñón Abandonado dejaba su última copa y se iba del bar. No estaba borracho, pero sí predispuesto a buscar pelea, así que me alegré de que se fuera. No necesitábamos más problemas.

No era el único cascarrabias del día en el Merlotte's. Sam estaba rellenando formularios del seguro, y como es una de las cosas que más odia, pero debe hacerlo todo el tiempo, su humor no era precisamente alegre. La barra estaba llena de papeleo, y en un hueco entre cliente y cliente, pude echar un vistazo. Si lo leía tranquila y lentamente, no era tan complicado, por muy enrevesada que fuese la redacción. Empecé a comprobar apartados y rellenar casillas, y llamé a la policía para decir que necesitábamos una copia del informe policial sobre el ataque incendiario. Les di el número de fax de Sam, y Kevin me prometió que me mandaría lo que pedía.

Alcé la mirada para encontrarme a mi jefe frente a mí con una expresión de absoluta sorpresa.

—¡Lo siento! —exclamé al instante—. Parecías tan estresado por todo que no me pareció mal echar un vistazo. Lo dejaré como estaba. —Agarré los papeles y se los entregué a Sam.

—No —expresó, echándose atrás con las manos levantadas—. No, no. Sook, gracias. No se me había ocurrido pedir ayuda. —Bajó la mirada—. ¿Has llamado a la policía?

—Sí. Me ha atendido Kevin Pryor. Nos va a mandar el informe sobre el ataque.

—Gracias, Sook. —Sam parecía como si Santa Claus acabase de aparecer en el bar.

—No me importa rellenar formularios —dije sonriendo—. No te contestan. Será mejor que lo compruebes para asegurarte de que no he metido la pata.

Sam me sonrió sin molestarse en mirar los papeles.

—Buen trabajo, amiga mía.

—Sin problema. —Me había agradado tener algo con lo que mantenerme ocupada para no pensar en los objetos que me aguardaban en el cajón de mi mesilla. Oí que abrían la puerta delantera y miré hacia allí, aliviada porque entraban más clientes. Tuve que esforzarme por contener la expectación de mi rostro al ver que Jannalynn Hopper había llegado.

Sam es un tipo que podríamos catalogar como aventurero en sus relaciones, y Jannalynn no era la primera mujer fuerte (por no decir temible) con la que salía. Baja y delgada, Jannalynn tenía un agresivo sentido del estilo y un feroz deleite hacia su ascenso como lugarteniente de la manada del Colmillo Largo, afincado en Shreveport.

Esa noche, Jannalynn había escogido unos pantalones vaqueros cortos, unas sandalias que se ataban a las pantorrillas y una camiseta de tirantes azul sin sujetador debajo. Llevaba puestos los pendientes que Sam le había comprado en Splendide y como media docena de cadenas y colgantes de diversas longitudes al cuello. Ahora llevaba el corto pelo de tono platino, muy claro y de punta. Parecía un atrapasol, como el que Jason me había regalado para que lo colgara en la ventana de la cocina.

—Hola, cariño —le dijo a Sam al pasar junto a mí sin siquiera dedicarme una mirada de reojo. Aferró a Sam en un posesivo abrazo y lo besó hasta la saciedad.

Él la correspondió, pero sus ondas mentales delataban que se sentía un poco avergonzado. Pero eso poco le importaba a Jannalynn, por supuesto. Me di la vuelta rápidamente para comprobar los niveles de sal y pimienta de los saleros de las mesas, si bien tenía muy claro que todo estaba en orden.

A decir verdad, Jannalynn siempre me había parecido perturbadora, casi temible. Era muy consciente de la amistad entre Sam y yo, sobre todo desde que conocí a su familia en la boda de su hermano y todos se llevaron la impresión de que era su novia. No podía culparla por su suspicacia; yo, en su lugar, me habría sentido igual.

Jannalynn era una joven suspicaz tanto por naturaleza como por profesión. Parte de su trabajo consistía en evaluar amenazas y actuar frente a ellas antes de que Alcide o la manada sufrieran daño alguno. También regentaba el Pelo del perro, un pequeño bar que atendía esencialmente a miembros de la manada del Colmillo Largo y algunos otros cambiantes de Shreveport. Era mucha responsabilidad para alguien tan joven como Jannalynn, pero parecía haber nacido para ese desafío.

Para cuando agoté todas las tareas que se me pasaron por la cabeza, Jannalynn y Sam estaban manteniendo una discreta conversación. Ella estaba sentada en la punta de un taburete, sus musculosas piernas cruzadas elegantemente, y él ocupaba su puesto habitual tras la barra. La expresión de ella estaba llena de determinación, al igual que la de él; fuese cual fuese el asunto del que hablaban, era algo serio. Mantuve mi mente cerrada a cal y canto.

Nuestros clientes hacían todo lo que podían por no quedarse con la boca abierta ante nuestra joven licántropo. Danielle, la otra camarera, le echaba una ojeada de vez en cuando mientras susurraba cosas a su novio, quien había venido para pasarse toda la noche con la misma bebida para ver a su novia contonearse de mesa en mesa.

Al margen de sus posibles defectos, no podía negarse que Jannalynn tenía mucha presencia. No pasaba desapercibida allí donde fuese. (Pensé que eso se debía, en parte, a su aspecto amedrentador nada más se dejaba ver).

Entró una pareja que repasó el local con la mirada antes de escoger una mesa vacía en mi sección. Me sonaban de algo. Tras un instante, los reconocí: Jack y Lily Leeds, detectives privados de alguna parte de Arkansas. La última vez que los había visto, habían venido a Bon Temps para investigar la desaparición de Debbie Pelt, contratados por los padres de ésta. Respondí a sus preguntas en lo que ahora sé que fue una especie de estilo feérico; me había ceñido a la pura verdad, prescindiendo de su espíritu. Había disparado a Debbie Pelt en legítima defensa y no quería ir a la cárcel por ello.

Aquello pasó hacía un año. Lily Bard Leeds seguía tan pálida como entonces, silenciosa e intensa, y su marido seguía siendo atractivo y vital. Los ojos de Lily me encontraron al momento y me fue imposible fingir que no me había dado cuenta. Reacia, me acerqué a su mesa, sintiendo que mi sonrisa crecía a cada paso que daba.

—Bienvenidos de nuevo al Merlotte's —dije, la sonrisa ya bien amplia—. ¿Qué os pongo? Hemos incluido verduras rebozadas en la carta y las hamburguesas Lafayette están riquísimas.

Lily me miró como si le hubiese sugerido que se comiese gusanos empanados, si bien Jack parecía un poco apesadumbrado. Sabía que no le hubiera importado probar la verdura rebozada.

—Supongo que una hamburguesa Lafayette para mí —pidió Lily sin ningún entusiasmo. Al volverse hacia su acompañante, se le estiró la camiseta y reveló unas viejas cicatrices que rivalizaban con las mías recientes.

Bueno, siempre hay algo en común.

—Otra para mí —dijo Jack—. Y si tienes un momento libre, nos gustaría hablar contigo. —Sonrió, y la larga y fina cicatriz de su rostro se flexionó cuando arqueó las cejas. ¿Es que tocaba noche de mutilaciones personales? Me pregunté si su chaqueta ligera, innecesaria con ese tiempo, ocultaría cosas más horribles.

—Podemos hablar. Supongo que no habréis vuelto al Merlotte's por su maravillosa cocina —contesté, y tomé nota de las bebidas antes de dejar el pedido a Antoine.

Volví a la mesa con sus tés helados y un plato de rodajas de limón. Miré a mi alrededor para asegurarme de que nadie necesitaba nada antes de sentarme frente a Jack, con Lily a mi izquierda. Era guapa, pero tan controlada y muscular que tuve la sensación de que podría jugar al frontón con ella. Hasta su mente reflejaba orden y rigor.

—¿De qué queréis que hablemos? —pregunté, proyectando mi mente hacia ellos. Jack estaba pensando en Lily, alguna preocupación sobre su salud, no, la de su madre. Un cáncer de pecho reproducido. Lily estaba pensando en mí, haciéndose preguntas, sospechando que era una asesina.

Eso me dolió.

Pero era verdad.

—Sandra Pelt ha salido de la cárcel —informó Jack Leeds y, si bien oí sus palabras en su cerebro antes que en su boca, no pude disimular mi expresión de sorpresa.

—¿Estaba en la cárcel? Por eso no la había visto desde que murieron los suyos. —Sus padres habían prometido que la mantendrían bajo control. Tras saber de su muerte, me pregunté cuánto tardaría en aparecer por aquí. Al no verla enseguida, me relajé—. ¿Y por qué me decís esto? —logré decir.

—Porque te odia a muerte —explicó Lily tranquilamente—. Y ningún tribunal te halló culpable de la desaparición de su hermana. Ni siquiera fuiste arrestada. Tampoco creo que jamás vayas a serlo. Quizá seas inocente, aunque no lo creo. Sandra Pelt está sencillamente loca. Y está obsesionada contigo. Creo que deberías andarte con cuidado. Mucho cuidado.

—¿Por qué estuvo en la cárcel?

—Asalto y agresión a uno de sus primos. Había heredado una suma de dinero del testamento de sus padres, y al parecer Sandra quiso arreglar ese error.

Estaba muy preocupada. Sandra Pelt era una joven depravada y amoral. Estaba segura de que aún no había cumplido los veinte, y ya había intentado matarme una vez.

Ya no había nadie que pudiera controlarla, y su estado mental había empeorado si cabe, según los propios detectives privados.

—Pero ¿por qué habéis hecho todo el viaje para decirme esto? —objeté—. Quiero decir que lo agradezco, pero no teníais por qué..., y podríais haberme llamado por teléfono. Por lo que sé, los detectives privados trabajáis por dinero. ¿Os paga alguien para que hagáis esto?

—El patrimonio de los Pelt —dijo Lily tras una pausa—. Su abogado, que vive en Nueva Orleans, es el tutor de Sandra designado por el tribunal hasta que cumpla los veintiuno.

—¿Cómo se llama?

Se sacó un trozo de papel del bolsillo.

—Es una especie de nombre báltico —indicó—. Es posible que no lo pronuncie correctamente.

—Cataliades —respondí, acentuando la segunda sílaba.

—Sí —dijo Jack, sorprendido—. El mismo. Un tipo grande.

Asentí. El señor Cataliades y yo éramos amigos. Era en gran parte un demonio, pero los Leeds no parecían conocer ese detalle. De hecho, no parecían saber gran cosa sobre el otro mundo, el que subyace al humano.

—¿Entonces el señor Cataliades os ha enviado para que me aviséis? ¿Es el albacea?

—Sí. Estará un tiempo fuera, y quería asegurarse de que supieras que la chica anda suelta. Parecía sentirse en deuda contigo.

Lo sopesé. Sólo recordaba una ocasión en la que hiciera un gran favor al abogado. Lo ayudé a salir del hotel derribado en Rhodes. Era agradable comprobar que al menos una persona iba en serio cuando dijo eso de «Te debo una». Era irónico que el patrimonio de los Pelt estuviese pagando a los Leeds para avisarme del peligro de la última Pelt con vida; irónico por el lado amargo, claro está.

—Espero que no os importe que lo pregunte, pero ¿cómo se puso en contacto con vosotros? Quiero decir que seguro que hay muchas agencias de detectives privados en Nueva Orleans, por ejemplo. Vosotros aún estáis asentados en la zona de Little Rock, ¿no?

Lily se encogió de hombros.

—Nos llamó; nos preguntó si estábamos libres y nos mandó un cheque. Sus instrucciones fueron muy concretas. Los dos, en el bar, hoy. De hecho —miró su reloj de pulsera—, más que puntuales.

Se me quedaron mirando, expectantes, esperando que les explicara esa excentricidad del abogado.

Yo no paraba de darle vueltas a la cabeza. Si el señor Cataliades había decidido enviar a dos tipos duros al bar con instrucciones de llegar a tiempo, tenía que ser porque sabía que serían necesarios. Por alguna razón, su presencia era necesaria y deseable. ¿Cuándo se necesita un par de brazos fuertes?

Cuando se acercan los problemas.

Antes de saber lo que iba a hacer, me levanté y me volví hacia la entrada. Naturalmente, los Leeds siguieron mi mirada, de modo que todos observábamos hacia el mismo sitio cuando los problemas entraron por la puerta.

Entraron cuatro tipos duros. Mi abuela hubiese dicho que estaban con la mecha puesta. Bien podrían haber llevado un cartel en la frente que rezara «Cabrón con mala leche y orgulloso de ello». Estaban colocados de algo, pagados de sí mismos, rebosantes de agresividad. Y armados.

Me asomé un segundo a sus mentes y supe que habían tomado sangre de vampiro. Se trataba de la droga más impredecible del mercado (también la más cara), imposible de establecer la duración de sus efectos, que eran increíblemente fuertes y temerarios, llegando a una locura condenadamente brutal.

A pesar de darles la espalda, Jannalynn pareció olerlos. Se giró sobre el taburete y se centró en ellos, como quien saca un arco y apunta con una flecha. Pude sentir su animal interior filtrándose por sus poros. Algo salvaje llenó el aire y me di cuenta de que el olor también provenía de Sam. Jack y Lily Leeds se pusieron de pie. Jack se había llevado la mano debajo de la chaqueta. Sabía que tenía una pistola. Lily tenía las manos en una extraña posición, como si hubiese ido a hacer algo y se hubiese detenido en medio del gesto.

—Hola, mamones —saludó el más alto, dirigiéndose al bar en general. Tenía una barba poblaba y una densa cabellera negra, pero debajo de todo eso vi lo joven que era. No podía tener más de diecinueve años—. Venimos a pasárnoslo bien a costa de vuestros culos.

—Esto no es una feria —dijo Sam, la voz tranquila—. Sois bienvenidos si queréis tomaros una copa, pero luego será mejor que os marchéis. Esto es un lugar tranquilo y pequeño; no queremos problemas con nadie.

—¡Los problemas ya están aquí! —saltó el capullo más bajo. Era de rostro lampiño y su pelo no era más que un corto rastrojo rubio que mostraba las cicatrices de su cráneo. Era de complexión ancha y rechoncha. El tercero era delgado y de piel oscura, quizá un hispano. Tenía el pelo negro peinado hacia atrás y sus labios tenían un aire sensual que trataba de combatir con una sonrisa burlona. El cuarto se había atiborrado con sangre de vampiro más aún que los demás y no podía hablar porque estaba perdido en su propio mundo. Sus ojos se agitaban de un lado a otro, como si persiguiera cosas que los demás no podíamos ver. También era grande. Pensé que sería el primero en atacar y, si bien era la menos indicada para una pelea, empecé a escorarme hacia la derecha, planeando atacarlo por un flanco.

—Podemos tener la fiesta en paz —insistió Sam. Lo seguía intentando, aunque yo sabía que había comprendido que no había forma de evitar la violencia. Estaba ganando tiempo para que todos los presentes en el Merlotte's vieran la situación.

Fue una buena idea. Al cabo de unos segundos, hasta el más lento de los pocos parroquianos se había alejado todo lo posible de la acción, salvo Danny Prideaux, que estaba jugando a los dardos con Andy Bellefleur, y el propio Andy. Danny, de hecho, sostenía un dardo. Andy estaba fuera de servicio, pero iba armado. Miré a Jack Leeds a los ojos y vi que se había dado cuenta, como yo, de por dónde vendría el mayor de los problemas. El tipo más colocado, de hecho, se mecía adelante y atrás sobre los talones.

Como Jack Leeds tenía un arma y yo no, retrocedí lentamente para no interponerme en su disparo. Los fríos ojos de Lily siguieron mi discreto movimiento y asintió casi imperceptiblemente. Había hecho lo más sensato.

—No queremos paz —gruñó el líder barbudo—. Queremos a la rubia —señaló en mi dirección con la mano izquierda mientras sacaba un cuchillo con la otra. Parecía medir más de medio metro, aunque probablemente el miedo tenía un efecto lupa.

—Vamos a encargarnos de ella —dijo el de los rastrojos rubios.

—Y luego quizá también del resto —soltó el de los labios llamativos.

El más loco se limitó a sonreír.

—Lo dudo mucho —dijo Jack Leeds, y se sacó el arma con un rápido movimiento. Probablemente lo hubiera hecho de todos modos por puro instinto de supervivencia, pero no quitaba que su mujer, que estaba a mi lado, fuese también rubia. No podía estar seguro de que se refiriesen a mí o a ella.

—Yo también lo dudo —indicó Andy Bellefleur, el brazo firme apuntando con una Sig Sauer al hombre del cuchillo—. Suelta el juguete y resolveremos esto.

Puede que estuviesen colocados, pero al menos tres de ellos mantenían algo de sentido común como para comprender que enfrentarse a unas pistolas era mala idea. Hubo muchos gestos de incertidumbre y agitación de ojos mientras se miraban entre ellos. El instante quedó pendido de un hilo.

Por desgracia, el más loco se desbordó de sí mismo y cargó contra Sam, así que ya estábamos todos enzarzados en pura idiotez. Con la rapidez de un licántropo, labios bonitos sacó su propia pistola, apuntó y disparó. No estoy segura de quién era su objetivo, pero hirió a Jack Leeds, que disparó al aire mientras caía.

Contemplar a Lily Leeds era toda una lección en movimiento. Dio dos pasos rápidos, pivotó sobre su pie izquierdo y lanzó el derecho al aire para patear a labios bonitos en la cabeza con la fuerza de una mula. Antes de que cayese al suelo, se le echó encima, retorciendo su arma hacia la barra y rompiéndole el brazo en una sucesión de movimientos casi hipnótica. Mientras lanzaba un alarido de dolor, el barbudo y el de las cicatrices en el cráneo se quedaron petrificados.

Ese segundo de indecisión fue todo lo que hizo falta. Jannalynn saltó desde su taburete, describiendo un asombroso arco por el aire. Aterrizó sobre el loco mientras Sam intentaba placarlo. A pesar de sus esfuerzos por sacudírsela de encima entre gritos, Jannalynn cogió impulso para propinarle un puñetazo en la mandíbula. Oí claramente cómo se rompía el hueso. Luego, Jannalynn se puso de pie y pisó con todas sus fuerzas el fémur. Otro chasquido. Sam, que aún se aferraba a él, dijo:

—¡Para!

En esos segundos, Andy Bellefleur corrió hacia el barbudo, que se había girado, dejando su espalda al descubierto, mientras Lily atacaba a labios bonitos. Cuando el tipo alto sintió el arma en la nuca, se quedó quieto como una piedra.

—Suelta el cuchillo —ordenó Andy. Estaba dispuesto a llegar hasta el final.

El de los rastrojos rubios echó el brazo hacia atrás para cargar un gancho. Danny Prideaux le arrojó su dardo, que se clavó en lo más carnoso del brazo, e hizo que chillara como una tetera en ebullición. Sam dejó al loco para golpear al rastrojos en la entrepierna. El tipo cayó al suelo como un árbol talado.

El barbudo miró a sus compañeros, caídos y reducidos, y soltó el cuchillo. Sensato.

Por fin.

Todo acabó en menos de dos minutos.

Me quité el delantal blanco y lo usé para vendar la herida de Jack Leeds mientras Lily le sostenía el brazo, su tez pálida como la de un vampiro. Estaba deseando matar a labios bonitos del modo más horrible, inducida por la abrumadora pasión que sentía hacia su marido. La fuerza de sus sentimientos casi me desborda. Lily podía ser gélida por fuera, pero por dentro era como el Vesubio.

Tan pronto como se redujo la hemorragia de Jack, ella centró su atención en labios bonitos con una expresión de absoluta calma.

—Si se te ocurre mover un solo dedo, te parto el cuello —dijo con voz átona. Es probable que el joven matón ni siquiera la oyera, sumido en sus propios gemidos, pero algo captó de su tono y trató de alejarse de ella.

Andy ya había llamado al 911. Al poco, se oyó una sirena, un sonido perturbadoramente familiar. A este paso, deberíamos tener una ambulancia siempre aparcada frente al bar.

El loco sollozaba débilmente por el dolor de la pierna y la mandíbula. Sam le había salvado la vida: Jannalynn de hecho estaba jadeando, tan a punto había estado de transformarse debido a la excitación y la violencia del momento. Los huesos se le habían abultado bajo la piel de la cara, que ahora tenía un aspecto más alargado y abultado.

No sería muy bueno que se transformase justo antes de la llegada de los agentes de policía. Ni siquiera intenté enumerar las razones. Dije:

—Eh, Jannalynn. —Su mirada se encontró con la mía. Sus ojos estaban cambiando de forma y color. Su pequeña figura empezaba a retorcerse y convulsionarse—. Tienes que parar —proseguí. Todo lo que le rodeaba eran gritos de dolor y excitación, así como una densa atmósfera cargada de miedo (nada bueno para una joven licántropo)—. No puedes transformarte ahora. —Mantuve mi mirada clavada en la suya. No volví a hablar, pero me aseguré de que no dejase de mirarme—. Respira conmigo —continué, y ella hizo el esfuerzo. Poco a poco, su respiración fue amainando, y más lentamente sus rasgos recuperaron la forma normal. Su cuerpo dejó de moverse espasmódicamente y sus ojos volvieron a su habitual color marrón.

—Vale —contestó.

Sam puso las manos en sus delgados hombros. La estrechó con fuerza.

—Gracias, cariño —le dijo—. Gracias. Eres la mejor.

Sentí un remoto tamborileo de exasperación.

—Te he hecho morder el polvo —respondió, y soltó una risa rasgada—. ¿Ha sido un buen salto o qué? Ya verás cuando se lo cuente a Alcide.

—Eres la más rápida —se congratuló Sam con voz tierna—. Eres la mejor lugarteniente de manada que he conocido jamás. —Estaba tan orgullosa como si le hubiera dicho que era tan sexy como Heidi Klum.

Enseguida llegaron los agentes de la autoridad y tuvimos que volver a pasar por todo el proceso desde el principio.

Lily y Jack Leeds fueron llevados al hospital. Ella dijo al personal de la ambulancia que podía llevarlo en su propio coche y capté de sus pensamientos que su seguro no cubriría el coste del viaje en ambulancia. Habida cuenta de que urgencias estaba a unas pocas manzanas y que Jack podía hablar y caminar, llegué a comprender su razonamiento. No llegaron a probar sus platos y no tuve la ocasión de agradecerles el aviso y la pronta respuesta a la petición del señor Cataliades. Me pregunté más que nunca cómo consiguió hacer que llegasen al bar tan oportunamente.

Andy estaba comprensiblemente orgulloso de su parte en la resolución del incidente y recibió algunas palmadas en la espalda por parte de sus compañeros del cuerpo. Todos consideraron a Jannalynn con un desconfiado respeto apenas disimulado. Todos los clientes que se las arreglaron para apartarse de la línea de fuego no dejaban de relatar la gran patada de Lily Leeds y el gran salto de Jannalynn sobre el loco.

De alguna manera, la idea que se hizo la policía fue que esos cuatro extraños habían anunciado su intención de llevarse a Lily como rehén para desvalijar el Merlotte's. No estaba muy segura de la credibilidad de tal asunción, pero me alegró que fuese suficiente para ellos. Si los clientes daban por hecho que la rubia en cuestión era Lily Leeds, bien por mí. Sin duda era una mujer que destacaba, y cabía la posibilidad de que los forasteros la hubiesen estado siguiendo o que decidieran robar el bar y llevársela como un plus.

Gracias a ese bienvenido error de percepción, me escabullí de posteriores interrogatorios, incluidos los de los clientes.

En el gran esquema de las cosas, pensé que ya iba siendo hora de tomarme un descanso.

Capítulo 6

El domingo me desperté llena de preocupación. La noche anterior tenía demasiado sueño cuando al final llegué a casa como para pensar demasiado en lo que había ocurrido en el bar. Pero evidentemente, mi subconsciente lo había estado mascando mientras dormía. Mis ojos se abrieron de repente, y si bien la habitación estaba tranquila y soleada, yo me encontraba sin aliento.

Tuve una sensación de pánico; no se había adueñado de mí todavía, pero estaba a la vuelta de la esquina, física y mentalmente. ¿Conocéis esa sensación? Cuando creéis que, en cualquier momento, el corazón se desbocará, que la respiración se acelerará y que las palmas de las manos se pondrán a sudar.

Sandra Pelt iba a por mí, y no sabía dónde estaba o lo que estaba planeando.

Victor iba a por Eric y, por extensión, a por mí también.

Estaba segura de que yo era la rubia que querían llevarse esos matones, y no tenía manera de saber quién los había mandado o qué pensaban hacer conmigo cuando me tuviesen, aunque alguna idea podía hacerme al respecto.

Eric y Pam estaban peleados, y estaba convencida de que en parte se debía a mí.

Y tenía una lista de preguntas, encabezada por: ¿cómo supo el señor Cataliades que necesitaría ayuda en ese preciso momento y en ese lugar concreto? ¿Y cómo se las había arreglado para mandar a los investigadores privados de Little Rock? Por supuesto, si había sido el abogado de los Pelt, podía saber que habían enviado a Lily y Jack Leeds para investigar la desaparición de su hija Debbie. No debería de informarles demasiado y sabría que se defenderían bien en una pelea.

¿Confesarían los cuatro matones por qué habían ido al bar y quién los había enviado? Y también sería útil que dijeran de dónde habían sacado la sangre de vampiro.

¿Y qué me revelarían las cosas que había extraído del compartimento secreto sobre mi pasado?

—En menudo berenjenal estoy metida —me dije en voz alta. Me tapé la cabeza con la sábana y registré la casa mentalmente. Estaba sola. Puede que Dermot y Claude se resintiesen después de su gran revelación. Parecían haberse quedado en Monroe. Suspirando, me senté en la cama, dejando que la sábana se cayera. No había manera de ocultarme de mis problemas. Lo mejor que podía hacer era priorizar mis crisis e intentar obtener información sobre cada una.

El problema más importante era el que tenía más cerca del corazón. Y la solución estaba al alcance de la mano.

Extraje suavemente el sobre y la vieja bolsa de terciopelo del cajón de la mesilla. Además de los contenidos prácticos (una linterna, una vela y cerillas), el cajón contenía los extraños recuerdos de mi extraña vida. Pero hoy sólo me interesaban las dos valiosas novedades. Las llevé a la cocina y las deposité con cuidado en la encimera, bien lejos de la pila, mientras me preparaba un café.

Mientras la cafetera goteaba, a punto estuve de desdoblar la solapa del sobre. Pero retiré la mano. Estaba asustada. En vez de ello, repasé mi agenda. Había cargado el móvil la noche anterior, así que recogí cuidadosamente el cable alimentador (cualquier retraso me valía) y finalmente, respirando hondo, pulsé el botón del señor Cataliades. Sonó tres veces.

—Aquí Desmond Cataliades —dijo su rica voz—. En este momento estoy de viaje y no puedo atenderle, pero si desea dejar un mensaje, puede que le devuelva la llamada. O no.

Demonios. Puse una mueca al teléfono, pero tan pronto sonó la señal, grabé un mensaje que esperaba que transmitiese la urgencia de hablar con el abogado. Taché al señor Cataliades (¡Desmond!) de mi lista mental y pasé al segundo método de aproximación al problema de Sandra Pelt.

Sandra seguiría persiguiéndome hasta que una de las dos estuviese muerta. Podía decir que tenía una auténtica enemiga personal. Era difícil de creer que cada miembro de su familia hubiese salido tan retorcido (especialmente habida cuenta de que Debbie y Sandra eran adoptadas), pero todos los Pelt eran egoístas, determinados y odiosos. Las chicas eran frutos de un árbol envenenado, supongo. Tenía que saber el paradero de Sandra, y conocía a alguien que podría ayudarme.

—¿Hola? —dijo Amelia bruscamente.

—¿Cómo va la vida en la Big Easy? —pregunté.

—¡Sookie! ¡Dios, qué alegría oír tu voz! La verdad es que las cosas me van genial.

—Cuéntame.

—Bob se presentó en mi puerta la semana pasada —dijo.

Después de que Octavia, la mentora de Amelia, devolviese a Bob a su escuálido estado mormón, éste había estado tan enfadado con Amelia que había desaparecido como, bueno, como un gato escaldado. Tan pronto como recuperó su humanidad, Bob dejó Bon Temps para buscar a su familia, que estaba en Nueva Orleans durante el *Katrina*. Evidentemente, Bob se había calmado en cuanto a todo el asunto de su transformación en gato.

—¿Encontró a su familia?

—¡Sí! Ha encontrado a sus tíos, los que le criaron. Habían hallado un apartamento en Natchez, lo justo para ellos dos, pero no había espacio para él, así que viajó en busca de otros miembros de su asamblea antes de volver aquí. ¡Ha encontrado empleo como peluquero a tres manzanas de donde yo trabajo! Vino a la tienda de magia preguntando por mí. —Los miembros de la asamblea de Amelia regentaban la tienda de Magia Genuina, en el barrio francés—. Me sorprendió verlo, pero también me alegré mucho. —Casi pronunció la frase ronroneando, y deduje que Bob había entrado en la habitación—. Te manda saludos, Sookie.

—Igualmente. Escucha, Amelia, lamento interferir en las cosas del amor, pero tengo que pedirte un favor.

—Dispara.

—Necesito saber dónde está una persona.

—¿De la guía telefónica?

—No. No es tan sencillo. Sandra Pelt ha salido de la cárcel y quiere acabar conmigo literalmente. Han atacado el bar con una bomba incendiaria y ayer cuatro matones colocados intentaron raptarme. Creo que Sandra podría estar detrás de los dos incidentes. Quiero decir, ¿cuántos enemigos tengo?

Oí que Amelia respiraba hondo.

—No respondas —dije rápidamente—. Bueno, ha fracasado en dos ocasiones, y temo que no tarde en recuperarse y mandar a alguien a mi casa. Estaré sola y no creo que vaya a acabar bien.

—¿Por qué no empezó por allí?

—Al final me di cuenta de que debí haberme hecho esa pregunta hace varios días. ¿Crees que tus sortilegios de protección siguen vigentes?

—Oh, seguro que sí. Es muy probable —respondió Amelia con una sombra de satisfacción. Estaba muy orgullosa de sus habilidades mágicas, y tenía razones para ello.

—¿De verdad? O sea, piensa en ello. Hace..., Dios, hace meses que te fuiste. —Amelia se había ido en su coche la primera semana de marzo.

—Es verdad, pero los reforcé antes de irme.

—Funcionan incluso cuando no estás cerca, ¿verdad?
—Quería asegurarme. Mi vida dependía de ello.

—Durante un tiempo, sí. A fin de cuentas, me pasaba horas fuera de casa todos los días y la dejaba protegida. Pero es necesario renovarlos, de lo contrario se disipan. ¿Sabes?, tengo tres días libres seguidos. Creo que me acercaré por tu casa para comprobar la situación.

—Eso sería de gran alivio, aunque odio sacarte de tus cosas.

—Bah, no pasa nada. Puede que a Bob y a mí nos venga bien un viaje en coche. Preguntaré a un par de compañeros de asamblea cómo encontrar a una persona. Podemos reforzar las protecciones y encontrar a esa zorra en un tiro.

—¿Crees que Bob querrá volver aquí? —Bob había pasado la mayor parte de su estancia en mi casa en su forma felina, así que tenía mis dudas.

—Se lo preguntaré. A menos que te llame diciendo lo contrario, cuenta con que yo sí iré.

—Muchas gracias. —No me di cuenta de que tenía los músculos tensos hasta que empezaron a relajarse. Amelia iba a venir.

Me pregunté por qué no me sentía segura a pesar de vivir con mis dos hadas. Eran de la familia, y si bien me sentía contenta y relajada cuando estaban cerca, confiaba más en Amelia.

Desde un punto de vista más práctico, nunca sabía cuándo Claude y Dermot iban a estar en casa. Cada vez pasaban más noches en Monroe.

Tendría que alojar a Amelia y a Bob en el dormitorio del pasillo, frente al mío, ya que los chicos ocupaban los del piso de arriba. La cama de mi antiguo dormitorio era estrecha, pero ni Amelia ni Bob eran de complexión ancha.

El caso era mantener la cabeza ocupada. Me serví una taza de café y recogí el sobre y la bolsa. Me senté en la mesa de la cocina con los objetos dispuestos frente a mí. Sentí el terrible impulso de tirar las dos cosas al cubo de la basura sin mirarlas antes, sin conocer la información que contenían.

Pero eso no se hace. Las cosas que se pueden abrir están hechas para abrirse.

Levanté la solapa y ladeé el sobre. La novia de vestido recargado de la foto me miraba insípidamente mientras extraía una carta amarillenta. De alguna manera, parecía polvorienta, como si los años en el desván hubiesen vuelto el papel permeable a las partículas microscópicas del polvo. Suspiré y cerré los ojos, armándome de fuerza. Luego desplegué el papel y contemplé la caligrafía de mi abuela.

Resultó inesperadamente doloroso verla: puntiaguda y comprimida, con faltas de ortografía y errores de puntuación, pero era suya, de mi abuela. Sólo Dios sabe cuántas cosas escritas por ella he leído mientras vivimos juntas: listas de la compra, instrucciones, recetas, incluso notas personales. Aún conservaba un puñado en mi tocador.

Sookie, estoy muy orgullosa de ti ahora que te gradúas en el instituto. Desearía que papá y mamá estuviesen aquí para verte con tu toga y el birrete.

Sookie, por favor, recoge tu habitación. No puedo pasar la aspiradora si no veo el suelo.

Sookie, Jason te recogerá después del entrenamiento. Tengo que ir a una reunión del Club del Jardín.

Estaba segura de que esa carta sería diferente. Tenía razón. Empezaba formalmente.

Querida Sookie,

Si alguien puede encontrar esta carta, creo que eres tú. No puedo dejarla en ninguna otra parte, y cuando crea que estás preparada, te diré dónde puedes encontrarla.

Las lágrimas desbordaron mis ojos. La habían asesinado antes de que llegase el momento de considerarme preparada. Puede que nunca hubiese llegado.

Sabes que amé a tu abuelo más que a nadie en el mundo.

Eso creía. Su matrimonio había gozado de unos cimientos inquebrantables..., eso daba por sentado. Las pruebas mostraban que quizá no lo fueron tanto.

Pero tenía tantas ganas de tener hijos, tantas ganas. Creía que si tenía hijos mi vida sería perfecta. No era consciente de que rezar a Dios para tener una vida perfecta fuese una estupidez. Fui tentada más allá de mi capacidad de resistirme. Supongo que Dios me castigaba por mi avaricia.

Él era muy guapo. Pero supe que no era una persona real en cuanto lo vi. Más tarde me dijo que era parte humano, pero nunca vi demasiada humanidad en él. Tu abue-

lo se fue a Baton Rouge, un largo viaje por aquel entonces. Más tarde, esa misma mañana, sufrimos una tormenta que arrancó un gran pino junto al camino y lo bloqueó. Intenté cortar el pino para que tu abuelo pudiera traer la camioneta por el camino. Hice una pausa para comprobar si la ropa tendida en el patio trasero se había secado y él emergió del bosque. Tras ayudarme a mover el árbol (bueno, lo movió él solo), le di las gracias, por supuesto. No sé si sabes esto, pero si le das las gracias a uno de ellos, quedas obligada. No sé por qué; son simplemente buenos modales.

Claudine lo había mencionado de pasada cuando la conocí, pero en ese momento supuse que no era más que etiqueta feérica. Sin perder los modales, procuré no agradecerle nada directamente a Niall, incluso cuando intercambiábamos regalos en Navidad. Hizo falta cada átomo de mi autocontrol para no pronunciar la palabra «gracias». Siempre optaba por fórmulas como «¡Oh, te has acordado de mí! ¡Sé que me encantará!», antes de apretar los labios. Pero Claude... Pasaba tanto tiempo con él que sabía a ciencia cierta que le había agradecido que sacase la basura o que me acercase la sal. ¡Mierda!

En fin, le pregunté si quería beber algo. Tenía sed y yo estaba sola y deseaba un bebé. Por aquel entonces, tu abuelo y yo llevábamos cinco años casados y nunca hubo ni la sombra de embarazo. Pensé que algo no funcionaba, aunque no descubrimos de qué se trataba hasta que un médico nos dijo que las paperas habían..., bueno. Pobre Mitchell. No era culpa suya, sino de la enfermedad. Le dije que había sido un milagro que tuviésemos dos, que no necesitábamos los cinco o los seis que nos hubiesen gustado. Él nunca me miró extrañamente por todo eso. Estaba convencido de que nunca había estado con otro hombre. Eran ascuas de un antiguo fuego en mi mente. Ya era bastante malo haber caído una vez, pero dos años más tarde Fintan volvió y tampoco pude resistirme, y no fueron las únicas veces. Era tan extraño. ¡A veces creía que lo olía! Pero cuando me daba la vuelta, era Mitchell.

Pero tener a tu padre y a Linda hizo que la culpa mereciera la pena. Los adoraba, y deseaba que no hubiesen muerto tan jóvenes por mi pecado. Al menos Linda y Hadley, estén donde estén, y al menos Corbett os tuvo a ti y a Jason. Veros crecer ha sido una bendición y un privilegio. Os quiero más de lo que puedo expresar con palabras.

Bueno, llevo un buen rato escribiendo. Te quiero, cielo. Ahora tengo que hablarte del amigo de tu abuelo. Era un hombre moreno, muy grande y hablaba de forma muy fina. Dijo que era una especie de benefactor, de padrino, pero yo no confiaba en él. No parecía un hombre de Dios. Apareció después de que Corbett y Linda nacieran. Cuando nacisteis vosotros, pensé que quizá se presentaría otra vez. Y claro que apareció, de repente, una vez mientras cuidaba de Jason y de ti, cuando los dos estabais en la cuna. Os hizo un regalo a cada uno. Dijo que no era de los que pueden depositarse en una cuenta bancaria y que hubiesen sido muy útiles cuando os vinisteis a vivir conmigo.

Luego se presentó otra vez, hace algunos años. Me dio esta cosa verde. Me contó que las hadas se lo regalan entre sí cuando se enamoran, y Fintan se lo había dado para que me lo entregase si él moría antes que yo. Dijo que contenía un conjuro mágico. Dijo que esperaba que no tuviese necesidad de usarlo nunca. Pero si era necesario, me explicó que recordase que era de un solo uso, no como la lámpara del cuento, que te otorga muchos deseos. Lo llamó cluviel dor, *y me enseñó cómo lanzarlo.*

Así que supongo que Fintan ha muerto, aunque temía hacer ninguna pregunta a aquel hombre. No volví a ver a Fintan desde el nacimiento de Linda y tu padre. Los cogió en brazos y se marchó. Me avisó que no podría volver jamás, que era muy peligroso para él y los niños, que sus enemigos lo seguirían si seguía visitándonos, aunque lo hiciera disfrazado. Creo que insinuaba que ya me había visitado disfrazado, y eso me preocupa. ¿Y por qué iba a tener enemigos? Supongo que las hadas no siempre se llevan bien, igual que la gente. A decir verdad, me he sentido cada vez peor por tu abuelo cada vez que veía a Fintan, así que cuando dijo que se iba de una vez por todas, confieso que me sentí aliviada. Aún me siento muy culpable, pero cuando recuerdo haber criado a tu padre y a Linda, me siento muy contenta por haberlos tenido, y hacer lo mismo con Jason y contigo ha sido una gran alegría para mí.

En fin, esta carta es tuya ya que te dejo la casa y el cluviel dor. *Puede parecer injusto que Jason no reciba nada mágico, pero el amigo de tu abuelo dijo que Fintan os había estado observando a los dos y que tú eras quien debía tenerlo. Espero que nunca tengas que saber nada de esto. Siempre me he preguntado si tu pequeño problema no tendrá que ver con que seas un poco hada, pero entonces ¿cómo es que a Jason no le pasa lo mismo? ¿O a tu padre y a Linda? A lo mejor «sabes cosas» por puro azar. Desearía haberte podido curar para que tuvieras una vida normal, pero tenemos que aceptar lo que Dios nos da, y tú has sido realmente fuerte lidiando con esto.*

Por favor, ten cuidado. Espero que no te enfades conmigo o pienses mal de mí. Todos los hijos de Dios somos pecadores. Al menos mi pecado hizo que tú, Jason y Hadley vinieseis al mundo.

Adele Hale Stackhouse (tu abuela).

Había tanto en lo que pensar que no sabía por dónde empezar.

Me sentía aturdida, desconcertada, curiosa y confusa a la vez. Antes de poder detenerme, recogí la otra reliquia, la vieja bolsa de terciopelo. Aflojé la cuerda, que no tardó en ceder entre mis dedos. Abrí la bolsa y dejé caer sobre mi mano lo que llevaba dentro, un *cluviel dor*, el regalo de mi abuelo feérico.

Me encantó al momento.

Era de un ligero color verde cremoso con filigranas de oro. Era como una de las tabaqueras de la tienda de antigüedades, pero no había en Splendide nada tan precioso. No veía agarre ni bisagra alguna; ni siquiera se abrió cuando presioné o giré suavemente la tapa, y definitivamente había una tapa decorada con oro. Hmmm. La caja redonda no estaba dispuesta a revelar sus secretos todavía.

Muy bien. A lo mejor tenía que investigar un poco. Dejé el objeto de lado y me quedé sentada con las manos entrelazadas sobre la mesa, perdiendo la mirada en el vacío. Tenía la cabeza rebosante de pensamientos.

Sin duda, la abuela estaba muy emocionada cuando escribió la carta. Si nuestro «abuelo» le había dado más información sobre el regalo, o había obviado su mención o sencillamente se había olvidado. Me pregunté en qué momento se obligaría a realizar esa confesión escrita. Obviamente la había hecho después de la muerte de la tía Linda, que ocurrió cuando la abuela ya había cumplido los setenta. Reconocí al amigo de mi abuelo, estaba bastante segura de ello. Sin duda, ese «padrino» era el señor Cataliades, el abogado demonio. Sabía que debió de costarle confesar por escrito que se había acostado con otro hombre que no era su marido. Mi abuela siempre había sido una mujer fuerte, así como una devota cristiana. Tal confesión debió de atormentarla.

Puede que se hubiese juzgado a sí misma, pero ahora que me había recuperado del pasmo de ver a mi abuela como una mujer, yo sí que no iba a hacerlo. ¿Quién era yo para arrojar ninguna piedra? El sacerdote me había dicho que todos los pecados son iguales a ojos de Dios, pero no podía evitar sentir (por ejemplo) que un violador de niños era peor que alguien que hubiera defraudado al fisco o una mujer solitaria que hubiese tenido una experiencia sexual clandestina por anhelar un bebé. Probablemente me equivocara, porque tampoco podemos escoger qué reglas obedecer, pero así es como me sentía.

Arrinconé de nuevo mis confusos pensamientos y retomé el *cluviel dor*. El tacto de su suavidad era un puro placer, como la felicidad que sentía cada vez que abrazaba a mi bisabuelo, en ocasiones hasta doscientas. Tenía el tamaño de dos galletas Oreo apiladas. Lo froté contra mi mejilla y me entraron ganas de ronronear.

¿Hacía falta una palabra mágica para abrirla?

—Abracadabra —dije—. Por favor y gracias.

No, no funcionó, y además me sentí como una tonta.

—Ábrete sésamo —susurré—. Un, dos, transfórmate a la de tres. —Nada.

Pero pensar en la magia me dio una idea. Envié un correo electrónico a Amelia, uno que no me resultó nada fácil de redactar. Sé que los correos electrónicos no son del todo seguros, pero tampoco tenía ninguna razón para considerar que alguien pudiera considerar mis escasos mensajes como algo de importancia. Escribí: «Odio preguntarlo, pero aparte de investigar el asunto del vínculo de sangre, ¿podrías averiguar una cosilla sobre las hadas? Las iniciales son c.d.». Era todo lo sutil que podía ser.

Luego volví a admirar el *cluviel dor*. ¿Había que ser hada de pura sangre para abrirlo? No, no podía ser. Fue un regalo para mi abuela, presumiblemente para su uso en caso de extrema necesidad, y ella era completamente humana.

Deseé que no hubiese estado tan escondido en el desván cuando atacaron a mi abuela. Cada vez que recordaba cómo la dejaron tirada en el suelo de la cocina como un despojo, ahogándose en su propia sangre, me sentía enferma y furiosa. Quizá si hubiese tenido tiempo de hacerse con él podría haberse salvado.

Y con ese pensamiento ya tuve suficiente. Devolví el *cluviel dor* a su bolsa de terciopelo y volví a meter la carta de la abuela en el sobre. Ya tenía todo el desbarajuste emocional que podía soportar durante un tiempo.

Tenía que esconder esos objetos. Por desgracia, su anterior y excelente escondite había sido llevado a un almacén de Shreveport.

Quizá pudiera recurrir a Sam. Podría guardar la carta y el *cluviel dor* en su caja fuerte. Pero habida cuenta de los recientes ataques al bar, quizá no era el mejor sitio para guardar cosas valiosas. Podía conducir hasta Shreveport y usar la llave que Eric me había dado de su casa para encontrar un escondite allí. De hecho, era más que probable que Eric también tuviese una caja fuerte, aunque no hubiese tenido nunca la ocasión de enseñármela. Tras darle vueltas, ésa tampoco me pareció una buena idea.

Me pregunté si mi deseo por mantener los objetos cerca se debía a que no quería separarme del *cluviel dor*. Me encogí de hombros. Independientemente de cómo hubiese llegado esa convicción a mi mente, estaba segura de que mi casa era el lugar más seguro, al menos por el momento. Podía meter la fina caja verde en el hueco de dormir para vampiros del armario del cuarto de invitados..., pero eso no era más que un hueco, ¿y si Eric necesitaba usarlo?

Tras darle más vueltas todavía, dejé el sobre en la caja con los demás papeles sin revisar que encontré en el desván. No interesarían a nadie aparte de mí. Ocultar el *cluviel dor* fue algo más complicado, especialmente por el impulso que sentía siempre de sacarlo de la bolsa una y otra vez. Esa pugna me hizo sentir muy... «gollumesca».

—Mi tesssooorooo —murmuré. ¿Serían Dermot y Claude capaces de sentir la proximidad de un objeto tan extraordinario? No, por supuesto que no. Había estado en el desván todo ese tiempo y no habían notado nada.

¿Y si se habían mudado conmigo con la esperanza de encontrarlo? ¿Y si sabían o sospechaban que pudiera estar en mi casa? O, lo que era más probable, ¿y si insistían en quedarse conmigo porque su proximidad hacía que se sintiesen más felices? A pesar de saber que esa teoría estaba llena de fallos, fui incapaz de sacudírmela de la cabeza. No era mi sangre feérica lo que los atraía, sino la presencia del *cluviel dor*.

«Vale, te estás volviendo paranoica», me dije a mí misma severamente, y me arriesgué a echar un nuevo vistazo a la superficie verdosa. Pensé que parecía una polvera compacta. Esa idea fue la que me reveló su escondite perfecto. Saqué el objeto de su bolsa de terciopelo y lo metí en el cajón del maquillaje de mi tocador. Abrí mi caja de polvos sueltos y esparcí un poco por encima del *cluviel dor*. Añadí un pelo de mi cepillo. ¡Ja! Estaba satisfecha con el resultado. Posteriormente metí la bolsa aterciopelada en el cajón de las medias y los cinturones. Mi razón me decía que el objeto no era más que una vieja bolsa, pero mis emociones la contradecían alegando que era algo valioso porque mis abuelos lo habían tenido en sus manos.

Eran tantos los pensamientos que rebotaban en mi mente que la cerré a cal y canto durante lo que quedó de día. Después de dedicar un poco de tiempo a las tareas del hogar, decidí ver las series mundiales universitarias de softball por la ESPN. Adoro el softball porque lo jugué en el instituto. Adoraba ver a esas fuertes mujeres de todas partes de Estados Unidos; me encantaba verlas jugar los partidos con todas sus fuerzas, a toda velocidad, sin escatimar esfuerzos. Mientras veía el partido, me di cuenta de que conocía a otras dos mujeres que encajaban con ese perfil: Sandra Pelt y Jannalynn Hopper. Había una moraleja en todo ello, pero no estaba segura de cuál era.

Capítulo 7

El domingo por la noche oí que volvían mis inquilinos no demasiado tarde. El Hooligans no abría los domingos, así que traté de imaginar qué habrían estado haciendo todo el día. Aún estaban durmiendo cuando me hice el primer café del lunes. Me moví por la casa haciendo el menor ruido posible para vestirme y comprobar el correo electrónico. Amelia decía que ya estaba de camino, y añadió crípticamente que tenía algo importante que decirme. Me preguntaba si ya habría encontrado información sobre mi c.d.

Tara había enviado un correo colectivo con una foto adjunta de su enorme vientre y recordé que la fiesta por su bebé se celebraría el próximo fin de semana. Yeah, después de un momento de pánico, me calmé. Ya se habían mandado las invitaciones, le había comprado un regalo y planeado el menú. Estaba lista, salvo los imprevistos de última hora.

Hoy me tocaba el primer turno en el trabajo. Mientras me maquillaba, saqué el *cluviel dor* y lo sostuve contra mi pecho. Tocarlo parecía importante, parecía volverlo más vital. Mi piel lo calentó rápidamente. Fuese lo que fuese lo que se ocultaba dentro de ese pálido verdor parecía acelerarse. También parecía más vivo. Respiré honda y entrecortadamente y lo volví a dejar en el cajón, rociándolo de nuevo con polvos para que pareciese que llevaba allí toda la vida. Cerré el cajón con una nota de pesar.

Ese día sentí a mi abuela más cerca. Pensé en ella mientras conducía hacia el trabajo, mientras preparaba las cosas y en extraños momentos mientras llevaba bandejas y recogía platos. Andy Bellefleur estaba almorzando con el sheriff Dearborn. Me sorprendió ver a Andy en el Merlotte's después del suceso de hacía dos días.

Pero mi nuevo detective favorito parecía contento de estar allí, bromeando con su jefe y comiendo una ensalada con aliño bajo en calorías. Andy parecía más delgado y joven cada día que pasaba. La vida en matrimonio y la perspectiva de paternidad le sentaban muy bien. Le pregunté por Halleigh.

—Dice que está muy gorda, pero yo no lo creo —comentó con una sonrisa—. Creo que le viene bien que no haya clases. Está haciendo unas cortinas para el cuarto del bebé. —Halleigh daba clases en la escuela elemental.

—La señora Caroline estaría muy orgullosa —aseguré. Caroline Bellefleur, la abuela de Andy, había muerto apenas hacía unas semanas.

—Me alegro de que supiera lo nuestro antes de morir —dijo—. Eh, ¿sabías que mi hermana también está embarazada?

Intenté no parecer asombrada. Andy y Portia se habían casado el mismo día en el jardín de su abuela, y aunque no había sido una sorpresa saber del embarazo de Halleigh, algo en Portia, quizá su madurez, jamás me había hecho pensar en ella como una madre. Le dije a Andy que me alegraba mucho, y era la verdad.

—¿Se lo dirás a Bill? —me preguntó Andy con timidez—. Aún me siento un poco raro cuando tengo que llamarle.

Mi vecino y antiguo amante, Bill Compton, vampiro para más señas, había revelado finalmente a los Bellefleur que era antepasado suyo, justo antes de la muerte de la señora Caroline. La abuela había reaccionado maravillosamente ante esa perturbadora noticia, pero había sido un hueso más duro de tragar para Andy, que es un hombre orgulloso y poco aficionado a los vampiros. Lo cierto es que Portia había salido algunas veces con él, antes de descubrir su relación. Extraño, ¿verdad? Ella y su marido se habían desembarazado de sus reservas hacia su recién descubierto antepasado y me habían sorprendido con la dignidad con la que habían aceptado a Bill.

—Siempre es un placer transmitir buenas noticias, pero a él le gustaría conocerlas de tu boca.

—Eh, tengo entendido que se ha echado una novia vampira.

Me obligué a parecer feliz.

—Sí, lleva con él unas semanas —dije—. No hemos hablado mucho al respecto. —Más bien nunca.

—¿La has conocido?

—Sí. Parece agradable. —De hecho, yo había sido la responsable de su unión, pero no era algo que me apeteciese compartir—. Si lo veo, se lo contaré de tu parte, Andy. Estoy segura de que querrá saber cuándo nacerá el bebé. ¿Sabéis qué va a ser?

—Es una niña —respondió con una sonrisa que casi le parte la cara en dos—. La llamaremos Caroline Compton Bellefleur.

—¡Oh, Andy! ¡Es maravilloso! —Me sentía ridículamente complacida porque sabía que a Bill le gustaría mucho la idea.

Andy parecía abochornado. Supe que sintió alivio cuando sonó su móvil.

—Hola, cariño —dijo tras mirar la pantalla antes de abrir la tapa—. ¿Qué pasa? —Sonrió mientras escuchaba—. Vale, te llevaré el batido —confirmó—. Te veo enseguida.

Bud volvía a la mesa cuando Andy echó un vistazo a la nota y dejó un billete de diez.

—Ésa es mi parte —añadió—. Quédate el cambio, Bud, tengo que irme corriendo a casa. Halleigh necesita que coloque la barra de la cortina en el cuarto del bebé y se muere por un batido de caramelo. No serán más que diez minutos. —Nos sonrió y desapareció por la puerta.

Bud se volvió a sentar y sacó lentamente el dinero de su vieja cartera para pagar su parte de la cuenta.

—Halleigh embarazada, Portia embarazada, Tara por partida doble. Sookie, vas a tener que hacer algo si no te quieres quedar rezagada —dijo antes de apurar su bebida—. Está bien este té helado. —Dejó el vaso sobre la mesa con un ligero batacazo.

—No necesito tener un bebé sólo porque otras mujeres vayan a hacerlo —contesté—. Lo tendré cuando esté preparada.

—Pues no lo tendrás nunca si sigues saliendo con ese muerto —dijo Bud a bocajarro—. ¿Qué crees que pensaría tu abuela?

Cogí el dinero, giré sobre mis talones y me alejé. Pedí a Danielle que le llevase el cambio. No quería volver a hablar con Bud.

Es una estupidez, lo sé. Tenía que endurecer más la piel. Y Bud no había dicho ninguna mentira. Claro que él tenía la idea de que todas las mujeres jóvenes desean tener hijos y señalaba que iba por el mal camino. ¡Como si no lo supiera! ¿Qué me habría dicho mi abuela?

Días atrás, habría respondido sin dudarlo. Ahora no estaba tan segura. Había tantas cosas que no sabía de ella. Pero estaba casi segura de que me aconsejaría que siguiese los dictados de mi corazón. Y amaba a Eric. Mientras cogía la cesta de la hamburguesa para llevarla a la mesa de Maxine Fortenberry (siempre almuerza con Elmer Claire Vaudry), me sorprendí ansiando que llegara el ocaso para que despertase. Deseaba verlo con cierta desesperación. Necesitaba la seguridad de su presencia, la certeza de que me amaba también, el apasionado vínculo que sentíamos cada vez que nos tocábamos.

Mientras aguardaba otro encargo en el pasaplatos, observé a Sam, que estaba en la caja. Me preguntaba si él sentía lo mismo por Jannalynn que yo por Eric. Llevaba con ella más tiempo que con cualquier otra persona desde que lo conocía. Quizá pensaba que iba en serio con ella porque se buscaba las tornas para tener algunas noches libres y verla más a menudo, cosa que nunca había hecho con anterioridad. Me sonrió cuando nuestras miradas se encontraron. Me agradaba mucho verlo feliz.

Aunque opinaba que Jannalynn no era lo bastante buena para él.

Casi me eché una mano a la boca. Me sentí tan culpable como si lo hubiese dicho en voz alta. Su relación no era asunto mío, me dije con severidad. Pero una voz en mi interior me decía que Sam era mi amigo y que Jannalynn era demasiado despiadada y violenta como para hacerlo feliz a largo plazo.

Jannalynn había matado, pero yo también. Quizá la catalogaba como violenta porque parecía disfrutar matando. La idea de parecerme a ella en lo esencial (¿a cuántas personas deseaba ver muertas?) era otro motivo de desaliento. El día sólo podía mejorar.

Un pensamiento fatal, sin duda.

Sandra Pelt entró a grandes zancadas en el bar. Había pasado mucho tiempo desde la última vez que la vi, aparte de que había intentado matarme. Por entonces era una adolescente, y aún no había cumplido los veinte, pensé; pero parecía un poco mayor, su cuerpo más maduro, y se había hecho un bonito peinado que contrastaba sobremanera con la hosquedad de su expresión. Traía consigo un aura de rabia. Si bien su delgado cuerpo estaba favorecido por unos vaqueros y una camiseta de tirantes sobre una falda suelta, su cara irradiaba demencia. Disfrutaba provocando daño. Era algo que no pasaba desapercibido a poco que mirases en su mente. Sus movimientos eran espasmódicos y llenos de tensión, y recorrió con la mirada a todos los presentes hasta dar conmigo. La mirada se le encendió como los fuegos artificiales del Cuatro de Julio. Tuve una clara visión de su mente. Llevaba una pistola escondida en los vaqueros.

—Oh, oh —me dije en voz muy baja.

—¿Qué más tengo que hacer? —aulló Sandra.

Todas las conversaciones del bar se apagaron. Por el rabillo del ojo vi que Sam cogía algo de debajo de la barra. No lo conseguiría a tiempo.

—Intento quemarte, pero el fuego se apaga —siguió diciendo a voz en grito—. Doy a esos capullos drogas y sexo gratis para que te atrapen y la cagan. Intento meterme en tu casa, pero tu magia me lo impide. ¡He intentado matarte una y otra vez, y es que no te mueres!

Casi tuve ganas de pedir disculpas.

Por otra parte, estaba muy bien que Bud Dearborn hubiese podido escuchar todo aquello. Pero estaba de pie, frente a Sandra, su mesa interponiéndose entre ambos. Hubiese sido mucho mejor que estuviese detrás de ella. Sam empezó a escorarse a la izquierda, pero el hueco de paso estaba a su derecha y no me imaginaba cómo podría sortear la barra y colocarse detrás antes de que pudiera matarme. Pero ése no era el plan de Sam. Mientras Sandra estaba centrada en mí, pasó un bate de béisbol a Terry Bellefleur, que estaba jugando a los dardos con otro veterano. Terry a veces estaba un poco loco y presentaba unas cicatrices horribles, pero siempre me había caído bien. Terry asió el bate. Menos mal que el tocadiscos del bar se puso a sonar para camuflar los pequeños sonidos de la maniobra.

De hecho, estaba sonando la vieja balada de Whitney Houston *I Will Always Love You*, lo cual me pareció bastante curioso.

—¿Por qué te empeñas siempre en mandar a otros para hacer tu trabajo? —pregunté para cubrir el ruido de Terry mientras avanzaba—. ¿Es que eres una especie de cobarde? ¿No crees que una mujer pueda hacer su propio trabajo?

Quizá provocar a Sandra no había sido tan buena idea, porque se llevó la mano a la espalda a la velocidad de un cambiante y me encontré con una pistola apuntándome, justo antes de que el dedo empezara a presionar el gatillo en un instante que me pareció eterno. Y entonces vi el bate agitarse y golpear, tirando a Sandra al suelo como una marioneta a la que han cortado las cuerdas. Había sangre por todas partes.

Terry se volvió loco. Se agachó gritando y soltó el bate como si le quemase entre las manos. No importaba lo que le dijera la gente (la fórmula más habitual era: «¡Cállate, Terry!»), que él seguía chillando.

Jamás pensé que alguna vez acabaría en el suelo meciendo a Terry Bellefleur entre mis brazos mientras le murmuraba cosas al oído. Pero así era, ya que parecía empeorar si se le intentaba acercar cualquier otro. Incluso los técnicos de la ambulancia se pusieron nerviosos cuando Terry les lanzó un alarido. Aún estaba en el suelo, manchado de sangre, cuando se llevaron a Sandra al hospital de Clarice.

Estaba agradecida a Terry, que siempre había sido agradable conmigo aun cuando pasaba por sus malas rachas. Vino a despejar el lugar cuando un pirómano prendió fuego a la cocina de mi casa. Me había ofrecido uno de sus cachorrillos. Y ahora había dañado el frágil equilibrio de su mente para salvarme la vida. Mientras lo mecía y le daba palmadas en la espalda y él sollozaba, escuché el constante flujo de sus palabras mientras los pocos clientes que quedaban en el Merlotte's hacían todo lo posible para mantener una buena distancia de nosotros.

—Hice lo que me dijo —se justificó Terry— el hombre brillante, seguí a Sookie y evité que le hicieran daño, nadie debe hacerle daño, intenté vigilarla, y entonces entró esa zorra y supe que quería matar a Sook, lo supe, no quería volver a mancharme las manos de sangre, pero no podía dejar que le hiciese daño, no podía, y no quería matar a otra persona en todo lo que me quedaba de vida, nunca lo quise.

—No está muerta, Terry —le dije, besándole en la cabeza—. No has matado a nadie.

—Sam me pasó el bate —explicó Terry, que parecía algo más alerta.

—Claro, porque no podía salir de la barra a tiempo. Muchas gracias, Terry, siempre has sido un buen amigo. Que Dios te bendiga por salvarme la vida.

—¿Sookie? ¿Sabías que ellos querían que te vigilase? Venían a mi caravana por la noche, durante meses, primero el alto y rubio y luego el brillante. Siempre querían que les contase cosas acerca de ti.

—Claro —lo tranquilicé, pensando: «¿Cómo?»

—Querían saber cómo te iba y con quién estabas y quién te odiaba y quién te quería.

—Está bien —contesté—. Está bien que se lo dijeras.

Eric y mi bisabuelo, supuse. Habían escogido al más débil, al más fácil de persuadir. Sabía que Eric tenía a alguien vigilándome mientras salía con Bill y más tarde, cuando pasé una temporada sola. Imaginé que mi bisabuelo también tendría alguna fuente de información. Ya hubiese conocido a Terry por Eric o por su propia cuenta, era muy típico de Niall emplear la herramienta más a mano, se rompiese éste o no durante su uso.

—Una noche me encontré a Elvis en tu bosque —contó Terry. Uno de los sanitarios le había inyectado un calmante, y creí que empezaba a hacerle efecto—. En ese momento supe que estaba como una regadera. Me estaba diciendo cuánto le gustaban los gatos. Yo le expliqué que a mí me iban más los perros.

El vampiro anteriormente conocido como Elvis no había hecho una buena transición debido a que estaba saturado de drogas cuando un ferviente fan de Memphis lo convirtió. Bubba, como prefería que lo llamasen ahora, tenía debilidad por la sangre de los felinos, afortunadamente para *Annie*, la catahoula de Terry.

—Nos llevamos muy bien —seguía Terry mientras su voz se volvía cada vez más lenta y adormilada—. Creo que será mejor que me vaya a casa.

—Te vamos a llevar a la caravana de Sam —le sugerí—. Allí es donde te despertarás. —No quería que Terry se despertara presa del pánico. Dios, no.

La policía me tomó declaración de forma bastante apresurada. Al menos tres personas aseguraron haber oído a Sandra decir que había lanzado la bomba incendiaria contra el bar.

Por supuesto, tuve que quedarme hasta mucho más tarde de lo que tenía previsto y empezaba a oscurecer. Sabía que Eric estaba fuera esperándome, y no veía la hora de levantarme y cargarle el problema de Terry a otro, pero era sencillamente incapaz. Terry se había hecho mucho más daño a sí mismo salvándome la vida y yo no tenía forma alguna de corresponderle. No me molestaba que me hubiese estado vigilando (vale, espiando) a cuenta de Eric antes de salir con él o a cuenta de mi bisabuelo. No me había hecho daño alguno. Como lo conocía, estaba segura de que debieron de presionarlo de alguna manera.

Sam y yo lo ayudamos a ponerse de pie y empezamos a movernos por el pasillo que daba a la parte de atrás del bar, al aparcamiento de empleados y a la caravana de Sam.

—Me prometieron que nunca dejarían que le pasase nada a mi perra —susurró Terry—. Y me prometieron que dejaría de tener pesadillas.

—¿Mantuvieron su palabra? —le pregunté con el mismo tono de voz.

—Sí —dijo con agradecimiento—. Nada de pesadillas y tengo a mi perra.

Tampoco parecía un precio demasiado alto. Debería estar más enfadada con Terry, pero era incapaz de aunar mi energía emocional. Estaba agotada.

Eric estaba de pie a la sombra de unos árboles. Permaneció oculto para no alarmar a Terry con su presencia. Por la repentina rigidez de la cara de Sam, supe que también era consciente del vampiro, pero no dijo nada.

Dejamos a Terry en el sofá de Sam, y cuando se quedó dormido en un profundo sueño, abracé a mi jefe.

—Gracias —le dije.

—¿Por qué?

—Por darle el bate a Terry.

Sam dio un paso atrás.

—Fue lo único que se me ocurrió. No podía salir de la barra sin alertarla. Había que pillarla por sorpresa, o todo se habría acabado.

—¿Tan fuerte es?

—Sí —asintió—. Y parecía bastante convencida de que su mundo sería mucho mejor si el tuyo no lo fuera para ti. Es difícil aplacar a los fanáticos. Insisten mucho.

—¿Estás pensando en la gente que intenta que cierre el Merlotte's?

Esbozó una sonrisa amarga.

—Es posible. No puedo creer que esto esté pasando en nuestro país, y a un veterano como yo. Nacido y criado en los Estados Unidos de América.

—Me siento culpable, Sam. Parte de todo esto es culpa mía. El incendio... Sandra no lo habría hecho de no estar yo aquí. Y la pelea. Quizá deberías prescindir de mí. Ya sabes, puedo trabajar en otra parte.

—¿Es lo que quieres?

No podía interpretar la expresión de su cara, pero al menos sabía que no era de alivio.

—No, por supuesto que no.

—Entonces sigues teniendo un empleo. Vamos todos en el paquete.

Sonrió, pero esa vez sus ojos azules no se iluminaron como otras veces que sonreía, aunque lo decía en serio. Cambiante o no, de mente iracunda o no, estaba segura de ello.

—Gracias, Sam. Será mejor que vaya a ver lo que quiere mi media naranja.

—Sea lo que sea Eric para ti, Sook, no es tu media naranja.

Hice una pausa con la mano en el pomo, pero no se me ocurrió nada que decir. Me fui sin más.

Eric me esperaba con impaciencia. Tomó mi cara entre sus grandes manos y la examinó bajo el tenue destello de las luces de seguridad que prendían desde las esquinas del bar. India salió por la puerta trasera, nos dedicó una mirada desconcertada, se subió a su coche y se alejó. Sam se quedó en la caravana.

—Quiero que te vengas a vivir conmigo —me pidió Eric—. Puedes quedarte en uno de los dormitorios del piso de arriba si quieres. El que solemos usar. No tienes por qué quedarte abajo, en la oscuridad, conmigo. No quiero que estés sola. No quiero volver a sentir tu miedo. Me vuelvo loco cada vez que sé que alguien te está atacando y no puedo hacer nada.

Habíamos cogido la costumbre de hacer el amor en el dormitorio grande de arriba (despertarme en el cuarto sin ventanas de abajo me ponía los pelos de punta). Ahora Eric me ofrecía esa habitación permanentemente. Sabía que era importante para él, muy importante. Y para mí también. Pero no podía tomar una decisión tan importante en un momento en el que aún no había vuelto en mí, y esa noche era un ejemplo perfecto.

—Tenemos que hablar —dije—. ¿Tienes tiempo?

—Esta noche lo saco —respondió—. ¿Están tus hadas en casa?

Llamé a Claude con el móvil. Cuando lo cogió, oí el ruido del Hooligans de fondo.

—Sólo quería comprobar dónde estabas antes de ir a casa con Eric —dije.

—Pasaremos la noche en el club —respondió Claude—. Que lo pases bien con tu chorbo vampiro, prima.

Eric me siguió en su coche hasta mi casa. Lo hizo porque, tan pronto como hubiera sabido que estaba en peligro, lo solucionaría y se pudo tomar el tiempo de conducir hasta allí.

Me serví una copa de vino (poco habitual en mí) y puse en el microondas una botella de sangre para Eric. Nos sentamos en el salón. Me recosté en el sofá, apoyando la espalda en el brazo para tenerlo de cara. Él se volvió ligeramente hacia mí desde el otro extremo.

—Eric, sé que no pides a nadie que se vaya a vivir contigo a la ligera. Por eso quiero que sepas lo emocionada y halagada que me siento por ello.

Justo en ese momento me di cuenta de que había dicho las palabras equivocadas. Sonó demasiado impersonal.

Eric entrecerró sus ojos azules.

—Oh, no es molestia —contestó fríamente.

—No me he explicado bien. —Tomé aire—. Escucha, te quiero. Me encanta que quieras que viva contigo. —Pareció relajarse un poco—. Pero antes de tomar esa decisión, tenemos que aclarar algunas cosas.

—¿Qué cosas?

—Te casaste conmigo para protegerme. Contrataste a Terry Bellefleur para que me espiase y lo presionaste más allá de lo que era capaz de soportar para que cumpliese.

—Eso ocurrió antes de conocerte, Sookie.

—Sí, lo sé. Pero se trata del tipo de presión que empleaste con un hombre cuyo estado mental es delicado en el mejor de los casos. Es la forma en que conseguiste que me casase contigo, sin que supiera lo que estaba pasando.

—De lo contrario no lo habrías aceptado —se excusó Eric, siempre tan práctico y al grano.

—Tienes razón, no lo habría hecho —contesté intentando sonreír. Pero no era fácil—. Y Terry no te habría contado nada sobre mí si sólo le hubieses ofrecido dinero. Sé que ves estas cosas de la misma manera inteligente que haces los negocios, y estoy convencida de que un montón de gente estaría de acuerdo contigo.

Eric intentaba seguir mi hilo de pensamiento, pero saltaba a la vista que no acababa de entender nada. Seguía luchando a contracorriente.

—Ambos vivimos con este vínculo. Estoy segura de que muchas veces preferirías que no supiese lo que sientes. ¿Seguirías queriendo que viviese contigo si no compartiésemos ese vínculo? ¿Si no pudieses sentir cada vez que estoy en peligro? ¿O enfadada? ¿O asustada?

—Qué cosas dices, amor mío. —Eric tomó un sorbo de su bebida y posó la botella en la mesa de centro—. ¿Me estás insinuando que si no supiese que me necesitabas, no te necesitaría a ti?

¿Era eso lo que insinuaba?

—No. Lo que intento decir es que no creo que quisieras que me fuese a vivir contigo si no pensases que hay alguien que va a por mí. —¿Estaba diciendo lo mismo? Por el amor de Dios, cómo odiaba ese tipo de conversaciones. Y no era la primera que tenía una.

—¿Y qué diferencia hay? —replicó con algo más que impaciencia en la voz—. Si quiero que estés conmigo, quiero que lo estés. Las circunstancias no importan.

—Sí que importan. Somos muy diferentes.

—¿Qué?

—Bueno, hay muchas cosas que das por sentado que yo no tengo tan claras.

Eric puso los ojos en blanco. Típico de un hombre.

—¿Como qué?

Busqué rápidamente un ejemplo.

—Pues como que Apio se acostara con Alexei. No le diste demasiada importancia aunque Alexei tuviese trece años. —Apio Livio Ocella, el creador de Eric, se había convertido en vampiro cuando los romanos gobernaban buena parte del mundo.

—Sookie, era un hecho consumado mucho antes de siquiera saber que tenía un hermano. En los tiempos de Ocella, se consideraba que ya eras una persona desarrollada a esa edad. Incluso se casaban. Ocella nunca comprendió algunos de los cambios sociales que trajeron los siglos posteriores. Además, Ocella y Alexei están muertos ahora. —Se encogió de hombros—. Esa moneda tenía otra cara, ¿recuerdas? Alexei se aprovechó de su juventud aparente, de su aspecto aniñado, para acabar con todos los humanos y los vampiros que se le pusieron delante. Hasta Pam tuvo dudas sobre liquidarlo, a pesar de saber lo destructivo y desquiciado que estaba. Y eso que es la vampira más despiadada que conozco. Era un lastre para todos nosotros, succionándonos la fuerza y la voluntad con toda la hondura de sus necesidades.

Y con esa inesperadamente poética frase, Eric dio por concluido el debate sobre Alexei y Ocella. Su rostro se volvió pétreo. Intenté recordar el fondo de la cuestión: nuestras diferencias irreconciliables.

—¿Y qué piensas del hecho de que yo moriré y tú seguirás existiendo para, digamos, siempre?

—Podemos encargarnos de eso con suma facilidad.

Me lo quedé mirando.

—¿Qué? —saltó Eric, casi sorprendido genuinamente—. ¿No quieres vivir para siempre? ¿Conmigo?

—No lo sé —expresé finalmente. Intenté imaginármelo. La noche para siempre. Interminable. ¡Pero con Eric!—. Eric —continué—, sabes que no puedo... —Y me quedé sin palabras. Casi le había lanzado un insulto imperdonable. Sabía que sentía la oleada de dudas que estaba proyectando.

Casi le dije: «No soy capaz de imaginarte conmigo cuando empiece a envejecer».

Si bien había más temas que deseaba tratar en nuestra conversación, sentía que se nos iba hacia el borde del desastre. A lo mejor fue una suerte que llamaran a la puerta de atrás. Había oído un coche acercarse, pero mi atención había estado tan centrada en mi interlocutor que no llegué a asimilar el significado.

Eran Amelia Broadway y Bob Jessup. Amelia estaba como siempre: saludable y fresca, su corta melena marrón recogida y la piel y los ojos claros. Bob, no más alto que ella e igual de delgado, era un chico de complexión estrecha con toques de misionero mormón sexy. Sus gafas de montura negra le daban un aspecto retro más que empollón. Llevaba unos vaqueros, una camisa de cuadros blanca y negra y unos mocasines adornados con borlas. Como gato, había sido muy mono, pero su atractivo humano se me escapaba (o quizá sólo se mostraba muy de vez en cuando).

Los recibí con una sonrisa. Era genial volver a ver a Amelia, y me alegraba sobremanera de ver interrumpida mi conversación con Eric. Tendríamos que retomarla en el futuro, pero tenía la escalofriante sensación de que al terminarla los dos acabaríamos descontentos. Posponerla probablemente no cambiaría el desenlace, pero tanto Eric como yo ya teníamos bastantes problemas a mano.

—¡Adelante! —los invité—. Eric está aquí y se alegrará de veros.

Por supuesto, no era verdad. A Eric le dejaba completamente indiferente no volver a ver a Amelia en toda su vida (su larga, larga vida) y ni siquiera se dio cuenta de Bob.

No obstante sonrió (no una sonrisa amplia) y les expresó la alegría que le producía que nos visitasen (si bien había un toque de interrogación en su voz, ya que no sabía realmente por qué estaban allí). Por muy largas que fuesen nuestras conversaciones, nunca nos daba tiempo de abarcar todo lo que queríamos.

Amelia reprimió un fruncido del ceño con gran esfuerzo. No era muy aficionada al vikingo. Además era una emisora muy fuerte y capté esa sensación suya como si lo hubiese gritado a pleno pulmón. Bob miró a Eric con precaución, y tan pronto expliqué a Amelia la situación de los dormitorios (claro, ellos habían dado por sentado que dormirían arriba), Bob desapareció para llevar las maletas al cuarto frente al mío. Tras unos minutos de idas y vueltas, se encerró en el cuarto de baño del pasillo. Bob aprendió buenas técnicas evasivas mientras era un gato.

—Eric —dijo Amelia estirándose inconscientemente—, ¿cómo van las cosas por el Fangtasia? ¿Qué tal la nueva dirección? —No podía saber que había dado en lo más sensible. Y cuando Eric entrecerró los ojos (sospeché que pensaba que había sacado el tema a propósito para soliviantarlo), ella bajó la mirada a los dedos de sus pies y se los frotó con la palma de las manos. Me pregunté si yo sería capaz de hacer lo mismo, pero enseguida retomé el hilo del momento.

—El negocio no va mal —señaló Eric—. Victor ha abierto otros clubes por las cercanías.

Amelia comprendió enseguida que la conversación no debía seguir por esos derroteros y fue lo bastante avispada como para no decir nada. Honestamente, era como estar en una habitación con alguien que revelara a gritos sus pensamientos más íntimos.

—Victor era el tipo sonriente que esperaba fuera la noche del golpe de Estado, ¿no? —comentó estirando la cabeza y girándola de lado a lado.

—Efectivamente —asintió Eric estirando el extremo de su boca en un gesto sardónico—. El tipo sonriente.

—Bueno, Sook, ¿qué problemas tienes ahora? —me preguntó, considerando que ya había sido lo bastante educada con Eric. Estaba dispuesta a abordar cualquier cosa que le dijese.

—Sí —intervino Eric con una dura mirada—. ¿Qué problemas tienes ahora?

—Iba a pedir a Amelia que reforzase las protecciones de la casa —dije con naturalidad—. Como han pasado tantas cosas en el Merlotte's últimamente, me sentía un poco insegura.

—Y por eso me llamó —concretó Amelia.

Eric paseó su mirada entre Amelia y yo. Parecía profundamente irritado.

—Pero ahora que han cogido a esa zorra, Sookie, seguro que ya no corres peligro, ¿verdad?

—¿Qué? —saltó Amelia. Ahora era su turno de pasear la mirada entre Eric y yo—. ¿Qué ha pasado esta noche, Sookie?

Se lo conté resumidamente.

—Con todo, me sentiría mejor si te aseguraras de que las protecciones están bien.

—Es una de las cosas por las que he venido, Sookie. —Por alguna razón, lanzó una amplia sonrisa a Eric.

Bob llegó furtivamente en ese momento y tomó posición junto a Amelia, aunque un poco más atrás.

—Esos gatos no eran míos —me informó, y Eric se quedó con la boca abierta. Pocas veces lo había visto genuinamente asombrado. Hice todo lo que pude por no echarme a reír—. Quiero decir que los cambiantes no pueden procrear con los animales en los que se convierten. Así que no creo que esos gatos sean míos. Especialmente desde que me transformé en gato por arte de magia, no por mi genética, ¡piensa en ello!

—Cariño —terció Amelia—, ya hemos hablado de eso. No tienes por qué sentirte mal. Habría sido una cosa de lo más natural. Admito que me fastidia un poco, pero ya sabes, todo fue por mi culpa.

—No te preocupes, Bob. Sam ya salió en tu defensa. —Sonreí y pareció aliviarse.

Eric decidió ignorar la conversación.

—Sookie, tengo que volver al Fangtasia.

A ese paso, jamás tendríamos la oportunidad de decirnos lo que teníamos que decirnos.

—Vale, Eric. Saluda a Pam de mi parte, si es que volvéis a hablaros.

—Es mejor amiga tuya de lo que piensas —dijo sombríamente.

No sabía qué responder a eso, y se dio la vuelta tan rápidamente que mis ojos no pudieron seguirlo. Oí un portazo en su coche antes de enfilar el camino. Por muchas veces que lo viese, seguía pareciéndome asombroso que los vampiros pudieran moverse tan rápidamente.

Me hubiese gustado hablar un poco más con Amelia esa noche, pero ella y Bob estaban agotados después del viaje en coche. Habían salido de Nueva Orleans después de toda una jornada de trabajo, Amelia en la tienda Magia Genuina y Bob en el Happy Cutter. Tras quince minutos de idas y venidas entre el baño, la cocina y el coche, se sumieron en el silencio dentro del dormitorio del otro lado del pasillo. Yo me quité los zapatos y fui a la cocina para cerrar la puerta de atrás.

Lanzaba yo un suspiro de alivio por que se terminase el día cuando alguien llamó muy discretamente a la puerta. Salté como una rana. ¿Quién podía ser a esas horas de la noche? Observé el porche por la mirilla con cuidado.

Bill. No lo había visto desde que su «hermana» Judith viniera a visitarlo. Dudé un instante y decidí salir para hablar con él. Bill era muchas cosas para mí: vecino, amigo, mi primer amante. No lo temía.

—Sookie —me llamó con su fría y aterciopelada voz, tan relajante como un masaje—. ¿Tienes visita?

—Amelia y Bob —expliqué—. Acaban de llegar de Nueva Orleans. Los hadas pasarán la noche fuera. Últimamente pasan la mayoría de las noches en Monroe.

—¿Nos quedamos aquí fuera para no despertar a tus amigos?

No imaginaba que nuestra conversación fuese a durar tanto. Por lo que se veía, Bill no se había pasado sólo para pedirme una taza de sangre. Alcé una mano hacia los muebles del jardín y tomamos asiento en las sillas, ya dispuestas para dos. La cálida noche y su miríada de sonidos nos envolvió como un manto. La luz de seguridad otorgaba al patio trasero unas extrañas formas, oscuras y brillantes a un tiempo.

Cuando el silencio hubo durado lo suficiente para darme cuenta de que tenía sueño, pregunté:

—¿Cómo van las cosas por tu casa, Bill? ¿Sigue Judith contigo?

—Estoy completamente repuesto del envenenamiento con plata —me contó.

—Yo, eh, me he dado cuenta de que tienes mejor aspecto —admití. Su piel había recuperado su pálida claridad, y hasta su pelo parecía más lustroso—. Mucho mejor. Así que la sangre de Judith funcionó.

—Sí. Pero ahora... —Apartó la vista hacia el bosque nocturno.

Ay, ay.

—¿Quiere quedarse a vivir contigo indefinidamente?

—Sí —asintió, aliviado por no tener que decirlo él mismo—. Eso quiere.

—Pensaba que la admirabas por su gran parecido con tu primera esposa. Judith me dijo que ésa era la razón por la cual Lorena la había transformado. Lamento remover todo el pasado.

—Es verdad que se parece a mi primera mujer en muchos aspectos. Tiene casi la misma cara y la voz me recuerda mucho a ella. Tiene el mismo color de pelo que ella cuando era una niña. Y Judith se crió en una familia educada, como mi mujer.

—Por todo eso creía que tenerla cerca te haría feliz —aventuré.

—Pero no es así. —Parecía pesaroso, sin despegar los ojos de los árboles, evitando meticulosamente mi mirada—. Y, de hecho, por eso no la llamé cuando me di cuenta de lo enfermo que estaba. La última vez que estuvimos juntos tuvimos que separarnos por la abrumadora obsesión que siente hacia mí.

—Oh —murmuré.

—Pero hiciste lo correcto, Sookie. Ella vino a mí y me ofreció su sangre libremente. Dado que la invitaste tú, al menos no me siento culpable por utilizarla. Mi error radica en haberla dejado quedarse después, después de mi curación.

—¿Por qué?

—Porque, de alguna manera, deseaba que mis sentimientos hacia ella hubiesen cambiado y poder profesarle un amor genuino. Eso me habría liberado de... —No pudo terminar la frase.

Podría haber acabado así: «mi amor por ti». O quizá: «la deuda que tengo con ella por haberme salvado la vida».

Me sentía un poco mejor al saber que se alegraba de estar bien, aunque el precio fuese estar con Judith. Comprendía lo extraño y desagradable que debía de ser vivir cargando con un huésped que te adora cuando no puedes devolverle ese sentimiento. ¿Y quién le había metido en este lío? Bueno, supongo que ésa debía de ser yo. Por supuesto, no conocía el trasfondo emocional. Angustiada por su estado, pensé que alguien con su misma sangre podría curarlo, descubrí que esa persona existía y me puse a buscarla. Más adelante supuse que Bill no lo había hecho por algún perverso sentido del orgullo o quizá presa de una depresión suicida. Había subestimado el deseo de Bill por vivir.

—¿Qué piensas hacer con ella? —pregunté ansiosamente, temerosa de oír la respuesta.

—No necesita hacer nada —dijo una suave voz desde los árboles.

Brinqué de la silla como si la hubiesen conectado a la electricidad y Bill reaccionó también. Volvió la cabeza, los ojos muy abiertos. Eso, en un vampiro, es indicador de sorpresa mayúscula.

—¿Judith? —la llamé.

Emergió del linde de los árboles, a distancia suficiente para reconocerla. La luz de seguridad del patio trasero no llegaba tan lejos y sólo me quedaba asumir que era ella.

—No dejas de romperme el corazón, Bill —confesó.

Me alejé poco a poco de la silla. Con un poco de suerte, podría evitar presenciar otra escena porque, la verdad, llevaba un día hasta arriba de ellas.

—No, quédate, señorita Stackhouse —apremió Judith. Era una mujer baja de formas redondeadas, rostro dulce y abundante pelo, y se movía como si midiese más de metro ochenta.

Maldición.

—Está claro que vosotros dos tenéis que hablar —dije, acobardada.

—Cualquier conversación con Bill sobre el amor debe incluirte —replicó ella.

Oh..., puf. Estar allí era lo último que quería. Bajé la mirada.

—Judith, para —ordenó Bill, su voz tan tranquila como siempre—. He venido a hablar con mi amiga, a quien no veo desde hace semanas.

—He oído vuestra conversación —se limitó a decir Judith—. Te he seguido con la expresa intención de oír lo que tuvieras que contarle. Sé que no te acuestas con esta mujer. Sé que es de otro. Y también sé que la quieres más de lo que jamás me has querido a mí. No me acostaré con un hombre que me compadece. No viviré con un hombre que no me quiere con él. Merezco más que eso. Dejaré de amarte, aunque me lleve el resto de mi existencia. Si te quedas aquí un rato más, iré a casa, haré las maletas y desapareceré.

Estaba impresionada. Eso sí que era un discurso, y deseaba que cada una de sus palabras fuese en serio. Apenas tuve ese pensamiento, Judith se desvaneció en la oscuridad y Bill y yo nos quedamos solos.

De repente me lo encontré justo ante mí, rodeándome con sus fríos brazos. Dejar que me abrazase un momento no me pareció una traición a Eric.

—¿Te has acostado con ella? —dije, intentando parecer neutral.

—Ella me salvó. Parecía esperarlo. Pensé que era lo correcto —admitió.

Como si Judith hubiese estornudado y él le hubiese facilitado un pañuelo. Lo cierto es que no sabía qué decir. ¡Hombres! Vivos o muertos, son todos iguales.

Retrocedí un paso y deshizo el abrazo al instante.

—¿De verdad me quieres? —pregunté azuzada por pura locura o franca curiosidad—. ¿O es que hemos pasado por tantas cosas que sientes que deberías hacerlo?

Sonrió.

—Sólo tú dirías algo así. Te quiero. Creo que eres preciosa, amable y bondadosa, y sin embargo te mantienes en pie por ti sola. Eres muy comprensiva y compasiva, pero no eres necia. Y, bajando unos niveles a lo estrictamente carnal, tienes unos pechos que deberían participar en la competición de Miss Pechos de América, si existiese.

—Es una colección de cumplidos poco común, ¿no crees? —No podía dejar de sonreír.

—Tú eres una mujer poco común.

—Buenas noches, Bill —zanjé. Justo en ese momento sonó mi móvil. Di un respingo. Me había olvidado que lo llevaba en el bolsillo. Al mirar la pantalla, comprobé que se trataba de un número local que no conocía. Ninguna llamada a esas horas de la noche podía ser buena. Levanté un dedo para pedir a Bill que aguardase y cogí la llamada con un cauto «¿Diga?».

—Sookie —dijo el sheriff Dearborn—. Creo que deberías saber que Sandra Pelt ha escapado del hospital. Se escabulló por la ventana mientras Kenya hablaba con el doctor Tonnesen. No quiero que te preocupes. Si quieres que mandemos una patrulla a tu casa, lo haremos. ¿Estás acompañada?

Estaba tan horrorizada que me costó responder durante un segundo.

—Sí, estoy acompañada.

Los oscuros ojos de Bill se pusieron muy serios. Se acercó y me puso una mano en el hombro.

—¿Quieres que mande una patrulla? No creo que esa loca vaya a ir a por ti. Creo que se buscará un agujero en el que recuperarse. Pero decírtelo me parecía lo más correcto, a pesar de las horas.

—Sin duda, sheriff. No creo que vaya a necesitar más ayuda. Tengo buenos amigos. —Y me encontré con la mirada de Bill.

Bud Dearborn me repitió lo mismo varias veces, pero al final tuve que colgar y meditar sobre las implicaciones. Pensaba que había cerrado uno de los frentes, pero me había equivocado. Mientras le explicaba la situación a Bill, el agotamiento que se había manifestado poco antes me cubrió como un manto gris. Cuando acabé de responder a sus preguntas, apenas podía hilar dos palabras.

—No te preocupes —aseguró Bill—. Vete a la cama. Me quedaré vigilando esta noche. Ya me he alimentado y no tenía nada que hacer. Tampoco parece una buena noche para trabajar. —Bill había creado un CD que llamaba *El directorio vampírico*, que catalogaba a todos los vampiros «vivos» y que actualizaba constantemente. Tenía mucha demanda, no sólo entre los no muertos, sino también entre los vivos, en especial los departamentos de marketing de las empresas. No obstante, la versión vendida al público estaba limitada a vampiros que habían dado su consentimiento para ser incluidos; una lista mucho más corta.

Aún quedaban vampiros que deseaban permanecer en el anonimato, por extraño que me pareciese. En una cultura tan saturada de vampirismo, era fácil olvidar que aún hubiese ocultos vampiros que no deseaban salir a la luz pública, seres que preferían dormir bajo tierra o en edificios abandonados en vez de en una casa o apartamento.

¿Y por qué pensaba en eso? Bueno..., era mejor que pensar en Sandra Pelt.

—Gracias, Bill —dije con sinceridad—. Te lo advierto, es increíblemente perversa.

—Ya me has visto luchar —respondió.

—Sí. Pero no la conoces. No juega limpio y te atacará sin previo aviso.

—En ese caso, ya tengo una ventaja sobre ella, ahora que lo sé.

¿Eh?

—Vale —dije, poniendo un pie delante del otro en una línea más o menos recta—. Buenas noches, Bill.

—Buenas noches, Sookie —susurró—. Cierra bien todas las puertas.

Eso hice antes de ir a mi habitación, ponerme el camisón y meterme en la cama.

Capítulo 8

Las escuelas suelen ser todas muy parecidas, ¿no? Siempre está ese olor: una mezcla de tiza, comida de refectorio, cera para el suelo y libros. El eco de las voces de los niños y las de los profesores, aún más altas. El «arte» que decora las paredes y los adornos en la puerta de cada aula. La pequeña escuela infantil de Red Ditch no era diferente.

Tenía cogida la mano de Hunter mientras Remy caminaba detrás de nosotros. Cada vez que veía a Hunter se parecía un poco más a mi prima Hadley, su fallecida madre. Tenía su pelo y ojos negros y su cara estaba perdiendo las redondeces de la infancia más tierna para adquirir una forma más ovalada, como la de ella.

Pobre Hadley. Había tenido una vida dura, en gran parte por su culpa. Al final había encontrado el amor verdadero, se había convertido en vampira y había muerto por una cuestión de celos. La suya había sido una vida azarosa, pero corta. Hacía lo que hacía por ella, y por un momento me pregunté qué pensaría al respecto. Ella debería haber llevado a su hijo a su primer día de guardería, donde seguiría yendo hasta el otoño. El propósito de la visita era ayudar a los futuros alumnos a familiarizarse un poco con el establecimiento, entrando en contacto con las aulas, los pupitres y los profesores.

Algunos de los niños que recorrían los pasillos miraban a todas partes con curiosidad más que temor. Otros guardaban silencio y abrían mucho los ojos. Ése era el aspecto que presentaba mi «sobrino» a ojos de los demás, aunque en mi mente no dejaba de charlar. Hunter era telépata, como yo. El suyo era uno de los secretos que mejor guardaba. Deseaba que creciese con la mayor normalidad posible. Cuantos más seres sobrenaturales supieran de su condición, mayores serían las probabilidades de que alguien lo raptase, ya que los telépatas somos muy útiles. Seguro que en alguna parte había alguien lo bastante despiadado como para llevar a cabo tal cosa. Me daba la sensación de que Remy, su padre, nunca había pensado en ello. A él le preocupaba la aceptación de su hijo en el entorno humano inmediato. Y eso tampoco era moco de pavo. Los niños pueden ser increíblemente crueles cuando detectan que eres diferente. Era algo que sabía muy bien.

Si conoces los matices, es muy sencillo averiguar cuándo dos telépatas están manteniendo una conversación. Sus expresiones varían cuando se miran, de la misma manera que lo harían si la conversación fuese de viva voz. Por eso intentaba mantener la mirada apartada del niño y la sonrisa constante durante el mayor tiempo posible. Hunter era demasiado pequeño para saber disimular nuestra conversación, así que yo tendría que llevar todo el esfuerzo.

«¿Cabrán todos estos niños en una clase?», preguntó.

—En voz alta —le recordé discretamente—. No, os repartirán en grupos y pasarás todo el día con uno de ellos, Hunter. —Desconocía si la guardería de Red Ditch seguía los mismos horarios que los cursos más avanzados, pero estaba segura de que estarían ocupados hasta después de la hora del almuerzo—. Tu papá te traerá por la mañana y alguien te recogerá por la tarde. —«¿Quién?», me pregunté, y en ese momento recordé que Hunter podía oírme—. Ya lo arreglará papá —dije finalmente—. Mira, ésta es el aula de la foca. ¿Ves esa gran foto de una foca? Y ésa es la del poni.

—¿Dentro hay un poni? —Hunter era todo un optimista.

—No lo creo, pero apuesto a que hay un montón de fotos de ponis.

Todas las puertas estaban abiertas y los profesores estaban dentro, sonriendo a los niños y a sus padres, esforzándose al máximo por parecer acogedores y agradables. Como era de esperar, a unos les costaba más que a otros.

La profesora del aula del poni, la señorita Gristede, era una mujer agradable, o al menos ésa fue la sensación que obtuve a primera vista. Hunter asintió.

Nos adentramos en el aula del cachorro y conocimos a la señorita O'Fallon. Volvimos al pasillo a los tres minutos.

—No me gusta la del cachorro —le dije a Remy en voz muy baja—. Se puede elegir, ¿no?

—Sí, una vez. Puedo decir en qué aula no quiero que esté mi hijo —comentó—. Mucha gente usa esa opción en caso de que el profesor sea cercano a la familia, como un familiar, o en caso de disputas en el entorno.

—La del cachorro no me gusta —repitió Hunter, asustado.

La señorita O'Fallon parecía bella por fuera, pero estaba podrida por dentro.

—¿Cuál es el problema? —preguntó Remy, adquiriendo el mismo tono confidencial.

—Luego te lo cuento —murmuré—. Sigamos mirando.

Seguidos por Remy, visitamos las otras tres aulas. Los demás profesores parecían estar bien, si bien la señorita Boyle se antojaba un poco quemada. Sus pensamientos eran bruscos y rezumaban el matiz de la impaciencia, y su sonrisa parecía de las frágiles. No dije nada a Remy. Si sólo podía rechazar a un profesor, la señorita O'Fallon era la más peligrosa.

Regresamos al aula de la señorita Gristede porque a Hunter le gustaban mucho los ponis. Había dos parejas de padres, cada una con una niña de la mano. Apreté suavemente la mano de Hunter para que recordase las reglas. Alzó la vista para mirarme y yo asentí, tratando de alentarlo. Se soltó de mi mano y se dirigió a una zona de lectura, donde escogió un libro y se puso a hojearlo.

—¿Te gusta leer, Hunter? —le preguntó la señorita Gristede.

—Me gustan los libros, pero todavía no sé leer. —Volvió a dejar el libro en su sitio y le di una palmada mental en la espalda. Sonrió para sí y cogió otro libro, este de un tal Doctor Seuss, sobre perros.

—Se nota que le han leído muchos cuentos —dijo la profesora, sonriéndonos a Remy y a mí.

Remy se presentó.

—Soy el padre de Hunter y ella es su prima —dijo, inclinando la cabeza hacia mí—. Hoy Sookie hace las veces de madre, ya que su mamá murió.

La señorita Gristede asimiló la noticia.

—Me alegra verles a los dos —expresó—. Hunter parece un muchacho muy despierto.

Me percaté de que las niñas se le habían acercado. Sabía que eran amigas desde hacía algún tiempo y que sus padres iban juntos a la iglesia. Anoté mentalmente recomendar a Remy que eligiese una y empezase a frecuentarla. Hunter iba a necesitar todo el apoyo posible. Las niñas también cogieron unos libros. Hunter recibió con una sonrisa a la niña de la melena corta, observándola con esa mirada tímida de soslayo que emplean los niños para evaluar potenciales compañeros de juego.

—Éste me gusta —dijo ella, señalando un ejemplar de *Donde viven los monstruos*.

—No lo he leído —respondió Hunter, dubitativo. Le daba un poco de miedo.

—¿Te gusta jugar a los bloques? —preguntó la niña de la coleta marrón.

—Sí. —Hunter fue hacia la zona enmoquetada de juegos destinada a la construcción con bloques, dadas las piezas de todos los tamaños y formas que había esparcidas. Al instante se pusieron a construir algo que había cobrado vida en su imaginación.

Remy sonrió. Deseaba que todos los días fuesen como ése. Por supuesto que no sería así. En ese momento, Hunter miraba dubitativamente a la niña de la coleta, enfadada porque la otra acaparaba todos los bloques de letras.

Los padres me miraban con cierta curiosidad, y una de las madres me preguntó:

—¿No es usted de aquí?

—No —respondí—. Vivo en Bon Temps. Pero Hunter quiso que lo acompañara hoy, y resulta ser mi primo favorito. —A punto había estado de llamarlo sobrino, ya que él siempre se dirigía a mí como «tía Sookie».

—Remy —dijo la misma mujer—, es usted el sobrino nieto de Hank Savoy, ¿no es así?

Remy asintió.

—Sí, nos mudamos aquí después del *Katrina* y al final nos hemos quedado —explicó encogiéndose de hombros. ¿Qué podía hacer después de haberlo perdido todo por el huracán? Menuda zorra.

Hubo muchos meneos de cabeza. Noté un montón de proyecciones de simpatía hacia Remy. Esperaba que fuese extensible a Hunter.

Mientras charlaban, me acerqué de nuevo a la puerta de la señorita O'Fallon.

La joven profesora sonreía a dos niños que deambulaban por su aula ricamente decorada. Una pareja de padres permanecía junto a su hijo. Quizá intentaban hacerse una idea o sencillamente eran así de protectores.

Me acerqué a la señorita O'Fallon y abrí la boca para decir algo. Habría dicho: «Guárdate esas fantasías para ti misma. Ni siquiera se te ocurra pensar en esas cosas mientras compartas aula con unos niños», pero me lo pensé dos veces. Sabía que había venido acompañando a Hunter. ¿Se convertiría él en objeto de su malévola imaginación si la amenazaba? No podía estar siempre cerca de él para protegerlo. No podría detenerla. No se me ocurría ninguna manera de sacarla de la ecuación. Aún no había hecho nada malo a ojos de la ley o la moral..., aún. Entonces ¿qué pasaba si imaginaba cerrarles la boca a los niños de una bofetada? No lo había hecho. «¿Acaso no hemos fantaseado todos alguna vez con las cosas horribles que no hemos hecho?», se preguntaba, ya que la respuesta le hacía sentir que todavía estaba... bien. No sabía que podía escucharla.

¿Era yo mejor que la señorita O'Fallon? La terrible pregunta recorrió mi mente más rápido de lo que lleva escribir dos frases. Me dije: «Sí, no soy tan horrible porque no estoy a cargo de ningún crío. Las únicas personas a las que quiero hacer daño son adultos y asesinos». Eso no me hizo sentir mejor, pero empeoró con creces mi perspectiva de la señorita O'Fallon.

La miré el rato suficiente como para hacer que se sintiese incómoda.

—¿Deseaba preguntarme algo? —me interrogó finalmente con cierto filo en las palabras.

—¿Por qué decidió hacerse profesora? —inquirí.

—Pensé que sería maravilloso enseñar a los más pequeños lo primero que tienen que saber para desenvolverse en el mundo —recitó, como si apretase el botón de una grabadora. Lo que quería decir era: «Tuve una maestra que me torturaba cuando nadie nos veía y disfruto con los más pequeños y desamparados».

—Hmmm —murmuré. Los otros visitantes abandonaron el aula y nos quedamos a solas.

—Usted necesita un psicólogo —dije discreta y rápidamente—. Si actúa conforme a lo que le inspira su mente, se odiará a sí misma. Y arruinará la vida de otras personas igual que arruinaron la suya. No deje que eso le gane la mano. Pida ayuda.

Se quedó con la boca abierta.

—No sé... Qué demonios.

—Hablo muy en serio —señalé, dando respuesta a la siguiente pregunta implícita—. Hablo muy en serio.

—Lo haré —contestó, como si alguien le hubiese arrancado las palabras de la boca—. Juro que lo haré.

—Hará bien —le aconsejé. Mantuve la mirada un instante y luego salí del aula del cachorro.

Puede que la hubiera asustado o azuzado lo suficiente como para que hiciese lo que había prometido. Si no, bueno, tendría que pensar en otra táctica.

—Ya he cumplido con mi cometido, pequeño saltamontes —me dije, ganándome una nerviosa mirada por parte de un padre jovencísimo. Le sonreí y, después de dudarlo un momento, me devolvió el gesto. Me reuní con Remy y Hunter y completamos la visita al establecimiento sin mayores contratiempos. Hunter me lanzó una mirada interrogativa, muy ansiosa, y yo asentí con la cabeza. «Ya me he encargado de ella», dije, rezando por que fuera cierto.

Era demasiado temprano para cenar, pero Remy sugirió que nos pasásemos por el Dairy Queen para comprarle a Hunter un helado. Hunter estaba un poco nervioso y emocionado después de la visita a la escuela. Intenté tranquilizarlo con un poco de conversación mental.

«¿Podrías llevarme a la escuela el primer día, tía Sookie?», me preguntó. Tuve que armarme de valor para responder.

«No, Hunter. Eso tiene que hacerlo tu papá, —le dije—. Pero cuando llegue ese día, podrás llamarme y contarme cómo fue todo, ¿te parece?».

Hunter me dio una entrañable mirada con los ojos muy abiertos.

«Pero tengo miedo».

Yo le devolví una mirada escéptica.

«Puede que estés un poco nervioso, pero te aseguro que todo el mundo está igual. Ahora podrás hacer amigos, así que recuerda mantener la boca cerrada antes de tenerlo todo claro en la mente».

«A lo mejor no les caigo bien».

«¡No! —dije intentando no dejar resquicio a la duda—. No te comprenderán. Hay una diferencia muy importante».

«¿Te caigo bien a ti?».

—Claro que me caes bien, briboncete —respondí sonriéndole y revolviéndole el pelo. Miré a Remy, que hacía cola en el mostrador para pedir nuestros helados. Me saludó con la mano y puso una mueca a Hunter. Estaba haciendo un gran esfuerzo para llevarlo todo lo mejor posible. Cada día se le daba mejor su papel de padre de un niño especial.

Imaginé que podría empezar a relajarse dentro de unos doce años, año arriba, año abajo.

«Sabes que tu papá te quiere y que desea lo mejor para ti», le dije.

«Quiere que sea como los demás niños», repuso Hunter, un poco triste y algo resentido.

«Quiere que seas feliz. Y sabe que, cuanta más gente sepa de tu don, mayores serán las probabilidades de que no lo seas. Sé que no es justo pedirte que guardes ese secreto. Pero es el único que tienes que guardar. Si alguien te habla de ello, dile a tu papá que me llame. Si crees que alguien es extraño, cuentaseló a papá. Si alguien intenta entrar en tu mente, dilo».

Acababa de asustarlo más aún. Pero tragó saliva y contestó: «Sé eso de entrar en la mente».

«Eres un chico muy listo y tendrás muchos amigos. Esto es sencillamente algo de ti que no tienen por qué saber».

«¿Porque es malo?». Hunter parecía tan apurado como desesperado.

«¡Claro que no! —exclamé, contrariada—. No tienes nada de lo que avergonzarte, amiguito. Pero ya sabes que nuestro don nos hace diferentes, y mucha gente no entiende lo que es diferente». Fin de la lección. Le di un beso en la mejilla.

—Hunter, ve a por unas servilletas —le pedí con naturalidad cuando Remy recogió la bandeja de plástico con nuestros helados. Yo me había pedido uno con trozos de chocolate. Ya se me había hecho la boca agua cuando distribuimos las servilletas y nos concentramos en nuestros respectivos pecados de dulce.

Una joven con el pelo negro por la barbilla entró en el establecimiento, nos vio y nos saludó con mano insegura.

—Mira, colega, es Erin —dijo Remy.

—¡Hola, Erin! —devolvió Hunter el saludo, entusiasmado, moviendo la mano como un pequeño metrónomo.

Erin se nos acercó como si no estuviese segura de que era bienvenida.

—Hola —saludó recorriendo la mesa con la mirada—. ¡Señor Hunter, señor, me alegra mucho verle esta tarde! —El niño le devolvió una sonrisa. Le gustaba que le llamasen «señor Hunter». Erin tenía unas lindas mejillas redondeadas, los ojos almendrados de un rico marrón.

—Ésta es mi tía Sookie —me presentó Hunter, orgulloso.

—Te presento a Erin, Sookie —dijo Remy. Supe por sus pensamientos que la joven le gustaba mucho.

—He oído hablar mucho de ti, Erin —contesté—. Me alegra ponerle una cara a tu nombre. Hunter me ha pedido que le acompañase a visitar la guardería.

—¿Cómo ha ido? —preguntó Erin, genuinamente interesada.

Hunter empezó a contárselo mientras Remy se levantaba para traerle una silla.

Luego nos lo pasamos bien. Hunter parecía tener mucho afecto por Erin y ella le devolvía el sentimiento. También estaba muy interesada en su padre, al tiempo que éste se encontraba al borde de volverse loco por ella. En definitiva, no fue una mala tarde de lectura mental, concluí.

—Señorita Erin —habló Hunter—, tía Sookie dice que no podrá venir conmigo el primer día de clase. ¿Vendría usted?

Erin estaba sorprendida y complacida a la vez.

—Si su señor padre dice que puedo y si consigo librar en el trabajo —respondió, dejando caer las condiciones por si Remy tenía alguna objeción... o dejarían de salir para finales de agosto—. Gracias por preguntar.

Cuando Remy se llevó a Hunter al cuarto de baño, Erin y yo nos quedamos mirándonos con curiosidad.

—¿Cuánto hace que empezasteis a salir Remy y tú? —le pregunté. Parecía una opción más que segura.

—Apenas un mes —respondió—. Remy me gusta, y creo que podríamos llegar a tener algo, aunque aún es demasiado pronto para saberlo. No quiero que Hunter se vuelva dependiente de mí en caso de que no funcione. Además... —Dudó por un largo instante—. Tengo entendido que Kristen Duchesne cree que Hunter tiene un problema. Se lo ha dicho a todo el mundo. Pero lo cierto es que ese muchachito me importa mucho. —Sus ojos no mentían.

—Es diferente —expliqué—, pero no tiene ningún problema. No tiene ninguna enfermedad mental, no sufre de ninguna minusvalía para el aprendizaje y no está poseído por el diablo. —Sonreía, cada vez menos, cuando llegué al final de la frase.

—Jamás he visto indicios de esas cosas —convino. Ella también sonreía—. Aunque tampoco creo haberlo visto todo.

No pensaba revelar el secreto de Hunter.

—Necesita amor y cuidados especiales —dije—. Realmente nunca ha tenido una madre, y supongo que alguien estable en ese papel sólo le puede venir bien.

—Y ésa no vas a ser tú —respondió, como si en realidad me lo estuviese preguntando.

—No —negué, aliviada por tener la ocasión de dejarlo claro—. No seré yo. Remy parece un tipo agradable, pero yo estoy con otra persona. —Arañé una cucharada más de chocolate dulce.

Erin bajó la mirada a su vaso de Pepsi, inmersa en sus propios pensamientos. Era consciente de ellos, por supuesto. Nunca le había caído bien Kristen, y tampoco tenía una opinión demasiado buena de su capacidad mental. Pero Remy cada vez le gustaba más. Y adoraba a Hunter.

—Vale —dijo tras alcanzar una conclusión interior—. Vale.

Levantó la cabeza para encontrarse con mi mirada y asintió. Le devolví el gesto. Al parecer, habíamos conseguido entendernos. Cuando los chicos volvieron de su excursión al servicio, me despedí de ellos.

—Oh, espera, ¿puedes acompañarme fuera un momento si Erin no tiene inconveniente en vigilar a Hunter?

—Será un placer —dijo ella. Volví a abrazar al niño, le sonreí y le di una palmada antes de enfilar la puerta.

Remy me siguió con una expresión aprehensiva clavada en la cara. Paramos un poco más allá de la entrada.

—Ya sabes que Hadley me dejó el resto de sus propiedades —dije. Era algo que me había estado pesando.

—Eso me contó el abogado. —Su expresión no dejaba entrever nada, pero yo tenía mis métodos, por supuesto. Parecía absolutamente tranquilo.

—¿No estás enfadado?

—No. No quiero nada que fuera suyo.

—Pero Hunter..., la universidad. No había mucho dinero, pero sí algunas buenas joyas que podría vender.

—Le he abierto un fondo de estudios —explicó Remy—. Una de mis tías abuelas me ha dicho que le dejará todo lo que tiene, ya que nunca ha tenido hijos. Hadley me hizo pasar por un infierno y ni siquiera se ocupó de planear un futuro para Hunter. No quiero nada.

—Para ser justos, no esperaba morir tan joven... De hecho, no esperaba morir nunca —señalé—. Estoy convencida de que no incluyó a Hunter en su testamento porque no quería que nadie supiera de él o lo secuestrara para asegurarse de su buen comportamiento.

—Ojalá fuese verdad —suspiró Remy—. Quiero decir que quiero creer que lo hizo por su bien. Pero aceptar el dinero a sabiendas de cómo acabó, de cómo lo había ganado... hace que me den náuseas.

—Está bien —le dije—. ¡Si te lo piensas y cambias de opinión, llámame mañana por la noche! Nunca se sabe cuándo me puede dar una fiebre consumista o por apostar las joyas en un casino.

Sonrió levemente.

—Eres una buena mujer —afirmó antes de regresar con su novia y su hijo.

Conduje hacia casa con la conciencia tranquila y el corazón contento.

Había cubierto medio turno de mañana (Holly me había hecho la otra mitad aparte de su propio turno), así que tenía el resto del día libre. Pensé en darle más vueltas a la carta de la abuela. La visita del señor Cataliades cuando éramos bebés, el *cluviel dor*, los engaños a los que su amante le había sometido... porque estaba claro que, cuando la abuela creyó haber olido a Fintan mientras veía a su marido, era él disfrazado. Era algo difícil de digerir.

Amelia y Bob estaban enzarzados en el lanzamiento de conjuros cuando volví a casa. Caminaban recorriendo el perímetro de la casa en direcciones opuestas, canturreando y agitando incienso como sacerdotes de la Iglesia católica.

A veces me convencía de lo bueno que era vivir a las afueras, en medio del campo.

No quería romper su concentración, así que decidí dar un paseo por el bosque. Me preguntaba dónde estaría el portal, si sería capaz de encontrarlo. Dermot se había referido a él como «un punto fino». ¿Sería capaz de distinguir ese punto? Al menos sabía en qué dirección se encontraba. Caminé hacia el este.

Era una tarde cálida y empecé a sudar en cuanto puse el pie en el bosque. El sol se fragmentaba en mil formas al tocar las ramas, y las aves y los insectos producían infinidad de sonidos que mantenían vivo el bosque. No quedaba mucho tiempo para la caída de la tarde y que la luz se fuese extinguiendo, convirtiendo el paseo en una actividad incierta. Las aves guardarían silencio y las criaturas de la noche reclamarían su hegemonía.

Avancé por la maleza pensando en la noche anterior. Me preguntaba si Judith habría hecho las maletas y se habría marchado, tal como dijo que haría. Me preguntaba si Bill se sentiría solo ahora que no estaba ella. Di por hecho que nada ni nadie se había presentado en mi jardín ya que había dormido toda la noche del tirón.

Entonces, sólo me quedó imaginar cuándo intentaría Sandra Pelt matarme de nuevo. Justo cuando empezaba a sospechar que permanecer sola en el bosque no había sido tan buena idea, di con un pequeño claro de apenas doscientos metros, al sureste de mi casa.

Estaba prácticamente convencida de que ése era el punto más fino. No se me ocurría otra razón para ese singular claro. Los hierbajos salvajes crecían con intensidad, pero no había arbustos, nada a la altura de la pantorrilla. Ninguna enredadera se extendía por ese espacio, ninguna rama caída.

Antes de salir del linde de árboles, examiné cuidadosamente la extensión del claro. Lo último que necesitaba era caer en una especie de trampa feérica. Pero no vi nada extraordinario, salvo quizá un ligero temblor en el aire. Justo en el centro del claro. El extraño punto (si es que mis ojos no me engañaban) flotaba a la altura de las rodillas. Tenía la forma de un pequeño círculo irregular de unos cuarenta centímetros de diámetro. Y justo en ese punto el aire parecía distorsionarse, adoptando el matiz de una ilusión óptica. ¿Sería porque desprendía calor?

Me arrodillé sobre los hierbajos a un metro escaso de la distorsión. Intenté pincharlo ligeramente con un largo trozo de cristal.

Solté el objeto y se desvaneció. Volví a contraer los dedos y di un grito de sorpresa.

Había deducido algo. No estaba muy segura de qué. Si alguna vez había dudado de la palabra de Claude, ahí estaba la viva prueba de que decía la verdad. Con mucho cuidado, me acerqué un poco más a la anomalía.

—Hola, Niall —saludé—. Si me estás escuchando, si estás ahí, te echo de menos.

Por supuesto, no hubo respuesta.

—Tengo muchos problemas, pero imagino que tú también —dije, aunque no pretendía sonar quejica—. No sé cómo os desenvolvéis las hadas en mi mundo. ¿Camináis junto a nosotros, pero invisibles? ¿O es que tenéis todo un mundo aparte, como la Atlántida? —Era una conversación un poco lamentable y solitaria—. Bueno, será mejor que vuelva a casa antes de que anochezca. Si me necesitas, ven a verme. Te echo de menos —repetí.

No pasó nada.

Con una sensación a caballo entre la felicidad por haber encontrado el portal y la decepción por no conseguir resultado alguno, deshice camino a casa por el bosque. Bob y Amelia habían terminado sus tareas mágicas en el jardín y Bob había encendido la parrilla. Se disponían a hacer unos filetes. A pesar de haber tomado helado con Remy y Hunter, me sentí incapaz de rechazar un filete a la parrilla embadurnado con la salsa secreta de Bob. Amelia estaba cortando patatas para envolverlas en papel de plata y cocinarlas junto a los filetes en la parrilla. Me sentía encantada. Me ofrecí a hacer unos calabacines.

La casa tenía un aire más seguro. Más feliz.

Mientras comíamos, Amelia nos contó anécdotas de su trabajo en la tienda de magia y Bob se desató lo suficiente como para imitar a sus compañeros más extravagantes del salón de belleza unisex donde trabajaba. La peluquera a la que Bob había sustituido se había desanimado tanto por las complicaciones de la vida en la Nueva Orleans posterior al *Katrina*, que había hecho las maletas y se había ido a Miami. Bob había conseguido el trabajo tras ser la primera persona cualificada en pasar por la puerta después de que su antecesora hiciera lo mismo a la inversa. En respuesta a mi pregunta de si había sido por casualidad, Bob se limitó a sonreír. De vez en cuando podía atisbar un destello de qué fascinaba a Amelia en ese chico, quien, por otra parte, parecía un escuálido vendedor de enciclopedias con el pelo áspero. Le comenté lo de Immanuel y su corte de pelo de urgencia y me dijo que su colega había hecho un trabajo maravilloso.

—Bueno, ¿ya habéis terminado de reforzar las protecciones? —pregunté ansiosa, procurando que el cambio de tema resultase natural.

—Y tanto —señaló Amelia cortando otro trozo de carne—. Ahora son incluso mejores. Ni un dragón podría atravesarlas. Nadie que quiera hacerte daño podrá pasar.

—Entonces, si el dragón fuese amistoso —contesté medio en broma, y ella me dio un golpecito con el tenedor.

—Por lo que dicen por ahí, esas cosas no existen —aseguró Amelia—. Claro que yo nunca he visto uno.

—Claro. —No sabía si sentirme curiosa o aliviada.

—Amelia tiene una sorpresa para ti —indicó Bob.

—¿Sí? —Intenté sonar más relajada de como me sentía.

—He encontrado la cura —dijo, orgullosa y tímida a partes iguales—. Me refiero a lo que me pediste cuando me fui. Seguí buscando una manera de romper el vínculo de sangre. He encontrado una.

—¿Cómo? —Intentaba que no se me saltasen los nervios.

—Primero le pregunté a Octavia. Ella no lo sabía porque no está especializada en magia vampírica, pero mandó un correo electrónico a un par de sus viejas amigas de otras asambleas y le ayudaron a buscar. Llevó su tiempo y se encontraron con algunos callejones sin salida, pero al final dieron con un conjuro que no requiere la muerte de uno de los vinculados.

—Estoy aturdida —dije, y era la absoluta verdad.

—¿Quieres que lo lance esta noche?

—¿Quieres decir ahora mismo?

—Sí, después de cenar. —Amelia parecía un poco menos contenta ya que no había obtenido la respuesta que había esperado. Bob pasaba la mirada de Amelia a mí; también parecía dubitativo. Esperaba que me hubiese mostrado encantada y efusiva, y no era lo que estaba presenciando.

—No sé. —Posé el tenedor—. ¿Le hará daño a Eric?

—Si es que algo puede hacer daño a un vampiro tan antiguo —dijo—. En serio, Sook, ¿por qué te preocupas por él?

—Le quiero —confesé. Los dos se me quedaron mirando.

—¿De verdad? —preguntó Amelia con escasa voz.

—Te lo dije antes de que te fueras, Amelia.

—Supongo que no quise creerte. ¿Segura que seguirás sintiendo lo mismo cuando se haya disuelto el vínculo?

—Es lo que quiero averiguar.

Asintió.

—Tienes que saberlo. Y tienes que liberarte de él.

El sol acababa de ocultarse y podía sentir cómo se despertaba Eric. Su presencia me acompañaba como una sombra: familiar, irritante, reconfortante, intrusivo. Todo a la vez.

—Si puedes hacerlo ahora mismo —dije—. Antes de que pierda el valor.

—De hecho, es el mejor momento del día para hacerlo —apuntó—. La caída del sol. Cuando termina el día. Los finales, en general. Tiene sentido. —Amelia fue corriendo al dormitorio. Regresó al cabo de dos minutos con un sobre y tres pequeños tarros: tarros de gelatina en un anaquel de cromo, como los que usan las camareras de los bares para poner el desayuno. Los tarros estaban medio llenos de una mezcla de hierbas. Amelia se había puesto un delantal. Noté que guardaba objetos en uno de los bolsillos.

—Muy bien —dijo, pasándole el sobre a Bob, que extrajo el papel y lo ojeó rápidamente, frunciendo el ceño de su estrecho rostro.

—Fuera, en el jardín —sugirió él, y los tres dejamos la cocina, cruzamos el porche trasero y fuimos al jardín, dejándonos envolver una vez más por el olor a carne hecha al pasar junto a la vieja parrilla. Amelia me situó en un punto, a Bob en otro y luego hizo lo propio con los tarros de gelatina. Bob y yo teníamos cada uno un tarro a los pies, detrás de nosotros, y había otro donde se colocaría ella. Habíamos formado un triángulo. No hice ninguna pregunta. De todos modos, probablemente no habría creído ninguna de las respuestas. Nos entregó a Bob y a mí una cajetilla de cerillas a cada uno y ella se quedó con otra.

—Cuando os lo diga, prended fuego a vuestras hierbas. Después, caminad en sentido contrario a las agujas del reloj alrededor del tarro, tres veces —indicó—. Parad en vuestro puesto a la tercera. Entonces diremos las palabras. Bob, ¿las has memorizado? Sookie necesitará tu papel.

Bob volvió a echar un vistazo a las palabras, asintió y me entregó el papel. Apenas veía las letras gracias a las luces de seguridad. La noche se nos echaba encima por momentos.

—¿Listos? —preguntó Amelia secamente. Parecía cada vez mayor a medida que se apagaba la tarde.

Asentí preguntándome si estaba siendo sincera.

—Sí —dijo Bob.

—Pues volveos y encended el fuego —instruyó Amelia. Obedecí su mandato como un robot. Estaba muerta de miedo, y no acababa de saber por qué exactamente. Eso era lo que deseaba hacer. Mi cerilla prendió y la solté en el tarro de gelatina. Las hierbas produjeron una llamarada, soltando un fuerte olor, y los tres nos erguimos de nuevo para dar las tres vueltas en sentido contrario a las agujas del reloj.

¿Era lo que estaba haciendo algo pernicioso para una cristiana? Probablemente sí. Por otra parte, jamás se me había ocurrido preguntarle al ministro metodista si tenía algún lugar sagrado para cortar vínculos de sangre entre una mujer y un vampiro.

Cuando dimos las tres vueltas y nos paramos, Amelia se sacó una pelota de cordón rojo del delantal. Agarró un extremo y pasó la pelota a Bob, quien cogió otra porción y me pasó la pelota a mí. Hice lo mismo y devolví la pelota a Amelia, ya que eso parecía lo que se esperaba de mí. Sostuve el hilo con una mano mientras aferraba el papel con la otra. Era más complicado de lo que había esperado. Amelia también había traído un par de tijeras, que sacó igualmente del bolsillo del delantal.

Amelia, que no había dejado de canturrear en ningún momento, apuntó hacia mí y después hacia Bob para indicar que debíamos unirnos a ella. Observé el papel, recité una serie de palabras para las cuales no hallé ningún sentido y se acabó.

Nos quedamos en silencio mientras las pequeñas llamas de los tarros se extinguían y la noche terminaba de asentarse.

—Corta —dijo Amelia pasándome las tijeras—. Y hazlo con toda tu voluntad.

Con una sensación de ridículo y miedo, pero segura de que era lo que tenía que hacer, corté el hilo rojo.

Y perdí a Eric.

Ya no estaba ahí.

Amelia enrolló el hilo cortado y me lo entregó. Para mi sorpresa, estaba sonriendo; tenía un aire fiero y triunfal. Cogí la porción de hilo automáticamente, proyectando todos mis sentidos hacia Eric. Nada.

Sentí un acceso de pánico. No era del todo puro: había algo de alivio, cosa que esperaba. También había dolor. Tan pronto como me asegurase de que estaba bien, de que no había sufrido daño alguno, sabía que me relajaría y sentiría el éxito del conjuro en toda su extensión.

El teléfono sonó en casa y salí corriendo hacia la puerta trasera.

—¿Estás ahí? —me dijo—. ¿Estás ahí? ¿Estás bien?

—Eric —contesté, pronunciando su nombre con un suspiro entrecortado—. ¡Me alegro tanto de que estés bien! Porque lo estás, ¿verdad?

—¿Qué has hecho?

—Amelia encontró la manera de romper el vínculo.

Se produjo un largo silencio. Antes, podía saber si Eric estaba ansioso, furioso o pensativo. Ahora sólo podía imaginarlo. Finalmente habló:

—Sookie, el matrimonio te otorga cierta protección, pero el vínculo era lo importante.

—¿Qué?

—Ya me has oído. Estoy furioso contigo. —Sabía que lo decía muy en serio.

—Ven aquí —rogué.

—No. Si veo a Amelia, le partiré el cuello. —También decía eso en serio—. Siempre ha querido que te deshicieras de mí.

—Pero... —empecé a decir, sin saber muy bien cómo terminar la frase.

—Te veré cuando recupere el control de mí mismo —dijo, y colgó.

Capítulo 9

Debí haberlo visto venir, me dije a mí misma por décima o vigésima vez. Me había precipitado hacia algo para lo que debería haberme preparado. Al menos debería haber llamado a Eric para advertirle de lo que estaba a punto de pasar. Pero temía que me convenciera para no hacerlo y tenía que saber cuáles eran mis verdaderos sentimientos hacia él. En ese preciso momento, los verdaderos sentimientos de Eric hacía mí eran de enfado. Tenía un inmenso cabreo. Y, por un lado no lo culpaba.

Se suponía que estábamos enamorados, y eso implicaba que debíamos consultarnos las cosas mutuamente, ¿no? Por otra parte, podía contar con los dedos de la mano las veces que Eric me había consultado, y me sobraban dedos. De una mano. Así que, a ratos, lo criticaba por esa reacción. Por supuesto, él nunca me habría dejado hacerlo y nunca habría sabido algo que debía saber.

Así que me encontré meciéndome de un pie a otro mentalmente, llegado el momento de decidir si había hecho lo correcto.

Pero no conseguía salir de mi espiral de descontento y preocupación, independientemente de sobre qué pie me sostuviera.

Bob y Amelia estaban manteniendo un debate en su habitación, tras el cual decidieron quedarse un día más para «ver qué pasa». Sabía que Amelia estaba preocupada. Pensaba que debía haberme presentado la idea con más sosiego antes de convencerme para llevarla a cabo. Bob pensaba que las dos éramos tontas, pero tuvo el tino de no decirlo. No obstante, no podía evitar pensarlo, y si bien no era un emisor tan claro como Amelia, podía oírlo.

Fui a trabajar al día siguiente, pero estaba tan distraída, me sentía tan desdichada y el volumen de trabajo era tan escaso que Sam me dejó irme a casa temprano. India me dio una amable palmada en el hombro y me recomendó que me lo tomase con calma, un concepto que me costaba mucho interiorizar.

Esa noche, Eric se presentó una hora después del anochecer. Vino en coche para que no nos pillase por sorpresa. Tenía ganas de verlo y pensaba que había tenido tiempo suficiente para tranquilizarse. Después de la cena, propuse a Bob y Amelia que fuesen a ver una película a Clarice.

—¿Seguro que estás bien? —preguntó Amelia—. Porque estamos dispuestos a quedarnos contigo si crees que sigue enfadado. —Ya no quedaba rastro de su anterior complacencia.

—No sé cómo se siente —admití, y la idea aún me daba un poco de vértigo—. Pero sé que vendrá esta noche. Probablemente sea mejor que no os vea para que no se enfade aún más.

Bob se encrespó un poco ante el comentario, pero Amelia asintió, comprensiva.

—Espero que me sigas considerando tu amiga —dijo y, por una vez, no vi venir sus pensamientos—. Quiero decir que creo que te he fastidiado, pero no era mi intención. Pretendía liberarte.

—Lo comprendo y te sigo considerando una de mis mejores amigas —contesté lo más tranquilizadoramente que pude. Si era tan débil como para acceder a los impulsos de Amelia sin rechistar, el problema era mío.

Estaba sentada a solas en el porche delantero, sumida en esa melancolía que te hace recordar todos tus errores y olvidar los aciertos, cuando vi el destello de las luces del coche de Eric emerger por el camino.

No pude prever que titubearía antes de salir del coche.

—¿Sigues enfadado? —le interrogué, conteniendo el llanto. Llorar habría sido una cobardía, e intentaba imprimirme un poco de fuerza desde el espinazo.

—¿Aún me quieres? —preguntó él.

—Tú primero. —Infantil.

—No estoy enfadado —admitió—. Al menos ya no. Al menos no ahora mismo. Debí haberte animado a que buscases una manera de romper el vínculo, y de hecho tenemos un ritual para ello. Debería habértelo ofrecido. Temía que sin él acabaríamos separándonos, ya porque no quisieras verte arrastrada a mis problemas o porque Victor descubriera que eras vulnerable. Si decidiera pasar por alto nuestro matrimonio, sin el vínculo no sabría si te encuentras en peligro.

—Yo debí preguntarte qué pensabas, o al menos advertirte de lo que íbamos a hacer —reconocí. Inspiré profundamente—. Te quiero, desde mi independencia.

De repente estaba en el porche, junto a mí. Me abrazó y me besó en los labios, el cuello, los hombros. Me elevó sobre el suelo lo suficiente para que su boca pudiera hallar mis pechos a través de la camiseta y el sujetador.

Emití un quejido apagado y rodeé su tronco con las piernas. Me apreté contra su cuerpo con todas mis fuerzas. A Eric le gustaba el sexo al estilo mono.

—Te voy a arrancar la ropa —me advirtió.

—Vale.

Y mantuvo su palabra. Tras unos minutos excitantes, dijo:

—También me arrancaré la mía.

—Claro —farfullé antes de morderle el lóbulo de la oreja. Lanzó un gruñido. El sexo con Eric no tenía nada de civilizado.

Oí más rasgados y finalmente ya no hubo nada entre Eric y yo. Estaba dentro de mí, muy profundamente, y se tambaleó hacia atrás, hasta el columpio del porche, que empezó a moverse erráticamente. Tras el primer instante de sorpresa, aprovechamos su inercia. Seguimos meciéndonos hasta sentir la creciente tensión, la sensación previa al éxtasis, la inminente liberación.

—Fuerte —dije con urgencia—. Sí, sí, sí...

—¿Es esto lo bastante fuerte?

Y lancé un grito echando la cabeza hacia atrás.

—Vamos, Eric —insté cuando los calambres postreros aún se abrían paso por mi cuerpo—. ¡Vamos! —Y me moví más rápido de lo que jamás hubiera imaginado ser capaz.

—¡Sookie! —boqueó, y me propinó un último e intenso empujón seguido de un sonido que hubiese identificado como una manifestación primitiva de dolor, de no saber lo que estábamos haciendo.

Fue magnífico, agotador y absolutamente excelente.

Nos quedamos en el columpio al menos media hora, recuperándonos, enfriándonos, aferrados el uno al otro. Me sentía tan feliz y relajada que no quería moverme, pero tenía que entrar en casa para lavarme y ponerme algo de ropa con las costuras intactas. Eric sólo se había soltado el botón de los pantalones y podría mantenerlos en su sitio gracias al cinturón, que había conseguido desabrocharse antes de entrar en la fase de arrancarnos las prendas. Su cremallera aún funcionaba.

Mientras me recomponía, él se calentó una botella de sangre, sacó una bolsa de hielo y me preparó un vaso de té helado. Aplicó la bolsa de hielo él mismo mientras yo me recostaba en el sofá. «Hice bien en romper el vínculo», pensé. Y era todo un alivio saber cómo se sentía Eric, aunque aún albergaba cierto temor de que dicho alivio no fuese el sentimiento más correcto.

Durante unos minutos hablamos de pequeñas cosas. Me cepilló el pelo, que estaba terriblemente enmarañado, y yo le cepillé el suyo (como los monos que, según tengo entendido, se acicalan mutuamente). Cuando conseguí que su melena estuviese suave y brillante, puso mis piernas sobre su regazo. Su mano las recorría arriba y abajo, de mis shorts a los dedos de los pies, una y otra vez.

—¿Te ha dicho algo Victor? —No tenía muchas ganas de reabrir la conversación de lo que había hecho, aunque era innegable que habíamos abierto nuestro reencuentro con toda una explosión.

—Nada sobre el vínculo, así que todavía no lo sabe. Lo habría tenido al teléfono inmediatamente. —Eric apoyó la cabeza sobre el respaldo del sofá, sus ojos azules entrecerrados. Relajación postcoital.

Todo un alivio.

—¿Cómo está Miriam? ¿Se ha recuperado?

—Se ha recuperado de las drogas que le administró Victor, pero no se siente mejor físicamente. Pam está más desesperada de lo que nunca la he visto.

—¿Su relación surgió con calma y dulzura? Porque no tenía la menor idea hasta que Immanuel me habló de ella.

—Pam no suele preocuparse por nadie tanto como por Miriam —indicó. Giró la cabeza lentamente y se encontró con mi mirada—. Yo lo descubrí cuando me pidió que le diese tiempo libre para visitarla en el hospital. Le dio su sangre, única razón por la que Miriam aún está viva.

—¿La sangre de vampiro no puede curarla?

—Nuestra sangre es buena para curar heridas abiertas —explicó Eric—. Con las enfermedades, puede aliviar, pero raramente cura.

—¿Por qué?

Eric se encogió de hombros.

—Estoy seguro de que uno de vuestros científicos tendría una teoría, pero no es mi caso. Y como algunas personas se vuelven locas cuando toman nuestra sangre, el riesgo es considerable. Era más feliz cuando las propiedades de nuestra sangre eran un secreto, pero supongo que hay secretos que no pueden mantenerse para siempre.

A Victor le trae ciertamente sin cuidado la supervivencia de Miriam o el hecho de que Pam nunca haya solicitado crear una vampira convertida antes. Después de todos estos años de servicio, es lo mínimo que se merece.

—¿Victor no se lo permite sólo para fastidiarla?

Eric asintió.

—Esgrime una mierda de excusa sobre el exceso de vampiros en el área, cuando lo cierto es que no ando muy sobrado. El caso es que Victor nos bloqueará todo lo que pueda, durante todo el tiempo posible, con la esperanza de que yo haga algo poco juicioso, dándole una excusa para relevarme o matarme.

—Pero Felipe no permitiría que eso pasase.

Me subió sobre su regazo y me apretó contra su frío pecho. Su camisa aún estaba desabrochada.

—Si estuviese sobre el terreno, Felipe fallaría a favor de Pam, pero estoy seguro de que quiere mantenerse al margen de la situación tanto como pueda. Es lo que yo haría. Ha colocado a Rita la Roja en Arkansas, y nunca ha gobernado; sabe que Victor ansía ser designado regente de Luisiana, en vez de rey, y él está bastante ocupado en Las Vegas, que gestiona con una plantilla escuálida desde que ha repartido a su gente por dos Estados. No se había consolidado un imperio tan grande desde hacía siglos, y cuando se hizo la población no era más que una fracción de la actual.

—Entonces ¿Felipe aún controla todo Nevada?

—Por ahora sí.

—Eso suena un poco ominoso.

—Cuando los líderes se extienden demasiado, atraen a los tiburones a ver si pueden llevarse un bocado.

Una imagen mental desagradable.

—¿Qué tiburones? ¿Alguno que yo conozca?

Eric apartó la mirada.

—Otros dos monarcas de Zeus. La reina de Oklahoma y el rey de Arizona.

Los vampiros habían dividido Estados Unidos en cuatro territorios, todos ellos bautizados según antiguas deidades. Pretencioso, ¿eh? Yo vivía en el territorio de Amón, en el reino de Luisiana.

—A veces desearía que sólo fueses un vampiro del montón —dije sin pensar—. Ojalá no fueses sheriff ni nada.

—Quieres decir que ojalá fuese como Bill.

Ay.

—No, porque él tampoco es del montón —solté—. Tiene esa base de datos y ha aprendido mucho sobre informática. Se ha reinventado a sí mismo. Supongo que desearía que te parecieses más a... Maxwell.

Maxwell era un hombre de negocios. Llevaba trajes. Se presentaba a su trabajo en el club sin entusiasmo y extendía sus colmillos sin el drama que habían ido a buscar los turistas. Era aburrido, lo llevaba escrito en la cara, aunque, de vez en cuando, tenía la impresión de que su vida personal era más exótica. Pero tampoco me interesaba averiguar más de lo necesario al respecto. Eric puso los ojos en blanco.

—Por supuesto, puedo parecerme mucho a él. Para empezar, deja que lleve encima siempre una calculadora y duerma al personal con cosas como las «rentas vitalicias variables», o lo que demonios hable.

—Ya te he entendido, señor Sutileza —bromeé. El paquete de hielo había cumplido con su cometido. Lo quité de la zona felizmente afectada y lo dejé sobre la mesa.

Era la conversación más relajada que habíamos tenido en la vida.

—¿No es divertido? —dije, intentando que Eric admitiese que había hecho lo correcto, aunque de la forma errónea.

—Sí, muy divertido. Hasta que Victor te pille y te deje seca, diciendo: «Pero, ¡Eric, no tenía ningún vínculo contigo, así que supuse que ya no la querrías!». A continuación te convertiría en contra de tu voluntad y yo debería contemplar cómo sufres vinculada a él durante el resto de tu vida. Y la mía.

—Tú sí que sabes hacer que una chica se sienta especial —dije.

—Te quiero —afirmó como si recordase un hecho doloroso—. Y esta situación con Pam tiene que terminar. Si Miriam muere, Pam podría decidir marcharse y yo no podría detenerla. De hecho, no debería. Aunque es muy útil.

—Sientes afecto por ella —dije—. Vamos, Eric, la quieres. Es tu vampira convertida.

—Sí, le tengo mucho afecto —admitió—. Elegí muy bien. Tú fuiste mi otra gran elección.

—Ésa es una de las cosas más bonitas que nadie me ha dicho —constaté con un nudo en la garganta.

—¡No te pongas a llorar! —Hizo un gesto con la mano delante de su cara, como si quisiera desterrar las lágrimas.

Tragué con fuerza.

—Entonces ¿tienes algo planeado para Victor? —Usé el extremo de su camisa para secarme las lágrimas.

La expresión de Eric era sombría. Bueno, más de lo normal.

—Siempre que lo hago, doy con un obstáculo tan grande que tengo que olvidarlo. Victor es muy bueno cubriéndose las espaldas. Quizá deba atacarlo abiertamente. Si lo mato, si gano, tendré que someterme a un juicio.

Me estremecí.

—Eric, si luchases con Victor solo, a mano desnuda, en una sala vacía, ¿cuál crees que sería el desenlace?

—Es muy bueno —admitió Eric. No dijo más.

—¿Podría ganar? —pregunté.

—Sí —contestó él. Me miró a los ojos—. Y lo que os pasaría a Pam y a ti después...

—No intento obviar el hecho de que estarías muerto, aunque sería lo más importante para mí en esas circunstancias —expliqué—, pero me pregunto por qué tendría tantas ganas de hacernos daño a Pam y a mí después. ¿Con qué fin?

—Con el fin de enseñar una lección a otros vampiros que albergasen tentaciones similares. —Sus ojos se centraron en la repisa de la chimenea, atestada de fotos de la familia Stackhouse. No quería mirarme a la cara cuando dijese lo que estaba a punto de decir—: Heidi me informó de que hace dos años, cuando Victor aún era el sheriff de Nevada, en Reno, un nuevo vampiro llamado Chico le contestó de mala manera. El padre de Chico estaba muerto, pero su madre aún vivía, y de hecho se había casado y había tenido más hijos. Victor hizo que la secuestraran. Para corregir los modales de Chico, cortó la lengua a su madre mientras él miraba. Le obligó a comérsela.

Era un relato tan perturbador que me llevó un tiempo asimilarlo.

—Los vampiros no pueden comer —caí—. ¿Qué?

—Chico se puso muy enfermo, y de hecho vomitó sangre —explicó Eric. Seguía sin mirarme a los ojos—. Se debilitó tanto que no podía moverse. Su madre se desangró hasta morir mientras él yacía en el suelo. Fue incapaz de arrastrarse hasta ella para darle su sangre y salvarla.

—¿Heidi te contó esta historia por voluntad propia?

—Sí. Le pregunté por qué estaba tan contenta de haber sido asignada a la Zona Cinco.

Heidi, una vampira especializada en el rastreo, había pasado a formar parte del equipo de Eric por cortesía del propio Victor. Por supuesto, debía espiar a Eric, y como eso no era ningún secreto, a nadie parecía importarle. No la conocía muy bien, pero sabía que tenía un hijo drogadicto en Reno y no me extrañaba que se hubiese quedado, mejor que nadie, con la lección de Victor. Sin duda eso haría que cualquier vampiro con familiares o allegados humanos temiese a Victor. Pero también provocaría que lo odiasen y deseasen verlo muerto; y ése era el aspecto que no había tenido Victor en cuenta, pensé, cuando impartió la lección.

—Victor es muy corto de miras o muy pagado de sí mismo —concluí en voz alta. Eric asintió.

—Puede que las dos cosas —dijo.

—¿Qué sentiste tú al escuchar esa historia? —pregunté.

—Yo... no quería que te pasase nada así —dijo. Me dedicó una expresión de desconcierto—. ¿Qué es lo que buscas, Sookie? ¿Qué puedo responder?

Aun sabiendo que era fútil, que estaba ladrándole al árbol equivocado, lo que buscaba era repugnancia moral, algo como «Yo jamás sería tan cruel hacia una mujer y su hijo».

Pero, por otra parte, pretendía que un vampiro de mil años se sintiese molesto por la muerte de una mujer que ni siquiera conocía, una muerte que no podría haber impedido. Sabía que era una locura, que estaba mal, que incluso era peor que yo misma conspirase para la muerte de Victor. Su ausencia absoluta era todo lo que anhelaba. Estaba convencida de que si en ese momento Pam hubiese llamado para decir que a Victor se le había caído una caja fuerte encima, me habría puesto a bailar llena de júbilo.

—Está bien —respondí—. No importa.

Eric me lanzó una mirada sombría. Era incapaz de sondear la profundidad de mi desdicha; ahora no, no desde que el vínculo había desaparecido. Pero me conocía lo suficiente como para saber que no estaba nada contenta. Me forcé a afrontar el problema que teníamos entre manos.

—Ya sabes con quién deberías hablar —dije—. ¿Recuerdas la noche que fuimos al Beso del Vampiro? ¿Del camarero que me dio la pista de la sangre de hada con tan sólo una mirada y un pensamiento?

Eric asintió.

—No quisiera recurrir a él más de lo necesario, pero no veo que tengamos otra alternativa. Tenemos que hacerlo con todo lo que nos venga a mano, o perderemos.

—En ocasiones —admitió Eric— me dejas perplejo.

En ocasiones, y no siempre para bien, me dejaba perpleja a mí misma.

Eric y yo cogimos mi coche para volver al Beso del Vampiro. El aparcamiento estaba atestado, aunque puede que no tanto como en nuestra última visita. Aparcamos detrás del club. Si Victor estaba dentro, no tendría ninguna razón para comprobar el aparcamiento de los empleados, como tampoco la tendría para recordar mi coche. Mientras esperábamos, recibí un mensaje de texto de Amelia diciéndome que habían vuelto a la casa y preguntando por mi paradero.

«Estoy bien —respondí—. ¿c y d están por allí?».

«Sí —escribió—. Husmeando en el porche, a saber por qué. ¡Hadas! ¿Tienes tus llaves?».

Le dije que sí, pero que no estaba segura de si iría a dormir esa noche. Estábamos un poco más cerca de Shreveport que de Bon Temps, y tendría que llevar a Eric a casa, a menos que se fuese volando. Pero su coche... oh, bueno, para esas cosas tiene a un tipo que trabaja de día.

—¿Has sustituido ya a Bobby? —pregunté. Odiaba sacar un tema así, pero tenía que saberlo.

—Sí —repuso Eric—. Contraté a un tipo hace dos días. Vino con muchas recomendaciones.

—¿De quién?

Se hizo el silencio. Miré a mi amante picada por una repentina curiosidad. No entendía el porqué de tanta urgencia por mi parte.

—Por Bubba —dijo Eric.

Sentí cómo se me dibujaba una sonrisa en la cara.

—¡Ha vuelto! ¿Dónde está viviendo?

—Ahora mismo vive conmigo —afirmó—. Cuando preguntó por Bobby, tuve que explicarle lo que había pasado. A la noche siguiente, Bubba me trajo a esta persona. Supongo que se le puede enseñar.

—No pareces muy entusiasmado.

—Es un licántropo —dijo Eric, e inmediatamente comprendí su actitud. Los vampiros y los licántropos no se llevan nada bien. Cabría pensar que, como los dos grupos sobrenaturales mayoritarios, podrían formar una alianza, pero esas cosas no pasan. Son capaces de colaborar en algún proyecto mutuamente beneficioso durante un tiempo escaso, pasado el cual la desconfianza y la aversión siempre vuelven.

—Háblame de él —pedí—. De tu asistente, digo. —No teníamos otra cosa que hacer, y últimamente no habíamos tenido tiempo para conversaciones generales.

—Es negro —explicó Eric, como si dijese que tenía los ojos marrones. Podía recordar vivamente el primer hombre negro que había visto siglos atrás—. Es un lobo solitario, independiente. Alcide ya lo ha abordado para que se una a la manada del Colmillo Largo, pero no creo que le interese. Y ahora que ha aceptado mi empleo, no creo que se muestren tan entusiastas por ficharlo.

—¿Y ése es el tipo que has contratado? ¿Un licántropo en quien no confías y al que tienes que entrenar? ¿Un tipo que no tardará ni un segundo en cabrear a Alcide y su manada?

—Tiene un atributo sobresaliente —comentó Eric.

—¡Bien! ¿Y cuál es?

—Puede mantener la boca cerrada. Y odia a Victor —dijo. Eso lo cambiaba todo.

—¿Por qué? —pregunté—. Asumo que tendrá una buena razón.

—Aún no la conozco.

—Pero ¿estás seguro de que no está jugando con dos barajas? ¿No crees que Victor sabría que contratarías a alguien que le odiase y te lo lanzaría en bandeja?

—Estoy seguro de ello —dijo—. Pero quiero que mañana te sientes con él un rato.

—Si puedo dormir un poco antes —respondí, bostezando tanto que casi me desencajo la mandíbula. Eran pasadas las dos de la mañana y el bar empezaba a dar muestras de ir a cerrar, pero el aparcamiento de empleados seguía lleno de coches—. ¡Eric, ahí está! —Apenas reconocí al camarero llamado Colton porque iba vestido con unos pantalones piratas anchos, sandalias de dedo y una camiseta verde con un motivo que no fui capaz de discernir. En cierto modo echaba de menos el taparrabos. Arranqué el motor a la vez que Colton. Cuando salió del aparcamiento, aguardé un prudencial momento antes de seguirlo. Giró a la derecha, hacia la carretera de acceso, y luego al oeste, hacia Shreveport. Aun así, no fue muy lejos. Salió de la interestatal a la altura de Haughton.

—Se nos ve a la legua —dije.

—Tenemos que hablar con él.

—Entonces pasamos del sigilo, ¿no?

—Sí —convino Eric. No parecía muy contento, pero tampoco nos quedaban muchas alternativas.

El coche de Colton, un Dodge Charger que había conocido días mejores, giró por una calle estrecha. Se detuvo frente a una caravana de buen tamaño. Salió y permaneció junto al coche. Tenía la mano pegada al costado, y estaba bastante segura de que llevaba una pistola.

—Deja que salga yo primero —dije mientras paraba junto al hombre.

Antes de que Eric pudiera discutir, abrí la puerta y llamé:

—¡Colton! ¡Soy Sookie Stackhouse, me conoces! Ahora voy a salir, y no voy armada.

—Despacio. —Su voz destilaba preocupación, y no podía culparle.

—Sólo para que lo sepas: Eric Northman me acompaña, pero sigue en el coche.

—Bien.

Las manos en alto, me aparté del coche para que tuviera una perspectiva completa de mí. La luz del porche delantero de la caravana era la única fuente de iluminación, pero eso no le impidió escrutarme concienzudamente. En ese momento, la puerta de la caravana se abrió y una joven emergió hasta el porche prefabricado.

—¿Qué pasa, Colton? —preguntó con voz nasal y un acento muy *country*.

—Tenemos compañía. No te preocupes —repuso automáticamente.

—¿Quién es?

—La chica Stackhouse.

—¿Sookie? —dijo con perplejidad.

—Sí —afirmé—. ¿Nos conocemos? No te veo muy bien desde aquí.

—Soy Audrina Loomis —se presentó—. ¿Te acuerdas? Estuve saliendo con tu hermano en el instituto.

Al igual que la mitad de las chicas de Bon Temps, lo cual no me ayudaba a definirla mejor.

—Ha pasado mucho tiempo. —Opté por la cautela.

—¿Sigue soltero?

—Sí —dije—. Oh, por cierto, ¿puede salir ya mi novio del coche? Ya que nos conocemos todos.

—¿Quién es?

—Se llama Eric. Es un vampiro.

—Genial. Claro, veámoslo. —Audrina parecía un poco más imprudente que Colton. Por otra parte, Colton me había advertido sobre la sangre de hada.

Eric salió de mi coche y hubo un momento de sobrecogido silencio, mientras Audrina absorbía la magnificencia de Eric.

—Vaya, vaya —admiró Audrina, aclarándose la garganta, como si se le acabase de quedar seca—. ¿Qué tal si entráis y nos contáis qué hacéis por aquí?

—¿Crees que es prudente? —intervino Colton.

—Si hubiese querido, podría habernos matado ya seis veces. —Audrina no era tan tonta como parecía.

En el interior de la caravana, Eric y yo sentados en el sofá, que habían cubierto con una vieja colcha de felpilla y al que se le habían saltado varios muelles, tuve ocasión de observar detenidamente a Audrina. Tenía las raíces negras, a pesar de que el resto de su pelo, que le llegaba a los hombros, era rubio platino. Vestía un camisón que en realidad no había sido diseñado para dormir con él. Era rojo y mínimo. Había estado esperando a Colton para recibirlo con algo más que una conversación.

Ahora que no estaba distraída por su taparrabos de cuero y sus desconcertantes ojos, Colton me pareció más un tipo normal. Algunos hombres son incapaces de irradiar tensión sexual a menos que se quiten la ropa, y Colton era uno de ellos. Pero sus ojos eran algo completamente inusual y en ese momento parecían dos escalpelos láser con los que atravesarme, aunque no desde un punto de vista sexual.

—No tenemos sangre en la nevera —se disculpó Audrina—. Lo siento. —No me ofreció ninguna bebida. Lo hacía adrede, según pude captar. No quería que aquello se pareciese, ni por asomo, a una reunión social.

Vale.

—Eric y yo queremos saber por qué nos advertiste —le dije a Colton. Y quería saber por qué pensé en él cuando Eric me contó la historia de Chico y su madre.

—He oído hablar de ti —contestó—. Fue Heidi.

—¿Heidi y tú sois amigos? —preguntó Eric a Colton, aunque regaló a Audrina una de sus mejores sonrisas.

—Sí —admitió Colton—. Trabajé para Felipe en un club de Reno. La conocí allí.

—¿Saliste de Reno para desempeñar un trabajo mal remunerado en Luisiana? —Eso no parecía tener sentido.

—Audrina era de aquí y quería intentar volver a echar raíces —explicó Colton—. Su abuela vive en la caravana del final de la calle y está muy delicada. Audrina trabaja en el Redneck Roadhouse de Vic durante el día como recepcionista. Yo trabajo de noche en el Beso del Vampiro. Además, vivir aquí es mucho más barato. Pero no te falta razón, hay más. —Echó una mirada a su novia.

—Vinimos por una razón —prosiguió Audrina—. Colton es el hermano de Chico.

Eric y yo tuvimos que tomarnos un segundo para asimilar esa noticia.

—Así que era tu madre —le dije al joven—. Lo siento.

Si bien no sabía mucho más de la historia, el nombre había bastado para encenderme las luces.

—Sí, era mi madre —contó Colton. Se nos quedó mirando, inexpresivo—. Mi hermano Chico es un capullo que no se lo pensó dos veces antes de convertirse en vampiro. Tiró su vida como cualquier idiota se haría un tatuaje. «¡Mola cantidad!». El caso es que siguió siendo un capullo, haciendo el trabajo sucio para Victor sin entender por qué. No lo pillaba. —Apoyó la cabeza entre las manos y la sacudió de lado a lado—. Hasta esa noche. Entonces sí que lo entendió. Pero tuvo que pagar con la vida de nuestra madre. Chico desearía estar muerto también, pero nunca será así.

—¿Y cómo es que Victor no sabe quién eres?

—Chico tenía otro padre, así que su apellido también era distinto —añadió Audrina para dar tiempo a Colton para recuperarse—. Y Chico no era precisamente un tipo familiar. Hacía diez años que se había ido de casa. Sólo llamaba a su madre una vez cada dos meses, pero nunca iba a verlos. Pero eso bastó para que a Victor se le ocurriese la brillante idea de recordarle que no había firmado un contrato precisamente con los Angeles de California.

—Más bien los Ángeles del Infierno —terció Colton estirándose.

Si la comparación molestó a Eric, no se notó. Estaba convencida de que no era lo peor que había escuchado.

—Así que, gracias a un empleado de Victor —elaboró Eric—, supiste de mi Sookie. Y supiste cómo advertirla cuando Victor intentó envenenarnos.

Colton parecía airado. «No debí hacerlo», pensó.

—Sí, hiciste lo que debías —señalé, aunque puede que un poco susceptible—. También somos personas.

—Tú lo eres —dijo Eric, leyendo la expresión de Colton tan claramente como yo sus pensamientos—. Pero Pam y yo no. Colton, quiero agradecerte la advertencia y deseo recompensarte. ¿Qué puedo hacer por ti?

—Puedes matar a Victor —respondió Colton inmediatamente.

—Qué interesante. Es precisamente lo que quería hacer —afirmó Eric.

Capítulo 10

En cuanto a declaraciones dramáticas, la de Eric tuvo un gran impacto. Audrina y Colton se pusieron tensos. Pero yo ya había vadeado esas mismas aguas.

Resoplé, exasperada, y miré a otra parte.

—¿Te aburres, mi amor? —preguntó Eric. Su voz podría haber hecho temblar al propio hielo.

—Llevamos meses diciendo lo mismo. —Puede que fuese un poco exagerado, pero no demasiado—. Pero todo se ha quedado en palabras. Si vamos a hacer algo malo, dejémonos de tonterías y pongámonos manos a la obra. ¡No va a morir sólo con que lo digamos! ¿Crees que no sabe que está en nuestra lista negra? ¿Crees que no nos estará esperando? —Al parecer, estaba dando un discurso que, hasta el momento, había mantenido en secreto, incluso para mí misma—. ¿Crees que no os está jodiendo a Pam y a ti para provocaros y tener así una justificación para acabar con vosotros? En esta situación, él gana o gana.

Eric me miró como si me hubiese transformado en una cabra. Audrina y Colton se habían quedado con la boca abierta.

Eric abrió la suya para decir algo, pero la volvió a cerrar. No sabía si iba a regañarme o a irse en silencio.

—¿Qué solución propones? —dijo, con la voz tranquila—. ¿Tienes un plan?

—Reunámonos con Pam mañana por la noche —propuse—. Ella también debería estar en esto. —Además, así ganaría tiempo para pensar en algo y no quedar en ridículo.

—Está bien —aceptó—. Colton, Audrina, ¿estáis seguros de que queréis correr este riesgo?

—Sin duda —afirmó Colton—. Audie, cielo. No tienes por qué hacerlo.

Audrina bufó.

—¡Demasiado tarde, colega! Todos en el trabajo saben que vivimos juntos. Si te rebelas, estaré muerta aunque no participe. Sólo me queda unirme para que esto salga bien.

Me gustan las mujeres prácticas. La escruté por dentro y por fuera. Era sincera. No obstante, hubiese sido una completa ingenua si no hubiese contemplado que correr a avisar a Victor también hubiese sido muy práctico. Sería el curso de acción más práctico, con diferencia.

—¿Cómo sabemos que no le llamarás por teléfono en cuanto salgamos de la caravana? —inquirí, decidiendo que podía habérseme escapado algo.

—¿Cómo sé yo que no harás tú lo mismo? —repuso Audrina—. Colton os ha hecho un favor avisándoos de lo de la sangre de hada. Creyó lo que Heidi le contó sobre vosotros. Y supongo que tienes las mismas ganas que nosotros de sobrevivir a esto.

—«Superviviente» es mi segundo nombre. Nos veremos mañana por la noche en mi casa —dije. Les apunté la dirección en una vieja lista de la compra. Dado que mi casa estaba aislada y contaba con protecciones mágicas, al menos sabríamos si alguien seguía a Eric, Pam, Colton y Audrina.

Había sido una noche muy larga y empezaba a bostezar con una intensidad que amenazaba la integridad de mi mandíbula. Dejé que Eric condujese hasta Shreveport, ya que estábamos más cerca de su casa que de la mía. Estaba tan cansada y somnolienta que otra sesión de sexo estaba fuera de toda cuestión, a menos que Eric desarrollase un repentino interés en la necrofilia. Se rió cuando le dije eso.

—No, te prefiero vivita, caliente y coleando —afirmó, y me besó en su punto favorito de mi cuello, el que siempre hacía que me estremeciese—. Creo que podría espabilarte un poco —añadió. La confianza es atractiva, pero era incapaz de aunar fuerzas. Volví a bostezar y él rió de nuevo—. Iré a ver a Pam para ponerle al día. También debería preguntarle por su amiga Miriam. Cuando amanezca, Sookie, vete a casa en cuanto te levantes. Dejaré una nota sobre el coche a Mustafá.

—¿Quién?

—Así se llama mi hombre de día: Mustafá Khan.

—¿En serio?

Eric asintió.

—Tiene mucha actitud —dijo—. Quedas avisada.

—Vale. Creo que me quedaré en el dormitorio de arriba, ya que tengo que levantarme mientras tú sigues dormido —respondí. Me encontraba en la puerta del dormitorio más grande de la planta baja, donde Eric quería que me «mudase». El anterior era un espacio de juegos de seducción. Eric había hecho que le construyesen unos densos muros y una pesada puerta de doble cierre que daba a las escaleras. Me daba un poco de claustrofobia pasar toda la noche allí, aunque lo había hecho alguna que otra vez si sabía que podía acostarme tarde. El dormitorio de arriba tenía persianas y densas cortinas para proteger a los vampiros de la luz, pero yo mantenía las persianas abiertas y eso lo hacía más tolerable.

Tras la catastrófica visita de Apio, el creador de Eric, y su «hijo» Alexei, aún temía encontrarme con alguna mancha de sangre cada vez que iba a casa de Eric; incluso creía olerla. Pero algún decorador de amplio presupuesto había cambiado las moquetas y pintado las paredes. Ahora resultaba difícil creer que allí se hubiese producido un hecho violento y la casa rezumaba una especie de olor a tarta de nueces. Esa hogareña fragancia subyacía al leve olor seco de los vampiros, un olor para nada desagradable.

Eché el pestillo de la puerta en cuanto Eric se marchó (nunca se sabe) y me di una ducha rápida. Allí tenía un camisón, algo más elegante que mi habitual uniforme de Piolín. Cuando me estaba relajando en el excelente colchón, creí oír la voz de Pam abajo. Extendí la mano hacia el cajón de la mesilla, encontré el reloj despertador y la caja de pañuelos y los dejé a mano.

Aquello fue lo último que recordé durante unas cuantas horas. Soñé con Eric, Pam y Amelia; estaban en una casa incendiada y yo tenía que sacarlos para que no ardieran. No había que ser un lince para entender el sueño, pero me preguntaba por qué había metido a Amelia en la casa.

Si los sueños fuesen coherentes con la realidad, lo más probable es que Amelia hubiese provocado el incendio tras algún incidente de los suyos.

Salí de la casa a las ocho de la mañana, tras quizá cinco horas de sueño. No me parecían suficientes. Hice una parada en Hardee's y compré un emparedado de carne y un café. El día se me hizo un poco más animado después. Un poco.

Aparte de una ranchera nueva aparcada frente al coche de Eric, mi casa parecía tranquila y normal bajo la cálida luz matutina. Era un día deslumbrantemente claro. Las flores abiertas a lo largo de los peldaños delanteros se alzaban para absorber los rayos del sol. Conduje hasta la parte de atrás preguntándome quién sería la visita y en qué habitación habría dormido.

Los coches de Amelia y Claude se encontraban en la zona de grava de la parte trasera, dejando apenas espacio para aparcar el mío. Se me hizo algo extraño entrar en mi casa cuando ya había dentro tanta gente. Para cierto alivio mío, aún no notaba ninguna actividad mental. Puse una cafetera y fui a mi habitación para cambiarme de ropa.

Había alguien en mi cama.

—Disculpa —dije.

Alcide Herveaux se incorporó. Tenía el torso desnudo. Del resto no sabía nada, ya que lo tapaban las sábanas.

—Esto es jodidamente extraño —señalé, ascendiendo por una oleada de enfado—. A ver cómo suena la explicación.

Alcide esbozó su típica leve sonrisa, expresión de lo más impertinente si le encuentro en mi cama sin haberme pedido permiso antes. Su expresión pasó a serio y azorado, mucho más apropiada.

—Has roto el vínculo con Eric —dijo el líder de la manada de Shreveport—. Siempre he sido inoportuno en cada una de las ocasiones que hemos tenido para estar juntos. Esta vez no quería perder mi oportunidad. —Aguardó mi reacción con mirada sostenida.

Me dejé caer sobre la antigua silla floreada del rincón. Es donde suelo arrojar la ropa que me quito por la noche. Alcide había tenido la misma idea. Deseaba que mi trasero estuviese imprimiendo unas arrugas a sus prendas que nunca desapareciesen.

—¿Quién te ha dejado pasar? —inquirí. Debía de albergar buenas intenciones hacia mí para que las protecciones lo hubieran dejado pasar, o de lo contrario Amelia me lo hubiera dicho. Pero en ese momento poco me importaba.

—Tu primo, el hada. ¿A qué se dedica exactamente?

—Es *stripper* —dije, generosa en la simplificación dadas las circunstancias. No me figuraba que sería tan importante hasta que vi la cara que ponía Alcide—. Entonces, qué. ¿Has decidido que podías colarte en mi cama y seducirme en cuanto atravesase la puerta? ¿Justo a mi vuelta después de haber pasado la noche en casa de mi novio? ¿Tras echarle un polvo que podría figurar en el libro Guinness de los Récords?

Oh, Dios, ¿de dónde había salido todo eso?

Alcide se echó a reír. No parecía poder evitarlo. Me relajé porque, por muy difusas que fuesen las mentes de los licántropos, vi que también se reía de sí mismo.

—A mí tampoco me pareció una buena idea —indicó con franqueza—, pero Jannalynn pensó que esto sería como un atajo para meterte en nuestra manada.

Ja. Eso explicaba muchas cosas.

—¿Has hecho esto siguiendo un consejo de Jannalynn? Lo único que esa chica quiere es que me sienta incómoda —declaré.

—¿En serio? ¿Qué tiene ella en tu contra? O sea, ¿por qué querría hacer eso? Sobre todo si tenemos en cuenta que, si lo hiciera, también me haría sentir incómodo a mí.

Alcide era su jefe en todo, el centro de su universo. Comprendía lo que eso significaba y convine con su bochorno por Jannalynn. No obstante, en mi opinión, Alcide no estaba lo suficientemente incómodo. Estaba convencida de que albergaba la esperanza de que si se sentaba en mi cama con su desgreñado atractivo matutino, quizá reconsideraría mi postura. Pero un buen aspecto no bastaba para mí. Me preguntaba cuándo se había convertido Alcide en un tipo que pensase que sí.

—Lleva un tiempo saliendo con Sam —dije—. Lo sabías, ¿verdad? Acudí a una boda familiar con Sam y creo que Jannalynn piensa que le quité el puesto.

—Entonces ¿Sam no está tan coladito por ella como ella por él?

Tendí la mano y la mecí de un lado a otro.

—Ella le gusta mucho, pero es más maduro y cauto.

—¿Por qué estábamos sentados en mi dormitorio hablando de eso?—. Bueno, Alcide, ¿crees que podrías vestirte e irte a casa ahora? —Miré el reloj. Eric me había dejado una nota diciendo que Mustafá Khan se presentaría a las diez, dentro de apenas una hora. Como era un lobo solitario, no estaría por la labor de conocer a Alcide y hacer migas.

—Aun así, me gustaría que te unieras a mí —dijo, medio sincero, medio riéndose de sí mismo.

—Siempre es bueno que a una la quieran. Y eres muy mono —intenté que eso sonara a pensamiento residual—, pero sigo con Eric, con o sin vínculo. Además, has intentado tirarme los tejos de la forma más equivocada, gracias a Jannalynn. A todo esto, ¿quién te ha dicho que ya no existe el vínculo?

Alcide se deslizó fuera de la cama y estiró la mano para coger su ropa. Me levanté y se la pasé, manteniendo la mirada en todo momento. Llevaba ropa interior, una especie de monokini. ¿Manakini? Mientras se ponía la camisa, dijo:

—Tu amiga Amelia. Ella y su amigo vinieron al Pelo del perro anoche para tomarse una copa. Estaba seguro de que la conocía, así que nos pusimos a charlar. En cuanto escuchó mi nombre, supo que tú y yo éramos amigos. Se puso muy parlanchina.

Hablar demasiado era uno de los fallos de Amelia. Empecé a albergar una sospecha más oscura.

—¿Sabía Amelia que harías esto? —pregunté, indicando con la mano la cama revuelta.

—La seguí a ella y a su novio hasta aquí —dijo Alcide, lo que no era precisamente una negación—. Consultaron con tu primo, el *stripper,* ¿Claude? Pensó que esperarte aquí sería una gran idea. Creo que hasta se habría unido a nosotros por cincuenta centavos. —Hizo una pausa mientras se abrochaba la cremallera de los vaqueros y arqueó una ceja.

Intenté que no se me notara el asco que sentía.

—¡Ese Claude! ¡Es un infantil! —exclamé con una sonrisa feroz. En la vida me había hecho nada menos gracia—. Alcide, creo que Jannalynn ha gastado una gran broma a mi costa. Creo que Amelia debería callarse mis cosas y creo que Claude sólo quería ver lo que pasaría. Así es él. ¡Además, tú siempre estás rodeado de lobas macizas que están como un tren, hombretón de la manada! —Le di unos golpecitos en el hombro (más o menos en broma) y noté que se sobresaltaba un poco. A lo mejor había ganado fuerza rodeada de mi familia feérica.

—Entonces, volveré a Shreveport —dijo Alcide—, pero inclúyeme en tu agenda social, Sookie. Aún anhelo una oportunidad contigo. —Sonrió mostrando una dentadura inmaculada.

—¿Todavía no has encontrado chamán nuevo para la manada?

Se estaba abrochando el cinturón y sus dedos se quedaron petrificados.

—¿Crees que te quiero por eso?

—Creo que podría tener algo que ver —aventuré, con la voz seca. La figura del chamán de manada había decaído en los tiempos modernos, pero el Colmillo Largo seguía buscando uno. Alcide me había inducido a tomar una de las drogas que utilizan los chamanes para potenciar sus visiones, y había sido una experiencia tan escalofriante como intensa. No deseaba volver a pasar por ella. Me había gustado demasiado.

—Es verdad que necesitamos un chamán —admitió Alcide—. E hiciste un gran trabajo aquella noche. Está claro que tienes lo que hace falta para el trabajo. —Ingenuidad y escaso juicio eran requisitos indispensables—. Pero te equivocas si crees que es la única razón por la que deseo una relación.

—Me alegra oírlo, porque de lo contrario no tendría una gran opinión de ti —dije. Esa conversación dio un portazo definitivo a mi parte bondadosa—. Volvamos a destacar que no me ha gustado un pelo la forma en que has abordado esto y que tu cambio desde que te has convertido en líder de manada deja mucho que desear.

Alcide estaba genuinamente sorprendido.

—No he tenido más remedio que cambiar —apuntó—. No estoy muy seguro de lo que insinúas.

—Te has acostumbrado demasiado a ser el rey de todos —argumenté—. Pero no estoy aquí para decirte que deberías cambiar porque no es más que una opinión. Sabe Dios que yo misma he atravesado muchos cambios, y estoy segura de que algunos de ellos no le han hecho ningún bien a mi carácter.

—Ni siquiera te gusto. —Sonaba casi consternado, pero con un toque de incredulidad que reforzaba mi perspectiva.

—Ya no tanto.

—Entonces sólo he hecho el ridículo. —Ahora estaba un poco enfadado. Pues bienvenido al club.

—Una emboscada no es la mejor forma de llegar a mi corazón. O a cualquier otra parte de mí.

Alcide se fue sin decir más. No escuchó hasta que le dije lo mismo de varias formas distintas. ¿Sería ésa la clave? ¿Decir las cosas tres veces?

Observé la marcha de su ranchera para asegurarme de que se iba. Volví a mirar el reloj. Aún no eran ni las nueve y media. Cambié las sábanas de la cama a toda prisa, metí la ropa sucia en la lavadora y la puse en marcha (no quería imaginar cuál sería la reacción de Eric si se metiese en mi cama y detectase el olor de Alcide Herveaux). Aproveché el tiempo que me quedaba hasta la llegada de Mustafá Khan para limpiar un poco la casa en vez de despertar a Amelia y a Claude para echarles nada en cara. Estaba cepillándome el pelo y recogiéndomelo en una coleta cuando escuché una moto en el exterior.

Mustafá Khan, lobo solitario, pero puntual. Llevaba un pequeño pasajero detrás. Miré por la ventana delantera cómo descendía de la Harley y se encaminaba hacia la puerta para llamar. Su acompañante se quedó en la moto.

Abrí la puerta y tuve que alzar la vista. Khan medía alrededor de uno ochenta y tres, llevaba el pelo rapado, reducido a un manto que recordaba los pinchos de un erizo. Llevaba unas gafas de sol que le conferían un aspecto a lo *Blade,* pensé. Su tez era marrón dorada, como el tono de las galletas de chocolate. Al quitarse las gafas, comprobé que el color de sus ojos equivalía al corazón de chocolate de la galleta. Y ésa era la única cosa remotamente dulce de su aspecto. Inspiré con fuerza y capté el olor de algo salvaje. Noté que mi familia feérica descendía las escaleras a mi espalda.

—¿Señor Khan? —dije educadamente—. Pase, por favor. Me llamo Sookie Stackhouse y ellos son Claude y Dermot. —Por la expresión ávida de Claude, no era la única que había pensado en las galletas de chocolate. Dermot sólo parecía cansado.

Mustafá Khan les echó una ojeada y los descartó, lo cual demostraba que no era tan avispado como hubiera podido esperarse, o sencillamente que no los consideró parte de su encargo.

—He venido a por el coche de Eric —dijo.

—¿Querría pasar un momento? He hecho café.

—Oh, bien —murmuró Dermot, saliendo disparado hacia la cocina. Lo oí hablando con alguien, así que deduje que Amelia o Bob ya estaban en circulación. Bien. Quería tener unas palabras con mi amiga Amelia.

—No bebo café —declaró Mustafá—. No tomo estimulantes de ningún tipo.

—Entonces ¿querría un vaso de agua?

—No. Querría volver a Shreveport. Tengo una larga lista de tareas pendientes para el señor Cadáver Altivo Todopoderoso.

—¿Cómo es que aceptó el trabajo si tiene una opinión tan pobre de Eric?

—No es mal tipo para ser un vampiro —gruñó Mustafá—. Bubba también es un tío legal. ¿El resto? —Escupió. Sutil, pero capté la idea.

—¿Quién le acompaña? —pregunté, inclinando la cabeza hacia la Harley.

—Es usted muy curiosa —dijo.

—Ajá. —Volví a mirarlo directamente, sin dar un paso atrás.

—Ven aquí un momento, Warren —llamó Mustafá, y el pequeño hombre descendió de la moto y se nos acercó.

Warren mediría uno setenta y cuatro, era pálido, pecoso y le faltaban algunos dientes. Pero cuando se quitó las gafas de motorista, resultó que sus ojos eran claros y serenos y no vi ninguna marca de colmillos en su cuello.

—Señorita —dijo con educación.

Volví a presentarme. Era interesante que Mustafá tuviera un amigo de verdad, un amigo del que no quería que nadie (bueno, yo) supiera nada. Mientras Warren y yo intercambiábamos comentarios sobre el tiempo, el musculoso licántropo pasó un mal rato intentando contener su impaciencia. Claude desapareció, aburrido por Warren, perdida la esperanza de interesar a Mustafá.

—¿Cuánto tiempo llevas en Shreveport, Warren?

—Oh, Dios mío, he vivido allí toda la vida —respondió Warren—. Salvo cuando estuve en el ejército. Pasé allí quince años.

No había costado nada sacar información de Warren, pero Eric quería que comprobase a Mustafá. Pero hasta ahora el aspirante a *Blade* no estaba colaborando. La puerta no era el mejor lugar para mantener una conversación relajada. En fin.

—¿Mustafá y tú os conocéis desde hace mucho tiempo?

—Pocos meses —explicó Warren, echando una mirada al hombre más alto.

—¿Qué es esto? ¿El juego de las veinte preguntas?

Le toqué el brazo, que era como tocar una rama de roble.

—KeShawn Johnson —dije pensativa tras hurgar un poco en su mente—. ¿Por qué te cambiaste el nombre?

Se puso rígido y tensó la boca.

—Me he reinventado —contestó—. No soy un esclavo de las malas costumbres llamado KeShawn. Soy Mustafá Khan, y soy dueño de mí mismo. Me pertenezco sólo a mí.

—Muy bien —acepté, esforzándome para parecer agradable—. Encantada de conocerte, Mustafá. Que Warren y tú tengáis un buen viaje de vuelta a Shreveport.

Había averiguado todo lo posible por ese día. Si Mustafá iba a rondar a Eric durante un tiempo, ya iría captando retazos de su mente para unirlos más tarde y hacerme una imagen completa. Por extraño que pareciera, me sentí mejor con Mustafá después de conocer a Warren. Estaba convencida de que Warren lo debía de haber pasado muy mal y debía de haber cometido actos reprobables, pero también pensaba que, en esencia, era un tipo de fiar. Sospeché que lo mismo podría decirse de Mustafá.

Tenía ganas de esperar y ver.

A Bubba le caía bien, pero eso no tenía por qué bastar. A fin de cuentas, Bubba bebía sangre de gato.

Me alejé de la puerta, afianzándome para afrontar mi siguiente tanda de problemas. Encontré a Claude y a Dermot cocinando. Dermot había encontrado en la nevera un tarro cilíndrico de galletas Pillsbury. Había abierto el bote y había echado las galletas sobre la bandeja del horno. También había precalentado el horno. Claude estaba preparando unos huevos, lo cual no dejó de asombrarme. Amelia estaba sacando los platos y Bob estaba sentado a la mesa.

Odiaba interrumpir una escena tan doméstica.

—Amelia —dije. Se había estado concentrando sospechosamente en los platos. Alzó la cabeza a toda prisa, como si hubiese oído el disparo de una escopeta. Crucé la mirada con ella. Culpable, culpable, culpable—. Claude —proseguí con más sequedad en el tono, y me miró por encima del hombro y sonrió. Ahí no había culpabilidad. Dermot y Bob simplemente parecían resignados—. Amelia, le has contado mis cosas a un licántropo —remarqué—. No a cualquiera, sino al líder de la manada de Shreveport. Y estoy segura de que lo hiciste adrede.

Amelia se ruborizó.

—Sookie, pensé que con el vínculo roto, quizá querrías que alguien más estuviese al tanto, y hablaste de Alcide, así que cuando lo vi, pensé que...

—Fuiste allí a propósito para asegurarte de que lo supiera —continué de forma implacable—. Si no, ¿por qué escoger ese bar de entre todos los que hay? —Bob parecía a punto de decir algo, pero alcé mi dedo índice y lo señalé. Desistió—. Me dijiste que iríais al cine en Clarice. No a un bar de licántropos en la dirección contraria. —Tras acabar con Amelia, me dirigí al otro culpable—. Claude —repetí, y su espalda se puso tiesa, si bien no dejó de cocinar los huevos—. Has dejado entrar a alguien en casa, en mi casa, sin estar yo, y no contento con eso, le has permitido meterse en mi cama. Eso es imperdonable. ¿Por qué me has hecho algo así?

Claude apartó cuidadosamente la sartén del fuego y lo apagó.

—Me parecía un tipo agradable —contestó—. Y pensé que, por una vez, te apetecería hacer el amor con alguien que aún conserve el pulso.

Sentí que algo saltaba en mi interior.

—Vale —dije con voz muy controlada—. Escuchadme. Me voy a mi habitación. Comed el desayuno que estáis preparando, haced vuestras maletas y marchaos. Todos. —Amelia se puso a llorar, pero no pensaba ablandar mi postura. Estaba sumamente enfadada. Miré el reloj de la pared—. Quiero esta casa vacía en cuarenta y cinco minutos.

Me fui a mi habitación, cerrando la puerta con exquisita suavidad. Me tumbé en la cama e intenté leer un poco. Pasados unos minutos, alguien llamó a la puerta. Lo ignoré. Tenía que mostrarme resuelta. Las personas que vivían en mi casa me habían hecho cosas que sabían condenadamente bien que no debían, y tenían que saber que no iba a tolerar tales intromisiones, por muy bienintencionadas (Amelia) o pícaras (Claude) que fuesen. Hundí la cara entre las manos. No era fácil mantener el nivel de indignación, sobre todo habida cuenta de que no estaba acostumbrada, pero sabía que ceder a mi impulso de abrir la puerta y dejar que se quedasen no traería nada bueno.

Al tratar de imaginarme haciéndolo, me sentí tan mal que supe que su marcha era lo que más genuinamente deseaba.

Había sido tan feliz de ver a Amelia, tan complacida por su disposición a venir tan rápidamente desde Nueva Orleans para reforzar las protecciones mágicas de mi casa. Y también tan perpleja al ver que había dado con un modo de romper el vínculo, hasta el punto de prestarme a aplicarlo sin pensármelo demasiado. Debí haber llamado a Eric primero para advertirle. No tenía ninguna excusa por haber tomado una decisión tan abrupta, salvo que, con toda probabilidad, habría intentado disuadirme. Era un argumento tan pobre como haberme dejado convencer de tomar las drogas del chamán en la reunión de la manada de Alcide.

Ambas decisiones eran culpa mía. Eran errores que yo había cometido.

Pero ese impulso de Amelia de intentar manipular mi vida sentimental era algo imperdonable. Era una mujer adulta y me había ganado el derecho a tomar mis propias decisiones sobre con quién compartir mi vida. Hubiese deseado conservar su amistad para siempre, pero no si iba a manipular los acontecimientos para transformar mi vida en algo que le satisficiese más.

Y Claude había gastado una de sus bromas, un truco de los más artero y travieso. Eso tampoco me había gustado. No, debía marcharse.

Cuando transcurrieron los tres cuartos de hora y salí de la habitación, me sorprendió un poco comprobar que me habían hecho caso. Mis huéspedes habían desaparecido... con la salvedad de Dermot.

Mi tío abuelo estaba sentado en las escaleras de atrás, junto a su abultada bolsa de deportes. No intentó llamar la atención sobre sí mismo de ninguna manera, y supongo que se habría quedado allí sentado hasta que abriese la puerta para irme al trabajo. Pero lo hice antes para sacar las sábanas de la lavadora y meterlas en la secadora.

—¿Qué haces aquí? —pregunté con la voz más neutral que pude articular.

—Lo siento —dijo. Eran palabras que habían faltado amargamente hasta entonces.

Si bien una parte de mí se relajó al oír esas palabras mágicas, aún estaba en mis trece.

—¿Por qué dejaste que Claude hiciese eso? —pregunté. Mantenía la puerta abierta, obligándolo a volverse para hablar conmigo. Se levantó y me encaró.

—No estaba de acuerdo con lo que hacía. No creía que fueses a preferir a Alcide cuando estás tan colada por un vampiro, y no pensaba que el desenlace sería bueno, ni para ti ni para los demás. Pero Claude es voluntarioso y terco. No tuve la energía necesaria para discutir con él.

—¿Por qué no? —A mí me parecía algo bastante obvio, pero cogió a Dermot por sorpresa. Apartó la mirada hacia las flores, los arbustos y el césped.

Tras una pensativa pausa, mi tío abuelo dijo:

—Nada me ha importado gran cosa desde que Niall me hechizó. Bueno, desde que Claude y tú rompisteis el hechizo, para ser más preciso. Es como si no pudiera dar con ningún propósito, como si no tuviese ni idea de lo que quiero hacer el resto de mi vida. Claude sí tiene uno. Y creo que seguiría tan satisfecho aunque no lo tuviese. Claude puede llegar a ser muy humano. —Y entonces pareció atónito, como si se diese cuenta de que, en mi estado radical actual, pudiese considerar sus ideas como un argumento perfecto para mandarlo a paseo junto con los demás.

—¿Y cuál es el propósito de Claude? —pregunté, ya que la cuestión había suscitado todo mi interés—. No es que no quiera hablar de ti, pero pensar que Claude puede tener planes concretos me llama mucho la atención.

—Ya he traicionado a una amiga —dijo. Al cabo de un momento me di cuenta de que se refería a mí—. No quiero traicionar a otro.

Ahora sí que me preocupaban los planes de Claude. No obstante, eso tendría que esperar.

—¿Por qué crees que sientes esa inercia? —pregunté, retomando el tema.

—Porque no le debo lealtad a nadie. Desde que Niall se aseguró de que me quedase fuera de nuestro mundo, desde que pasé tanto tiempo vagando en la locura, ya no me siento parte del clan del cielo, y el clan del agua no me aceptaría aunque quisiera aliarme con ellos. Mientras siguiera maldito —añadió precipitadamente—. Pero no soy humano y no me siento como uno. Apenas puedo hacerme pasar por un hombre durante varios minutos. Los demás seres feéricos del Hooligans, el grueso de ellos, sólo se han unido por casualidad. —Dermot agitó su rubia cabeza. Si bien su pelo era más largo que el de Jason (le llegaba a los hombros y le cubría las orejas), jamás se había parecido tanto a mi hermano—. Ya tampoco me siento como un hada. Me siento...

—Como un extraño en una tierra extraña —dije.

Se encogió de hombros.

—Puede ser.

—¿Sigues queriendo acondicionar el desván?

Exhaló sostenida y lentamente. Me miró de soslayo.

—Sí, tengo muchas ganas. ¿Me dejarías?

Entré en casa, cogí las llaves del coche y el dinero que guardaba en mi hueco secreto. La abuela me había inculcado su creencia en lo bueno que es tener un rincón oculto para guardar los ahorros. El mío se encontraba en un bolsillo interior de cremallera de mi impermeable, que estaba colgado al fondo del armario.

—Puedes coger mi coche para ir al Home Depot de Clarice —le propuse—. Toma. Sabes conducir, ¿verdad?

—Claro —asintió, mirando las llaves y el dinero ávidamente—. Hasta tengo carné de conducir.

—¿Cómo te lo has sacado? —pregunté, profundamente sorprendida.

—Acudí a una oficina de la administración un día que Claude estaba ocupado —explicó—. Me las arreglé para que creyeran ver los papeles necesarios. Tenía magia suficiente para hacerlo. Responder las preguntas del test no fue complicado. Observé a Claude, así que persuadir al funcionario tampoco me costó demasiado.

Me pregunté si muchas de las personas que me cruzaba al volante habrían hecho lo mismo. Eso explicaría muchas cosas.

—Está bien. Dermot, ten cuidado, por favor. Ah, ¿sabes cómo funciona el dinero?

—Sí, la secretaria de Claude me lo enseñó. Sé contarlo e identificar las monedas.

«Si es que eres todo un hombrecito», pensé, pero no habría sido nada educado verbalizarlo. La verdad es que se había adaptado muy bien para ser un hada enloquecida por la magia.

—Muy bien —asentí—. Pásalo bien, no te gastes todo mi dinero y vuelve antes de una hora porque tengo que ir al trabajo. Sam dijo que podía entrar más tarde hoy, pero no quiero pasarme.

—No te arrepentirás de esto, sobrina. —Abrió la puerta de la cocina, metió su bolsa de deportes, brincó los peldaños, se metió en mi coche y se quedó mirando el salpicadero con mucha atención.

—Eso espero —me dije mientras se abrochaba el cinturón y emprendía la marcha (lentamente, a Dios gracias)—. Sinceramente, eso espero.

Mis ex huéspedes no se habían sentido en la obligación de fregar los platos. No podía decir que me sorprendiera. Me encargué yo y despejé la encimera a continuación. La inmaculada cocina me hizo sentir que había hecho un buen progreso.

Mientras doblaba las sábanas, aún calientes de la secadora, me dije a mí misma que lo estaba llevando bien. Ojalá pudiera decir que no pensé en Amelia, que me arrepentí de todo, que me reafirmé en que había tomado la decisión correcta.

Dermot volvió antes de la hora. Estaba más feliz y animado de lo que nunca lo había visto. No me había dado cuenta de lo deprimido que había estado hasta que vi cómo se encendía, casi literalmente, con un propósito. Había alquilado una lijadora y había comprado pintura y plásticos, cinta adhesiva y rasquetas, brochas y rodillos, así como un dosificador para la pintura. Tuve que recordarle que tenía que comer algo antes de ponerse a trabajar. Y también tuve que recordarle que tenía que irme a trabajar en un plazo no demasiado largo.

Además, esa noche había reunión de la cumbre en mi casa.

—Dermot, ¿conoces a alguien con quien puedas pasar la noche hoy? —pregunté con cautela—. Eric, Pam y dos humanos vendrán a verme esta noche, después del trabajo. Somos como una especie de comité de planificación y tenemos trabajo. Ya sabes lo que pasa cuando los vampiros y tú coincidís en una casa.

—No tengo por qué ir a ninguna parte con nadie —respondió Dermot, sorprendido—. Puedo quedarme en el bosque. Es un sitio que me encanta. Por lo que a mí respecta, el cielo nocturno es tan bueno como el diurno.

Pensé en Bubba.

—Puede que Eric haya situado un vampiro en el bosque para que vigile la casa durante la noche —expliqué—. ¿Te importaría ir a un bosque más alejado? —Me sentía fatal por imponerle tantas restricciones, pero no me quedaba más remedio.

—Supongo que no —dijo con la voz de quien se esfuerza por ser tolerante y servicial—. Me encanta esta casa —añadió—. Hay en ella algo increíblemente hogareño.

Viéndolo sonreír mientras paseaba la mirada en derredor, estuve más segura que nunca de que la presencia oculta del *cluviel dor* era la razón por la que mi familia feérica había venido a quedarse conmigo, más que por mi fracción de sangre en común. Pero estaba dispuesta a admitir que Claude creía genuinamente que la razón de la atracción era mi sangre. Si bien sabía que tenía un lado más dulce, también estaba convencida de que si tenía noticia del valioso artefacto feérico, un artefacto que le permitiría cumplir su sueño más preciado (volver al otro mundo), no dudaría en derruir la casa para encontrarlo. Instintivamente pensé que no me gustaría interponerme entre Claude y el *cluviel dor*. Y a pesar de que sentía algo más cálido y genuino en Dermot, aún no estaba dispuesta a confiar plenamente en él.

—Me alegra que seas feliz aquí —dije a mi tío abuelo—. Y buena suerte con el proyecto del desván. —Lo cierto era que no necesitaba otro dormitorio arriba, ahora que Claude se había ido, pero opté por que Dermot tuviera algo que hacer—. Si me disculpas, iré a prepararme para ir a trabajar. Puedes ponerte a lijar el suelo. —Me había contado que empezaría por ahí. No sabía si ése era el orden adecuado o no, pero preferí dejárselo a él. A fin de cuentas, teniendo en cuenta el estado del desván cuando él y Claude me ayudaron a despejarlo, cualquier trabajo que emprendiese sería una mejora. Me aseguré, eso sí, de que utilizase una mascarilla mientras lijaba. Era una lección que había aprendido viendo programas de televisión sobre reformas hogareñas.

Jason se presentó durante su pausa del almuerzo mientras me estaba maquillando. Salí de la habitación y me lo encontré escrutando todo el material que había traído Dermot.

—¿Qué vas a hacer? —le preguntó a su casi gemelo. Era evidente que Jason albergaba sentimientos encontrados hacia Dermot, pero me di cuenta de que se sentía mucho más relajado con nuestro tío abuelo cuando Claude no estaba. Interesante. Subieron juntos las escaleras para echar un vistazo al desván vacío. Dermot no dejaba de hablar.

A pesar de que se me estaba haciendo tarde, les preparé unos sándwiches, dejándolos en un plato sobre la mesa, junto con dos vasos con hielo y sendas Coca-Colas antes de ponerme el uniforme del Merlotte's. Al volver, me los encontré en la mesa manteniendo una viva conversación. No había dormido lo suficiente, había tenido que espantar a los invitados de mi casa y no había llegado a ninguna conclusión con Mustafá o su acompañante. Pero ver a Dermot y Jason conversando sobre lechadas, pinturas en espray y ventanas a prueba de humedades, hizo que sintiera que el mundo volvía a enderezarse un poco.

Capítulo 11

Como el Merlotte's estaba casi vacío, nadie dijo nada porque llegase tarde. De hecho, Sam estaba tan preocupado que no creo que se diese cuenta siquiera. Su abstracción me hizo sentir un poco mejor. Me preguntaba si Jannalynn le habría contado algún cuento para disimular su malicia, por si me quejaba por haber metido a otro hombre en mi cama. Sam no parecía tener ni idea de que su novia se hubiera esforzado tanto para ponerme en ridículo, recomendando a su jefe que jugase al escondite entre mis sábanas.

Pero enfadarse con Jannalynn era demasiado fácil, ya que no me caía bien. Pensándolo mejor, Alcide debió sopesar mejor las cosas antes de aceptar un mal consejo. Si había sido tan estúpido como para dar cancha a su propuesta, Jannalynn se quedaba con toda la maldad por habérsele ocurrido en primer lugar. Me había quedado claro que éramos enemigas. Por lo visto, era mi día de los desengaños.

Sam estaba absorto en sus libros de contabilidad. Cuando discerní por sus pensamientos que intentaba imaginar cómo pagar los recibos de su proveedor de cerveza, decidí que ese día tenía más problemas de los que era capaz de manejar. No necesitaba que nadie le calentase la oreja sobre su novia.

Cuanto más lo pensaba, más convencida estaba de que era un problema entre Jannalynn y yo, por muy tentada que estuviese de alertar a Sam sobre el verdadero carácter de su novia. Me sentí más lista y mejor persona tras adoptar esa actitud, así que serví comida y bebidas con una sonrisa y palabras amables durante todo mi turno. En consecuencia, las propinas fueron muy generosas.

Trabajé hasta más tarde para recuperar el tiempo perdido, y nos vino muy bien porque Holly llegó tarde. Eran pasadas las seis cuando entré en el despacho para recoger mi bolso. Sam estaba hundido tras su escritorio. La preocupación lo carcomía.

—¿Necesitas hablar de algo? —me ofrecí.

—¿Contigo? Supongo que ya sabrás en qué estoy pensando —dijo, pero no como si lo estuviese importunando—. El bar cae en picado, Sook. Es el peor bache que he pasado nunca.

No se me ocurrió nada que no fuese una exageración o una verdad a medias. «Siempre surge algo. La noche parece más oscura justo antes del amanecer. Cuando Dios cierra una puerta, abre una ventana. Todas las cosas ocurren por una razón. En toda vida ha de llover un poco. Lo que no nos mata, nos hace más fuertes». Al final, me limité a acercarme y darle un beso en la mejilla.

—Llámame si me necesitas —dije, y me fui al coche con el alma compungida. Puse el subconsciente a trabajar en un plan para ayudar a Sam.

Me encanta el verano, pero a veces odio el horario de ahorro de energía. Si bien había trabajado hasta más tarde y ya me iba a casa, el sol brillaba todavía, y le quedaba una hora y media más de vida antes del ocaso. Y aun entonces, cuando Eric y Pam llegasen a mi casa, tendríamos que esperar a que Colton terminase de trabajar.

Al entrar en el coche, me di cuenta de que quizá habría una posibilidad de que oscureciese antes de lo normal. Una ominosa masa de nubarrones se acumulaba hacia el oeste, nubarrones muy oscuros que avanzaban a gran velocidad. El día no acabaría tan bonito y brillante como había comenzado. Recordé a mi abuela cuando decía: «En toda vida ha de llover un poco». Me preguntaba si había sido profético.

Las tormentas no me asustan. Jason tuvo una vez un perro que corría al piso de arriba para esconderse debajo de su cama cada vez que oía un trueno. Sonreí al recordarlo. A mi abuela no le gustaba tener perros en casa, pero no pudo hacer nada para mantener a *Rocky* fuera. Siempre se las arreglaba para entrar cuando hacía mal tiempo, aunque eso tenía más que ver con el buen corazón de Jason que con la inteligencia canina. Ésa era una de las cosas buenas de mi hermano; siempre era amable con los animales. «Y ahora es uno de ellos —pensé—. «Al menos una vez al mes». No sabía qué pensar al respecto. Las nubes se habían acercado más mientras miraba al cielo y sentí la urgencia de llegar a casa lo antes posible para comprobar que mis antiguos huéspedes no se hubieran dejado ninguna ventana abierta.

A pesar de la ansiedad, miré el indicador de combustible y me di cuenta de que tenía que repostar. Mientras el surtidor hacía lo suyo, salí de debajo de la cubierta de la gasolinera Grabbit Kwik para echar un vistazo al cielo. Ojalá hubiese puesto el canal del tiempo esa mañana.

El viento arreciaba, arrastrando fragmentos de todo tipo por el aparcamiento. El aire era tan denso y húmedo que el pavimento desprendía olor. Cuando el surtidor se detuvo, me alegró poder colgar la manguera a toda prisa y meterme en el coche. Vi a Tara de paso, quien miró hacia mí y me saludó con la mano. Al verla, pensé en la fiesta y en sus bebés con una pizca de culpabilidad. A pesar de tenerlo todo dispuesto para la fiesta, no había pensado en ella durante toda la semana, ¡y ya sólo quedaban dos días! ¿Debería pensar más en la ocasión social que en mi plan de asesinato?

En momentos así mi vida parecía... compleja. Unas pocas gotas se estrellaron contra el parabrisas cuando salía de la gasolinera. Esperaba tener suficiente leche para el desayuno, porque no había comprobado las existencias antes de salir. ¿Me quedaba sangre embotellada para ofrecer a los vampiros? Por si las moscas, hice una parada en Piggly Wiggly y compré algunas. Aproveché y también compré leche. Y algo de beicon. Hacía mil años que no me tomaba un bocadillo de beicon, y Terry Bellefleur me había regalado unos tomates frescos.

Coloqué las bolsas en el asiento del copiloto y me precipité detrás, ya que el cielo rompió a llover con toda su furia sin previo aviso. Tenía la espalda empapada y la coleta pegada a la nuca. Rescaté del asiento trasero mi paraguas. Era el viejo paraguas que usaba mi abuela cuando iba a verme jugar a softball. Se me escapó una sonrisa al ver sus difuminadas franjas negras, verdes y cereza.

Hice el resto del camino a casa conduciendo lenta y cuidadosamente. La lluvia se estrellaba en el coche y rebotaba en la calzada como si estuviese formada de taladros en miniatura. Los faros apenas lograban hendir la espesa capa de agua y oscuridad. Miré el reloj del salpicadero. Eran pasadas las siete. Tenía mucho tiempo antes de la reunión del Comité para el Asesinato de Victor, pero sería todo un alivio poner el pie en casa. Sopesé mentalmente el trecho que tendría que cubrir desde el coche hasta la puerta. Si Dermot ya se había ido, habría dejado la puerta trasera cerrada con llave. Estaría totalmente expuesta a la lluvia mientras me peleaba con las llaves y las dos pesadas bolsas con leche y sangre. No era la primera vez (ni sería la última) que pensaba en gastar mis ahorros —el dinero que había recibido de Claudine y la menguada suma de la herencia de Hadley (Remy no había llamado, así que asumí que iba en serio con su rechazo del dinero)— para construir un cobertizo para el coche comunicado con la casa.

Pensaba en cómo situar esa estructura, imaginando cuánto costaría su construcción, mientras aparcaba detrás de la casa. ¡Pobre Dermot! Al pedirle que pasara la noche fuera, lo había condenado a una penosa y húmeda estancia en el bosque. O al menos eso pensaba yo. Las hadas tienen una escala de valores muy distinta a la mía. Quizá podría prestarle mi coche para que se fuese a casa de Jason.

Oteé a través del parabrisas buscando una luz en la cocina que delatase la presencia de Dermot.

Pero la mosquitera permanecía abierta sobre los peldaños. No pude ver bien si la propia puerta también lo estaba.

Mi primera reacción fue de indignación. «Dermot es un desastre —pensé—. Quizá debí pedirle que se fuese también». Pero entonces me lo pensé de nuevo. Dermot nunca había sido descuidado, y no tenía razón alguna para pensar que hoy iba a empezar a serlo. Quizá, en vez de irritada, debía sentirme preocupada.

Quizá debía hacerle caso a esa alarma que se empeñaba en sonar en mi mente.

¿Sabéis lo que sería inteligente? Dar marcha atrás y salir de allí. Aparté la mirada de la ominosa puerta abierta. Si dudarlo más, puse marcha atrás y empecé a retroceder. Giré el volante y me dispuse a salir a toda prisa por el camino.

Un árbol joven de respetable tamaño se precipitó en ese momento sobre la grava.

Sabía distinguir una trampa cuando la veía.

Apagué el motor y abrí la puerta precipitadamente. Mientras me debatía para salir del coche, una figura apareció entre los árboles y se lanzó en mi persecución. La única arma que llevaba encima era el bidón de leche que acababa de comprar. Aferré las asas de la bolsa de plástico y la alcé sobre mi cabeza. Para mi propio asombro, di de lleno a la figura y la leche se derramó por todas partes. Por absurdo que parezca, sentí un acceso de furia por el derroche, pero a continuación salí corriendo como pude hacia los árboles, escurriéndome sobre la hierba mojada. Gracias a Dios que llevaba las zapatillas deportivas. Corrí para salvar la vida. Puede que mi agresor estuviese algo noqueado, pero no seguiría así siempre, y quizá hubiese más de uno. Estaba segura de haber captado un atisbo de movimiento en mi periferia visual.

No estaba segura de si mis emboscadores pretendían matarme, pero lo que estaba claro era que no iban a invitarme a echar una partida al Monopoly.

Me estaba calando cada segundo que pasaba bajo la lluvia y merced al agua que removía de los arbustos a medida que me iba adentrando en el bosque. Si sobrevivía a ésa, me juré que volvería a correr en la pista de carreras del instituto, ya que el aliento me quemaba cada vez que salía y entraba en mis pulmones. La vegetación veraniega era densa y las enredaderas se extendían por doquier. Aún no me había caído, pero sólo era cuestión de tiempo.

Intentaba pensar en algo con todas mis fuerzas —sería ideal—, pero era incapaz de centrarme. Corre y escóndete, corre y escóndete, era todo lo que mi mente podía inspirarme. Si mis perseguidores eran licántropos, todo había terminado, ya que podrían rastrearme sin problemas aun en su forma humana, si bien la lluvia podría atrasarlos un poco.

No podían ser vampiros. El sol aún no se había ocultado.

Las hadas habrían sido mucho más sutiles.

Humanos, pues. Evité penetrar en el cementerio, ya que me habrían localizado muy fácilmente en terreno abierto.

Oí ruidos en el bosque, a mi espalda, así que corrí hacia el único santuario que aún podía ofrecerme un escondite. La casa de Bill.

No tenía tiempo suficiente para escalar un árbol. Tenía la sensación de que había saltado fuera de mi coche hacía una hora. ¡Mi bolso, mi teléfono! ¿Por qué no había cogido el teléfono? Podía ver con toda claridad mi bolso posado sobre el asiento del copiloto. Mierda.

Ahora corría cuesta arriba, así que me quedaba menos. Me detuve a recuperar el aliento junto a un enorme roble, a unos diez metros del porche de Bill. Asomé la cabeza para echar un vistazo. Allí estaba la casa de Bill, oscura y silenciosa bajo la copiosa lluvia. Mientras Judith estuvo residiendo allí, un día dejé mi copia de sus llaves en el buzón. Me pareció lo más correcto. Pero esa noche me había dejado un mensaje en el contestador diciéndome dónde había dejado las llaves de reserva. Jamás nos habíamos intercambiado una palabra al respecto.

Me arrastré hasta el porche, encontré la llave pegada con cinta bajo el apoyabrazos de una silla de exterior de madera y abrí la puerta principal. Me temblaban tanto las manos que me sorprendió dar con la cerradura a la primera y que no se me cayesen. Iba a entrar cuando pensé: «Huellas». Dejaría huellas por todas partes si entraba. Sería como dejar miguitas de pan para que me siguieran el rastro. Me acuclillé junto a la barandilla del porche, me quité la ropa y el calzado y los escondí tras una tupida azalea que rodeaba la casa. Retorcí mi coleta para retirar el exceso de agua. Me sacudí secamente, como un perro, para desprenderme de toda el agua posible. Y entonces penetré en la tranquila penumbra de la residencia Compton. Aunque no había tenido tiempo de detenerme a pensarlo demasiado, se me hacía un poco extraño estar en el vestíbulo de la casa desnuda.

Me miré los pies. Una salpicadura de agua. Traté de borrarla con el pie y di una gran zancada hacia el vetusto corredor que daba a la cocina. Ni siquiera miré hacia el salón (al que Bill suele referirse como salita) o el comedor.

Bill nuca me había dicho exactamente dónde dormía durante el día. Entendí que esa información era uno de los mayores secretos para un vampiro. Pero soy una persona razonablemente alerta, y tuve tiempo de imaginármelo mientras estuvimos juntos. A pesar de que estaba segura de que había más de un lugar secreto, uno de ellos debía de estar cerca de la despensa, en la cocina. Había reformado la cocina e instalado una bañera caliente, ya que no necesitaba electrodomésticos para cocinar, pero había dejado una pequeña estancia aledaña intacta. No sabía muy bien si se trataba exactamente de una despensa o del cuarto del mayordomo. Abrí la nueva puerta apanelada y accedí al interior, cerrándola tras de mí. Hoy, las extrañamente altas estanterías sólo contenían unos cuantos paquetes de seis botellas de sangre y un destornillador. Di unos golpes en el suelo, en la pared. Por culpa del pánico y del ruido de la tormenta en el exterior, no fui capaz de notar ninguna diferencia en el sonido.

—Bill —llamé—. Déjame entrar. Dondequiera que estés, déjame entrar. —Parecía un personaje de esas historias de terror.

A pesar de quedarme escuchando durante varios segundos en la más absoluta quietud, no oí nada. No habíamos compartido sangre en mucho tiempo y aún era de día, si bien quedaba poco para el anochecer.

«Mierda», pensé, y entonces vi una fina línea que destacaba entre las tablas, junto al umbral de la puerta. La examiné con cuidado y vi que se extendía hacia los lados. No tuve tiempo de examinarla más de cerca. Con el corazón acelerado por el instinto de supervivencia y la desesperación, hundí el destornillador en la franja e hice palanca. Había un hueco, y por él me metí, llevándome el destornillador y volviendo a poner la tapa en su sitio. Me di cuenta de que las estanterías debían de ser tan altas para permitir que la puerta secreta se deslizase sin obstáculos. No sabía dónde se escondían los goznes, ni me importaba.

Durante un largo instante, me quedé sentada, desnuda, en la tierra prensada, jadeando mientras intentaba recuperar el aliento. No había corrido tanto durante tanto tiempo desde..., desde la última vez que corrí porque alguien intentaba matarme.

«Tengo que cambiar de vida», me dije. No era la primera vez que lo pensaba, que me conjuraba para buscar un modo de vida menos arriesgado.

No era momento para ponerse a pensar tan profundamente. Era momento para rezar para que quienquiera que se dedicara a tumbar árboles en mi camino no me encontrase en esa casa, desnuda e indefensa, escondida en un agujero con... ¿Dónde estaba Bill? Por supuesto que estaba muy oscuro con la puerta cerrada, y no se colaba luz alguna por la disposición del hueco y la oscuridad del lluvioso día. Palpé en la oscuridad en busca de mi involuntario anfitrión. ¿Y si estaba en otro escondite? Era sorprendente lo amplio que era ese espacio. Mientras buscaba, tuve tiempo de pensar en todo tipo de bichos. Serpientes. Cuando te encierras en un agujero, desnuda, no te gusta la idea de que algunas cosas toquen zonas corporales que rara vez están en contacto con el suelo. Gateé y palmeé a ciegas, y de vez en cuando daba respingos al sentir (o imaginar) unas diminutas patas recorriendo mi piel.

Finalmente localicé a Bill en un rincón. Aún estaba muerto, por supuesto. Para mi mayor asombro, mis dedos me indicaron que él también estaba desnudo. Práctico, sin duda. ¿Para qué ensuciarse la ropa? Sabía que dormía de esa guisa fuera en ocasiones. Me sentí tan aliviada al tocarlo que lo que menos me importó fue que no llevara ropa.

Intenté calcular cuánto tiempo me habría llevado el viaje de vuelta desde el Merlotte's, cuánto había estado corriendo por el bosque. Mi mejor pronóstico era que aún faltaba media hora, tres cuartos, antes de que Bill despertase.

Me hice un ovillo junto a él, aferrando el destornillador, escuchando con cada nervio de mi cuerpo cualquier sonido. Cabía la posibilidad de que ellos (ese misterioso «ellos») no pudieran seguir mi rastro dentro de la casa, ni el de mi ropa. Pero si mi suerte no había variado, seguro que podrían encontrar mi ropa, y sabrían que había entrado en la casa y entrarían ellos también.

Tuve tiempo de lamentarme por haber ido corriendo al hombre más cercano en busca de protección. Aun así, me controlé; no eran tanto sus músculos lo que buscaba como el cobijo de su casa. Y eso era aceptable, ¿no? En ese momento, la corrección social era lo que menos me importaba. La supervivencia estaba en lo más alto de mi lista. Y Bill no estaba precisamente a mi disposición, suponiendo que estaría dispuesto...

—¿Sookie? —murmuró.

—Bill, gracias a Dios que has despertado.

—Estás desnuda.

Qué raro que un hombre mencione ese detalle desde el principio.

—Y tanto. Y te diré por qué.

—No puedo levantarme todavía —dijo—. Debe de estar... ¿nublado?

—Sí. Una gran tormenta. Está oscuro como la boca del demonio, y hay gente...

—Vale. Más tarde. —Y volvió a dormirse.

¡Mierda! Me arrebujé más aún contra su cuerpo y escuché. ¿Había dejado la puerta principal sin cerrar? Claro que sí. Y en cuanto me di cuenta, oí el suelo de madera crujir sobre mi cabeza. Estaban dentro.

—No hay gotas —dijo una voz, probablemente desde el vestíbulo. Me arrastré a cuatro patas hacia la puerta secreta para escuchar mejor, pero me detuve. Aún quedaba la posibilidad de que aunque abriesen la puerta, no nos viesen ni a Bill ni a mí. Estábamos en el rincón más alejado, y el espacio era muy amplio. A lo mejor fue un sótano, o lo más parecido en un lugar con una tasa de lluvias tan generosa.

—Sí, pero la puerta estaba abierta. Debe de haber entrado. —Era una voz nasal, y sonaba un poco más cerca que la anterior.

—¿Sin dejar huellas? ¿Con todo lo que está lloviendo? —La voz sarcástica era un poco más profunda.

—No sabemos qué es —dijo el de la voz nasal.

—No es una vampira, Kelvin. Eso lo sabemos.

—Quizá sea una cambiante que se transforma en pájaro, o algo así, Hod.

—¿Pájaro? —El bufido de incredulidad reverberó por la oscura casa. Hod podía ser muy sarcástico.

—¿Viste las orejas de ese tipo? Eso sí que era increíble. En estos tiempos no se puede descartar nada —recomendó Kelvin a su compañero.

¿Orejas? Estaban hablando de Dermot. ¿Qué le habían hecho? Era la primera vez que pensaba que le podría haber ocurrido algo a mi tío abuelo.

—Sí, ¿y? Seguro que es uno de esos empollones aficionados a la ciencia ficción. —Hod no parecía prestar mucha atención a lo que estaba diciendo. Oí que abrían puertas de armarios. Imposible que me escondiese allí.

—Qué va, tío. Estoy seguro de que eran reales. No tenía cicatrices ni nada. Quizá debí quedarme con una.

¿Quedarse con una? Me estremecí.

Kelvin, que estaba más cerca de la despensa que Hod, añadió:

—Subiré a comprobar las habitaciones. —Oí el ruido de sus pasos alejarse, el distante crujido de las escaleras, pasos amordazados por las alfombras de la planta alta. Supe dónde estaba en cuanto lo tuve justo encima, en el dormitorio principal, donde dormía cuando estaba con Bill.

Con Kevin ausente, Hod se dedicó a ir de un lado para otro, aunque no me pareció que pusiera demasiado empeño en encontrarme.

—Vale..., aquí no hay nadie —anunció Kelvin al regresar de la antigua cocina—. ¿Por qué habrá una bañera caliente en la casa?

—Hay un coche fuera —apreció Hod, pensativo. Su voz estaba mucho más cerca, justo al otro lado de la puerta secreta. Estaba pensando en regresar a Shreveport y darse una ducha caliente, ponerse ropa seca y puede que hacer el amor con su mujer. En eso capté más detalles de los que me hubiesen gustado. Puaj. Kelvin era más prosaico. Quería recibir el pago, así que deseaba entregarme. ¿A quién? Maldita sea, no estaba pensando en eso. Se me hundió el corazón, aunque hubiese jurado que ya lo tenía a los pies. Mis pies desnudos. Menos mal que me había pintado las uñas. ¡Irrelevante!

Una brillante luz se dibujó de repente a lo largo de la hendidura de la puerta secreta, la escotilla o comoquiera que Bill la llamase. Habían encendido la luz de la despensa. Me quedé quieta como un ratoncillo, esforzándome por respirar superficial y silenciosamente. Me pregunté cómo se sentiría Bill si me matasen justo a su lado. ¡Irrelevante!

Pero algo sentiría.

Oí un crujido y supe que uno de los hombres estaba justo encima de mí. Si hubiese podido desconectar mi mente, lo habría hecho. Era tan consciente de la vida en otras mentes que me costaba creer que la detección no fuese recíproca, sobre todo si se trataba de una tan nerviosa como la mía.

—Aquí sólo hay sangre —dijo Hod, tan cerca que di un respingo—. De esa embotellada. ¡Eh, Kelvin, esta casa debe de pertenecer a un vampiro!

—Eso da igual mientras siga dormido. A lo mejor es una tía. Eh, ¿nunca te lo has hecho con una vampira?

—No, ni quiero. No me gustan los muertos. Bueno, la verdad es que algunas noches Marge no es mucho mejor.

Kelvin se rió.

—Más vale que no te oiga decir eso, hermano.

Hod rió también.

—Descuida.

Y salió de la despensa. No apagó la luz. ¡Maldito capullo derrochador! Estaba claro que a Hod le importaba un pimiento que Bill supiese que alguien había estado allí. Era un idiota integral.

Y Bill se despertó. Esta vez estaba un poco más alerta. En cuanto noté que se movía, salté sobre él y le puse una mano en la boca. Sus músculos se tensaron y no tuve tiempo de pensar siquiera: «¡Oh, no!» antes de que me oliera y me reconociera.

—¿Sookie? —dijo en voz baja.

—¿Has oído algo? —preguntó Hod sobre mi cabeza.

Se produjo un largo instante de atenta escucha.

—Shhh —susurré al oído de Bill.

Una fría mano recorrió mi pierna. Casi pude sentir la sorpresa de Bill —otra vez— al darse cuenta de que estaba desnuda... otra vez. Y también supe que, en cuanto escuchó la voz sobre nuestras cabezas, todos sus sentidos se pusieron alerta.

Bill estaba atando los cabos. No sabía a qué conclusión estaba llegando, pero sabía que teníamos un problema. También sabía que había una mujer medio desnuda encima de él y se le crispó otra cosa. Exasperada a la par que divertida, tuve que apretar los labios para no dejar escapar una risita. ¡Irrelevante!

Y entonces, Bill volvió a dormirse.

¿Es que el maldito sol no pensaba ocultarse nunca? Sus idas y vueltas me estaban poniendo de los nervios. Era como salir con alguien con la memoria de un pez.

Y se me había olvidado escuchar con atención y seguir con mi miedo.

—No, no oigo nada —dijo Kelvin al fin.

Recostada sobre mi involuntario anfitrión era como hacerlo sobre un frío cojín de pelo.

Y una erección. Por lo que parecía ser la décima vez, Bill se había despertado.

Resoplé en silencio. Bill estaba completamente despierto. Me rodeó con sus brazos, pero con el caballeroso tino de no explorar mi cuerpo, al menos de momento. Ambos escuchábamos; él oyó a Kelvin hablar.

Finalmente, dos conjuntos de pisadas cruzaron el suelo de madera y oímos cómo se abría y se cerraba la puerta principal. Me desplomé de alivio. Bill me cogió con más fuerza entre sus brazos y rodó para colocarse sobre mí.

—¿Es Navidad? —preguntó, apretándose contra mí—. ¿Eres un regalo de anticipo?

Reí, pero no acabé de responder.

—Lamento la intrusión, Bill —dije en voz muy baja—. Pero me estaban persiguiendo. —Le expliqué lo acontecido muy resumidamente, contándole dónde había dejado mi ropa y por qué. Noté que su pecho se agitaba ligeramente y supe que reía en silencio—. Estoy muy preocupada por

Dermot —dije. Hablaba prácticamente en un susurro, lo que, sumado al ambiente oscuro, propiciaba una atmósfera íntima, por no decir nada de la amplia superficie de piel que teníamos en contacto.

—Hace un rato que estás aquí abajo —señaló Bill, con la voz normal.

—Sí.

—Voy a salir para asegurarme de que se han ido, ya que no me vas a dejar «abrir» antes —anunció. Tardé un momento en comprender. Me sorprendí sonriendo en la oscuridad. Bill se apartó dulcemente de mí y vi su pálida silueta moverse en silencio a través de la oscuridad. Tras escuchar un segundo, abrió la escotilla. Una intensa luz eléctrica inundó el hueco. Fue tal el contraste que me vi obligada a cerrar los ojos para acostumbrarme. Cuando lo conseguí, Bill ya se había deslizado en la casa.

No oí nada, por mucho que fuera el empeño que puse en escuchar. Me cansé de esperar (sentía que llevaba una eternidad escondida), así que salí por la escotilla con mucha menos gracia y más ruido que Bill. Apagué las luces que Hod y Kelvin habían dejado encendidas, al menos porque la luminosidad me hacía sentir el doble de desnuda. Oteé cuidadosamente por la ventana del comedor. Era difícil asegurar nada con esa oscuridad, pero tenía la sensación de que los árboles ya no se agitaban al viento. Seguía lloviendo con la misma fuerza. Vi un relámpago al norte, pero nada de secuestradores o cuerpos que no tuviesen nada que ver con el terreno anegado.

No parecía que Bill tuviera prisa alguna en volver para decirme lo que estaba pasando. La vieja mesa del comedor estaba cubierta por una especie de mantel con flecos. Decidí usarlo para taparme. Esperaba que no fuese ninguna reliquia familiar de los Compton. Tenía agujeros y un generoso patrón floral, así que tampoco me inquietaba demasiado.

—Sookie —dijo Bill a mi espalda. Me volví con un respingo.

—¿Te importaría no hacer eso? —lo recriminé—. Ya he tenido bastantes malas sorpresas por hoy.

—Lo siento —contestó. Tenía un trapo de cocina en la mano y se estaba secando el pelo—. He entrado por la puerta de atrás. —Aún estaba desnudo, pero sentí que sería ridículo hacer ninguna observación al respecto. Lo había visto así muchas veces. Me miraba de arriba abajo con cierta expresión de perplejidad en la cara.

—Sookie, ¿llevas puesta la mantilla española de mi tía Edwina? —preguntó.

—Oh, lo siento —me disculpé—. De veras, Bill. Es que estaba ahí y yo tenía frío y estaba mojada y necesitaba cubrirme con algo. Lo siento mucho. —Pensé que quizá debería desprenderme de la mantilla y devolvérsela, pero me lo pensé mejor.

—Te sienta mejor a ti que a la mesa —dijo—. Además, tiene agujeros. ¿Lista para volver a tu casa y ver qué ha sido de tu tío abuelo? ¿Y dónde está tu ropa? Espero... ¿Te la han quitado esos hombres? ¿Te han hecho daño?

—No, no —me apresuré a decir—. Ya te conté que tuve que esconderla para que no siguiesen el rastro de la humedad. Está delante, escondida entre los arbustos. No podía dejarla a la vista, como comprenderás.

—Bien —aceptó Bill. Estaba muy pensativo—. Si no te conociera, pensaría, y disculpa si te ofendo, que habrías montado todo esto para meterte en la cama conmigo otra vez.

—Oh. ¿Quieres decir que no te parecería descabellado que montase todo esto para tener una excusa para aparecer desnuda, necesitada de auxilio, la damisela en apuros, en busca del vampiro poderoso e igualmente desnudo Bill, para que me rescate de mis secuestradores?

Asintió, algo azorado.

—Ojalá me sobrase el tiempo libre para dar con ideas como ésa. —Admiraba una mente capaz de concebir una forma tan aviesa de obtener lo que deseaba—. Creo que para obtener ese resultado me hubiese bastado con llamar a tu puerta y poner aspecto de sentirme sola. O podría haber dicho: «¿Cómo estás, hombretón?». No creo que haga falta que venga desnuda y en peligro para que te excites, ¿verdad?

—Tienes toda la razón —respondió con una leve sonrisa—. Pero si un día te apetece jugar a ese juego, estaré encantado de desempeñar mi papel. ¿Quieres que me disculpe otra vez?

Le devolví la sonrisa.

—No es necesario. No tendrás un chubasquero, ¿verdad?

Claro que no, pero sí tenía un paraguas. No tardó en rescatar mi ropa de entre los arbustos. Mientras la metía en la secadora, corrió escaleras arriba, hacia el dormitorio en el que nunca dormía, en busca de unos vaqueros y una camiseta (cosa seria) para él.

Haría falta tiempo para que se secase mi ropa, así que, ataviada con la mantilla española de su tía y su paraguas azul, me metí en su coche. Condujo hasta Hummingbird Road y luego hacia mi casa. Tras aparcar el coche, se bajó para apartar el tronco del camino con la misma facilidad que si se hubiese tratado de un mondadientes. Reanudamos la marcha hacia mi casa, haciendo una pausa a la altura de mi pobre coche, que aún tenía la puerta del conductor abierta bajo la lluvia. El interior estaba empapado, pero mis pretendidos secuestradores no parecían haberle hecho nada. La llave aún pendía del contacto y el bolso seguía en el asiento del copiloto, junto con el resto de las compras.

Bill echó una mirada a la botella de plástico de leche rota mientras yo me preguntaba a quién habría dado, a Hod o a Kelvin.

Nos acercamos a la puerta trasera, pero mientras aún me estaba haciendo con la bolsa de la compra y mi bolso, Bill fue directamente hacia la casa. Tuve un segundo de preocupación inspirada por cómo iba a secar mi coche antes de centrarme de nuevo en la crisis que nos aquejaba. Pensé en lo que le había pasado al hada Cait, y los problemas del tapizado de mi coche se evaporaron de mi cabeza a toda velocidad.

Entré en casa con torpeza. Me costaba lidiar con mi prenda improvisada, el paraguas, la bolsa, el bolso con las botellas de sangre y mis pies descalzos. Oía los movimientos de Bill mientras registraba la casa y supe cuándo encontró algo, porque dijo:

—¡Sookie! —Su tono era de urgencia.

Dermot estaba inconsciente en el desván, junto a la lijadora que había alquilado, que estaba tirada de lado y apagada. Había caído al suelo de cara, así que deduje que le estaba dando la espalda a la puerta, lijadora en mano, cuando entraron en la casa. Cuando se dio cuenta de que no estaba solo y apagó la herramienta, ya era demasiado tarde. Tenía el pelo empapado de sangre y la herida tenía un aspecto horrible. Debían de llevar al menos un arma.

Bill estaba rígidamente encorvado sobre la figura inerte. Sin volverse a mí, dijo:

—No puedo darle mi sangre. —Como si se lo hubiese pedido.

—Lo sé —afirmó, sorprendida—. Es un hada. —Lo rodeé y me arrodillé al otro lado. Estaba en posición para ver la cara de Bill—. Aparta —dije—. Vete. Vete abajo, ahora. —El olor de la sangre feérica, tóxica para un vampiro, debía de sentirse por todo el ático para Bill.

—Podría lamerla para limpiarla —se ofreció, los ojos fijos en la herida, anhelantes.

—No. No pararías. ¡Apártate, Bill! ¡Vete! —Pero se inclinó más, la cara más cerca de la herida de Dermot. Le propiné una bofetada con todas mis fuerzas—. Tienes que irte —le pedí, aunque las ganas de disculparme casi me hacían temblar. La mirada de Bill era terrible. Ira, anhelo, la pugna por el autocontrol.

—Estoy hambriento —susurró, tragándome con su mirada—. Aliméntame, Sookie.

Por un momento estuve segura de que tenía que escoger entre una mala opción y otra peor. La peor hubiese sido dejarle que mordiera a Dermot, y no sé si la siguiente peor habría sido dejar que me mordiera a mí, ya que con todo ese olor a hada en el ambiente no tenía muy claro que pudiese dejar de chupar a tiempo. Mientras todas estas dudas rondaban mi cabeza, Bill seguía luchando por controlarse. Lo consiguió..., pero por los pelos.

—Voy a comprobar que se hayan marchado —dijo, forzándose a enfilar las escaleras. Hasta su cuerpo se había sublevado contra su voluntad. Estaba claro; su instinto le inducía a beber sangre de cualquier manera, a cualquier precio, de los dos suculentos recipientes que dejaba atrás, mientras su mente le obligaba a alejarse de allí antes de que ocurriera algo horrible. Si hubiese tenido a otra persona cerca, no estoy segura de que no se la hubiera arrojado a Bill. Me daba mucha pena.

Pero consiguió bajar las escaleras y oí cómo daba un portazo al salir. Por si perdía el control, corrí a echar el pestillo de ambas puertas traseras, al menos para contar con un poco de tiempo en caso de que cediera a sus impulsos. Miré rápidamente el salón para comprobar que la delantera estaba cerrada, como la había dejado. Sí. Antes de subir de nuevo con Dermot, fui a por mi escopeta, en el armario principal.

Seguía en su sitio. Me permití saborear el momento de alivio. Menos mal que esos dos tipos no la habían robado. Su registro debía de haber sido muy superficial. Estoy segura de que habrían dado con algo tan valioso como una escopeta si no hubiesen estado buscando algo más grande: yo.

Con la Benelli en la mano me sentía mucho mejor. Cogí el botiquín que tenía más cerca y me lo llevé para arriba. Subí a toda prisa las escaleras para arrodillarme de nuevo junto a mi tío abuelo. Empezaba a estar harta de la mantilla, que parecía insistir en desatarse en los momentos más inoportunos. Me pregunté fugazmente cómo se las arreglarían las mujeres indias, pero no me podía permitir el tiempo de vestirme hasta auxiliar a Dermot.

Con un montón de gasas estériles limpié la sangre de la cabeza para examinar la herida. Tenía mal aspecto, pero eso ya me lo esperaba; las heridas en la cabeza son siempre muy feas. Al menos ésta ya había dejado de sangrar. Mientras estaba atareada con la cabeza de Dermot, se estaba produciendo en mi interior un intenso debate sobre si llamar a una ambulancia o no. No estaba muy segura de que los sanitarios pudieran llegar sin la interferencia de Hod y Kelvin. No, eso no sería un problema. Bill y yo habíamos llegado sin problemas.

Lo más importante: no estaba segura de la compatibilidad de la fisiología feérica con las técnicas médicas humanas. Vale que ambas especies podían mestizar, lo que avalaba la compatibilidad de los primeros auxilios humanos, pero aun así... Dermot emitió un quejido y rodó para ponerse de espaldas. Puse una toalla bajo su cabeza justo a tiempo.

—Sookie —dijo—. ¿Por qué llevas puesto un mantel?

Capítulo 12

Tienes las dos orejas —le aseguré, sintiendo una oleada de alivio que casi me caigo. Le toqué las puntas suavemente para que estuviese seguro.

—¿Y por qué no iba a tenerlas? —Dermot estaba confuso, y a tenor de la pérdida de sangre que había sufrido, era de lo más comprensible—. ¿Quién me atacó?

Lo miré hacia abajo, incapaz de decidir qué hacer. Tuve que hacer de tripas corazón. Llamé a Claude.

—Teléfono de Claude —dijo una voz profunda que atribuí a Bellenos, el elfo.

—Bellenos, soy Sookie. No sé si me recuerdas, pero estuve allí el otro día con mi amigo Sam.

—Sí —contestó.

—Mira, alguien ha atacado a Dermot y está herido. Necesito saber si debo o no debo hacer algo a un hada herida. Cosas al margen de lo que se haga con humanos normales.

—¿Quién le ha hecho eso? —la voz de Bellenos era más agresiva.

—Dos humanos que irrumpieron en la casa buscándome a mí. Yo no estaba, pero Dermot sí. Estaba con una lijadora y no los oyó llegar. Al parecer, lo han golpeado en la cabeza, pero no sé con qué.

—¿Se ha detenido la hemorragia? —preguntó. Podía oír la voz de Claude de fondo.

—Sí, la sangre está seca.

Se produjo un zumbido de voces al otro lado, mientras Bellenos consultaba con varias personas, o al menos eso parecía.

—Voy para allá —anunció Bellenos al fin—. Claude me ha dicho que en este momento no es bienvenido en tu casa, así que iré en su lugar. Será agradable salir un poco de este sitio. ¿No hay más humanos aparte de ti? No podría pasar.

—Nadie más, al menos por ahora.

—Llegaré pronto.

Transmití esa información a Dermot, que simplemente estaba perplejo. Me repitió un par de veces que no comprendía por qué estaba en el suelo y empecé a preocuparme por él. Al menos parecía cómodo.

—¡Sookie! —Antes de que se pusiera a llover, Dermot había abierto las ventanas para airear mientras lijaba. Oí a Bill claramente.

Me acerqué a la ventana tambaleándome un poco.

—¿Cómo está Dermot? ¿Cómo puedo ayudar?

—Lo has hecho de maravilla —respondí con toda sinceridad—. Uno de los feéricos de Monroe está en camino, Bill, así que mejor será que vuelvas a tu casa. Cuando se seque mi ropa, ¿te importaría dejarla en las escaleras de atrás cuando haya dejado de llover? O, si las dejas en tu porche, puedo ir yo a recogerla.

—Siento que te he fallado —dijo.

—¿Por qué dices eso? Me diste un lugar en el que esconderme, despejaste mi camino y registraste la casa para que nadie volviese a atacarme.

—No los maté —se lamentó—. Me hubiese gustado hacerlo.

La verdad es que esa afirmación no me alteró. Empezaba a acostumbrarme a las aseveraciones drásticas.

—Eh, no te preocupes —lo tranquilicé—. Alguien acabará haciéndolo si siguen realizando estas cosas.

—¿Imaginas quién ha podido contratarlos?

—Me temo que no. —Y lo lamentaba sobremanera—. Iban a amordazarme y a meterme en algún vehículo para llevarme a alguna parte. —No había visto el vehículo en cuestión en sus pensamientos, así que esa parte había quedado ofuscada.

—¿Dónde estaba aparcado?

—No lo sé. No llegué a verlo. —No había tenido mucho tiempo para pensar en ello.

Bill me miró con añoranza.

—Me siento inútil, Sookie. Sé que necesitas ayuda para bajarlo por las escaleras, pero no me atrevo siquiera a acercarme.

Bill volvió la cabeza a una velocidad que me hizo parpadear. Luego ya no estaba.

—Estoy aquí —llamó una voz desde la puerta trasera—. Soy Bellenos, el elfo, vampiro. Dile a Sookie que estoy aquí para ver a mi amigo Dermot.

—Un elfo. Hace más de un siglo que no veo a uno de los tuyos. —Oí que decía la voz de Bill, mucho más débil.

—Y no volverás a ver a uno en otro siglo —respondió la profunda voz de Bellenos—. No quedamos muchos.

Bajé otra vez las escaleras, tan rápido como para no caerme y romperme el cuello. Quité el pestillo de la puerta trasera y luego la del porche. Vi al elfo y al vampiro a través del cristal.

—Ya que has venido, creo que yo me voy —dijo Bill—. No seré de ninguna ayuda.

Estaba fuera, en el jardín. La dura luz de seguridad montada sobre el poste lo hacía parecer más pálido de lo habitual, realmente de otro mundo. La lluvia se había reducido a unas gotas pero el aire estaba saturado de humedad. No pensaba que fuese a contenerse por mucho más tiempo.

—¿Intoxicación feérica? —dijo Bellenos. Él también estaba pálido, pero nadie podía competir en ese terreno con un vampiro. Las pecas marrón oscuro de Bellenos se antojaban como diminutas sombras en su cara, y su liso pelo parecía de un castaño más oscuro—. Los elfos huelen distinto que las hadas.

—Tienes razón —contestó Bill, y noté la creciente distancia en su voz. El olor de Bellenos parecía repeler al menos a un vampiro. Quizá podría imbuir a mi tío abuelo del olor de Bellenos para protegerlo de los vampiros. Oh Dios, tenía que pensar qué iba a hacer con respecto a la reunión con Eric y Pam.

—¿Habéis terminado con las observaciones? —critiqué—. Porque a Dermot le vendría bien un poco de ayuda.

Bill se desvaneció en el bosque y yo abrí la puerta al elfo. Me sonrió y me costó no torcer el gesto al contemplar esos largos dientes puntiagudos.

—Adelante —lo invité, aunque sabía que podía hacerlo sin invitación.

Mientras lo guiaba a través de la cocina, su mirada se paseó arriba y abajo con curiosidad. Me arrebujé en la mantilla mientras lo precedía por las escaleras, esperando que Bellenos no mirase demasiado. Cuando llegamos al desván, antes de que pudiera decir nada, el elfo se había arrodillado junto a Dermot. Tras una rápida inspección, Bellenos lo puso de lado para echar un vistazo a la herida. Los curiosos y sesgados ojos marrones miraban con seriedad a su amigo herido.

Bueno, quizá me había mirado un poco los hombros desnudos.

Bueno, más que un poco.

—Tienes que taparte —dijo Bellenos repentinamente—. Demasiada piel humana expuesta para mí.

Vale, lo había malinterpretado del todo. Menudo corte. Del mismo modo que Bill había sido repelido por el olor de Bellenos, Bellenos se sentía repelido por mí.

—Será un placer poder vestirme con ropa de verdad, ahora que hay alguien cuidando de Dermot.

—Bien —convino Bellenos.

Tan rudo como pudo haberlo sido Claude, Bellenos se puso a lo suyo. Era casi entretenido de observar. Le pedí que llevara a Dermot al cuarto de invitados de la planta baja. Fui delante para asegurarme de que la habitación estaba bien. Tras echar un vistazo y comprobar que la colcha cubría las sábanas, me aparté a un lado para que Bellenos, que transportaba a Dermot con la facilidad de quien lleva a un niño, pasase. Aun así, su envergadura le dio algún que otro problema en la estrechez de las escaleras.

Mientras Bellenos depositaba a Dermot en la cama, corrí a mi habitación para vestirme. No sabéis el alivio que me supuso quitarme la mantilla de los flecos y los motivos florales para ponerme unos vaqueros (largos, en deferencia a la aversión de Bellenos por la piel humana). Hacía demasiado bochorno como para pensar en una camiseta de manga larga, pero al menos cubrí mis ofensivos hombros con una de manga corta a rayas.

Dermot estaba totalmente consciente cuando volví para ver cómo se encontraba. Bellenos se arrodillaba junto a la cama, acariciando el pelo dorado de mi tío abuelo y hablándole en un idioma que no conocía. Dermot estaba alerta y lúcido. El corazón me dio un salto de alegría cuando incluso se permitió mostrarme una sonrisa, si bien era apenas una sombra de su expresión habitual.

—No te han hecho daño —dijo, claramente aliviado—. Hasta el momento, sobrina, parece que vivir contigo es más peligroso que quedarme con los míos.

—Lo siento mucho —me disculpé, sentándome en el borde de la cama y tomándole la mano—. No sé cómo han podido entrar en casa con las protecciones mágicas activadas. Se supone que la gente que me quiere hacer daño no debería poder entrar, esté yo en casa o no.

A pesar de su pérdida de sangre, Dermot se ruborizó.

—Ha sido culpa mía.

—¿Qué? —Lo miré de hito en hito—. ¿Por qué dices eso?

—Era magia humana —explicó, rehuyendo mis ojos—. Tu amiga bruja es bastante buena para ser humana, pero la magia feérica es mucho, mucho mejor. Así que reconstituí sus conjuros con la intención de poner los míos justo después de lijar el suelo.

No sabía qué decir.

Se produjo un incómodo instante de silencio.

—Será mejor que nos centremos en tu cabeza —dije bruscamente. La limpié un poco más y apliqué antibiótico tópico en la herida. Tenía claro que no iba a intentar cosérsela, aunque creía que alguien debería hacerlo. Cuando mencioné los puntos, ambos feéricos parecieron asqueados por la idea. Así que me limité a colocarle unos vendajes sobre la herida para mantenerla cerrada. No se me ocurrió nada mejor.

—Ahora le trataré —indicó Bellenos. Me alegró que pretendiese hacer algo más activo que transportar a Dermot por las escaleras hasta la cama. No es que no hubiese sido de utilidad, pero, de alguna manera, esperaba más—. Por supuesto, sería ideal contar con la sangre de quien le agredió, y quizá podamos hacer algo al respecto, pero por ahora...

—¿Qué harás? —Tenía la esperanza de observar y aprender.

—Respiraré en él —dijo, como si fuese una estúpida por no saber algo tan elemental. Mi asombro lo dejó perplejo. Se encogió de hombros, como si fuese demasiado ignorante para sus palabras—. Puedes mirar, si quieres. —Miró a Dermot, quien asintió y esbozó una ligera sonrisa.

Bellenos se estiró en la cama junto a Dermot y le dio un beso.

La verdad es que nunca se me habría ocurrido curar una herida en la cabeza de esa manera. Si mi falta de conocimiento sobre los feéricos había sido una sorpresa para él, esto lo había sido para mí.

Al cabo de un momento entendí que, si bien sus bocas estaban unidas, el elfo estaba insuflando aire en los pulmones de Dermot. Tras separarse y tomar otra bocanada, Bellenos repitió el proceso.

Traté de imaginar a un médico tratando a su paciente de esa manera. ¡Demanda al canto! Aunque saltaba a la vista que no había ningún componente sexual (bueno, no explícitamente), era un método demasiado personal para mi gusto. Quizá era buen momento para limpiar. Recogí las gasas y los vendajes para llevarlos al cubo de basura de la cocina y, a solas, me tomé un momento para sentirme molesta.

Sí, quizá la magia feérica fuese de lo mejor del mundo, pero ¡si se ponía en uso! Puede que los conjuros de Amelia fuesen humanos, y por lo tanto inferiores, pero ya estaban en uso para protegerme. Hasta que Dermot los desactivó y me dejó con el trasero al aire.

—Capullo —murmuré, y pasé el estropajo por la encimera con tal fuerza que habría matado a los gérmenes por pura presión. Era todo lo enfadada que me podía sentir, ya que el sentido de superioridad de Dermot había conducido a que sufriera una grave herida.

—Está reposando y se está curando. Muy pronto tendremos que hacer algunas cosas, él y yo —anunció Bellenos. Se había colado en la cocina detrás de mí con increíble sigilo. Disfrutaba verme dar respingos. Rió, lo cual me resultó extraño, ya que lo hizo con la boca bien abierta, como si estuviese jadeando. Su risa era más bien un «ji, ji, ji, ji» prolongado que una carcajada humana.

—¿Puede moverse? —Estaba encantada, pero también sorprendida.

—Sí —dijo Bellenos—. Además, me ha comentado que más tarde recibirás la visita de unos vampiros y de todos modos debería estar en otra parte.

Al menos Bellenos no me había amonestado por mis visitas ni me había pedido que anulase mis planes para acomodar la recuperación de Dermot.

Sopesé la posibilidad de llamar a Eric al móvil para posponer nuestra pequeña reunión. Pero se me ocurrió que Hod y Kelvin podían participar en el asunto, al menos el más torpe.

—Espera aquí un momento, por favor —le pedí cortésmente y fui a hablar con Dermot. Estaba sentado en la cama, y me tomé un segundo para agradecer en silencio a Amelia por haber hecho la cama antes de irse, aunque necesitaría cambiar las sábanas, pero podría hacerlo en mi tiempo libre..., bueno, basta ya de notas domésticas, especialmente con el pobre y pálido de Dermot delante. Cuando me senté a su lado me sorprendió con un fuerte abrazo. Se lo devolví con intereses.

—Lamento que te haya pasado esto —dije. Omití todo el asunto de las protecciones mágicas—. ¿Seguro que quieres volver a Monroe? ¿Cuidarán bien de ti? Podría anular lo de esta noche. Me encantaría atenderte.

Dermot guardó silencio por un momento. Notaba su aliento en mis brazos, y el olor de su piel me envolvió.

Naturalmente, no olía como Jason, si bien podrían haber sido gemelos.

—Gracias por no abrirme tú otra brecha —dijo—. Mira, estoy dominando la expresión humana. —Logró esbozar una sonrisa—. Nos veremos más tarde. Bellenos y yo tenemos que completar un recado.

—Tienes que tomártelo con calma. Tienes una buena herida. ¿Cómo te sientes?

—Cada vez mejor. Bellenos ha compartido su aliento conmigo y estoy emocionado ante la expectativa de la caza.

Vale, no acababa de entender eso, pero si él estaba contento, yo también. Antes de que pudiera formularle ninguna pregunta, continuó:

—Te he fallado con lo de las protecciones y no detuve a los intrusos. Mientras yacía en el suelo, temí que te encontrasen.

—No debiste preocuparte —lo tranquilicé, y estaba siendo sincera, aunque le agradecía la preocupación—. Me escondí en casa de Bill y no pudieron localizarme.

Mientras Dermot y yo nos estábamos abrazando, momento que ya se prolongaba en exceso, oí a Bellenos en el exterior. Estaba rodeando la casa bajo la lluvia (que había vuelto a empezar) y en la oscuridad. Su voz se elevaba y menguaba. Sólo captaba retazos de lo que decía, pero era en otro idioma cuyo significado se me escapaba. Dermot parecía satisfecho, y eso me tranquilizó.

—Te compensaré por esto —dijo Dermot, soltándome con dulzura.

—No es necesario —rehusé—. Yo estoy bien, y como tú no tienes ningún daño permanente, lo mejor será que lo dejemos en una experiencia aleccionadora. —Como «Nunca borres unas protecciones sin sustituirlas por otras».

Dermot se puso en pie. Parecía sostenerse muy bien sobre los pies. Le brillaban los ojos. Parecía excitado, como si estuviese a punto de ir a una fiesta de cumpleaños o algo parecido.

—¿No necesitas un chubasquero? —sugerí.

Dermot se rió, me puso las manos en los hombros y me dio un beso en la boca. Mi corazón dio un vuelco, pero supe que me estaba insuflando su aliento.

Por un instante, pensé que me ahogaría, pero por alguna razón no fue así. Y entonces se terminó.

Me volvió a sonreír y se fue. Oí cómo cerraba la puerta trasera al salir y miré por la ventana para ver cómo Bellenos y él desaparecían en el bosque como dos borrones en la noche.

No se me ocurría qué hacer después de una crisis como ésa. Limpié la sangre del suelo del desván, dejé la mantilla en la pila de la cocina para ponerla a remojo con un poco de Woolite y cambié las sábanas del cuarto de invitados.

Después me duché. Tenía que quitarme el olor a hada de encima antes de que Eric y Pam llegasen. Además, después de estar bajo la lluvia, mi pelo se había quedado hecho un desastre. Me vestí (otra vez) y me senté un par de minutos en el salón para ver el canal del tiempo que se regodeaba en la gran tormenta que nos aquejaba.

Lo siguiente que supe fue que me desperté como si tuviese arena en la boca. El televisor seguía encendido y Pam y Eric estaban llamando a la puerta delantera.

Me tambaleé para abrir, rígida como si alguien me hubiese dado una paliza mientras dormía. Estaba sintiendo los efectos de mi loca carrera bajo la lluvia.

—¿Qué ha pasado? —preguntó Eric, cogiéndome de los hombros y propinándome una mirada entrecerrada. Pam husmeaba el aire, su rubia cabeza echada hacia atrás dramáticamente. Me lanzó una sonrisa soslayada.

—Ohhh, ¿quién acaba de tener una fiesta? Espera... Un elfo, un hada ¿y Bill?

—¿Has estado recibiendo lecciones de rastreo de Heidi? —pregunté a desgana.

—Lo cierto es que sí —afirmó—. Introducir aire en nuestro cuerpo es todo un arte, teniendo en cuenta que ya no respiramos.

Eric seguía esperando una explicación, y la paciencia se le acabaría pronto.

Recordé que les había comprado sangre embotellada y fui a la cocina para calentarla, seguida de cerca por los dos vampiros. Mientras me encargaba de la parte hospitalaria de la noche, les di la versión *Reader's Digest* de la aventura.

Alguien llamó a la puerta.

El aire se cargó de electricidad. Pam se deslizó hacia la puerta del porche y la abrió.

—¿Sí? —oí que decía.

Se oyó la respuesta amortiguada de una voz grave. Era Bellenos.

—¡Es para ti, Sookie! —dijo Pam, tan contenta como me pongo yo cuando alguien me trae algo recién recogido de su huerta—. Qué detalle. —Se puso a un lado para que pudiese apreciar mis regalos.

Por Cristo bendito, Pastor de Judea.

Mi tío abuelo Dermot y Bellenos estaban bajo la lluvia, cada uno sosteniendo una cabeza cortada.

Dejad que diga en este punto que suelo tener un estómago fuerte, pero la lluvia no era lo único que goteaba, y las cabezas estaban orientadas hacia mí, así que pude ver sus caras con claridad. La estampa me sacudió como un bofetón. Me di la vuelta y corrí hasta el cuarto de baño, cerrando la puerta tras de mí. Vomité, regurgité y jadeé hasta que recuperé un poco de equilibrio. Naturalmente, tuve que cepillarme los dientes, lavarme la cara y peinarme el pelo después de perder todos los contenidos de mi estómago, que tampoco era gran cosa, ya que no recordaba la última vez que había ingerido algo. Había tomado una galleta para desayunar... oh. No me extrañaba que me sintiera tan mal. No había comido nada desde entonces. Soy una de esas chicas que disfrutan de sus comidas, de modo que no era ninguna táctica para perder peso. Es sólo que había estado demasiado ocupada rebotando de crisis en crisis. ¡Pruebe la Dieta Sookie Esquiva la Muerte por los Pelos! ¡Corra para salvar la vida y sáltese las comidas! Ejercicio más inanición.

Pam y Eric me esperaban en la cocina.

—Se han ido —dijo Pam, brindando en alto con una botella de sangre—. Lamentan que fuera demasiado para tu sensibilidad humana. Di por sentado que no querías conservar los trofeos.

Sentí la necesidad de defenderme, pero me mordí la lengua. Me negaba a sentirme avergonzada por presenciar algo tan horrible. Había visto una vez una cabeza cortada de vampiro, pero carecía de los tenebrosos detalles de esas otras dos. Respiré hondo.

—No, no quería quedarme con las cabezas. Kelvin y Hod, descansen en paz.

—¿Así se llamaban? Eso ayudará a descubrir quién los contrató —remarcó Pam, satisfecha.

—Humm, ¿dónde están? —pregunté, intentando no parecer demasiado ansiosa.

—¿Te refieres a tu tío abuelo y su colega elfo, a las cabezas o a los cuerpos? —preguntó Eric.

—Los dos. Los tres. —Puse hielo en un vaso y me serví una Coca-Cola *light*. Todo el mundo me había dicho siempre que las bebidas carbonatadas asientan el estómago. Ojalá fuese verdad.

—Dermot y Bellenos se han ido a Monroe. Dermot tenía que untarse las heridas con la sangre de sus enemigos, lo que resulta ser una tradición entre los feéricos. Bellenos, por supuesto, fue quien sugirió lo de arrancarles la cabeza, que es tradición de los elfos. Por consiguiente, ambos estaban muy contentos.

—Me alegro por ellos —dije automáticamente y pensé: «¿Qué demonios estoy diciendo?»—. Debería contárselo a Bill. Me pregunto si encontraron el coche.

—Encontraron un todoterreno —explicó Pam—. Creo que se lo pasaron en grande conduciendo. —Parecía envidiosa.

Casi conseguí sonreír imaginándomelo.

—¿Y los cuerpos?

—Se han encargado de ellos —informó Eric—. Aunque creo que se han llevado las cabezas a Monroe para enseñárselas a sus colegas. Pero las destruirán allí.

—Oh —dijo Pam, dando un salto—. Dermot dejó sus documentos. —Se volvió con dos billeteras y algunos objetos sueltos. Extendí un paño de cocina sobre la mesa y ella depositó los objetos. Intenté obviar las manchas de sangre en los trozos de papel. Abrí una de las billeteras plegables y extraje un carné de conducir.

—Hod Mayfield —leí—. De Clarice. Tenía veinticuatro años. —Saqué también la foto de una mujer; probablemente la Marge a la que se habían referido. Definitivamente era enorme, y llevaba su pelo negro enredado que podríamos tildar de pasado. Su sonrisa era amplia y dulce.

Ninguna foto de niños, gracias a Dios.

Una licencia de caza, algunos recibos y una tarjeta del seguro.

—Esto quiere decir que tenía un trabajo —les expliqué a los vampiros, que nunca habían necesitado de un seguro o de hospitalización. Además, Hod tenía trescientos dólares—. Dios —dije—. Es una buena cantidad. —Toda en billetes de veinte nuevos.

—Algunos de nuestros empleados no tienen cuenta bancaria —justificó Pam—. Retiran el dinero en metálico y viven con lo suelto.

—Sí, yo también conozco gente que lo hace así. —Terry Bellefleur, por ejemplo, que creía que los bancos estaban gobernados por una camarilla de comunistas—. Pero son todos billetes de veinte de un cajero. Quizá sea un pago por algo.

Kelvin resultó ser otro Mayfield. ¿Primo, hermano? Y también era de Clarice. Era mayor; veintisiete años. Su cartera sí que contenía fotos de niños, tres concretamente. Mierda. Sin decir nada, saqué las fotos de escuela junto con los otros objetos. Kelvin también tenía un preservativo, un cupón por una bebida gratis en el Redneck Roadhouse de Vic y una tarjeta para un taller de chapa y pintura. Unos cuantos billetes usados de dólar y el mismo fajo de trescientos nuevos que tenía Hod.

Eran tipos con los que podría haberme cruzado docenas de veces mientras hacía las compras en Clarice. Quizá hubiera jugado a softball con sus mujeres o hermanas. O puede que les hubiera servido un trago en el Merlotte's. ¿Cómo es que querían secuestrarme?

—Quizá pretendían llevarme hasta Clarice a través del bosque con el todoterreno —pensé en voz alta—. Pero ¿qué habrían hecho conmigo entonces? Creo que uno de ellos... Por sus pensamientos recogí una idea residual sobre un maletero. —No eran más que conjeturas, pero sentí escalofríos. Ya había estado en el maletero de un coche y no me había ido demasiado bien. Era un recuerdo que mantenía firmemente bloqueado.

Probablemente Eric estuviera pensando en el mismo episodio, porque miró por la ventana hacia la casa de Bill.

—¿Quién crees que los ha mandado, Sookie? —preguntó, e hizo un tremendo esfuerzo por mantener la calma y la paciencia de su voz.

—Lo que está claro es que no puedo interrogarlos para saberlo —murmuré, y Pam se rió.

Puse en orden todos mis pensamientos. La pesadez de mi siesta de dos horas al fin se disipaba e intenté sacar algún sentido de los extraordinarios acontecimientos de la tarde.

—Si Kelvin y Hod hubiesen sido de Shreveport, hubiese pensado que Sandra Pelt los contrató después de huir del hospital —aventuré—. No parece tener inconveniente en usar las vidas de los demás, ni un ápice. Estoy segura de que fue ella quien contrató a los tipos que vinieron al bar el sábado. Y también estoy convencida de que fue ella quien lanzó la bomba incendiaria contra el Merlotte's antes que eso.

—Tenemos a gente buscándola en Shreveport, pero nadie la ha visto todavía —indicó Eric.

—Así que eso es lo que quiere Sandra —dijo Pam, echándose su claro pelo a la espalda para recogerlo—: destruirte a ti, a tu casa, a tu trabajo y a cualquier cosa que se interponga en su camino.

—No te falta razón, creo. Pero está claro que ella no está detrás de esto. Tengo demasiados enemigos.

—Encantadora —apreció Pam.

—¿Qué tal tu amiga? —pregunté—. Lamento no habértelo preguntado antes.

Pam me miró sin ambages.

—Va a superarlo —dijo—. Me estoy quedando sin opciones, y cada vez tengo menos esperanzas de que el proceso sea legal.

El móvil de Eric sonó y se fue al pasillo para responder a la llamada.

—¿Sí? —preguntó secamente. Entonces su voz cambió—. Su majestad —dijo, y vino corriendo al salón para que no pudiera escuchar.

No hubiese pensado que fuese gran cosa hasta que vi la expresión de Pam. No había dejado de mirarme, y su expresión era de... lástima.

—¿Qué? —dije, sintiendo que se me erizaba el vello de la nuca—. ¿Qué pasa? Si ha dicho «su majestad», es porque se trata de Felipe, ¿no? Eso debería ser bueno, ¿no?

—No te lo puedo decir —se lamentó—. Me mataría. Nunca quiere que sepas lo que hay que saber, no sé si me explico.

—Pam, dímelo.

—No puedo —repitió—. Tienes que cuidar de ti, Sookie.

La observé con mucha intensidad. No podía forzarla a abrir la boca y carecía de la fuerza para inmovilizarla sobre la mesa de la cocina y sacárselo por la fuerza.

¿Adónde podría llevarme la razón? Vale, le caía bien a Pam. Sólo le caían mejor Eric y Miriam. Si había algo que no podía contarme, es que tenía que ver con Eric. Si Eric hubiese sido humano, hubiese pensado que tenía una horrible enfermedad. Si Eric hubiese perdido todos sus bienes en la bolsa o debido a alguna calamidad financiera, Pam sabría que el dinero no era lo que más me preocupaba. ¿Qué era lo único que valoraba por encima de todo?

Su amor.

Eric estaba con otra.

Me incorporé sin saber lo que hacía, tirando la silla detrás de mí. Deseaba proyectarme hacia el cerebro de Pam para conocer los detalles. Ahora entendía por qué Eric la había tomado con ella en la cocina la noche que trajo a Immanuel. Pam me lo quiso contar entonces, y él se lo prohibió.

Alarmado por el ruido de la silla en el salón, Eric vino corriendo al salón, el teléfono aún pegado a la oreja. Yo estaba de pie, los puños apretados, atravesándolo con la mirada. Mi corazón pegaba brincos en mi pecho como una rana en una jaula.

—Disculpe —dijo al auricular—. Tengo una crisis entre manos. Le llamaré más tarde. —Cerró la tapa de su móvil—. Pam —señaló—. Estoy muy enfadado contigo. Estoy seriamente enfadado contigo. Abandona esta casa ahora y mantén la boca cerrada.

Con una postura que nunca había visto en ella, encogida y humilde, Pam se despegó de la silla y fue hacia la puerta trasera. Me preguntaba si vería a Bubba en el bosque. O a Bill. O quizá a algún hada. O a más secuestradores. ¡Un maníaco homicida! Nunca se sabe lo que te puedes encontrar en el bosque.

No comenté nada. Aguardé. Sentía que mis ojos disparaban llamaradas.

—Te quiero —dijo.

Seguí esperando.

—Mi creador, Apio Livio Ocella —el muerto Apio Livio Ocella— estaba en proceso de crear una pareja para mí antes de morir —explicó Eric—. Me lo mencionó durante su estancia, pero no supe que el proceso había llegado tan lejos en el momento de su muerte. Pensé que podría ignorarlo. Que su muerte lo haría inservible.

Esperé. No podía leer su expresión, y sin el vínculo sólo podía ver que cubría sus emociones con una expresión esculpida en piedra.

—Es una práctica que ya no se estila demasiado, aunque venía siendo la norma. Los creadores buscaban pareja a sus vampiros convertidos. Recibían una suma si era una unión provechosa, si cada parte podía aportar algo de lo que carecía la otra. Era mayoritariamente un negocio.

Arqueé las cejas. En la única boda vampírica a la que había asistido hubo multitud de signos que apuntaban a la pasión física, si bien se me dijo que la pareja no tenía por qué pasar todo el tiempo unida.

Eric parecía consternado, una expresión que jamás pensé que vería en él.

—Claro que hay que consumar —explicó.

Aguardé al tiro de gracia. Quizá el suelo se abriría y se lo tragaría primero. No fue así.

—Tendría que darte de lado —admitió—. Tener una esposa vampira a la vez que una humana no es lo propio. Sobre todo si la esposa vampira es la reina de Oklahoma. La esposa vampira ha de ser la única. —Desvió la mirada, la expresión rígida de un resentimiento que nunca había mostrado anteriormente—. Sé que siempre has insistido que nunca fuiste realmente mi esposa, así que es de suponer que no será difícil para ti.

Y una mierda.

Me miró a la cara como si leyese un mapa.

—Aunque yo creo que sí —dijo con dulzura—. Sookie, te juro que, desde que recibí la carta, he hecho todo lo que está en mi mano para pararlo. He alegado la muerte de Ocella para anular el acuerdo; he declarado abiertamente que soy feliz donde estoy; incluso he presentado nuestro matrimonio como un impedimento. Victor podría decir que sus deseos imperan sobre los de Ocella, que soy demasiado útil como para abandonar el Estado.

—Oh no —conseguí decir, para mi sorpresa, si bien apenas fue un suspiro.

—Oh, sí —corrigió Eric amargamente—. Apelé a Felipe, pero no he sabido nada de él. El de Oklahoma es uno de los dominios que ha puesto el ojo en su trono. Quizá así quiera aplacarla. Mientras tanto, ella llama todas las semanas, ofreciéndome una tajada del reino si me uno a ella.

—Entonces se ha encontrado contigo cara a cara —articulé con más fuerza en la voz.

—Sí —asintió—. Participó en la cumbre de Rhodes para cerrar un acuerdo con el rey de Tennessee sobre el intercambio de unos prisioneros.

¿La recordaba? Puede que sí, cuando me calmase un poco. Allí hubo muchas reinas, y ninguna de ellas fea. Mil preguntas se agolpaban en mi cabeza para salir primero, pero apreté los labios con fuerza. No era momento de hablar, sino de escuchar.

Creía que el acuerdo no había sido idea suya. Y en ese momento comprendí lo que me confesó Apio en el momento de su muerte. Me dijo que nunca conservaría a Eric. Murió feliz por esa expectativa, por haber organizado una unión tan ventajosa para su amado vampiro convertido, la que le apartaría de la vulgar humana a la que amaba. Si lo hubiese tenido delante, lo habría matado otra vez y habría disfrutado con ello.

En medio de tanta disquisición, y mientras Eric repetía todo de nuevo, un rostro pálido asomó por la ventana de la cocina. Eric supo por mi expresión que había alguien detrás de él y se volvió tan deprisa que ni lo vi moverse. Para mi alivio, el rostro era familiar.

—Déjalo pasar —dije, y Eric abrió la puerta trasera.

Bubba estaba en la cocina un segundo después, inclinándose para besarme la mano.

—Hola, guapa —saludó con una amplia sonrisa. La de Bubba era una de las caras más reconocibles del mundo, a pesar de que todo el mundo lo había dado por muerto cincuenta años atrás.

—Me alegro de verte —expresé desde el corazón. Bubba tenía algunas malas costumbres porque era un mal vampiro; estaba demasiado drogado cuando lo convirtieron, y la chispa de su vida casi se había extinguido. Dos segundos más y habría sido demasiado tarde. Pero uno de los trabajadores del depósito de cadáveres de Memphis, un vampiro, se había emocionado tanto al verlo que decidió traer al Rey de vuelta. Por aquel entonces, los vampiros eran una casta secreta de la noche, muy alejada de las portadas de las revistas que ahora ocupaban con tanta asiduidad. Con el nombre de «Bubba», había sido transferido de reino en reino, asignándosele pequeñas tareas para ganarse la estancia y, de vez en cuando, en noches memorables, le entraban ganas de cantar. Bill le caía muy bien, era menos afín a Eric, pero comprendía el protocolo hasta el punto de mantener las formas.

—La señorita Pam está fuera —dijo Bubba, mirando de soslayo a Eric—. ¿Usted y el señor Eric están bien aquí dentro?

Bendito sea. Creía que Eric me estaba haciendo daño y había venido a comprobarlo. Tenía razón; Eric me estaba haciendo daño, pero no físicamente. Me sentía como si estuviese al borde de un acantilado, a punto de perder pie y caerme. Estaba aturdida, pero aquello no duraría demasiado.

En ese interesante momento, una llamada en la puerta delantera anunció (eso esperaba yo) la llegada de Audrina y Colton, nuestros cómplices en la conspiración. Fui hacia la puerta, seguida por los dos vampiros. Sintiéndome absolutamente a salvo, abrí la puerta. Efectivamente, la pareja de humanos estaba esperando en el umbral, ambos aferrados por una empapada y sombría Pam. Su pelo se había oscurecido bajo la lluvia y pendía en desgarbados mechones. Parecía capaz de escupir clavos en cualquier momento.

—Pasad, por favor —invité educadamente—. Tú también, Pam. —A fin de cuentas, era mi casa y ella era mi amiga. «Tenemos que unir nuestras cabezas, aunque no literalmente», pensé en decir cuando reproduje mentalmente las cabezas de Hod y Kelvin. Audrina y Colton ya estaban bastante asustados. Una cosa era exponer grandes intenciones en tu caravana, a solas, y otra reunirte con unas personas tan desesperadas como aterradoras en una solitaria casa en medio del bosque. Al volverme para guiarles hasta la cocina, decidí servir algunas bebidas, un cubo de hielo y quizá un cuenco de patatas con salsa para mojar.

Había llegado el momento de ponernos manos a la obra con ese asesinato.

Ya tendría tiempo de pensar en otras muertes.

Capítulo 13

Estaba claro que Audrina y Colton eran incapaces de decidir qué era más desconcertante: la amenaza de una empapada y atractiva (si bien amenazadora) Pam, o la gloria en decadencia que era Bubba. Se habían esperado a Eric, pero Bubba era toda una sorpresa.

Estaban extasiados. A pesar de que, durante el camino a la cocina, les susurré que no debían llamarlo por su nombre real, no estaba seguro de que tuvieran autocontrol suficiente. Afortunadamente para todos nosotros, fue el caso. A Bubba no le gustaba nada, pero nada, que le recordasen su anterior vida. Tenía que estar de un humor inmejorable para arrancarse a cantar.

Esperad. ¡Ja! Al fin se me ocurría una idea de verdad.

Todos se sentaron alrededor de la mesa. Absortos en intentar averiguar cuál era mi plan, saqué los refrescos y coloqué una silla junto a Bubba. Tenía una sensación esquiva, surrealista. Era incapaz de pensar en el batacazo que me había dado. Tenía que centrarme en el momento y en su propósito.

Pam se sentó detrás de Eric para no cruzar con él la mirada. Ambos parecían infelices, un aspecto que rara vez había visto en ellos. De alguna manera, me sentía culpable de la brecha que se había abierto entre los dos, aunque no era culpa mía. ¿O sí? Le di un par de vueltas en la mente. No, no lo era.

Eric propuso infiltrar disfrazados a sus vampiros en el Beso del Vampiro una noche, a la espera de que el club estuviese a punto de cerrar y la clientela fuera mínima. Entonces atacarían. El plan era, por supuesto, matarlos a todos.

Si Victor no hubiese sido un empleado de Felipe, rey de tres Estados, el plan de Eric habría sido practicable, si bien adolecía de varios puntos débiles evidentes. Pero lo cierto es que matar a un buen puñado de sus vampiros cabrearía a Felipe más allá de lo imaginable, y nadie podría culparle por ello.

Audrina también tenía un plan, que pasaba por descubrir dónde dormía Victor y matarlo durante el día. Vaya, una ovación por la originalidad. Pero no dejaba de ser todo un clásico; Victor estaría indefenso.

—Pero no sabemos dónde duerme —dije, tratando de colar la objeción sin sonar demasiado resabida.

—Yo sí —corrigió Audrina, orgullosa—. Duerme en una gran mansión de piedra. Está junto a una carretera del distrito, entre Musgrave y Toniton. Sólo hay un camino que conduce hasta allí. Y ya está. No hay árboles alrededor de la casa, sólo hierba.

—Caramba. —Estaba impresionada—. ¿Cómo lo has averiguado?

—Conozco a un tipo que lo sabe —dijo, sonriéndome—. Dusty Kolinchek, ¿te acuerdas de él?

—Claro —exclamé, notando un aumento de mi interés. Dusty había sido propietario de una flota (bueno, flotilla) de cortacéspedes y matamalezas, y todos los veranos un grupo de chicos del instituto de Bon Temps se ganaban un dinero trabajando con el material del señor Kolinchek. Por lo visto, Dusty había heredado el imperio de los cortacéspedes.

—Dice que la casa está prácticamente vacía durante el día porque Victor es un paranoico y no quiere nadie dentro mientras duerme. Sólo cuenta con dos guardaespaldas: Dixie y Dixon Mayhew, y son algún tipo de cambiantes.

—Los conozco —indiqué—. Son hombres pantera. Y son buenos. —Los gemelos Mayhew eran duros y profesionales—. Deben de estar desesperados por el dinero si trabajan para un vampiro.

Ahora que mi cuñada había muerto y Calvin Norris se había casado con Tanya Grissom, ya no se veían tantos hombres pantera con la misma frecuencia que antaño. Calvin ya no se dejaba caer por el bar y Jason sólo se encontraba a su antigua familia política durante las lunas llenas, cuando se transformaba en uno de ellos de forma limitada, ya que a él lo habían mordido, no había nacido cambiante.

—En ese caso, quizá pudiera sobornar a los Mayhew, si tan mal lo están pasando económicamente —propuso Eric—. No habría necesidad de matarlos. Menos engorro. Pero vosotros, los humanos, tendríais que encargaros del trabajo, ya que Pam y yo estaríamos dormidos.

—Tendríamos que registrar la casa, porque apuesto a que los Mayhew no saben dónde duerme exactamente —dije—. Aunque alguna idea deben de tener. —Sólo el olor del vampiro debería ayudarles a rastrearlo, pero me parecía un poco de mal gusto decirlo en voz alta.

Pam agitó su mano. Eric se volvió, captando el movimiento por el rabillo del ojo.

—¿Qué? —preguntó—. Oh, puedes hablar.

Pam parecía aliviada.

—Creo que el mejor momento sería cuando abandonase el club, por la mañana —propuso—. Su atención estará centrada en su alimento, y entonces podríamos atacarlo.

Dicho así, parecían planes sencillos, y puede que ésa fuese tanto su fuerza como su debilidad. Eran sencillos. Y eso significaba que eran predecibles. El de Eric era el más sangriento, por supuesto. Alguien perdería la vida, eso por descontado. El de Audrina y Colton era el más humano, ya que dependía de un ataque diurno. El de Pam era posiblemente el mejor, ya que era un ataque nocturno, pero en una zona escasamente frecuentada, si bien la salida del club era un punto débil tan obvio que no me cabía duda de que cualesquiera que fueran los vampiros que protegiesen a Victor en ese momento (quizá los sabrosos Antonio y Luis) se mostrarían extraordinariamente vigilantes en ese momento.

—Tengo un plan —dije.

Era como si me hubiese levantado de improviso y me hubiese quitado el sujetador. Todos me miraron simultáneamente con una combinación de sorpresa y escepticismo. Diría que de total escepticismo en el caso de Audrina y Colton, que apenas me conocían. Bubba estaba sentado en el taburete alto, junto a la encimera, tomando sorbos de su TrueBlood con aire insatisfecho. Se puso contento cuando lo señalé e indiqué:

—Él es la clave.

Expuse mi idea intentando parecer confiada. Cuando terminé, todos intentaron encontrarle los fallos. Y Bubba se mostró reacio, al menos al principio.

Al final, Bubba dijo que lo haría si al señor Bill le parecía una buena idea. Llamé a Bill. Se presentó en un abrir y cerrar de ojos. La mirada que me echó cuando lo dejé pasar me reveló que disfrutaba recordándome con la mantilla puesta. O incluso antes de que la encontrase. No sin esfuerzo, tragué saliva y le conté el plan. Tras añadir algunos adornos, convino con la idea.

Repasamos el orden de los acontecimientos una y otra vez, intentando prever cualquier contingencia. Alrededor de las tres y media de la mañana, todos estuvimos de acuerdo. Estaba tan cansada, que cerca estuve de quedarme dormida de pie, y Audrina y Colton ya no eran capaces de disimular sus bostezos. Pam, que se había pasado la noche saliendo para llamar a Immanuel, precedió a Eric hasta la puerta. Estaba ansiosa por llegar al hospital. Bill y Bubba se habían ido a casa del primero, donde el segundo pasaría el día. Me quedé a solas con Eric.

Nos miramos mutuamente, perdidos. Intenté ponerme en su lugar, sentirme como debía de sentirse él, pero fui incapaz. Era incapaz de imaginar, digamos, que mi abuela decidiera con quién iba a casarme justo antes de morir, deseosa de que cumpliese postreramente con sus deseos. No podía imaginarme siguiendo unas directrices más allá de la tumba, abandonando mi casa y marchándome con personas que no conocía, acostarme con un extraño sólo porque otra persona así lo había dispuesto.

«¿Aunque —dijo una vocecilla en mi interior— el extraño fuese atractivo y adinerado y políticamente astuto?».

«No —me negué—. Ni siquiera entonces».

—¿Puedes ponerte en mi lugar? —preguntó Eric, sintonizando con mis pensamientos. Nos conocíamos muy bien, aun sin el vínculo. Me cogió la mano y la atesoró entre las suyas.

—No, la verdad es que no —dije con toda la serenidad que pude aunar—. Lo he intentado, pero no estoy acostumbrada a ese tipo de manipulación a larga distancia. Incluso muerto, Apio Livio te controla, y me es sencillamente imposible verme en esa situación.

—Americanos —soltó Eric, y no sabía si lo hizo con admiración o exasperación.

—No es sólo cosa de los americanos, Eric.

—Me siento muy viejo.

—Eres muy... anticuado. —Trasnochado.

—No puedo saltarme un documento firmado —afirmó, casi enfadado—. Selló el acuerdo en mi nombre y yo sólo puedo seguir su mandato. Él me creó.

¿Qué podía decir ante tamaña convicción?

—Celebro que haya muerto —le dije, despreocupándome de que la amargura se reflejara en mi rostro. Eric parecía triste, o al menos apesadumbrado, pero no había más que decir. No habló de pasar lo que quedaba de noche conmigo, lo cual fue bastante inteligente por su parte.

Cuando se fue, comprobé todas las puertas y las ventanas de la casa. Había sido tal el trasiego de personas a lo largo del día que no me pareció mala idea. No me sorprendió demasiado encontrarme a Bill en el jardín cuando comprobé la ventana de la cocina.

Si bien no me llamó por señas, decidí salir.

—¿Qué te ha hecho Eric? —me preguntó.

Resumí la situación en pocas frases.

—Es todo un dilema —expresó Bill, no del todo insatisfecho.

—¿Tú sentirías lo mismo que Eric?

En un escalofriante *déjà vu*, Bill tomó mi mano como lo había hecho Eric un momento antes.

—No es sólo que Apio cerrara un trato, por lo que seguramente haya documentos legales firmados, sino que todos tenemos que tener en consideración los deseos de nuestro creador, por mucho que odie la idea. No te imaginas lo fuerte que es el vínculo. Los años que pasa un vampiro con su creador son los más importantes de su existencia. Por detestable que encontrase a Lorena, he de admitir que supo enseñarme cómo ser un vampiro eficaz. Si echo la mirada atrás a su vida (Judith y yo lo hemos hablado, por supuesto), Lorena traicionó a su propio creador y luego lo lamentó durante incontables años. Creemos que la culpabilidad la volvió loca.

Bueno, me alegraba de que Judith y Bill hubiesen tenido tiempo de recordar los viejos tiempos con mamá Lorena, asesina, prostituta y torturadora. Lo cierto es que no podía culparla por la parte de prostituta, ya que en los viejos tiempos a una mujer sola no le quedaban muchos más medios para ganarse la vida, por muy vampira que fuese. Pero por lo demás, independientemente de sus circunstancias, de lo dura que hubiese sido su vida después de su primera muerte, Lorena había sido una zorra malvada. Retiré mi mano.

—Buenas noches —me despedí—. Debería irme a dormir.

—¿Estás enfadada conmigo?

—No exactamente —contesté—. Simplemente estoy cansada y triste.

—Te quiero —dijo Bill a la desesperada, como si desease que esas palabras mágicas tuvieran el poder de curarme. Pero sabía que no podía ser.

—Eso es lo que siempre decís todos —me lamenté—, pero no parece que haga mejorar mi situación. —No sabía si llevaba razón o simplemente me estaba autocompadeciendo, pero era demasiado tarde (aunque no podía considerarse aún temprano) como para gozar de la claridad de mente suficiente para resolver la duda. Pocos minutos después, me derrumbé en mi cama, en una casa vacía, y la soledad me supo a bálsamo.

Desperté el viernes al mediodía con dos pensamientos apremiantes. El primero: ¿había renovado Dermot mis protecciones mágicas? Y el segundo: «¡Oh, Dios mío, la fiesta de los bebés es mañana!».

Tras tomarme un café y vestirme, llamé al Hooligans. Lo cogió Bellenos.

—Hola —dije—. ¿Puedo hablar con Dermot? ¿Está mejor?

—Está bien —respondió Bellenos—. Pero va de camino a tu casa.

—¡Oh, bien! Escucha, quizá sepas esto. ¿Sabes si renovó las protecciones de mi casa, o estoy indefensa?

—Dios no permita que vivas con un hada sin protecciones —dijo Bellenos, intentando sonar serio.

—¡Son dobleces!

—Vale, vale —rectificó, y pude visualizar su afilada sonrisa—. Yo mismo he establecido las protecciones alrededor de tu casa, y te aseguro que aguantarán.

—Gracias, Bellenos —dije, pero no acababa de satisfacerme que alguien en quien no confiaba demasiado, como Bellenos, se hubiese ocupado de mi protección.

—Un placer. A pesar de tus dudas, no quiero que te pase nada malo.

—Es bueno saberlo —repuse, manteniendo a raya las expresiones de mi voz.

Bellenos rió.

—Si te sientes demasiado sola en el bosque, siempre puedes llamarme —dijo.

—Hmmm —medité—. Gracias. —¿Me estaba tirando los trastos un elfo? Eso no tenía sentido. Lo más probable es que quisiera comerme, y no en el sentido más lúdico.

Mejor no saberlo. Me preguntaba cómo iba a volver Dermot, pero no como para llamar a Bellenos otra vez.

Segura de su regreso, repasé mi lista de preparativos para la fiesta. Había pedido a Maxine Fortenberry que se encargase del ponche; el suyo era famoso. Yo recogería la tarta de la pastelería. Libraba ese día y el siguiente, lo que significaba una gran pérdida de propinas, pero me venía muy bien. Así quedaba mi lista de tareas pendientes: hoy, completar todos los preparativos para la fiesta de los bebés.

Esa noche, matar a Victor. Mañana, recibir a los invitados para la fiesta.

Mientras tanto, como le pasaría a cualquier anfitriona incipiente, me dedicaría a limpiar. El salón aún estaba desordenado después de haber albergado todos los trastos del desván, y empecé de arriba abajo: quitar el polvo de las fotos, luego de los muebles y finalmente de los zócalos. A continuación, aspiradora. Me armé con una botella de espray de limpiador polivalente y ataqué las superficies de la cocina. Iba a pasar la mopa por el suelo cuando detecté a Dermot en el patio trasero. Había venido conduciendo el destartalado Chevy compacto.

—¿De dónde has sacado ese coche? —lo interpelé desde el porche.

—Lo he comprado —anunció, orgulloso.

Ojalá no hubiese utilizado ningún encantamiento feérico ni nada parecido. Temía preguntarle.

—Deja que te vea la cabeza —lo insté cuando entró en casa. Observé la parte posterior de su cráneo, donde había estado la brecha. Una fina línea blanca. Eso era todo lo que quedaba.

—Estás limpiando —dijo—. ¿Hay alguna celebración?

—Sí —respondí, poniéndome ante él—. Lamento haber olvidado decírtelo. Vamos a agasajar a Tara Thornton, Tara du Rone, con una fiesta por sus bebés mañana. Claude dice que espera gemelos. Oh, ella ya lo ha confirmado.

—¿Puedo participar? —preguntó.

—Por mí, perfecto —contesté, sorprendida. La mayoría de los chicos humanos preferirían que les pintasen las uñas de los pies antes de participar en una fiesta como ésa—. Serás el único hombre, pero supongo que eso no será un inconveniente, ¿me equivoco?

—Me parece un plan estupendo —dijo sonriente.

—Tendrás que ocultar tus orejas y escuchar un millón de comentarios sobre lo que te pareces a Jason —le advertí—. Tendremos que explicar algunas cosas.

—Diles simplemente que soy tu tío abuelo —señaló.

Por un momento me imaginé haciendo eso. Tuve que descartar la idea, no sin pesar.

—Pareces demasiado joven para ser mi tío abuelo, y además aquí todo el mundo conoce mi árbol genealógico. La parte humana, quiero decir —añadí apresuradamente—. Ya se me ocurrirá algo.

Mientras yo pasaba la aspiradora, Dermot miró la gran caja de fotografías y la más pequeña con material pintado que aún no había tenido tiempo de repasar. Las fotografías parecían fascinarlo.

—Nosotros no utilizamos esta tecnología —dijo.

Me senté a su lado tras guardar la aspiradora. Había intentado ordenar las fotos en orden cronológico, pero había demostrado ser una tarea más compleja de lo esperado, y estaba convencida de que tendría que repetirla.

Las fotografías del principio de la caja eran muy antiguas. Personas sentadas en apretados grupos, las espaldas tan rígidas como las caras. Algunas estaban etiquetadas en la parte posterior con rebuscada caligrafía. La mayoría de los hombres lucían barbas o bigotes, así como sombreros y corbatas. Las mujeres estaban confinadas en largas mangas y faldas, y sus posturas eran asombrosas.

Poco a poco, la familia Stackhouse fue avanzando con los tiempos, las fotos eran menos posadas, más espontáneas. Las indumentarias fueron variando junto con las actitudes. El color fue dando vida a los rostros y los escenarios. Dermot parecía genuinamente interesado, así que le expliqué los fondos de las fotos más recientes. Una era de un hombre anciano sosteniendo un bebé envuelto en una manta rosa.

—Ésa soy yo con uno de mis bisabuelos; murió cuando yo era pequeña —expliqué—. Éstos son él y su mujer cuando tenían unos cincuenta. Y ésta es mi abuela, Adele, con su marido.

—No —dijo Dermot—. Es mi hermano Fintan.

—No, es mi abuelo Mitchell. Míralo bien.

—Es tu abuelo, sí. Tu auténtico abuelo. Fintan.

—¿Cómo estás tan seguro?

—Se hizo pasar por el marido de Adele, pero sé que es mi hermano. Es mi gemelo, a fin de cuentas, aunque no éramos idénticos. Mírale los pies. Son más pequeños que los del hombre que se casó con Adele. Fintan siempre se descuidó con ese detalle.

Extendí sobre la mesa todas las fotos de los abuelos Stackhouse. Fintan figuraba en al menos un tercio de ellas. Por la carta, sospechaba que Fintan la había visitado más veces de las que ella se había percatado, pero esto ya era demasiado escalofriante. En cada foto de Fintan suplantando a Mitchell, sonreía abiertamente.

—Ella no sabía nada de esto, seguro —dije. Dermot no las tenía todas consigo. Tuve que admitir que mi abuela tendría sus sospechas. Estaba todo ahí, en su carta.

—Estaba gastando una de sus bromas —dijo Dermot afectuosamente—. Fintan era todo un bromista.

—Pero —titubeé sin saber muy bien cómo verbalizar lo que quería decir—. ¿Comprendía que estaba mal? —pregunté—. ¿Te das cuenta de que la estaba engañando desde varios puntos de vista?

—Ella accedió a que fueran amantes —lo defendió Dermot—. La quería mucho. ¿Qué diferencia hay?

—Hay mucha diferencia —remarqué—. Si ella pensaba que estaba con un hombre cuando en realidad estaba con otro, eso es un engaño con mayúsculas.

—Pero inofensivo, ¿verdad? A fin de cuentas, incluso tú estás de acuerdo con que amaba a los dos hombres voluntariamente. Entonces —insistió—, ¿qué diferencia hay?

Lo contemplé llena de dudas. Independientemente de cómo se sintiera mi abuela acerca de su marido o su amante, seguía convencida de que había un conflicto moral en todo aquello. Me pregunté de qué lado se pondría mi bisabuelo Niall. Pero tenía la dolorosa sensación de que ya lo sabía.

—Será mejor que vuelva al trabajo —me urgí con una leve sonrisa—. Tengo que terminar de fregar la cocina. ¿Seguirás con el desván?

Dermot asintió entusiasmado.

—Me encantan las herramientas —dijo.

—Por favor, cierra la puerta del desván, porque he limpiado el polvo aquí abajo y no quiero tener que volver a hacerlo mañana.

—Claro, Sookie.

Y subió las escaleras silbando. Era una melodía que no había escuchado nunca.

Volví a juntar las fotografías, dejando aparte las que Dermot había identificado como las de su hermano. Pensé en hacer una pequeña hoguera con ellas. Arriba, en el desván, la lijadora se puso en marcha. Miré al techo, como si pudiese ver a Dermot a través de las tablas de madera. Entonces me sacudí y volví al trabajo, pero de un humor inquieto y abstraído.

Cuando estaba subida a la escalerilla, colgando el cartel de bienvenida a los bebés, recordé que tenía que planchar el mantel de mi bisabuela. Odio planchar, pero tenía que hacerlo, y mejor hoy que mañana. Tras guardar la escalerilla, abrí la tabla de planchar (en la anterior cocina había una empotrada) y me puse manos a la obra. El mantel ya no era exactamente blanco. Había adquirido un tono marfil con los años. No tardé en dejarlo suave y bonito. Tocarlo me recordaba a las ocasiones importantes del pasado. Hoy mismo había visto fotos antiguas en las que salía ese mismo mantel; había estado en la mesa de la cocina o en el viejo aparador en Acción de Gracias, Navidades, fiestas prenupciales y aniversarios. Adoraba a mi familia y atesoraba esos recuerdos. Sólo lamentaba que quedásemos tan pocos que pudiéramos recordarlos.

Y era consciente de otra verdad, otro hecho innegable. Me había dado cuenta de que no me gustaba nada el sentido feérico de la diversión que había convertido algunos de esos recuerdos en mentiras.

A las tres de la tarde, la casa estaba prácticamente lista para la fiesta. El aparador estaba vestido con el mantel, los platos de papel y las servilletas desplegados, así como los cubiertos de plástico. Limpié el juego de plata para poner los frutos secos y los palitos de queso, que yo misma había hecho y congelado un par de semanas atrás. Comprobé la lista. Listo.

Si no sobrevivía a la noche, mucho me temía que la fiesta de los bebés se iría al garete. Asumí que mis amigas estarían demasiado traumatizadas como para seguir adelante. Sólo por si las moscas, dejé cuidadosamente anotada la ubicación de todas las cosas que ya no estuvieran colocadas. Incluso saqué mis regalos para los bebés. Dos cestas de mimbre iguales que podían servir para viajar. Estaban decoradas con grandes lazos de guinga y repletas de cosas útiles. Había ido acumulando todos los regalos a lo largo del tiempo. Botes de alimentación enriquecida, un termómetro para bebés, unos cuantos juguetes, unas cuantas mantas, algunos álbumes de fotos, biberones, un paquete de paños de tela para limpiar vómitos. Se me hacía extraño que quizá no estaría para verlos crecer.

También se me hizo extraño que los gastos por la fiesta no hubiesen sido tan excesivos, gracias a los ahorros acumulados en mi cuenta.

De repente tuve una idea asombrosa. Ya iban dos en dos días. Tan pronto como se dibujaron en mi mente, estuve en el coche de camino a la ciudad. Se me hizo raro entrar en el Merlotte's en mi día libre. Sam se sorprendió, pero se alegró de verme. Estaba en su despacho con una pila de facturas delante. Puse otro papel sobre el escritorio. Él lo miró.

—¿Qué es esto? —preguntó con voz contenida.

—Ya sabes lo que es. No me lo devuelvas, Sam Merlotte. Necesitas el dinero. Y yo lo tengo. Ingrésalo en tu cuenta hoy mismo. Úsalo para mantener a flote el bar hasta que lleguen tiempos mejores.

—No puedo aceptarlo, Sookie. —No me miró a los ojos.

—Y un carajo que no, Sam. Mírame.

Finalmente lo hizo.

—No bromeo. Ingrésalo en el banco hoy —ordené—. Y si me ocurriera algo, podrás reembolsárselo a mi patrimonio en, digamos, cinco años.

—¿Por qué te iba a pasar algo? —Su expresión se ensombreció.

—No pasará nada. Es sólo por hablar. Es irresponsable prestar dinero sin asentar las condiciones para su devolución. Llamaré a mi abogado y se lo diré todo. Él redactará algo. Pero ahora mismo, en este mismo instante, ve al banco.

Sam volvió a apartar la mirada. Podía sentir cómo sus emociones lo envolvían. Lo cierto es que me sentí maravillosamente de poder hacer algo bueno por él. Él había hecho muchas cosas maravillosas por mí.

—Está bien —dijo. Sabía que era un trago duro para él, como lo habría sido para prácticamente cualquier hombre, pero sabía que era lo más sensato, y él sabía que no era ninguna limosna.

—Es una demostración de amor —le expliqué sonriente—. Como la que tuvimos en la iglesia el sábado pasado. —En aquella ocasión había sido para los misioneros en Uganda, y ésa era para el Merlotte's.

—Te creo —repondió, mirándome a los ojos.

Mantuve mi sonrisa, pero empecé a ser un poco más consciente de mí misma.

—Tengo que prepararme —dije.

—¿Para qué? —preguntó, juntando sus cejas rojizas.

—Para la fiesta de los bebés de Tara —expliqué—. Típica fiesta pasada de moda, sólo para chicas, así que no estás invitado.

—Intentaré contener mi desdicha —expresó. No se movió.

—¿Vas a levantarte ya para ir al banco?

—Eh, sí, ahora mismo. —Se levantó de la silla y dijo por el pasillo a la plantilla que se iba a hacer unos recados. Entré en mi coche a la vez que él lo hacía en su ranchera. No sabía él, pero yo me sentía extraordinariamente bien.

Hice una parada para decir a mi abogado lo que había hecho. Era mi abogado humano local, no el señor Cataliades, de quien, por cierto, hacía tiempo que no sabía nada.

Conduje hasta la casa de Maxine para llevarme el ponche, le di las gracias profusamente, le dejé una lista de lo que iba a hacer y lo que ya había hecho para los preparativos (para su asombro) y llevé de vuelta a mi casa los recipientes congelados para dejarlos en el pequeño refrigerador de mi porche trasero. Tenía la gaseosa de jengibre lista para mezclar con los zumos congelados.

Estaba más preparada que nunca para la fiesta.

Ahora sólo me quedaba prepararme para matar a Victor.

Capítulo 14

Sam llamó cuando me estaba maquillando.

—Hola —dije—. Has llevado el cheque al banco, ¿verdad?

—Sí —contestó—. Como me lo has dicho como un millón de veces, no se me ha podido olvidar. Pero te llamaba para contarte que acabo de recibir una llamada telefónica muy extraña de tu amiga Amelia. Ha dicho que me llamaba a mí porque tú no querrías cogerle el teléfono. Dijo que se trataba de eso que encontraste. Lo ha mirado. ¿Algo llamado *cluviel dor*? —Lo pronunció con mucho cuidado.

—¿Sí?

—No quiso comentarme nada por teléfono, pero me indicó que consultaras inmediatamente tu correo electrónico. Dijo que siempre se te olvida mirarlo. Parecía convencida de que no cogerías el teléfono si el identificador de llamada la delataba.

—Iré a comprobar el correo ahora mismo.

—¿Sookie?

—¿Sí?

—¿Estás bien?

Estaba segura de que la respuesta era negativa.

—Claro, Sam. Gracias por hacer las veces de contestador automático.

—No hay problema.

Amelia se las había arreglado para llamar mi atención. Saqué el *cluviel dor* del cajón y me lo llevé al pequeño escritorio del salón, donde tenía el ordenador. Sí, tenía un montón de correos en la bandeja de entrada.

La mayoría era correo basura, pero había uno de Amelia, como era de esperar, y otro del señor Cataliades de hacía dos días. Mentiría si dijese que no me quedé de una pieza.

Sentía tanta curiosidad, que abrí el mensaje del abogado primero. Si bien no hacía economía de palabras, iba al grano.

Señorita Stackhouse,

He escuchado su mensaje en el contestador automático. He estado viajando para que ciertos individuos no pudieran encontrarme. Tengo muchos amigos, pero también enemigos. La estoy vigilando de cerca, aunque espero no haber dado lugar a ninguna intrusión. Usted es la única persona que conozco con tantos enemigos como yo. He hecho todo lo que ha estado en mi mano para mantenerla siempre un paso por delante de esa criatura diabólica de Sandra Pelt. Con todo, aún no está muerta, así que ándese con cuidado.

Creo que no sabía que fui un gran amigo de su abuelo Fintan. Conocí a su abuela, aunque no muy bien. De hecho, conocí a su padre y a su hermana, y a su hermano Jason, aunque seguramente no me recordará, ya que era muy pequeño. Igual que usted, la primera vez que nos vimos. Todos han sido decepciones, menos usted.

Creo que ha debido de encontrar el cluviel dor, *ya que capté ese término en la mente de la señorita Amelia cuando nos vimos en su tienda. No sabía dónde lo había escondido su abuela, sólo que tenía uno, ya que fui yo quien se lo dio. Si lo ha encontrado, le recomiendo que sea muy cautelosa con su uso. Piénselo una, dos y tres veces antes de gastar su energía. El poder de cambiar el mundo está en sus manos, ¿sabe? Cualquier sucesión de acontecimientos que altere mediante la magia puede conllevar repercusiones inesperadas en la Historia. Volveré a ponerme en contacto con usted en cuanto me sea posible, y quizá pueda pasar por su casa y explicarme con más detalle. Le deseo lo mejor para su supervivencia.*

Desmond Cataliades, abogado, su benefactor

Como diría Pam: «Fóllate a un zombi». Así que el señor Cataliades era mi benefactor, el oscuro extraño que visitaba a mi abuela. ¿Qué significaba eso? Y decía que había leído la mente de Amelia. ¿Acaso era también un telépata? ¿No era eso una coincidencia demasiado llamativa? Tenía la sensación de que me quedaban muchas cosas por saber, y si bien sólo me había advertido sobre Sandra Pelt y el uso del *cluviel dor*, tuve la firme sensación de que estaba preparando el camino hacia una verdadera Charla Amarga. Releí el mensaje un par de veces para sonsacar alguna información más sólida acerca del *cluviel dor*, pero me quedé como estaba.

Abrí el correo de Amelia, no sin una profunda sensación de recelo y cierta indignación residual. Su mente era de las que lo decían todo, por lo visto. Tenía mucha información en su cabeza sobre mí y mis quehaceres. Si bien no era estrictamente culpa suya, decidí no compartir con ella ningún secreto más.

Sookie,

Lamento mucho todo lo que ha pasado. Ya sabes que nunca pienso antes de actuar, y esta vez no ha sido menos. Sólo deseaba que fueses tan feliz como lo soy yo con Bob, supongo, y no me paré a pensar cómo te sentirías. He intentado organizarte la vida. Una vez más, te pido disculpas.

Al volver a casa, hice un poco más de investigación y encontré algo sobre el cluviel dor. *Creo que uno de tus familiares ha estado hablando de esto. No ha habido uno en el mundo en siglos. Son símbolos del amor feérico, y hace falta un año como poco para confeccionar uno. El* cluviel dor *concede a la persona amada un deseo, por eso es tan romántico, supongo. El deseo ha de ser personal. No puede ser para que haya paz en el mundo o para paliar el hambre; nada colectivo. Pero, desde el punto de vista personal, esta magia es tan poderosa que podría cambiarle la vida a una persona de manera drástica. El regalo de este objeto es un gesto muy serio. No tiene nada que ver con unas flores o una caja de bombones. Va más en consonancia con un collar de diamantes o un yate, si es que la joya o el barco tuvieran propiedades mágicas. No sé por qué necesitas saber nada sobre símbolos románticos feéricos, pero si has visto uno, has visto algo asombroso. Creo que las hadas ya ni siquiera saben confeccionarlos.*

Espero que algún día me perdones, y puede que entonces me cuentes la historia.

Amelia

Acaricié con un dedo la tersa superficie de ese peligroso objeto que tenía en mi poder y me estremecí.

Peligro, peligro y un poco más de peligro.

Me quedé sentada en el escritorio unos cuantos minutos más, perdida en mis pensamientos. Cuanto más sabía de la naturaleza de las hadas, menos confiaba en ellas. Punto. Incluidos Claude y Dermot (y especialmente Niall, mi bisabuelo; al parecer siempre estaba cerca de recordar algo de él, algo realmente truculento). Sacudí la cabeza con impaciencia. No era momento de preocuparse de eso.

Si bien había pospuesto el momento de afrontar hechos molestos durante demasiado tiempo, había llegado el momento de hacerlo. A pesar de su amistad con mi abuelo natural, el señor Cataliades había tenido más que ver conmigo de lo que jamás hubiera imaginado, y sólo me lo revelaba ahora por razones que no era capaz de sondear. Cuando vi al abogado demonio por primera vez, no le pestañeó ningún ojo en muestra de reconocimiento.

De alguna manera, todo estaba relacionado y no hacía sino añadir recelo hacia mi parentesco con las hadas. Creía que Claude, Dermot, Fintan y Niall me querían con todo su ser (poco, en el caso de Claude, porque se quería a sí mismo por encima de todas las cosas). Pero no sentía que fuese un amor integral. Si bien ese pensamiento me hizo recordar un anuncio de pan de molde, arrugué el gesto, era la única palabra que se me ocurrió.

A modo de corolario a mi comprensión sobre la naturaleza feérica, ya no dudaba de la palabra de la abuela. Es más, creía que Fintan había amado a mi abuela Adele más de lo que ella jamás creyó; de hecho, más allá de los vínculos de la imaginación humana. Había estado con ella muchas más veces de las que se había imaginado, en ocasiones adoptando la apariencia de su marido para estar en su presencia. Se había hecho fotos familiares con ella; había sido testigo de su quehacer diario; probablemente había practicado sexo con ella (¡agh!) adoptando la apariencia de Mitchell. ¿Dónde había estado mi auténtico abuelo mientras ocurría todo eso? ¿Seguiría presente en cuerpo, pero inconsciente? Esperaba que no, pero nunca lo sabría. Tampoco estaba segura de querer saberlo.

La devoción de Fintan había hecho que le regalase un *cluviel dor* a mi abuela. Quizá le hubiese podido salvar la vida, pero no creía que se le hubiese pasado nunca por la cabeza usarlo. Quizá sus creencias no le habían permitido creer sinceramente en los poderes de un objeto mágico.

La abuela había escondido su carta de confesión y el propio *cluviel dor* en un compartimento secreto años atrás para mantenerlos alejados de los ojos curiosos de los dos nietos que estaba criando. Estoy segura de que, después de esconder los objetos que le hacían sentir tan culpable, casi se había olvidado de ellos. Me imaginé que su alivio al deshacerse de tal carga sería tan grande que el recuerdo dejaría de atormentarla. Quizá sonase estrambótico en contraste con las dificultades de ser una viuda al cuidado de dos nietos.

Quizá, conjeturé, alguna que otra vez hubiese pensado que debía contármelo todo, pero claro, seguro que también esperaba contar con más tiempo. Nos pasa a todos.

Bajé la mirada para contemplar el suave objeto que tenía en las manos. Traté de imaginar las cosas que podría hacer con él. Se suponía que otorgaba un deseo, un deseo para alguien a quien amabas. Como amaba a Eric, lo lógico hubiese sido desear la muerte de Victor, lo cual sin duda beneficiaría a mi amado. Me parecía horrible usar un símbolo de amor para matar a alguien, beneficiase o no a Eric. Se me ocurrió una idea que me hizo abrir mucho los ojos. ¡Podría librar a Hunter de su telepatía! ¡Podría crecer como un niño normal! Podría contrarrestar la involuntaria carga en forma de don que Hadley había legado a su hijo abandonado.

Me parecía una idea fabulosa. Me deleité con ella durante treinta segundos. Luego, por supuesto, surgió la duda. ¿Estaba bien cambiar la vida de otra persona tan drásticamente sencillamente porque podía? Por otra parte, ¿estaba bien que Hunter tuviese que sufrir con una infancia tan difícil?

Podría cambiarme a mí misma.

Era una idea tan impactante que casi perdí el sentido. No podía pensar en ello en ese momento. Tenía que prepararme para la Operación Victor.

Media hora después, ya estaba lista.

Conduje hacia el Fangtasia intentando mantener la mente vacía y el espíritu vigoroso. Vaciar la mente fue quizá demasiado fácil. Había averiguado tantas cosas en los últimos días que prácticamente ya no sabía ni quién era. Y eso me puso de mal humor, así lo del espíritu vigoroso tampoco me costó demasiado. Canté por el camino cada canción que sonaba por la radio. Menos mal que estaba sola; tengo una voz horrible. Pam tampoco sabe cantar. Pensé mucho en ella mientras conducía, preguntándome si Miriam estaría viva o muerta, apenándome por mi mejor amiga vampira. Pam era tan fuerte, tan dura y tan despiadada que nunca me había parado a pensar en sus emociones más delicadas hasta esos últimos días. Quizá por eso Eric la escogió como vampira convertida; había sentido que eran espíritus afines.

No dudaba del amor de Eric hacia mí, igual que sabía que Pam quería a su enfermiza Miriam. Pero no sabía si me quería lo suficiente como para desafiar todas las disposiciones de su creador, lo suficiente como para renunciar al salto de poder, posición e ingresos que le granjearía convirtiéndose en el consorte de la reina de Oklahoma. ¿Disfrutaría con el doble juego? Mientras recorría las calles de Shreveport, me pregunté si los vampiros de Oklahoma usaban botas de vaquero y conocían todas las canciones del musical. Me pregunté por qué le estaba dando vueltas a cosas tan absurdas cuando lo que debería hacer era prepararme para una noche muy amarga, una a la que quizá no sobreviviera.

A juzgar por el aparcamiento, el Fangtasia estaba hasta la bandera. Me dirigía hacia la entrada de los empleados y llamé a la puerta con la clave especial. Fue Maxwell quien la abrió, derrochando sofisticación con su maravilloso traje veraniego color café. Los vampiros negros sufren un cambio interesante pocas décadas después de su transformación. Si en vida eran muy morenos, acababan con un tono marrón claro, como el chocolate con leche. Los de tez más clara adoptaban un beige más cremoso. Maxwell Lee no llevaba tanto tiempo como para haber llegado a ese punto. Aun así, era uno de los hombres más negros que había conocido, del color del ébano, y su bigote era tan preciso como si le lo hubiese trazado con una regla. Nunca nos habíamos caído especialmente bien, pero esa noche su sonrisa parecía casi la de un maníaco, tal era su felicidad.

—Señorita Stackhouse, nos alegra mucho que haya venido esta noche —dijo para que nos oyera todo el mundo—. Eric se alegrará mucho de ver que tiene un aspecto tan..., tan sabroso.

Acepto un cumplido en la medida en que me sea posible, pero «sabroso» tampoco estaba tan mal en referencia a mi aspecto. Llevaba un vestido sin tirantes azul cielo con un cinturón ancho blanco y sandalias a juego con éste (ya sé que supuestamente el calzado blanco hace que los pies parezcan más grandes, pero los míos no lo son, así que no me importa). Había optado por dejarme el pelo suelto. Me sentía condenadamente bien. Adelanté un pie para que Maxwell pudiera admirar la pedicura que yo misma me había hecho. Rosa picante.

—Fresca como una margarita —admiró Maxwell. Se abrió un poco la chaqueta para mostrarme que llevaba una pistola. Abrí mucho los ojos admirada. Llevar armas de fuego no era muy normal entre los vampiros, y sí ciertamente algo inesperado. Colton y Audrina llegaron pisándome los talones. Audrina se había recogido el pelo con lo que parecían palillos de comida china y llevaba un bolso muy grande, casi tanto como el mío. Colton también iba armado, porque vestía una chaqueta, y en una noche tan tórrida como aquélla ningún humano iba a ponerse una si podía evitarlo. Les presenté a Maxwell, y tras un educado intercambio de saludos, atravesaron el pasillo para acceder al club.

Encontré a Eric en su despacho, sentado detrás de su escritorio. Pam estaba sentada encima, y Thalia había tomado el sofá. ¡Madre mía! Mi confianza se redobló cuando vi a la vampira de la antigua Grecia. La habían convertido hacía tanto tiempo que se le había borrado todo vestigio de humanidad. Se había reducido a una fría máquina de matar. Se había unido a regañadientes a los vampiros que optaron por darse a conocer al mundo, pero detestaba a los humanos con tal rotundidad y ferocidad que la habían acabado convirtiendo en una especie de figura de culto. Una página web había llegado a ofrecer cinco mil dólares a quien consiguiera sacarle una fotografía sonriendo. Nadie había cobrado el premio, pero bien podrían intentarlo esa noche. En ese momento estaba sonriendo. Un panorama escalofriante como pocos.

—Ha aceptado la invitación —anunció Eric sin preámbulos—. Estaba incómodo, pero no se ha podido resistir. Le dije que podía traerse a tantos de los suyos como quisiera para que compartiesen con él la experiencia.

—Era la única forma de conseguirlo —apunté.

—Creo que tienes razón —intervino Pam—. Creo que sólo se traerá a unos pocos. Querrá mostrarnos lo confiado que está en su poder.

Mustafá Khan llamó al marco de la puerta. Eric le hizo un gesto para que entrara.

—Bill y Bubba están haciendo una parada en un callejón a dos manzanas de aquí —informó, apenas mirándonos al resto.

—¿Para qué? —se sorprendió Eric.

—Eh... algo sobre gatos.

Todos apartamos la mirada, azorados. La perversión de Bubba era algo de lo que ningún vampiro se sentía cómodo hablando.

—Pero ¿está contento, de buen humor?

—Sí, Eric. Está tan contento como un pastor en el Sábado de Pascua. Bill se lo llevó a dar una vuelta en un coche de época, luego a montar a caballo y después al callejón. Deberían estar aquí a tiempo. Le dije a Bill que le llamaría cuando llegase Victor.

Pero entonces el Fangtasia estaría cerrado al público. Si bien la feliz muchedumbre de la pista de baile no lo sabía, el rey del Rock iba a volver a cantar esta noche para el regente de Luisiana. ¿Quién podría resistirse a un acontecimiento de ese calibre?

No un fan como Victor, eso seguro. La figura de cartón del Beso del Vampiro había supuesto una gran pista. Por supuesto, Victor había intentado llevar a Bubba a su club, pero yo sabía que Bubba nunca aceptó poner un pie en el Beso del Vampiro. Bubba quería estar con Bill, y Bill decía que el Fangtasia era el mejor sitio, y ésa sería la insistencia de Bubba.

Nos sentamos en silencio, aunque el Fangtasia nunca calla del todo. Se oía la música de la zona de baile y el zumbido de las voces. Era casi como si los clientes pudiesen sentir que esta noche iba a ser especial, como si tuviesen algo que celebrar... o un último festejo antes de perecer.

Aunque pensaba que era como llamar a las puertas del infierno, había llevado conmigo el *cluviel dor*. Estaba escondido en mi cinturón, detrás de la gran hebilla. Me presionaba la carne insistentemente.

Mustafá Khan se había apoyado en la pared. Esa noche había decidido homenajear como nunca su emulación de *Blade*, con sus gafas de sol, la gabardina de cuero y un corte de pelo muy imaginativo. Me preguntaba dónde estaría su colega Warren. Finalmente, inspirada por una desesperada necesidad de conversación, se lo pregunté.

—Warren está en la azotea del Bed Bath & Beyond —dijo Mustafá Khan sin mirarme.

—¿Por qué?

—Es un tirador.

—Hemos refinado un poco la idea inicial —indicó Eric—. Warren se encargará de cualquiera que consiga salir por la puerta. —Había estado todo el rato hundido en su silla, con los pies apoyados en el escritorio. Pam no me había dirigido una sola mirada desde que había entrado. De repente me pregunté por qué.

—¿Pam? —dije. Me incorporé y di un paso hacia ella.

Ella sacudió la cabeza, evasiva.

No podía leer la mente de un vampiro, pero en ese momento no me hizo falta. Miriam había muerto hoy mismo. A la vista de los hombros caídos de Pam, supe que lo mejor era no decir nada. Iba en contra de cada fibra de mi naturaleza volver a sentarme en el sofá sin ofrecer mi consuelo, un pañuelo o unas cuantas palabras de solaz. Pero la naturaleza de Pam sí que iba en consonancia de revolverse como gata panza arriba si le hubiese ofrecido cualquiera de esas cosas.

Me toqué el cinturón, donde el *cluviel dor* se antojaba muy duro contra mi estómago. ¿Podía desear que Miriam resucitase? Me preguntaba si eso cumpliría con el requisito de que el deseo debía ser para alguien amado. Pam me caía muy bien, pero quizá era un rodeo demasiado grande.

Me sentía como si llevase una bomba adherida al cuerpo.

Oí el trémulo sonido de un gong. Eric había instalado uno en la barra y el barman lo tañía diez minutos antes de la hora de cierre. Ni siquiera sabía quién se había hecho con el trabajo después de que Alexei matase a Felicia. Quizá no me había mostrado muy interesada en las cosas de Eric últimamente. Por otro lado, él mismo había estado muy ausente de su habitual absorción en su pequeño reino por culpa de las maniobras de Victor. Me di cuenta de que la falta de conversación sobre nuestras rutinas era uno de nuestros problemas. Ojalá pudiésemos corregirlo.

Me levanté y bajé por el pasillo a la zona principal del bar. Ya no soportaba seguir sentada en el despacho de Eric, no con Pam sufriendo como lo hacía.

Avisté a Colton y Audrina bailando abrazados en la diminuta pista. Immanuel estaba sentado en la barra. Opté por ocupar un taburete junto a él. El barman se me acercó. Era un tipo moreno con una melena ensortijada cayéndole por la espalda, todo un espectáculo para el ojo. Era vampiro, por supuesto.

—¿Qué te pongo, mujer de mi sheriff? —preguntó ceremoniosamente.

—Puedes ponerme una tónica con lima, por favor. Lo siento, no he tenido ocasión de conocerte antes. ¿Cómo te llamas?

—Jock —dijo, como si me retara a que hiciese un chiste. Ni se me pasaba por la cabeza.

—¿Cuánto hace que trabajas aquí, Jock?

—Vine desde Reno cuando la anterior barman murió —explicó—. Trabajaba para Victor allí.

Me preguntaba cómo reaccionaría Jock esta noche. Sería algo interesante de ver.

No conocía muy bien a Immanuel; de hecho, apenas lo conocía. Pero le di una palmada en el hombro y le pregunté si podía invitarle a una copa.

Se volvió y echó un largo vistazo a mi pelo, asintiendo finalmente en aprobación.

—Claro —dijo—. Tomaré otra cerveza.

—Lo siento —pronuncié tímidamente tras pedir una cerveza a Jock. Me preguntaba dónde estaría ahora el cuerpo de Miriam; supuse que en la funeraria.

—Gracias —respondió. Al cabo de un instante añadió—: Pam iba a hacerlo esta noche, sin permiso. Quiero decir que iba a convertir a Miriam. Pero Mir... dio un último suspiro y murió.

—¿Tus padres...?

Sacudió la cabeza.

—Sólo estábamos los dos.

No podía decir más al respecto.

—Quizá deberías irte a casa —sugerí. No parecía muy preparado para una pelea.

—No creo —dijo.

No podía obligarlo a marcharse, así que me limité a beber mi tónica con lima mientras los clientes humanos iban desalojando el local. El bar quedó en silencio y relativamente vacío. Indira, una de las vampiras de Eric, apareció envuelta en un sari. Nunca había visto su indumentaria tradicional. Los motivos verdes y rosas eran preciosos. Jock le lanzó una mirada de admiración. Thalia y Maxwell salieron de la parte trasera y se distribuyeron por el club junto con el personal humano, afanándose en limpiar para la siguiente función. Yo también eché una mano. Después de todo, era el trabajo que sabía hacer. Se apartaron las mesas y sillas que rodeaban la pequeña pista de baile y el escenario. En su lugar se dispusieron dos filas de sillas. Maxwell trajo una especie de elaborado equipo de sonido. La música de Bubba. Tras barrer la pista y el escenario, me quité de en medio volviendo a mi taburete, en la barra.

Heidi, cuya especialidad era el rastreo, entró, el pelo recogido en finas trenzas. Delgada y sencilla, siempre arrastraba con ella un aire de pena que la rodeaba como un nubarrón. No sabía qué haría esta noche cuando se desataran los infiernos.

Mientras Jock limpiaba las botellas de su lado de la barra, Colton y Audrina se nos acercaron. Había que explicar su presencia; no quería que Jock sospechara.

—Colton, Audrina, os presento a Jock. Jock, estas dos maravillosas personas han accedido a contribuir a la hospitalidad local para recibir a Victor. Por supuesto, esperamos que no sea necesario, pero Eric no quiere que falle nada en su bienvenida.

—Buena idea —dijo Jock, lanzando a Audrina una mirada de aprobación—. No podemos dar al regente menos de lo que espera.

—No. —O menos de lo que se merece.

Tres cuartos de hora después, el garito volvía a relucir y los últimos empleados humanos se fueron por la puerta de atrás. Los únicos vivos que quedábamos éramos Colton, Audrina, Immanuel, Mustafá Khan y yo (tenía la sensación de que éramos como dianas ambulantes). Los vampiros de Shreveport que conocía desde que salía con Bill estaban reunidos: Pam, Maxwell Lee, Thalia, Indira. Los conocía a todos hasta cierto punto. Victor se pondría alerta inmediatamente si se reuniesen todos los vampiros de Eric, o si acudían todos sus pesos pesados. Así que Eric había optado por convocar a los más discretos: Palomino, Rubio Hermosa y Parker Coburn, los exiliados del *Katrina*. Acudieron con aire descontento, pero resignado. Se quedaron apoyados en la pared, mano sobre mano. Era una estampa dulce, aunque también un poco triste.

La música del local dejó de sonar. El silencio resultante era casi opresivo.

A pesar de que el Fangtasia se encuentra en una importante zona comercial y de restauración de Shreveport, a esas horas (incluso tratándose del fin de semana) no había mucho ruido en el exterior. A ninguno nos apetecía romperlo para charlar. No sabía qué pensamientos ocupaban las demás mentes, pero empecé a considerar el hecho de que esa noche quizá muriera. Lo lamentaba por la fiesta de los bebés, aunque había dejado las cosas lo más dispuestas posible. Lamentaba no haber tenido ocasión de hablar con el señor Cataliades para aclarar las cosas y toda esa nueva información que no había tenido tiempo de asimilar del todo. Me alegraba de haberle dado el dinero a Sam y lamentaba también no haber podido ser franca con él sobre por qué se lo había dado ese día precisamente. Si moría, esperaba que Jason se mudase a la vieja casa, que se casase con Michele y que criasen allí a sus hijos. Mi madre, Michelle (con dos eles) no tenía nada que ver con la Michelle de una sola ele, al menos a juzgar por mis recuerdos de infancia, pero tenían un punto en común: querían a Jason. Lamenté no haberle dicho cuánto lo quería yo también la última vez que hablamos.

Lamentaba un montón de cosas. Mis errores y ofensas se me amontonaron.

Eric se deslizó hasta mí y me giró sobre el taburete para rodearme con los brazos.

—Desearía que no tuvieses que estar aquí —dijo. Era toda la conversación que podíamos tener con Jock tan cerca. Me apoyé contra el frío cuerpo de Eric, la cabeza reposando en su pecho quieto. Quizá no pudiese volver a repetir ese gesto.

Pam se sentó junto a Immanuel. Thalia frunció el ceño, que era su expresión por defecto, y nos dio la espalda a todos. Indira se sentó con los ojos cerrados. Los graciosos pliegues de su sari le conferían el aspecto de una estatua. Heidi paseaba una seria mirada entre todos y su boca fue adquiriendo la forma de una fina línea apretada. Si se preocupaba por Victor, pensé que se pondría del lado de Jock, aunque nunca le había visto hablando con él.

Al parecer, Maxwell oyó que llamaban a la puerta trasera, algo inaudible al oído humano. Acudió a toda prisa y volvió para informar a Eric de que Bill y Bubba habían llegado. Se quedarían en el despacho hasta que llegase el momento.

Muy poco después, oí unos coches aparcando frente al club.

—Que empiece el espectáculo —dijo Pam, y por primera vez en la noche sonrió.

Capítulo 15

Luis y Antonio fueron los primeros en llegar. Su cautela era evidente. Era como contemplar un programa de policías en la televisión; entraron en el local a toda prisa, separándose inmediatamente para flanquear la puerta. Casi sonreí. De hecho, Immanuel dejó escapar una sonrisa, lo cual no era una buena idea. Afortunadamente, los humanos son las últimas criaturas que preocupan a los vampiros cuando esperan tener problemas. Los dos atractivos vampiros, ataviados de vaqueros y camisetas en vez de taparrabos de cuero, registraron rápidamente el club, comprobando lugares donde pudieran esconderse otros vampiros. Hubiese sido un flagrante quebranto de la etiqueta exigir cacheos personales, pero saltaba a la vista que estaban escrutando minuciosamente a cada vampiro presente con la vista en busca de armas o estacas. Maxwell tuvo que ceder su pistola, cosa que hizo sin la mínima protesta. Se lo esperaba.

Tras una exhaustiva inspección de las dependencias y una breve inclinación a Eric, Luis sacó la cabeza al exterior para indicar que todo estaba en orden.

El resto del séquito de Victor accedió en orden creciente de importancia: el matrimonio humano que le había acompañado en el Beso del Vampiro, (Mark y Mindy); dos jóvenes vampiros cuyos nombres nunca conocí, Ana Lyudmila (que tenía mucho mejor aspecto sin su indumentaria de fantasía *bondage*) y un vampiro que nunca había visto, un asiático con piel marfileña y pelo negro recogido en lo alto de la cabeza en un complicado moño. Habría tenido un aspecto inmejorable con ropas tradicionales, pero vestía unos vaqueros y un chaleco negro; nada de camiseta o calzado.

—Akiro —dijo Heidi con un sobrecogido susurro. Se había acercado a mi posición y la tensión también había crecido en ella.

—¿Es un conocido de Nevada?

—Oh, sí —afirmó—. No sabía que Victor lo hubiera convocado. Al final ha sustituido a Bruno y a Corinna. Ya te imaginarás la reputación que tiene.

Como ahora era oficialmente lugarteniente, no pasaba nada por que Akiro fuese explícitamente armado. Portaba una espada, como otros vampiros asiáticos que había conocido (bien pensado, la otra vampira asiática que conocí también era guardaespaldas). Akiro se plantó en el centro de la estancia, consciente de que todas las miradas convergían en él, la expresión dura y fría, los ojos despiadados.

Y entonces Victor hizo su entrada, resplandeciente en su traje de tres piezas blanco.

—Buen Dios todopoderoso —dije, aturdida, sin atreverme a cruzar la mirada con nadie. Los oscuros rizos de Victor estaban cuidadosamente dispuestos y su oreja perforada exhibía un gran aro dorado. Sus zapatos eran de un negro inmaculado. Era toda una visión. Incluso daba pena destruir toda esa belleza, y por un momento deseé que no estuviésemos tan decididos a arruinar nuestras vidas. Posé mi bolso sobre la barra y abrí la cremallera para gozar de un rápido acceso a su contenido. Immanuel se deslizó discretamente del taburete y se acercó a la pared, los ojos fijos en los recién llegados. Heidi tomó su lugar mientras Victor y su séquito se adentraban en el club.

Si bien tenía la mirada centrada en Victor, me sentí en la obligación de conversar con Heidi, ya que tenía la sensación de que se había sentado a mi lado por alguna razón.

—¿Cómo está tu hijo? —le pregunté como quien interroga cuando sabe que la otra persona tiene un ser querido.

—Eric me ha ofrecido traerlo aquí —explicó ella, manteniendo su cautelosa mirada sobre los visitantes.

—Son unas noticias estupendas —dije de corazón. Una más de nuestro lado.

Mientras tanto, la recepción avanzaba lentamente.

—Victor —llamó Eric. Se adelantó hasta el centro, a unos cautelosos dos metros del regente. Fue lo bastante prudente como para no recibirlo con una bienvenida demasiado empalagosa, ya que eso habría sido una pista en letras de neón de que algo estaba a punto de pasar—. Bienvenido al Fangtasia. Nos encantaría tener la oportunidad de agasajarte con una pieza de entretenimiento. —Hizo una reverencia. El rostro de Akiro permanecía inexpresivo, como si Eric no estuviese allí.

Aún de pie y flanqueado por Luis y Antonio, Victor inclinó levemente su cabeza llena de rizos.

—Sheriff, te presento a Akiro, mi nueva mano derecha —dijo con su fulgurante sonrisa—. Akiro ha accedido recientemente a mudarse de Nevada a Luisiana.

—Doy la bienvenida a un vampiro tan reconocido como Akiro a Luisiana —respondió Eric—. Estoy seguro de que serás un gran fichaje para el séquito del regente. —Eric era capaz de la misma impasibilidad que el vampiro que tenía delante.

Akiro tenía que acusar recibo de la bienvenida de un sheriff, que estaba por encima de él en la cadena alimentaria, pero era evidente que eso le incomodaba. La inclinación de su cabeza fue apenas perceptible.

Vampiros.

«Genial —pensé, muy apagada—. Al fin Victor sustituye a su lugarteniente y a su mejor luchador. Justo ahora».

—Ese Akiro tiene que ser un luchador muy hábil, ¿eh? —susurré a Heidi.

—Podría decirse que sí —dijo ella secamente, y se adelantó para saludar al regente. Todos los vampiros de Eric tuvieron que turnarse para presentarle sus respetos. Jock, el miembro más nuevo del personal de Eric, fue el último. Parecía a punto de besar el trasero de Victor a la menor oportunidad que se le presentase.

Mindy, con un arranque de lujuria de lo más inoportuno, lanzó una mirada de anhelo a Jock. Era estúpida, pero eso no significaba que mereciese morir. Me pregunté si podría hacer que visitase el aseo de mujeres antes de que llegase el gran momento. No. A menos que se le ocurriese a ella, tal maniobra sería como agitar una bandera roja. Observé a los recién llegados e intenté aunar fuerzas para lo que estaba por venir.

Eso fue particularmente horrible; la espera, la planificación, a sabiendas de que estaba a punto de hacer todo lo posible para matar a los que tenía enfrente. Los miré a todos a los ojos, anhelando que estuvieran muertos dentro de la siguiente hora. ¿Era así como se sentían los soldados? No estaba tan tensa como esperaba; me encontraba suspendida en una extraña calma, quizá porque, ahora que había llegado Victor, nada iba a parar lo que estaba a punto de desencadenarse.

Cuando el regente indicó que estaba satisfecho con la bienvenida sentándose en la silla del centro, Eric ordenó a Jock que llevase bebidas para todos. Los vampiros forasteros aguardaron a que Luis bebiera de la copa que había escogido al azar de la bandeja. Al ver que no le pasaba nada pasados los minutos, todos tomaron su copa, uno a uno, y bebieron. La atmósfera se relajó notablemente a continuación, ya que la bebida se ceñía escrupulosamente a la sensibilidad vampírica: sangre sintética recalentada de una marca de postín.

—Te ciñes a la letra de la norma aquí en el Fangtasia —observó Victor. Sonrió a Eric. Mindy se encontraba entre los dos, recostada sobre el hombro de Victor, con su propia copa de Coca-Cola *light* con ron. Su marido Mark, a la izquierda de Victor, no parecía sentirse muy bien. Tenía mal color y parecía apático. Cuando vi las marcas de colmillo en su cuello, me pregunté si Victor no se habría pasado. Mindy no parecía preocupada.

—Sí, regente —afirmó Eric. Devolvió la sonrisa con la misma sinceridad, y no insistió en el discurso.

—¿Y tu preciosa esposa?

—Está presente, por supuesto —contestó Eric—. ¿Qué sería de esta noche sin ella? —Me hizo una señal para que me adelantase y Victor alzó su copa en mi dirección a modo de cumplido por mi aspecto. Conseguí parecer complacida.

—Victor —dije—. Nos alegramos enormemente de que hayas podido venir esta noche. —Me obligué a mantener el freno puesto; no quería excederme en mi entusiasmo. Victor no debía esperar de mí que fuese tan buena como Eric ocultando mis verdaderos sentimientos, y no tenía intención de cambiar sus ideas al respecto.

Por supuesto, Eric no quiso que estuviese presente. Dejó bien claro que una frágil humana no debía estar en medio cuando los vampiros empezasen a luchar. Yo estaba de acuerdo, en teoría. Hubiese preferido estar en casa, pero no habría dejado de preocuparme cada segundo que pasaba. El peso de mi argumento radicaba en que Victor sospecharía ante mi ausencia, lo cual hubiese sido una clara señal de que Eric planeaba algo. Eric no pudo discutirlo cuando se lo planteé en nuestra reunión.

Akiro se situó detrás de la silla de Victor. Hmmm, extraño. Intentaba pensar qué podría hacer al respecto. Pam estaba detrás de la silla de Eric. Cuando Eric me llamó por señas, sonreí y me acerqué a él, el bolso al hombro.

Colton y Audrina se mimetizaban con el entorno portando bandejas con bebidas por todo el club.

Para mi asombro, Heidi se arrodilló junto a mi silla, su postura indicaba una atención llena de alerta. Eric la miró de reojo, pero no hizo mayor comentario. Heidi había adoptado una postura como si Eric le hubiese ordenado que me protegiese durante lo que podría ser una visita un poco delicada. Bajé la mirada hacia ella, pero ella me rehuyó. Sí, eso era exactamente lo que había pasado. Al menos eso entraba dentro de lo «normal» y no tenía por qué preocupar a nuestros visitantes.

—Bill —llamó Eric—. ¡Estamos listos!

Y Bill surgió del oscuro pasillo trasero, sonriente (una amplia mueca del todo inusual en él), con un brazo estirado hacia atrás (¡tachán!) para anunciar la aparición de Bubba.

¡Y vaya aparición! Ensombreció el protagonismo del propio Victor.

—Oh, Dios mío —murmuré. Vestía un mono rojo con el que alguien se había pasado un poco con la máquina de tachuelas; llevaba lentejuelas y joyas falsas por todas partes y se había dispuesto el pelo en un increíble copete. Calzaba botas negras y lucía unos enormes anillos. Esbozaba esa sonrisa asimétrica que había hecho estragos entre las mujeres de medio mundo y saludaba a su público como si estuviese compuesto de miles de individuos en vez del puñado que éramos. Bill se colocó junto al equipo de sonido que había dispuesto Maxwell, y cuando Bubba saltó al diminuto escenario y nos agradeció la asistencia, las luces se apagaron. Bill pulsó el botón y empezó a sonar *Kentucky Rain*.

Era increíble. ¿Qué más puedo decir?

Victor estaba completamente extasiado, al menos tanto como le fuese posible a alguien tan paranoico como él. Se inclinó hacia delante, olvidándose de Mindy, Mark y los demás vampiros, para absorber la experiencia. A fin de cuentas, tenía a Akiro para vigilarle las espaldas. Y Akiro estaba haciendo muy bien su trabajo, no cabía duda. Tenía la mirada fija en Bubba, pero no dejaba de barrer la estancia de cuando en cuando. Luis y Antonio se habían situado junto a la puerta delantera, cubriendo la espalda de Akiro, quien cubría 180 grados de club a la espalda de Victor.

Cuando Bubba hizo una reverencia en busca de aplausos, que fueron estruendosos en el pequeño recinto que los albergaba, Bill volvió a poner música. Esta vez tocaba *In the Ghetto.*

Unas lágrimas rojas surcaron las mejillas de Victor. Miré por encima del hombro para ver que Luis y Antonio estaban extasiados. Los dos vampiros sin nombre estaban cerca de Bill, las manos recogidas por delante, observando el espectáculo.

Al parecer, Ana Lyudmila no era ninguna amante de la música. Parecía aburrida, sentada en el extremo del banco de uno de los apartados cercanos a la puerta delantera. Podía verla por encima del hombro de Mark. Thalia, que medía aproximadamente la mitad que Ana Lyudmila, se acercó silenciosamente a ella y le ofreció una bandeja llena de bebidas. Ana Lyudmila asintió con gracejo, escogió una y la apuró dc un trago. Tras un segundo en el que su expresión se arrugó presa del horror absoluto, se derrumbó. Thalia cogió la botella justo cuando caía de sus manos. La antigua y letal vampira arrastró el cuerpo inerte bien dentro del apartado y se volvió para mirar hacia el escenario, permaneciendo quieta para interponerse a la vista del manojo de las piernas de Lyudmila que asomaban todavía. Todo ocurrió en menos de treinta segundos. No sabía qué llevaba la bebida; ¿plata líquida, quizá? ¿Era posible? Ese plan auxiliar implicaba la contingencia de que los demás vampiros se percataran de su desaparición a la vista de todos, pero había resultado rentable.

Una menos. Queríamos deshacernos del mayor número posible antes de que estallase la pelea.

Palomino, cuyo pelo blanquecino y maravillosa piel dorada le hacían sobresalir sobremanera, se las arregló para acercarse a Antonio progresiva y casualmente. Captó su mirada y sonrió, pero tuvo el tino de no exagerar.

Mi bolso estaba en el suelo, en el diminuto espacio entre mi silla y la de Eric. Bajé la mano hasta la abertura y extraje una estaca muy afilada. La deposité en la receptiva mano de Eric. Tras un segundo apoyada en su hombro para disimular el movimiento, me erguí para dejarle espacio.

Maxwell Lee, que había ocupado la posición junto a la puerta que daba a la trastienda y las oficinas, se quitó la chaqueta del traje y la dobló cuidadosamente. Apreciaba el cuidado con el que trataba a sus prendas, pero era como una señal de que iba a intentar algo. Pareció darse cuenta de eso mismo, porque después de eso intentó disimular al lado de una caseta.

Mientras Bubba se arrancaba con canciones más lentas, resultó embriagador, pero para el siguiente número optó por *Jailhouse Rock*, y una cierta melancolía tiñó su interpretación. Si bien la transición al vampirismo había aligerado sus achaques, aún adolecía de una pobre forma física y todavía le aquejaban las marcas de la edad.

Ahora que estaba cantando y bailando, el efecto era ligeramente patético. Noté que el público empezaba a perder la fascinación con el espectáculo.

El cambio de tono había sido un error, pero nadie podía haberlo previsto.

Noté cómo el brazo de Eric se tensaba a mi lado, y entonces, con la velocidad de una serpiente, se echó hacia delante para apartar a Mindy Simpson a su izquierda, alzó el brazo derecho y cogió impulso para clavar la estaca en el pecho de Victor. Como el ataque de una serpiente, fue perfecto. Eric habría dado en el centro de la diana si Akiro no hubiese desenvainado su espada con la misma velocidad para dar con ella en el suelo.

Mindy Simpson estaba condenada por encontrarse en el lugar y momento equivocados. En la maniobra, la espada de Akiro se le clavó en el hombro. Su carne y sus huesos retuvieron la hoja el instante suficiente como para permitir a Eric esquivar el golpe.

Entonces se desató el infierno.

Mindy aulló de dolor y murió en cuestión de segundos. La cantidad de sangre era sencillamente increíble. Mientras daba sus últimos estertores, ocurrieron muchas cosas casi simultáneamente. Mientras Mark aún estaba paralizado con la boca abierta, Victor intentó apartar de un empujón el cuerpo inerte y ensangrentado de Mindy, Akiro trataba de liberar su espada y Eric se movía a toda velocidad para intentar evitar otro tajo. Le sangraba el brazo, pero gracias al bloqueo accidental de Mindy, aún lo tenía servible. Yo me levanté y retrocedí para alejarme de la pelea, tirando de paso mi silla, justo al paso de Luis, que corría para proteger a su amo. Entorpecí su trayectoria y acabó cayendo al suelo. Afortunadamente para mí, estaba demasiado obcecado por la parte vampírica del enfrentamiento como para considerarme un peligro, y se limitó a utilizarme para incorporarse.

No es que me sintiese mejor, pero al menos no resultó fatal para mí.

Me agaché como pude para tratar de vislumbrar qué hacer a continuación. Bajo la escasa luz, no era fácil decidir lo que estaba pasando. Una pareja en pugna cerca de la puerta principal resultó estar compuesta por Palomino y Antonio, y la pequeña figura que volaba por los aires debía de ser Thalia. Pretendía aterrizar sobre la espalda de Akiro, pero éste se giró (al menos un segundo, y a una velocidad increíble) y acabó golpeándolo en el pecho, haciendo que se tambalease. Su espada no era el arma ideal para el combate cerrado, no con una Thalia dispuesta a cualquier cosa para arrancarle la garganta de un mordisco.

Mark Simpson intentaba alejarse del cadáver de su mujer y de los vampiros en liza dando traspiés mientras decía: «Oh, Dios mío, oh, Dios mío». una y otra vez. Pero consiguió esconderse detrás de la barra, donde aferró una botella y buscó a alguien a quien golpear con ella. Pensé que podía encargarme de Mark Simpson, así que me obligué a levantarme.

Colton lo hizo antes de que pudiera llegar. Cogió otra botella y la estrelló contra la cabeza desprevenida de Mark, al que dejó noqueado en el suelo.

Mientras Thalia mantenía ocupado a Akiro, Eric y Pam se encargaban de Victor. Las peleas de bar justas no existen. Unieron sus fuerzas contra él.

Maxwell Lee clavó una certera estaca por la espalda de Antonio mientras lidiaba con Palomino.

Podía oír a Bubba gritando agitadamente. Corrí hasta el escenario y lo cogí del brazo.

—Eh, tranquilo, no pasa nada —lo tranquilicé. Había tanta gente aullando y gritando que no sabía si me había oído, pero tras repetirme veinte veces dejó de chillar (gracias a Dios) y dijo:

—Señorita Sookie, quiero salir de aquí.

—Claro —contesté, tratando de mantener la calma de mi propia voz, cuando lo que deseaba era unirme al coro de gritos—. ¿Ves esa puerta de allí? —Señalé a la puerta que conducía al resto del club, el despacho de Eric y demás—. Ve por allí y espera al otro lado. Lo has hecho genial, ¡genial! Bill te seguirá pronto, estoy segura.

—Vale —dijo con total desamparo, y vi cómo su silueta se movía a través de la tenue luz que procedía de la puerta abierta. Finalmente localicé a Bill, que se abría paso entre los combatientes con los ojos puestos en Bubba. Cogió a Bubba por el brazo y tiró de él hasta la seguridad, que era la tarea que previamente se le había asignado. Me enorgullecí de ver que había dejado a uno de los vampiros anónimos muerto en el suelo, ya en pleno proceso de desvanecimiento.

Estaba tan centrada en Bubba que no vi a Audrina tambaleándose hacia mí, las manos echadas a la garganta, intentando taponar una herida por la que se estaba desangrando, hasta que nos chocamos, provocando que cayese de rodillas. Desconocía cuál era su pretensión; quizá quería pasar de largo hacia la barra para taparse la herida con un paño, o a lo mejor sólo intentaba huir de su atacante, pero nunca lo consiguió. Cayó redonda al suelo a un metro de mí. Ya no podía hacer nada por ella. Sentí movimiento a mi espada cuando le toqué la muñeca y pude apartarme del cuerpo justo a tiempo para no recibir un golpe de Jock, el barman. Su instinto de supervivencia era notable, persiguiendo a mujeres humanas en vez de vampiros. Indira, su sari agitándose alrededor de su figura, aferró el pesado brazo de Jock y lo retorció con la fuerza necesaria para lanzarlo contra una pared. Hizo un agujero. Jock retrocedió tambaleándose. Indira se lanzó al suelo, lo agarró por la entrepierna y tiró con fuerza. Jock pataleó y forcejeó en medio de sus propios gritos, pero eso no impidió que Indira le arrancara los testículos.

Ya tenía «una cosa horrible nunca vista» más que añadir a la lista.

La sangre empezó a manar abundantemente de la herida de Jock, densa y oscura, y éste miró hacia abajo, presa del *shock* mientras la vampira lanzaba un aullido de victoria. Con una repentina determinación, el barman disparó sus puños cerrados y la golpeó a un lado de la cabeza. Indira salió volando. Esta vez le tocó a ella chocar contra una pared. Permaneció quieta en el suelo por un segundo, meneando la cabeza como si tuviese moscas revoloteando alrededor. Jock fue a por ella, pero pude agarrarle del hombro para retenerlo un segundo. Para cuando llegó a su altura, Indira se había espabilado lo suficiente como para arrojarle el sari a la cara y cegarlo mientras se hacía con la estaca que yo le había lanzado y se la clavaba en el corazón.

Jock, apenas le conocía.

Intenté emprender una rápida evasión.

Jock fuera, Mark y Mindy fuera, Ana Lyudmila fuera, Antonio fuera, vampiro enemigo desconocido número uno fuera, Luis... ¿dónde se había metido? Oí un disparo fuera y supuse que era la respuesta a mi pregunta. En efecto, Luis se fue corriendo hacia la parte de atrás del club con una herida en el hombro. Mustafá Khan le estaba esperando con un cuchillo muy largo. Luis opuso una feroz resistencia a pesar de la herida de bala, y además llevaba un arma oculta. Sacó su propia espada y se lanzó sobre Mustafá, pero Immanuel le propinó una patada en la rodilla desde atrás y Luis trastabilló. Rubio aprovechó ese momento de debilidad para clavarle una estaca en el pecho. Si bien Mustafá dijo un «Oh, demonios» con gran disgusto, hizo un gesto de reconocimiento a Rubio. Sorprendido, Rubio se lo devolvió.

Palomino lo estaba pasando mal con el vampiro anónimo número dos, que luchaba como un demonio. Puede que Palomino no fuese una luchadora muy avezada o veterana, pero era sanguinaria y nada fácil. Parker, que no era muy de luchar, se quedó a espaldas del número dos y le clavó repetidas veces un punzón de hielo, lo cual no era demasiado eficaz pero sí obviamente irritante. Número dos, un fornido vampiro que había sido convertido a los treinta y tantos, se curaba sólo para ser apuñalado otra vez. Estoy segura de que eso dolía, y mucho. Parker parecía temer acercarse lo suficiente como para clavarle el punzón en el corazón. Palomino era demasiado lenta debido a sus numerosas heridas como para inmovilizarlo. Mustafá, frustrado por no haber podido matar a Luis, apartó a Parker de un manotazo y decapitó a número dos con un dramático tajo de su hoja.

Ahora, Akiro y Victor eran los únicos enemigos que quedaban en pie.

Ambos sabían que estaban luchando a vida o muerte. La boca de Pam estaba ensangrentada, pero no era capaz de distinguir si la sangre era suya o de Victor. Sentí que el *cluviel dor* presionaba contra mi piel y pensé en sacarlo, pero en ese instante Akiro consiguió cercenar el brazo de Thalia. Ésta lo cogió antes de caer al suelo y lo utilizó para golpear a Akiro, mientras Heidi saltaba a su espalda y lo apuñalaba en el cuello.

Akiro soltó su espada para agarrarse la garganta. Yo agarré el arma para que no pudiera recuperarla. Era una espada larga, pero no tan pesada como hubiese esperado. Retrocedí para alejarla más de él. En ese momento, Victor estrelló a Eric contra una pared y empujó a Pam de espaldas para lanzarse sobre ella, justo delante de mis narices. Le mordió en el cuello, aplastando sus hombros contra el suelo con ambas manos.

Ella alzó la mirada hasta encontrarse con la mía. Su expresión era de una calma escalofriante.

—Hazlo —dijo.

—No. —Podía dañar a Pam.

—Hazlo —insistió con tono apremiante. Sus manos aferraron a Victor de los brazos, inmovilizándolo.

Eric se tambaleaba para recuperar el equilibrio. La sangre le manaba de una herida en la cabeza, del brazo y del costado. Había mordido a Victor al menos una vez, a juzgar por su boca ensangrentada. Miré a Pam, que sujetaba a nuestro enemigo con todas las fuerzas que le quedaban. Asintió y giró la cabeza a un lado. Cerró los ojos. Ojalá yo hubiera podido hacer lo mismo. Cogí aire y propulsé la espada hacia abajo.

Capítulo 16

Pam se quitó a Victor de encima y se levantó. Temía tanto poder matar a Pam que no imprimí toda la fuerza posible al tajo. No había atravesado al vampiro, si bien le había seccionado la columna. La espada se había atascado en los huesos y no podía sacarla. Horrorizada por la sensación de atravesar a Victor, di un paso atrás tapándome la boca con la mano.

Pam arrancó la espada de la herida y, de un movimiento, decapitó a Victor.

—Ríndete —conminó Eric al gravemente herido Akiro.

Akiro sacudió la cabeza. La herida en la garganta le impedía hablar.

—Muy bien —dijo Eric con desgana. Le agarró de la cabeza y le rompió el cuello. El audible chasquido resultó profundamente repugnante. Me giré tratando de contener las náuseas del estómago. Mientras Akiro yacía indefenso, Eric le clavó la estaca.

Todo había terminado. Victor y todo su séquito de vampiros (y de humanos también) estaban muertos. Había suficientes vampiros en proceso de descomposición como para viciar el aire.

Me hundí en una de las sillas. Lo cierto es que perdí el control de mis piernas y dio la casualidad de que había una silla detrás de mí.

Thalia lloraba por el dolor del brazo amputado, pero se esforzaba sobremanera para controlar ese despliegue de debilidad. Indira estaba echada en el suelo, agotada pero feliz. Maxwell Lee, Parker y Rubio sólo contaban rasguños. Pam y Eric estaban cubiertos de sangre, tanto la propia como la de Victor. Palomino se acercó lentamente a Rubio y lo rodeó con los brazos, arrastrando a Parker al abrazo. Colton estaba arrodillado junto al cadáver de Audrina y no paraba de sollozar.

No quería presenciar más batallas, grandes o pequeñas, en lo que me quedaba de vida. Miré a mi amante, mi marido, y se me antojó un extraño. Él y Pam estaban de pie, el uno frente a la otra, agarrándose de las manos y sonrientes a través de la capa de sangre. Entonces sencillamente se colapsaron el uno sobre el otro y Pam empezó a reír hasta perder el aliento.

—¡Lo conseguimos! —dijo ella—. Ya está. Somos libres.

«Hasta que Felipe de Castro caiga sobre nosotros como una tonelada de ladrillos porque quiera saber lo que le ha pasado a su regente», pensé, pero no dije nada. Primero, porque no estaba segura de poder hacerlo, y segundo, porque ya habíamos imaginado lo que podría pasar, pero Eric había llegado a la conclusión de que era mejor pedir perdón que permiso.

Mustafá estaba ocupado con su móvil, que era casi tan grande como un grillo.

—Warren, ya no hace falta que vengas, tío —dijo—. El trabajo está hecho. Buen tiro. Sí, lo tenemos.

—Sheriff —pidió Parker—, nos iremos a casa, a menos que nos necesites. —El fibroso joven sostenía a Palomino. Rubio la sostenía por el otro lado. Todos estaban bastante maltrechos, de un modo u otro.

—Podéis iros. —Empapado en sangre, Eric seguía siendo el que mandaba—. Habéis respondido a mi llamada y habéis cumplido. Seréis recompensados.

Palomino, Rubio y Parker se ayudaron los unos a los otros para llegar a la puerta trasera. A juzgar por sus expresiones, estaba segura de que deseaban que Eric no volviese a llamarlos en una larga, larga temporada, fuese cual fuese la recompensa posterior.

Indira gateó hasta Thalia para apretar el brazo seccionado contra el cuerpo con toda su fuerza. Lo mantuvo así un rato, sonriente. Indira era la persona más feliz del club.

—¿Funcionará? —pregunté a Pam, indicando con la cabeza la unión de brazo y hombro. Pam estaba limpiando la espada ensangrentada en la ropa de Akiro. Ya no quedaba prácticamente nada de su garganta; las partes heridas se desintegran más deprisa que las intactas.

—A veces sí —contestó encogiéndose de hombros—. Como Thalia es muy antigua, tiene bastantes probabilidades. Es menos doloroso y lleva menos tiempo que la regeneración.

—Thalia, ¿necesitas que te traiga algo de sangre? —Jamás pensé que sería lo bastante valiente como para dirigirme a la vampira directamente, pero nada me costaba llevarle una botella de sangre y estaría encantada de poder hacerlo. Alzó los ojos, llenos de involuntarias lágrimas, para encontrarse con mi mirada. Era evidente que su impasibilidad era forzada.

—No, a menos que quieras hacer de donante —dijo con su pesado acento inglés—. Pero a Eric no le gustaría que bebiese de ti. Immanuel, ¿me das un trago?

—Vale —accedió. El delgado peluquero parecía algo más que aturdido.

—¿Estás seguro? —pregunté—. No pareces encontrarte muy bien.

—Demonios, sí —dijo Immanuel poco convencido—. El tipo que mató a mi hermana está muerto. Me siento bien.

No lo parecía, y tampoco creía que lo estuviera. Había puesto todo de mi parte, así que me senté mientras Immanuel se acuclillaba torpemente frente a la silla de Thalia. La diferencia de alturas no les favorecía. Thalia rodeó el cuello de Immanuel con su brazo intacto y hundió sus colmillos en su piel sin más preámbulos. La expresión de los ojos del peluquero fue de lo desapacible a lo extático.

Thalia era de las que hacían ruido al comer.

Indira siguió acuclillada junto a ella, el sari empapado de sangre, para sostener el miembro en su lugar. A medida que bebía, me di cuenta de que el brazo parecía cada vez más natural. Los dedos se flexionaron. Estaba asombrada, y eso que sólo era uno de los acontecimientos extremos que había vivido esa noche. Y no habían sido pocos.

Pam se quedó un poco apagada una vez concluyó su celebración de la victoria con Eric y vio que Immanuel ofrecía su sangre a otra. Preguntó a Mustafá si le daría un sorbo y éste se encogió de hombros.

—Va con la nómina —dijo, tirando hacia abajo del cuello de su camiseta negra. Pam parecía increíblemente pálida en contraste con Mustafá, quien desnudó su dentadura en una mueca cuando ella le mordió. Al instante, él también parecía muy feliz.

Eric se acercó a mí, sonriente. Nunca había estado tan feliz de que nuestro vínculo se hubiera roto. No quería saber lo que estaba sintiendo, ni por asomo. Me rodeó con los brazos, me besó con entusiasmo y sólo olí la sangre. Estaba empapado en ella. Me había manchado el vestido, los brazos y el pecho.

Al cabo de un minuto, se echó atrás, el ceño fruncido.

—¿Sookie? —preguntó—. ¿No te regocijas?

Intenté pensar qué decir. Me sentía como una gran hipócrita.

—Eric, me alegro de que ya no tengamos que preocuparnos por Victor. Y sé que esto es lo que planeamos. Pero estar rodeada de cadáveres y partes de cadáveres no encaja con mi idea del lugar idóneo para una celebración, y nunca me he sentido menos excitada en mi vida.

Entrecerró los ojos. No le gustaba que se pusiese a llover en su desfile triunfal. Comprensible.

Y de eso se trataba, ¿no? Todo me parecía comprensible. Pero aun así lo aborrecía, me odiaba a mí misma y odiaba a los demás.

—Necesitas sangre —le dije—. Lamento de veras que te hiriera. Venga, toma un poco.

—Estás siendo hipócrita, y claro que tomaré sangre —respondió, y mordió.

Dolió. No se esforzó por hacerlo placentero, algo que casi viene dado automáticamente en los vampiros. Lágrimas involuntarias anegaron mis ojos y se derramaron por mi cara. Por extraño que parezca, sentía que merecía ese dolor, que estaba justificado, pero también comprendí que ése era un punto de inflexión en nuestra relación.

Al parecer, nuestra relación había estado marcada por un millar de puntos de inflexión.

Sentí que tenía a Bill a mi lado, observando la boca de Eric pegada a mi cuello. Su expresión era compleja: rabia, resentimiento, anhelo.

Estaba preparada para algo simple. Y estaba preparada para que cesase el dolor. Mi mirada se encontró con la de Bill.

—*Sheriff* —le llamó Bill. Su voz nunca había sido tan aterciopelada. Eric se crispó y supe que había oído a Bill, que debía parar. Pero no lo hizo.

Me sacudí de encima el letargo y el desprecio por mí misma, agarré el lóbulo de Eric y lo pellizqué con todas mis fuerzas.

Se separó con un jadeo, la boca ensangrentada.

—Bill me llevará a casa —dije—. Hablaremos mañana. Quizá.

Eric se inclinó para besarme, pero di un respingo. No con esa boca llena de sangre.

—Mañana —dijo Eric, escrutándome la cara con la mirada. Se volvió y llamó—: ¡Escuchad todos! Hay que limpiar este club.

Rezongaron como críos a los que se dice que recojan sus juguetes. Immanuel se dirigió hacia Colton para ayudarle a levantarse.

—Puedes quedarte en mi casa —ofreció Immanuel—. No queda lejos.

—No dormiré —repuso Colton—. Audrina ha muerto.

—Pasaremos la noche —le consoló Immanuel.

Los dos humanos abandonaron el Fangtasia, los hombros caídos bajo el peso del cansancio y el sufrimiento. Me preguntaba cómo se sentían acerca de su venganza, ahora que se había cumplido, pero sabía que nunca debería trasladarles esa pregunta. Quizá no los volvería a ver.

Bill me rodeó con un brazo y yo trastabillé ligeramente. Me sentí aliviada de que estuviera allí para ayudarme. Sabía que no podría haber dado dos pasos yo sola. Encontré mi bolso, que aún contenía un par de estacas, y saqué mis llaves de uno de los bolsillos interiores.

—¿Adónde ha ido Bubba? —pregunté.

—Le gusta pasearse por el Auditorio Cívico —explicó Bill—. Solía actuar allí. Cavará un hoyo profundo y dormirá en el suelo.

Asentí. Estaba demasiado cansada para decir nada.

Bill no dijo nada más durante el viaje a casa, lo cual agradecí. Dejé que la mirada se me perdiese en la noche a través del parabrisas, preguntándome cómo me sentiría mañana. Habían sido muchas muertes y todo había sido muy rápido y sangriento, como en una de esas películas pornográficas violentas. Había tenido ocasión de ver unos segundos de *Saw* en casa de Jason. Más que suficiente.

Creía firmemente que Victor había buscado ese desenlace con su intransigencia. Si Felipe hubiese puesto a otro al cargo de Luisiana, toda esa catástrofe quizá no se hubiese producido. ¿Podía culpar a Felipe? No, en alguna parte tenía que parar.

—¿En qué piensas? —preguntó Bill enfilando el camino de mi casa.

—Pienso en responsabilidades, culpas y asesinatos —dije.

Él se limitó a asentir.

—Yo también. Sookie, sabes que Victor hizo todo lo posible para provocar a Eric

—Aparcamos detrás de la casa y me volví hacia él inquisitivamente, la mano aún posada en el abridor de la puerta del coche.

—Sí —dijo Bill—. Hizo todo lo posible para provocarlo y tener una excusa para matarlo sin tener que justificarse. Eric ha sobrevivido sólo porque su plan era mejor. Sé que lo amas. —Su voz permaneció tranquila y fría mientras decía esas palabras, y sólo las arrugas de sus ojos me revelaron lo que le costaba articularlas—. Deberías estar contenta, y puede que mañana lo estés, por cómo ha terminado todo esto.

Apreté los labios un segundo mientras elaboraba mi respuesta.

—Prefiero que Eric haya sobrevivido —dije—. Eso es verdad.

—Y sabes que la violencia era la única forma de conseguir ese resultado.

Eso podía verlo también. Asentí.

—Entonces ¿para qué darle más vueltas? —dijo Bill. Estaba pidiendo una reacción.

Solté el abridor y me volví para mirarlo.

—Ha sido muy sangriento y espantoso, y ha sufrido mucha gente —contesté, sorprendida ante la rabia de mi voz.

—¿Creías que Victor podría morir sin derramarse sangre alguna? ¿Creías que su gente no haría todo lo posible para evitarlo? ¿Creías que nadie moriría?

Su voz era tan tranquila y neutra que no me hizo medrar en mi rabia.

—Bill, nunca he creído nada de eso. No soy tan ingenua. Pero verlo siempre es diferente que planearlo.

De repente estaba cansada del asunto. Había ocurrido, se había terminado y tenía que buscar una manera de superarlo.

—¿Conoces a la reina de Oklahoma? —le pregunté.

—Sí —repuso con una clara nota de cautela en la voz—. ¿Por qué lo preguntas?

—Antes de morir, digamos que Apio le entregó a Eric.

Esto sorprendió a Bill.

—¿Estás segura?

—Sí. Al final me lo dijo, después de que Pam hiciera todo lo posible para hacerle hablar.

Bill se dio la vuelta, pero no antes de que viera cómo se dibujaba en su cara una sonrisa que intentaba suprimir.

—Pam es muy insistente cuando quiere que Eric adopte un curso de acción concreto. ¿Te ha contado Eric lo que pretende hacer al respecto?

—Está intentando zafarse, pero al parecer Apio firmó algunos papeles. Cuando me confesó, antes de morir, que nunca me quedaría con Eric, no sabía que se refiriera a esto. Pensé que insinuaba que Eric ya no querría seguir conmigo cuando fuese vieja y me llenase de arrugas, o que acabaríamos peleados hasta el punto de romper, o que... Oh, no lo sé. Algo tenía que pasar para separarnos.

—Y es lo que parece haber ocurrido.

—Bueno... sí.

—¿Sabes que tendrá que dejarte de lado si se casa con la reina? Eric podrá seguir alimentándose de humanos, incluso podría tener una mascota humana, cuando se case con una reina, pero no podrá tener otra esposa.

—Eso es lo que me dio a entender.

—Sookie... no hagas ninguna tontería.

—Ya he roto el vínculo.

Tras una larga pausa, Bill dijo:

—Es algo bueno, ya que el vínculo suponía un riesgo para los dos. —Nada nuevo bajo el sol.

—En cierto modo echo de menos el vínculo —confesé—, pero también es un alivio.

Bill no dijo nada. Tuvo mucho tacto.

—¿Alguna vez has...? —pregunté.

—Una vez. Hace mucho tiempo —dijo. No le apetecía hablar del tema.

—¿Terminó bien?

—No —respondió con una voz monótona que no invitaba a seguir la conversación—. Pasa página, Sookie. No te lo digo como ex amante tuyo, sino como amigo. Deja que Eric tome su propia decisión sobre el tema. No le hagas preguntas. A pesar de que no nos soportamos, estoy seguro de que hará todo lo que esté en su mano para salir de esta situación, aunque sólo sea por el amor que siente por su libertad. Oklahoma es muy bonita, y Eric adora la belleza, pero eso ya lo tiene en ti.

Debía de sentirme mejor si supe apreciar ese halago. Me preguntaba cuál sería el verdadero nombre de la reina. A menudo se referían al monarca por el nombre de su territorio; Bill no había querido decir que el Estado de Oklahoma fuese bonito, sino que la mujer que gobernaba a sus criaturas de la noche lo era.

Al no responder, Bill prosiguió:

—También tiene mucho poder. Cuenta con un territorio, secuaces, tierras, dinero del petróleo. —Y los dos sabíamos que Eric sentía debilidad por el poder. No el poder con mayúsculas (nunca quiso ser rey), sino el que se ejerce en las distancias cortas.

—Ya sé a qué poder te refieres —dije—. Y también sé que yo no lo tengo. ¿Quieres llevarte el coche o dejarlo aquí e irte por el bosque?

Me tendió las llaves y me contestó:

—Iré por el bosque.

No había más que hablar.

—Gracias —dije. Abrí la puerta del porche, entré y cerré la puerta con llave. Abrí la puerta trasera y entré. Encendí la luz de la cocina. La tranquilidad y el silencio de la casa me envolvieron como un bálsamo. Gracias al aire acondicionado, la atmósfera estaba muy fresca.

A pesar de haber salido mejor parada que nadie de la batalla en el Fangtasia, al menos físicamente, me sentía agotada y maltrecha. Lo notaría a la mañana siguiente. Me desabroché el gran cinturón y devolví el *cluviel dor* a su sitio en el cajón del maquillaje. Me quité el vestido manchado, lo metí en la lavadora del porche trasero para un lavado en frío y me di la ducha más caliente que pude permitirme. Tras frotarme bien la piel, abrí el grifo del agua fría. Al salir para secarme, me sentía maravillosamente limpia y fresca.

No sabía si ponerme a llorar, a rezar o sentarme en un rincón con los ojos muy abiertos durante el resto de la noche. Pero una de las reacciones posibles se impuso. Me metí en la cama con una sensación de alivio, como si hubiese salido de una operación exitosa o una biopsia me hubiese dado un resultado favorable.

Mientras me hacia un ovillo y me preparaba para dormir, pensé que el hecho de que pudiera dormir esa noche me resultaba más inquietante que cualquier otra cosa.

Capítulo 17

Todas las mujeres presentes en mi salón estaban contentas. Algunas más que otras, es verdad, pero ninguna de ellas desdichada. Estaban allí para dar regalos a alguien que se los merecía y se alegraban de que esperase gemelos. Los papeles de regalo amarillos, verdes, azules y rosas se amontonaban de forma casi abrumadora, pero lo importante era que Tara estaba recibiendo muchas cosas que necesitaba y deseaba.

Dermot ayudaba desinteresadamente con las bebidas y se dedicaba a meter en bolsas los montones de papel arrugado para mantener el suelo despejado. Algunas de mis invitadas más veteranas atravesaban ya sin duda la fase del equilibrio inseguro, así que lo último que necesitábamos era tener cosas por el suelo que pudiesen provocar una caída. La madre y la abuela de J.B. también habían venido, y si la abuela no tenía setenta y cinco años, no tenía ninguno.

Cuando antes Dermot había aparecido en la puerta trasera, lo dejé pasar y regresé con mi café sin decir nada. Tan pronto como atravesó el umbral me sentí sensiblemente mejor. ¿Será que no había notado el contraste en los últimos días y semanas debido a mi profunda dependencia respecto al vínculo de sangre? Había estado bajo la influencia de muchos elementos sobrenaturales. No podía decir que me sintiera mejor por volver a mi ser, pero lo cierto es que sí me hacía estar más en contacto con la realidad.

Una vez mis invitadas le echaron un buen vistazo a Dermot y se dieron cuenta de su enorme parecido con Jason, hubo muchas cejas arqueadas. Les conté que era un primo lejano de Florida y leí en las mentes de muchas de ellas que consultarían sus respectivos árboles genealógicos en busca de un lazo en Florida con mi familia.

Hoy me sentía yo misma. Me apetecía hacer lo que había que hacer en la comunidad en la que vivía. Puede que ni siquiera fuese la misma persona que participó en la matanza de la noche anterior.

Tomé un sorbo de mi copa. El ponche de Maxine había salido muy bueno, el pastel que recogí en la pastelería estaba delicioso, mis palitos de queso estaban crujientes y, si acaso, un poco picantes, y las nueces asadas tenían el tostado justo. Después de que Tara abriera los regalos y repitiera su «gracias» un millón de veces, jugamos a Bingo Bebé.

Cada vez me sentía más como la antigua Sookie Stackhouse a medida que avanzaba el evento. Estaba rodeada de gente que comprendía, haciendo algo bueno.

A modo de una especie de bonificación, la abuela de J.B. me contó una maravillosa historia sobre mi abuela. En conjunto, fue una gran tarde.

Al volver a la cocina con una bandeja llena de platos sucios, pensé: «Esto es felicidad. Anoche no era yo».

Pero había existido. Sabía, incluso mientras hacía eso, que no podría engañarme indefinidamente. Había cambiado para sobrevivir y ahora pagaba el precio de la supervivencia. Tenía que estar dispuesta al cambio, o todo lo que había obligado a hacer sería en vano.

—¿Estás bien, Sookie? —preguntó Dermot, que traía más vasos.

—Sí, gracias. —Intenté sonreír, pero me faltaron fuerzas para que resultase convincente.

Llamaron a la puerta trasera. Imaginé que sería una invitada rezagada que pretendía unirse a la fiesta discretamente.

Al que encontré fue al señor Cataliades. Vestía un traje, como siempre, pero por primera vez parecía incómodo con él. No parecía tan relleno como de costumbre, pero la amable sonrisa era la de siempre. Su visita me dejó perpleja, y no estaba muy segura de querer hablar con él, pero si era el tipo capaz de dar respuesta a las grandes preguntas de mi vida, la verdad es que no me quedaba más elección.

—Adelante —lo invité, retrocediendo mientras mantenía la puerta abierta.

—Señorita Stackhouse —dijo formalmente—. Le agradezco que me deje pasar.

Echó una ojeada a Dermot, que estaba limpiando platos con mucho cuidado, orgulloso de que le hubiese confiado la vieja porcelana de la abuela.

—Joven —saludó.

Dermot se volvió y se quedó petrificado.

—Demonio —dijo antes de volverse a la pila, pero noté que sus pensamientos se aceleraban furiosamente.

—¿Disfrutando de un evento social? —me preguntó el señor Cataliades—. Se nota que hay muchas mujeres en la casa.

Ni me había dado cuenta de la cacofonía de voces femeninas que venía flotando por el pasillo, pero daba la impresión de que hubiera sesenta mujeres en el salón en vez de veinticinco.

—Sí —asentí—. Las hay. Estamos celebrando la fiesta del bebé de una amiga.

—¿Cree que podría sentarme en su cocina hasta que acabe? —sugirió—. ¿Podría tomar un bocado?

Recordando mis modales, exclamé:

—Por supuesto, ¡coma tanto como guste!

Preparé rápidamente un sándwich de jamón, saqué unas patatas de bolsa y unos encurtidos y dispuse un plato aparte con las demás cosas que componían el menú de la fiesta. Incluso le puse una copa de ponche.

Los oscuros ojos del señor Cataliades centellearon a la vista de los alimentos que tenía ante sí. Quizá no fuesen tan sofisticados como estaba acostumbrado (aunque, por lo que sabía, comía ratones crudos), pero se puso a comer con ganas. Dermot parecía estar bien, si no completamente relajado, compartiendo estancia con el abogado, así que los dejé para que hicieran migas y regresé al salón. La anfitriona no podía ausentarse mucho tiempo. Sería descortés.

Tara ya había abierto todos los regalos. Su ayudante de la tienda, McKenna, había tomado nota de todos ellos y de sus respectivas donantes y había pegado una tarjeta en cada uno de ellos. Todas se pusieron a hablar de sus cosas —oh, alegría— y formulaban a Tara preguntas sobre ginecología y obstetricia, el hospital donde daría a luz, los nombres que pondría a los bebés, si conocía el sexo de los gemelos, cuando debía romper aguas, y así sucesivamente.

Poco a poco, las invitadas fueron marchándose, y cuando se fueron todas, tuve que declinar las ofertas de Tara, su suegra y Michele, la novia de Jason, para ayudarme a lavar los platos.

—Ni hablar —les dije—. Dejadlos donde están, que es mi trabajo. —Era como escuchar las palabras de mi abuela saliéndome de la boca. Casi me hizo reír. Si no hubiese habido un demonio y un hada en mi cocina, quizá hubiera transigido. Cargamos todos los regalos en los coches de Tara y su suegra, y Michele me dijo que ella y Jason iban a celebrar una parrillada de pescado el fin de semana siguiente y querían que les acompañase. Dije que lo vería, que la idea me parecía maravillosa.

Sentí un gran alivio cuando se fueron todas las humanas.

Me habría derrumbado en una silla a leer media hora o hubiese visto un episodio de *Jeopardy!* antes de ponerme a limpiar, pero había dos hombres esperándome en la cocina. En vez de ello, volví cargada con más platos y vasos sucios.

Para mi sorpresa, Dermot se había ido. No había oído su coche alejarse por el camino, pero supuse que aprovechó cuando se iba todo el mundo. El señor Cataliades estaba sentado en la misma silla, bebiendo una taza de café. Había dejado su plato en la pila. No lo había lavado, pero al menos lo había dejado allí.

—Bueno —dije—. Se han ido. No se habrá comido a Dermot, ¿verdad?

Me sonrió abiertamente.

—No, mi querida señorita Stackhouse, no lo he hecho. Aunque estoy seguro de que sería un sabroso bocado. El sándwich de jamón estaba delicioso.

—Me alegro de que lo haya disfrutado —respondí automáticamente—. Escuche, señor Cataliades, encontré una carta de mi abuela. No sé si he comprendido bien cuál es nuestra relación, o quizá se me escapa el significado de que usted sea nuestro benefactor.

Su sonrisa se intensificó.

—Si bien tengo cierta prisa, haré todo lo que esté en mi mano para desterrar sus dudas.

—Vale. —Me preguntaba por qué tendría prisa, si aún lo perseguían, pero no pensaba dejarme distraer—. Deje que le repita lo que sé y dígame si no me equivoco.

Asintió con su cabeza redonda.

—Usted y Fintan, mi abuelo de sangre y hermano de Dermot, eran buenos amigos.

—Sí, el gemelo de Dermot.

—Pero no parece tan aficionado a Dermot.

Se encogió de hombros.

—No lo soy.

Casi me salí por la tangente en ese instante, pero me obligué a seguir mi hilo mental.

—Entonces, Fintan seguía vivo cuando Jason y yo nacimos.

Desmond Cataliades asintió con entusiasmo.

—Así es.

—Mi abuela me reveló en su carta que usted visitó a mi padre y a su hermana, que eran hijos naturales de Fintan.

—Cierto.

—¿Les o nos dio un regalo entonces?

—Lo intenté, pero no podían ustedes aceptarlo. No todos gozaban de la chispa esencial.

Era un término que Niall también había usado.

—¿Qué es la chispa esencial?

—¡Qué pregunta más inteligente! —dijo el señor Cataliades, mirándome como si fuese una mona que acabase de abrir una escotilla para llevarse un plátano—. El regalo que entregué a mi querido amigo Fintan consistía en que cualquiera de sus descendientes humanos podría leer la mente de sus congéneres, como es mi caso.

—Así que, cuando resultó que mi padre y mi tía Linda no tenían esa chispa, regresó cuando Jason y yo nacimos.

Asintió.

—Verles no era del todo necesario. A fin de cuentas, el don había sido dado. Pero al visitarlos, primero a Jason y después a usted, podía asegurarme. Me emocioné sobremanera cuando la sostuve a usted, aunque creo que su pobre abuela estaba asustada.

—Entonces, sólo yo y... —Hice un sonido ahogado para retener el nombre de Hunter. El señor Cataliades había redactado el testamento de Hadley y ella no lo había mencionado. Cabía la posibilidad de que el abogado no supiera que había tenido un hijo—. Sólo yo lo he desarrollado hasta ahora. Y aún no me ha explicado lo que es la chispa.

Me lanzó una mirada de cejas arqueadas, como si diera a entender que no se me puede escamotear nada.

—La chispa esencial no es algo fácil de trazar desde el punto de vista de su ADN —me explicó—. Es una puerta al otro mundo. Algunos humanos simplemente no pueden creer que existan criaturas en otro mundo más allá del suyo, criaturas con sentimientos, derechos, creencias que merecen vivir sus propias vidas. Los humanos que nacen con la chispa esencial lo hacen para experimentar y realizar cosas maravillosas, cosas asombrosas.

La noche anterior había hecho algo bastante asombroso, pero seguramente no tenía nada de maravilloso, a menos que odies a los vampiros.

—La abuela tenía la chispa esencial —dije de repente—. Así que Fintan pensó que la encontraría en uno de nosotros.

—Sí, si bien él nunca quiso que le diese mi regalo. —El señor Cataliades observó melancólicamente hacia la nevera. Me levanté para prepararle otro sándwich. Esta vez le añadí unas rodajas de tomate y se lo puse en un plato pequeño. Con lo ancho que era, consiguió comérselo limpiamente. Eso sí que era sobrenatural.

Cuando apuró la mitad, hizo una pausa para decir:

—Fintan amaba a los humanos, en especial a las mujeres, y más aún a las mujeres que tuvieran la chispa esencial. No son fáciles de encontrar. Adoraba a Adele hasta tal punto que instaló el portal en el bosque para poder visitarla más fácilmente, y me temo que fue lo bastante travieso como para...

Y llegó el turno del señor Cataliades de parar en seco y mirarme con incomodidad, sopesando las palabras.

—Llevarse a mi abuelo a dar una vuelta de vez en cuando —dije—. Dermot reconoció a Fintan en algunas de las fotos familiares.

—Me temo que eso fue muy pícaro por su parte.

—Sí —asentí pesadamente—. Muy pícaro.

—Albergaba grandes esperanzas cuando nació su padre, y yo acudí al día siguiente para inspeccionarlo, pero era bastante normal, si bien atractivo y magnético, como todos los descendientes de las hadas. Linda, la segunda, también lo era. Y lamento lo del cáncer; eso no debió pasar. Lo achaco al entorno. Debió gozar de una salud plena toda su vida. Habría sido el caso de su padre si no hubiese estallado la terrible guerra feérica. Quizá, si Fintan hubiese sobrevivido, Linda hubiese conservado su salud. —Se encogió de hombros—. Adele trató de dar con Fintan para preguntarle si podía hacerse algo con Linda, pero para entonces ya había muerto.

—Me pregunto por qué no usaría el *cluviel dor* para curar el cáncer de la tía Linda.

—Lo desconozco —dijo con evidente pena—. Conociendo a Adele, imagino que pensaría que no sería algo cristiano. Es posible que en ese momento ni siquiera recordase que lo tenía, o que lo considerase un símbolo de amor, sin más. Después de todo, cuando la enfermedad de su hija se hizo patente, habían pasado muchos años desde que se lo entregué de parte de Fintan.

Me forcé a pensar cómo llevar la conversación hasta las respuestas que necesitaba.

—¿Qué demonios le hizo pensar que la telepatía sería un regalo tan maravilloso? —barrunté.

Por primera vez, el señor Cataliades pareció disgustarse.

—Supuse que saber lo que todo el mundo pensaba y planeaba otorgaría a los herederos de Fintan una ventaja sobre sus congéneres humanos durante toda su vida —afirmó—. Y dado que soy un demonio casi puro y era algo que disponía, me pareció un regalo espléndido. ¡Sería maravilloso hasta para un hada! Si su bisabuelo hubiese sabido que los matones de Breandan pretendían matarlo, podría haber suprimido la rebelión antes de que prendiera. Su padre podría haberse salvado a sí mismo y a su madre de ahogarse si hubiese sabido que le tendían una trampa.

—Pero eso no pasó.

—Las hadas puras no son telépatas, si bien a veces pueden enviar mensajes y oír su respuesta; y su padre no tenía la chispa esencial.

Me parecía que la conversación empezaba a discurrir en círculos.

—Entonces, todo se resume en lo siguiente: como ustedes dos eran tan buenos amigos, Fintan le pidió que entregara a los descendientes que tuviera con Adele un regalo, un don, ejercer como su..., nuestro... benefactor.

El señor Cataliades sonrió.

—Correcto.

—Usted estaba dispuesto a hacerlo, y pensó que la telepatía sería un regalo estupendo.

—Correcto, una vez más. Aunque, al parecer, me equivoqué.

—Y tanto. Y otorgó este regalo de alguna forma demoníaca misteriosa.

—No tan misteriosa —dijo indignado—. Fintan y Adele bebieron una pizca de mi sangre.

Vale, no era capaz de imaginar a mi abuela haciendo eso. Pero claro, tampoco la imaginaba yaciendo con un hada. Vistos los hechos, estaba claro que conocí muy bien a mi abuela en algunos aspectos, y muy poco en otros.

—La puse un vino y les dije que era de una cosecha especial —confesó el señor Cataliades—. Y en cierto modo lo era.

—Vale, mintió. Tampoco es que me sorprenda demasiado —dije. Aunque la abuela era muy inteligente y seguramente albergó sus sospechas. Agité las manos en el aire. Ya tendría tiempo de pensar en eso más tarde—. Bueno. Entonces, tras ingerir la sangre, los descendientes que tuvieran serían telépatas, siempre que desarrollaran la chispa esencial.

—Correcto. —Sonrió tan ampliamente que me sentí como si hubiese sacado un sobresaliente en un examen.

—Y mi abuela nunca utilizó el *cluviel dor*.

—No, es un artefacto de un solo uso. Un regalo que le hizo Fintan a Adele verdaderamente singular.

—¿Puedo usarlo para perder la telepatía?

—No, querida, sería como desear perder el bazo o los riñones. Pero la idea es interesante.

Eso quería decir que no podía ayudar a Hunter con él. Tampoco a mí misma. Maldición.

—¿Puedo matar a alguien con él?

—Sí, por supuesto, si esa persona amenaza a un ser amado. Directamente. No podría usarlo para matar a su tasador fiscal... a menos que estuviese amenazando a su hermano con un hacha, por decir algo.

—¿Fue una coincidencia que Hadley acabase enamorando a la reina?

—No del todo, ya que es en parte hada, y como sabe, esa parte es muy atractiva para los vampiros. Era sólo cuestión de tiempo que un vampiro entrase en el bar y se fijase en usted.

—Lo envió la reina.

—No me diga. —Cataliades no parecía ni mucho menos sorprendido—. La reina nunca me preguntó por el regalo, y yo jamás le dije que era su benefactor. Nunca prestó demasiada atención al mundo feérico a menos que quisiera beber sangre de hada. Nunca se preocupó de quiénes eran mis amigos o cómo pasaba mi tiempo.

—¿Quién le persigue ahora?

—Una pregunta pertinente, querida, pero a la que no puedo dar respuesta. De hecho, hace media hora que siento que se acercan, por lo que he de partir. He notado unas protecciones excelentes en la casa y debo darle la enhorabuena. ¿Quién las ha establecido?

—Bellenos. Un elfo. Está en el club Hooligans, de Monroe.

—Bellenos. —El señor Cataliades se quedó pensativo—. Es mi quinto primo por parte de madre, creo. Por cierto, bajo ninguna circunstancia deje que la fauna que se junta en el Hooligans sepa que posee el *cluviel dor*, porque la matarían por él.

—¿Y qué cree que debería hacer con él? —pregunté con curiosidad. Se había levantado y estaba estirando la chaqueta de su traje azul de verano. Si bien fuera hacía calor y estaba entrado en carnes, no sudaba cuando lo dejé entrar—. ¿Y dónde está Diantha? —Su sobrina era tan diferente al señor Cataliades como cabía imaginar, y me caía bastante bien.

—Se encuentra lejos y está a salvo —dijo lacónicamente—. Y en cuanto al *cluviel dor*, no puedo aconsejarla. Al parecer, ya he hecho suficiente por usted. —Sin más palabras, salió por la puerta trasera. Vislumbré su pesado cuerpo atravesando a increíble velocidad el jardín hasta perderlo de vista.

Bueno, acababa de vivir un episodio fascinante... Y ahora estaba fuera de peligro.

Qué conversación más esclarecedora, en cierto sentido. Ahora conocía mejor mi trasfondo. Sabía que mi telepatía era una especie de regalo de fiesta del bebé preembarazo que Desmond Cataliades había hecho a su amigo Fintan el hada y a mi abuela. Era una revelación francamente abrumadora.

Tras darle vueltas, o al menos sopesarlo hasta donde pude, pensé en la referencia de Cataliades a la «fauna» del Hooligans. Tenía una pobre opinión de los exiliados que allí se habían reunido. Me preguntaba, más que nunca, qué hacían los feéricos en Monroe, qué se traían entre manos, qué planes tenían. No podía ser nada bueno. Y pensé en Sandra Pelt, aún libre, en alguna parte, y determinada a verme morir.

Cuando mi mente se agotó del todo, dejé que las manos tomasen el relevo. Guardé las sobras de comida en bolsas herméticas. Lavé el centro de mesa y un par de cuencos de cristal tallado. Miré por la ventana mientras los enjuagaba, y así fue cómo vi unas manchas grises atravesando mi jardín a toda velocidad. No supe identificar lo que veía, y a punto estuve de llamar a control de plagas. Pero entonces caí en que esas criaturas seguramente iban en pos del abogado semidemonio, y a la velocidad que iban, ya debían de estar lejos. Además, no sería sensato intentar atrapar en una jaula en la parte trasera de una ranchera a nada capaz de moverse a tanta velocidad. Ojalá que el señor Cataliades llevase las zapatillas de correr. No me había fijado.

Justo cuando lo había dejado todo listo y me había puesto los pantalones cortos y la camiseta de tirantes marrón, Sam llamó. No se escuchaba el ajetreo del bar de fondo: nada de hielos cayendo en vasos, nada de tocadiscos y nada de murmullos de conversaciones. Debía de estar en su caravana. Pero era bien entrada la tarde del domingo, momento en el que el Merlotte's debería estar hasta la bandera. ¿Sería que tenía una cita con Jannalynn?

—Sookie —dijo con un extraño tono en la voz. Se me hizo un intenso nudo en el estómago—. ¿Podrías venir rápidamente a la ciudad? Pásate por mi caravana; alguien ha dejado un paquete para ti en el bar.

—¿Quién? —pregunté. Me miraba al espejo del salón como si me dirigiese al propio Sam, pero vi un reflejo mío lleno de temor y tensión.

—No lo conocía —explicó Sam—. Pero es una bonita caja con un gran lazo. A lo mejor te ha salido un admirador secreto —dijo Sam, enfatizando las últimas palabras, aunque no de forma demasiado obvia.

—Creo que sé de quién puede tratarse —contesté, imprimiendo una sonrisa en mi voz—. Claro, Sam, voy para allá. ¡Oh, espera! ¿No podrías traérmelo tú mejor? Aún tengo que limpiar lo que quedó de la fiesta. —Mejor aquí; más tranquilo.

—Deja que lo compruebe —pidió Sam. Se hizo el silencio mientras tapaba el auricular con la mano. Oí una conversación amortiguada, nada concreto—. Genial —añadió, como si fuese de todo menos eso—. Salimos en un par de minutos.

—Genial —repetí, genuinamente complacida. Eso me daba un poco de tiempo para planear la bienvenida—. Ahora nos vemos.

Tras colgar, me quedé quieta un instante, organizando mis pensamientos antes de salir disparada al armario donde guardaba la escopeta. La comprobé para asegurarme de que estuviera lista. Con la esperanza de ganar el elemento sorpresa, decidí esconderme en el bosque. Me puse unas zapatillas deportivas y salí por la puerta trasera, feliz de haber escogido una camiseta oscura.

Lo que apareció por el camino no era la ranchera de Sam, sino el pequeño coche de Jannalynn. Ella conducía y él iba en el asiento del copiloto, pero alguien les acompañaba en la parte de atrás.

Jannalynn salió primero y echó un vistazo alrededor. Podía olerme, sabía que andaba cerca. Probablemente también podía oler la escopeta. Su sonrisa se tornó en una torva mueca. Deseaba que disparase a la persona que les había obligado a ir hasta allí. Deseaba que la matase.

Por supuesto, la persona que les amenazaba con un arma desde el asiento de atrás era Sandra Pelt. Sandra salió del coche con un rifle en la mano y apuntó al coche, manteniéndose a una distancia prudencial. Sam salió a continuación. Estaba hecho una furia; lo sabía por la posición de sus hombros.

Sandra parecía mayor, más delgada y más loca que apenas unos días antes. Se había teñido el pelo de negro, a juego con las uñas. Si se hubiese tratado de otra persona, habría sentido lástima por ella (los padres muertos, la hermana muerta, problemas mentales). Pero la lástima se me evapora cuando esa persona apunta a seres queridos con un rifle.

—¡Sal aquí, Sookie! —canturreó Sandra—. ¡Sal! ¡Ya te tengo, pedazo de mierda!

Sam se movió disimuladamente a su derecha para intentar encararla. Jannalynn intentaba lo mismo, pero rodeando el coche. Sandra, temerosa de perder el control de la situación, se puso a chillarles.

—¡Quedaos quietos u os juro que os vuelo la tapa de los sesos! ¡Maldita zorra! No querrás ver cómo le arranco la cabeza a tu amigo, ¿no? A tu amiguito amante de los perros.

Jannalynn sacudió la cabeza. Ella también llevaba unos shorts, además de una camiseta del Pelo del perro. Tenía las manos manchadas de harina. Sam y ella habían estado cocinando.

Podía dejar que la tensión escalara o entrar en acción. Estaba demasiado lejos, pero podía arriesgarme. Sin responder a Sandra, salí del linde y disparé.

El rugido de la Benelli desde una dirección inesperada cogió a todos por sorpresa. Vi cómo el brazo y la mejilla izquierda de Sandra se cubrían de manchas rojas, haciendo que se tambaleara un instante presa del *shock*. Pero eso no iba a detener a una Pelt, no señor. Lo que hizo fue elevar su rifle y apuntar en mi dirección. Sam saltó hacia ella, pero Jannalynn llegó primero. Apresó el rifle, lo arrancó de las manos de Sandra y lo arrojó lejos. Entonces se inició la batalla. Nunca había visto a dos personas pelearse con tanta furia y, dadas mis recientes experiencias, era algo a tener muy en cuenta.

Era imposible volver a disparar a Sandra, no mientras estuviese enzarzada con Jannalynn en el cuerpo a cuerpo. Las dos eran más o menos del mismo tamaño, bajas y nervudas, pero Jannalynn había nacido para el combate, mientras que Sandra no aguantaba más que enfrentamientos rápidos. Sam y yo las rodeamos mientras se daban puñetazos, patadas, se tiraban del pelo y se hacían todo lo humanamente posible. Ambas sufrieron serios daños, y al cabo de unos segundos Jannalynn acabó empapada de la sangre que manaba de las heridas por escopeta de Sandra y la suya propia. Sam se metió entre las dos (era como meter la mano en un ventilador) para tirar del pelo de Sandra. Gritó como un ser de otro mundo e intentó propinarle un puñetazo en la cara. Él mantuvo la presa, aunque temí que le hubiese roto la nariz.

Me sentí en la obligación de hacer mi parte; después de todo, estábamos así por mi culpa, así que aguardé mi turno. La sensación era extrañamente similar a esperar tu turno para saltar a la cuerda, cuando estaba en la escuela elemental. Cuando vi el momento, me metí en la trifulca y agarré lo primero que vi: el antebrazo izquierdo de Sandra.

Interrumpí su inercia y no pudo descargar el puñetazo que había armado contra el rostro de Jannalynn. Al contrario, fue ésta quien le propinó uno, dejándola inconsciente.

De repente me encontré sujetando el brazo de una mujer inerte. Solté y cayó redonda al suelo. Su cabeza se combó de forma extraña. Jannalynn le había roto el cuello. No sabía muy bien si Sandra estaba viva o muerta.

—Joder —dijo Jannalynn, complacida—. Joder, joder, joder, la hostia.

—Amén —concluyó Sam.

Yo estallé en lágrimas. Jannalynn parecía asqueada.

—Lo sé, lo sé —dije desesperada—, pero ¡es que anoche vi morir a mucha gente y es que esto ya colma mi vaso! Lo siento, chicos. —Creo que Sam me habría abrazado si no hubiese estado Jannalynn. Sé que se le pasó por la cabeza. Eso era lo importante.

—No ha muerto del todo —observó Jannalynn tras centrarse un momento en la inerte Sandra. Antes de que Sam pudiera decir una palabra, se arrodilló junto a ella, apretó los puños y los descargó contra su cráneo.

Eso fue todo.

Sam pasó la mirada del cadáver a mí. No sabía qué hacer o decir. Estoy segura de que mi rostro reflejaba esa indecisión.

—Bueno —dijo Jannalynn, contenta, desempolvándose las manos como quien acaba de terminar un trabajo desagradable—, ¿qué vamos a hacer con el cuerpo?

Quizá debería instalar un crematorio en mi jardín.

—¿Deberíamos llamar al sheriff? —pregunté, ya que me sentía en la obligación de sugerirlo.

Sam parecía preocupado.

—Más malas noticias para el bar —dijo—. Lamento pensar de ese modo, pero es que no me queda otra.

—Os cogió como rehenes —apunté.

—Eso no lo sabe nadie. —Entendí lo que Sam quería decir.

—No creo que nadie nos viera saliendo del bar con ella —intervino Jannalynn—. Se escondió en el asiento trasero.

—Su coche sigue en mi caravana —explicó Sam.

—Conozco un sitio donde nunca la encontrarán —me oí decir para mi más absoluta sorpresa.

—¿Dónde? —preguntó Jannalynn. Alzó la vista para mirarme, y supe claramente que nunca seríamos amigas y que nunca nos pintaríamos las uñas. Ohhh.

—La arrojaremos por el portal —propuse.

—¿Qué? —Sam aún contemplaba el cadáver con aire enfermizo.

—La arrojaremos por el portal feérico.

Jannalynn se quedó boquiabierta.

—¿Hay hadas por aquí?

—Ahora no. Es complicado de explicar, pero hay un portal en mi bosque.

—Eres la tía más... —No parecía saber cómo concluir la frase—. Eres sorprendente —dijo al final.

—Eso dice todo el mundo.

Como Jannalynn seguía sangrando, me dispuse a coger a Sandra por los pies. Sam se encargó de los hombros. Parecía haber superado la peor parte del *shock*. Respiraba por la boca, ya que la nariz partida se le había taponado.

—¿Hacia dónde? —preguntó.

—Vale, está como a trescientos metros por allí. —Sacudí la cabeza en la dirección correcta, ya que tenía las manos ocupadas.

Emprendimos así la marcha, lenta y torpemente. La sangre había dejado de gotear y parecía más ligera, al menos tanto como puede resultar transportar un cadáver por el bosque.

—Creo que en vez de llamar este lugar como Stackhouse, deberíamos bautizarlo como la Granja de Cuerpos.

—¿Como ese lugar de Tennessee? —dijo Jannalynn para mi sorpresa.

—Precisamente.

—Patricia Cornwell escribió un libro con ese título, ¿no? —apuntó Sam, a lo que casi sonreí. Era una conversación extrañamente civilizada, dadas las circunstancias. A lo mejor aún estaba un poco ida por la noche anterior, o quizá seguía inmersa en mi proceso de endurecimiento para sobrevivir al mundo que me rodeaba, pero lo cierto es que Sandra poco me importaba. Los Pelt habían mantenido una *vendetta* personal contra mí por razones poco convincentes, durante demasiado tiempo. Pero ya se había terminado.

Finalmente comprendí algo del caos de la noche anterior. No eran las muertes individuales las que me habían espantado, sino el grado de violencia, el horror en estado puro de ver tanto intercambio despiadado. Del mismo modo que la ejecución de Sandra Pelt a manos de Jannalynn me había parecido la escena más perturbadora de ese día. A menos que me equivocase, Sam sentía lo mismo.

Alcanzamos el pequeño claro entre los árboles. Me alegré de ver la pequeña distorsión en el aire que delataba la situación del portal feérico. Señalé en silencio, como si las hadas pudieran oírme (y hasta donde sabía, podían). Al cabo de un par de segundos, Jannalynn y Sam vieron lo que trataba de mostrarles. Observaron la distorsión con curiosidad, y Jannalynn llegó a meter un dedo, que desapareció. Dejó escapar un gañido y retiró la mano rápidamente. Se alivió sobremanera de comprobar que su dedo seguía en su sitio.

—Contad hasta tres —dije, y Sam asintió. Dejó el extremo del cuerpo de Sandra y se puso a un lado y, como si lo hubiésemos ensayado antes, lo introdujo suavemente por el agujero mágico. Si hubiese sido más corpulenta, no habría funcionado.

Entonces aguardamos.

El cadáver no volvió despedido. Nadie saltó de allí blandiendo una espada y exigiendo pagar con nuestras vidas la profanación del terreno feérico. Más bien se oyeron gruñidos y ladridos y nos quedamos como estatuas, a la espera de que surgiese algo por el portal, algo de lo que tuviésemos que defendernos.

Pero no surgió nada. Los ruidos prosiguieron, en ocasiones demasiado gráficamente: rasgando y arrancando, más gruñidos y a continuación unos sonidos tan perturbadores que no me atrevería a describir. Finalmente se hizo el silencio. Supuse que ya no quedaba nada de Sandra.

Deshicimos camino a través del bosque, hasta el coche. Las puertas aún estaban abiertas, y lo primero que hizo Sam fue cerrarlas para detener el pitido. Había salpicaduras de sangre en el suelo. Desenrollé la manguera del jardín y abrí la llave del agua. Sam pasó el chorro por las manchas de sangre y dio, de paso, un buen aclarado al coche de Jannalynn. Sentí otro vuelco al estómago (otro más) cuando Jannalynn colocó la nariz de Sam, y a pesar de sus lágrimas y el aullido de dolor, supe que sanaría correctamente.

El rifle de Sandra supuso más problemas que su propio cuerpo. No pensaba usar el portal como cubo de la basura, y eso era lo que pensaba de arrojarlo allí. Tras discutirlo, Jannalynn y Sam decidieron deshacerse de él en el bosque de la parte de atrás de la caravana de Sam, y supongo que eso es lo que hicieron.

Me quedé a solas en casa al cabo de dos días francamente horribles. ¿Horriblemente asombrosos? ¿Asombrosamente horribles? Ambas cosas.

Me senté en la cocina, un libro abierto en la mesa frente a mí. El sol aún brillaba en el jardín, pero las sombras ya se empezaban a alargar. Pensé en el *cluviel dor*, que no había tenido ocasión de usar en el encuentro con Sandra. ¿Debería llevarlo encima cada minuto del día? Me preguntaba si las cosas grises que perseguían al señor Cataliades habrían dado con él, y si me sentiría mejor dado el caso. Me preguntaba si los vampiros habrían limpiado el Fangtasia para la hora de la apertura y si debería llamar para averiguarlo. Algún humano me cogería el teléfono: Mustafá Khan, o puede que su amigo Warren.

Me preguntaba si Eric habría hablado con Felipe sobre la desaparición del regente de Luisiana. Me preguntaba si Eric había escrito a la reina de Oklahoma.

Quizá sonaría el teléfono cuando se hiciese de noche. Quizá no. Era incapaz de decidir lo que quería.

Me apetecía hacer algo absolutamente normal.

Caminé descalza hasta el salón con un gran vaso de té helado. Era el momento de ver algunos de mis episodios grabados de *Jeopardy!*

Por doscientos: criaturas peligrosas. ¿Quién se anima?